mtb

Zum Buch:

Viola kann kaum fassen, wie heruntergekommen der alte Gutshof ihrer verstorbenen Großmutter ist. Der Putz ist abgeblättert, die Fassade schmutzig. Das einst so schöne Anwesen hat all seinen Glanz verloren. Viola muss nicht nur mit der Trauer umzugehen lernen, sondern auch das Gut wieder auf Vordermann bringen. Das war der letzte Wille ihrer geliebten Nonna. Also krempelt sie die Ärmel hoch – und begegnet Aris. Sie verliebt sich in den jungen Mann mit den hellgrauen Augen. Doch Viola spürt, dass Aris ein Geheimnis hat. Hat ihre Liebe eine Chance?

Zur Autorin:

Sabrina Grementieri wurde in Imola, in der Nähe von Bologna, geboren, hat ein Jahr in Leipzig studiert und in Weimar ihre Magisterarbeit geschrieben. Sie ist Ehefrau, Mutter von zwei Kindern und schreibt bereits an ihrem nächsten Roman.

Sabrina Grementieri

Eine Liebe in Apulien

Roman

Aus dem Italienischen von
Katharina Schmidt und Barbara Neeb

mtb

MIRA® TASCHENBUCH
Band 26122

FSC
MIX
Papier
FSC® C014496

1. Auflage: April 2018
Deutsche Erstausgabe

Originaltitel: »La Finestra sul Mare«
Erschienen bei: Sperling & Kupfer

Published by arrangement with
Grandi & Associati

Umschlaggestaltung: Zero Werbeagentur, München
Umschlagabbildung: FinePic / München
Satz: GGP Media GmbH, Pößneck
Printed in Germany
Dieses Buch wurde auf FSC®-zertifiziertem Papier gedruckt.
ISBN 978-3-95649-797-1

www.mira-taschenbuch.de

Für Ale. Ohne ihn wäre das alles nicht möglich gewesen.

Prolog

Der Wind drang anmaßend und respektlos durch die Fensterritzen des alten Hauses. Schon die ganze Nacht lang hatte er gewütet und das Rauschen der Wellen und den Salzgeruch des Meeres an das Bett der alten Frau getragen. Selbst bei Tagesanbruch hatte der Wind sich nicht gelegt, doch die Seele der Frau hatte endlich ihren Frieden gefunden. Seit Stunden starrte sie schon auf eine Zeichnung, die an der Wand hing, ohne sie wirklich zu sehen: Ihre einzige Enkelin hatte sie ihr vor Jahren geschenkt, und immer, wenn sie sie besuchen kam, hatten beide dann diese Zeichnung betrachtet und sich dabei an vergangene Zeiten erinnert. Sie wusste, wenn das Mädchen das nächste Mal kam, würde sie vor dem Bild stehenbleiben, mit ihren Fingern darüberstreifen und an sie denken. Und sie würde es verstehen. Natürlich war das nicht der leichteste Weg. Aber Adele Manieri Medrano war in jeder Hinsicht eine ungewöhnliche Frau gewesen. Und der Tod würde an ihren Angewohnheiten nichts ändern.

Sie seufzte laut auf und wandte den Kopf zum Fenster, wo das Morgenlicht durch die Läden hereinfiel.

Die Enkelin würde den Schock schon überwinden und ihren letzter Willen akzeptieren. Sie hinterließ ihr zwar eine nicht gerade leichte Bürde, aber darum sorgte sich Adele nicht. Das Testament würde das Mädchen aus ihrer Erstarrung reißen und ihr ein Lebensziel geben.

Das Licht wurde immer heller, und vom Hof hörte man die ersten Geräusche des neuen Tages. Die alte Frau schloss die Augen und lächelte ein wenig. Nichts von alldem hier würde ihr fehlen. Sosehr sie dieses wehrhafte Haus und ihr Land geliebt hatte, die endlosen Olivenhaine voller Mohnblumen, das Grollen des Wintermeeres und die grellen Farben des Sommers, jetzt war sie müde. Sie vermisste ihren Mann, und in den vergangenen fünf Jahren hatte es keinen Tag gegeben, an dem ihr die von ihm hinterlassene Lücke nicht die Luft abgepresst hatte. Antonio war stark gewesen, ungestüm und hatte vor nichts und niemandem Respekt gehabt. An seiner Seite wirkten Probleme wie kleine Unannehmlichkeiten, und die Leidenschaft, mit der er alles anging, brachte Bewegung in das Leben der Menschen, die ihm nahestanden. Ja, er wäre stolz auf sie gewesen, auch jetzt, da sie das Steuer dieses Schiffes abgab.

Adele schloss die Augen und tat einen tiefen Atemzug. Es war so weit. Wie ein leichter Hauch löste sich ihre Seele aus den Fesseln des Körpers, das vom Leben gezeichnete Gesicht entspannte sich, und sie schwang sich auf.

1

Am ersten April kam der Anruf, der Violas Leben verändern sollte. Sie dachte zunächst, jemand würde sich einen Scherz erlauben, aber die schrille Stimme der Frau, die am anderen Ende der Leitung unter Tränen unverständliche Worte in den Hörer schrie, schien ihr zu ehrlich dafür.

Schon das Telefonklingeln war beunruhigend gewesen. Vielleicht, weil es erst sechs Uhr morgens war und traumschwere Stille im Haus herrschte. Viola, die nicht schlafen konnte, hatte draußen in einem Schaukelstuhl unter dem Vordach gesessen und sich in eine Decke gewickelt den spektakulären Sonnenaufgang angesehen. Nur zögernd hatte sie ihren Platz verlassen und recht verärgert geklungen, als sie den Hörer abnahm.

Sie brauchte eine Minute, um den Wortschwall der Frau am anderen Ende zu unterbrechen, und wesentlich länger, um zu begreifen, worum es eigentlich ging. Obwohl die Frau so aufgeregt war, konnte Viola sie dazu bewegen, ihr zu erzählen, was geschehen war. Sie weigerte sich zu glauben, was sie da hörte: Großmutter Adele war tot.

Sofort tauchten in Violas Kopf Bilder von Mandel- und Olivenhainen auf, von der blendenden Sonne und dem azurblauen Meer, dem Salzgeruch und den Felsen, gegen die die Wellen schlugen. Und inmitten all dessen sah sie die forschenden blauen Augen der Großmutter, ihre knotigen Hände und den gekrümmten Rücken, die langen schwarzen Röcke und das bestickte Schultertuch, das sie selbst in der Gluthitze des Augusts trug.

»Hast du mich verstanden?«, schrie die Frau am Telefon.

Viola riss sich zusammen.

»Ja, hab ich«, sagte sie, und ihre Stimme war kaum lauter als ein Flüstern, während sie sich mit dem Rücken an die Wand neben dem Telefon lehnte. Sie hatte den alten Apparat auf einem Flohmarkt in New York entdeckt, wo sie nach dem Diplom in Innenarchitektur noch einen Masterkurs absolviert hatte. Das Telefon war in bestem Zustand, aus schwarzem Bakelit und mit einem schweren großen Hörer, der beinahe das halbe Gesicht umrahmte. Die Schnur war so lang, dass man damit ohne Problem durch die ganze Küche und den Flur laufen konnte, ohne auflegen zu müssen. Ihre Mutter fand es ganz reizend, genauso hatte sie sich ausgedrückt, während ihr Vater einen großen Bogen um das Telefon machte, was ihm aber nicht schwerfiel, da er sich kaum je einen Meter von seinem iPhone wegbewegte.

Violas Hand umklammerte den Hörer, als könnte er ihr Kraft geben.

»Ihr müsst kommen, ich weiß nicht, was ich tun soll, man muss sich um die Beerdigung kümmern …« Carmela, die Frau am anderen Ende der Leitung, redete unablässig auf sie ein, und Viola hatte Mühe, ihr zu folgen.

»Ich muss mit Mama sprechen«, unterbrach sie den Wortschwall, weil sie mit ihren Erinnerungen allein sein wollte. »Wir rufen dich zurück, ja?«

»Ja, aber beeilt euch bitte«, kam als Antwort.

Viola legte sanft den Hörer auf die Gabel und ließ sich an der Wand entlang zu Boden gleiten. Die rauen Steingutfliesen waren kalt, und sie zog sich fröstelnd die Decke um den Körper. Sie war verwirrt und wie betäubt. Ihr Kopf war nicht fähig, sich auf einen Gedanken zu konzentrieren, da tauchte schon ein anderer auf. Es waren einfach zu viele Bilder, Erinnerungen, Worte, Sinneseindrücke.

Seit sie vor drei Jahren die Chance bekommen hatte, als Innenarchitektin in ein exklusives Einrichtungsbüro einzutreten, hatte sie nicht mehr oft Gelegenheit gehabt, ihre Großmutter in Apulien zu besuchen. Sie rief sie einmal in der Woche an, doch Adele telefonierte nicht gern, so waren ihre Gespräche immer kurz und einsilbig gewesen.

Ihre Eltern fuhren hingegen öfter zur Großmutter, obwohl der Hof seit dem Tod des Großvaters allmählich seinen Reiz zu verlieren schien. Carmela und ihr Mann, die dort seit Jahren als Hausmeister und Mädchen für alles lebten und arbeiteten, mühten sich redlich, doch er schien immer mehr herunterzukommen. Die Großmutter kümmerte das nicht weiter. Seit der Mann ihres Lebens gestorben war, konnte kaum noch etwas ihr Interesse wecken.

Violas Mutter machte sich Sorgen, hatte aber nicht den Mut, Adele andere Lösungen vorzuschlagen. Niemals hätte Adele ihr Heim aufgegeben.

Doch jetzt hatte sie es für immer verlassen. Und Viola hatte sich nicht einmal von ihr verabschieden können. Aber ist es nicht immer so? Man stellt erst fest, dass man jemand oder etwas vernachlässigt hat, wenn es zu spät ist, daran etwas zu ändern.

Leichte, hastige Schritte brachten Viola dazu, aufzustehen. Sie musste ihrer Mutter die Nachricht beibringen und wusste nicht, wie. Aber das war nicht nötig. Marianna Medrano erschien in der Küchentür, im Nachthemd, barfuß und mit einem gleichen Tuch wie dem ihrer Mutter über den Schultern. Sie sah ihre Tochter mit großen Augen an, in deren unverwechselbarem Blau ein Ausdruck von Angst und Wissen lag.

»Großmutter? War sie es?« Ihre Stimme klang unsicher, als würde sie die Antwort schon kennen. »Mit dem Gedanken an sie bin ich plötzlich wach geworden …«

Viola sah ihre Mutter an, während sie versuchte, die Tränen zurückzuhalten und den Klumpen in ihrer Kehle herunterzuschlucken. Seit achtundzwanzig Jahren war ihr die enge Beziehung zwischen Mutter und Großmutter vertraut, aber dieses telepathische Band zwischen den beiden erstaunte sie immer wieder.

»Sie ist tot, Mama.«

Marianna schloss die Augen und presste das Tuch an ihre Brust. Doch sie weinte nicht, und ihr Atem ging so leicht, dass sie beinahe nicht zu atmen schien. Sie hatte ihre Gefühle nie nach außen getragen, aber Viola wusste, nein, sie spürte, welchen Schmerz ihre Mutter jetzt empfand.

Im oberen Stockwerk wurde eine Tür geöffnet. Gleich danach hörte man langsame schwere Schritte auf der Treppe.

»Na, was ist denn hier los?«, fragte Edoardo Cardelli, als er hinter seiner Frau auftauchte. Seine tiefe, einnehmende Stimme klang erstaunt. Er wusste, dass seine Tochter früh aufstand, aber seine Frau war morgens selten wach, wenn er zur Arbeit ging.

Keine der beiden Frauen antwortete ihm, und die Anspannung im Zimmer ließ das Lächeln auf seinen Lippen ersterben.

»Was ist passiert?«, fragte er besorgt nach.

»Großmutter ist gestorben«, flüsterte Viola und sah ihn angsterfüllt an. Ihrem Vater verschlug es für einen Moment die Sprache. Marianna nutzte diese Gelegenheit, um wortlos aus der Küche zu verschwinden und sich in ihr Zimmer zu flüchten. Wenn sie nicht in ihrem äußerst gepflegten Kräutergarten werkelte, verbrachte Violas Mutter Stunden im Atelier bei ihren Leinwänden, dem Geruch der Temperafarben und dem warmen Licht, das durch die Fenster hereinfiel. Vater und Tochter störten sie nur selten, wenn sie sich in ihr Reich zurückgezogen hatte, und jetzt wussten sie genau, dass es besser war, ihr nicht zu folgen, um zu versuchen, sie zu trösten. Ihre Art, die Trauer zu verarbeiten, würde sie wochenlang aus dem gemeinsamen Leben ausschließen. Genau wie vor fünf Jahren, als der Großvater gestorben war: Marianna hatte damals tagelang niemanden in ihre Nähe gelassen, und die Sorge ihres Manns und ihrer Tochter hatten sie nur verärgert.

Edoardo sah Viola mit feuchten Augen an. Dann breitete er stumm die Arme aus, und sie flüchtete sich schluchzend hinein.

Der Tod ihrer Großmutter war wie die unglückselige Krönung der Tiefschläge des letzten Monats. Als Erstes hatte Viola ihren Job verloren – und das auf ganz heimtückische Weise. Nachdem sie ihre ganze Kraft und viel Geld ihres Vaters in ihre Karriere investiert hatte und es gerade aufwärts ging, war sie von der blutjungen, intriganten Nichte des Eigentümers gemein ausgetrickst worden. Jedes Mal, wenn sie an diese Barbie mit den aufgeblasenen Brüsten dachte, der sie so viel beigebracht hatte und die kaum einen Stift in der Hand halten konnte wegen ihrer langen, gestylten Fingernägel, hätte sie am liebsten laut losgeschrien und auf etwas oder jemanden eingetreten.

Zum Beispiel auf ihren attraktiven, amüsanten, intelligenten und romantischen Exfreund, den sie mit einer anderen im Bett erwischt hatte. Sicher hatte es sie genauso geschmerzt, Riccardo zu verlieren wie ihre Arbeit. Trotzdem war Viola nach einem Monat zu der Einsicht gelangt, dass sein Verrat sie nicht allzu sehr überrascht hatte. Trotzdem tat es weh.

Während sie in den sicheren Armen ihres Vaters schluchzte, erinnerte sich Viola plötzlich an die Worte ihrer Großmutter.

»Verzweifele nicht«, hatte die ihr am Ende eines ihrer letzten Telefongespräche gesagt, »nichts geschieht je ohne Grund. Du musst nach vorn schauen und daran denken, dass du dich nun nicht mehr mit unnötigem Ballast herumquälen musst.«

Doch jetzt hatte sie auch ihre Großmutter verloren. Sie hätte sie so gern gefragt, welcher Grund eine solche Pechsträhne rechtfertigen könnte, denn sie hatte große Schwierigkeiten, einen zu finden.

2

Die Autofahrt in den Süden wollte kein Ende nehmen. Viola sah durch das Autofenster auf das Meer und war bezaubert von dem Anblick, wie die Sonne sich mit ihren Strahlen räkelte und einen schönen Frühlingstag ankündigte. Ihr Vater saß gern hinterm Steuer, und obwohl Viola darauf hingewiesen hatte, dass man auch fliegen könne, hatte er dies niemals in Erwägung gezogen. Am Tag nach dem Anruf waren sie aufgebrochen, lange vor Sonnenaufgang. In dieser Nacht hatte Viola kein Auge zugetan. Sie hatte im Bett gelegen, dem leisen Schnarchen ihres Vaters aus dem Nebenzimmer gelauscht und gegrübelt. Auf dem Hof anzukommen und dort nicht von der Großmutter, ganz in Schwarz, auf der Schwelle begrüßt zu werden, wäre bloß die letzte Bestätigung des Albtraums, den sie gerade durchlebte.

Niemand sagte etwas, während der Wagen auf der Straße am Meer entlangglitt. Ihre Mutter verbarg sich hinter einer großen Sonnenbrille, während ihr Vater, wenn er mal etwas weniger auf den Verkehr achten musste, aus dem Augenwinkel Frau und Tochter ansah und nicht so recht wusste, was er tun sollte.

Ein fröhliches Zwitschern unterbrach die Stille, Viola hatte eine Nachricht auf dem Handy bekommen. Sie sah verblüfft auf die Handtasche, die neben ihr auf dem Sitz lag. Die Trauer, durch die für sie in den letzten vierundzwanzig Stunden alles zum Erliegen gekommen war, hatte sie vergessen lassen, dass das Leben unbeirrbar weiterging.

Missmutig holte sie ihr Handy heraus. In den letzten beiden Wochen hatte Riccardo sich oft bei ihr gemeldet und in zahlreichen SMS um Versöhnung gebettelt. Viola hatte ihm nie geantwortet, aber er war beharrlich geblieben. Doch diesmal war er es nicht. Außerdem war es zu früh für ihn. Es war Laura, ihre beste Freundin.

Ein Superabend! Ich habe einen Sponsor für unser Projekt gefunden! Muss dringend ins Bett, wir sprechen später noch! Ich hab jede Menge Ideen!

Viola stöhnte. Die Begeisterung und Hartnäckigkeit ihrer Freundin, die sie bis vor ein paar Tagen geteilt hatte, war ihr jetzt lästig. Als Viola entlassen wurde, war Laura mit ihr ausgegangen mit dem klaren Ziel, dass sie ihre Wut und Enttäuschung im Alkohol ertränken sollte. Viele Gläser später war die Idee entstanden, dass sie gemeinsam eine PR-Agentur eröffnen könnten. Beide Frauen waren immer sehr gefragt gewesen, wenn es darum ging, gesellige Abende in Lokalen zu organisieren, und da Laura gerade genau wie sie keinen Job hatte, hatten beide das für eine tolle Idee gehalten. Doch am nächsten Morgen hatten mörderische Kopfschmerzen Violas Begeisterung für dieses Projekt bereits reichlich gedämpft. Sie liebte ihre Arbeit als Innenarchitektin und konnte sich kein Leben vorstellen, in dem sie nur Partys und Events organisierte. Das hatten sie zwar gern getan und sehr gut, aber nur als Freizeitvergnügen. Während Laura diese Idee weiterverfolgte und versuchte, Viola mit immer neuen Vorschlägen und Plänen zu überzeugen, war diese nicht bereit gewesen, neue Verpflichtungen zu übernehmen.

Sie schaltete das Handy aus und warf es in ihre Handtasche zurück. Es wäre ihr unpassend vorgekommen, Laura den Tod ihrer Großmutter in einer SMS mitzuteilen.

»Alles in Ordnung?«, fragte ihr Vater besorgt. Seine kleine Tochter schien ihre ganze Lebensenergie eingebüßt zu haben, nachdem sie ihren Arbeitsplatz verloren und ihr Freund sie betrogen hatte.

»Das war Laura«, antworte Viola einsilbig und wich seinem Blick im Rückspiegel aus.

Sie schloss die Augen und lehnte sich mit der Stirn an das Seitenfenster. Nach der schlaflosen Nacht wurde sie vom hypnotischen Fahrgeräusch des Wagens müde. Sie versuchte, sich der beruhigenden Umarmung des Schlafes zu überlassen, denn sie wollte nicht mehr denken, und diese endlose Reise war auch nicht gerade dazu angetan, ihre Ängste zu beschwichtigen.

3

»Au!«, beschwerte Viola sich, die jäh aus dem Schlaf gerissen worden war, als sie mit dem Kopf gegen das Seitenfenster knallte.

»Entschuldige, mein Schatz«, sagte ihr Vater und ging etwas mit dem Tempo herunter. »Diese Straße ist ein einziges Schlagloch.«

Viola rieb sich die Augen, dann versuchte sie, sich in dem engen Auto etwas zu strecken.

»Wo sind wir?«, fragte sie gähnend.

»Wir sind fast da.« Ihr Vater sah verstohlen zu seiner Frau hinüber. Ihr hartnäckiges Schweigen bedrückte ihn. Natürlich begriff er, wie schwierig die Situation gerade für sie war, aber es ärgerte ihn, dass sie ihn so aus ihrem Leben ausschloss und er nichts tun konnte.

Viola quetschte sich zwischen die Vordersitze und legte dem Vater eine Hand auf die Schulter. Sie sah hinaus auf die unbefestigte Straße mit den Steinmäuerchen zu beiden Seiten, die auf einem kahlen Platz genau vor dem Gut endete. Trotz des hellen Sonnenscheins lag über allem eine Atmosphäre der Verlassenheit, die Viola so hart wie eine Ohrfeige traf. Sie hatte nie erwartet, den Gutshof in einem solchen Zustand zu sehen. Die mächtigen Umfassungsmauern rund um den Besitz waren schmutzverkrustet. Hier und da hatten sich Schlingpflanzen ihrer bemächtigt, und Unkraut und Buschwerk wucherten wild.

Der Wagen fuhr durch den Torbogen, der von zwei alten, verkrüppelten Meereskiefern bewacht wurde, und hielt schließlich links unter einem mit Schilfrohr gedeckten Vordach an, das schon bessere Tage gesehen hatte. Die Mittagssonne brannte ungehindert durch die löchrigen Halme.

Edoardo stellte den Motor ab, und alle drei blieben einen Moment reglos sitzen, als wollten sie Kraft für den nächsten Schritt sammeln.

Viola linste aus dem Seitenfenster. Seit ihrem letzten Besuch waren zwei Jahre vergangen: Sie hatte mit Riccardo ihren Urlaub hier verbringen wollen, aber der hatte verärgert über den schlechten Zustand des Hauses und den äußerst kühlen Empfang durch die Großmutter nach drei Tagen darauf bestanden, in ein Hotel zu gehen. Hätte er das Haus jetzt gesehen, wäre er nicht einmal aus dem Wagen gestiegen. Das Gut wirkte wie verlassen.

Ursprünglich hatte der Besitz aus dem Haupthaus und einer Reihe kleinerer Gebäude rechts davon bestanden, in denen früher einige Bauernfamilien gelebt hatten, die die umliegenden Felder bewirtschafteten. Alles war von mächtigen, beinahe drei Meter hohen Mauern umgeben. Erst später hatte man den Besitz um einen zweiten Hof und das Haus erweitert, in dem Carmela und Vito lebten. Dessen einstmals weiße, gepflegte Fassade war jetzt grau und schmutzig, das schöne Rot der Fensterläden verblasst. Vor den Fenstern wuchsen keine Blumen, und selbst die Bougainvillea, die die Vordertür umrahmte, schien zu kränkeln. Links führte ein kleiner Bogen in einen Hof auf der Rückseite des Gebäudes, wo Carmela einen Gemüsegarten bewirtschaftete und verschiedene Tiere hielt: Hühner, Kaninchen, Katzen und Hunde.

Das Zuschlagen von Wagentüren brachte Viola jäh in die Wirklichkeit zurück. Ihren Eltern waren ausgestiegen. Resigniert entschloss sie sich, ihnen zu folgen.

Carmela stand auf der Schwelle des Gutshauses und sah sie alle unverwandt an. Sie presste einen Zipfel ihrer Schürze an die

Brust, und man merkte ihr an, dass sie geweint hatte. Nero, der alte Setter des Großvaters, stand neben ihr, betrachtete neugierig die Ankömmlinge und wedelte langsam mit dem Schwanz. Edoardo ging auf Carmela zu, legte zart seine Hände auf ihre Arme und küsste sie auf die Wangen. Daraufhin brach sie in Tränen aus, und Viola sah, wie ihre Mutter sich versteifte.

»Marianna …«, schluchzte Carmela und streckte die Arme nach der erstarrten, reglosen Frau aus. Zu aller Überraschung nahm Marianna Carmelas Hände und schenkte ihr ein sanftes Lächeln. »Sie starb in Frieden, Carmela. Wein doch nicht.«

Violas Augen füllten sich mit Tränen. Während ihre Eltern Carmela ins Haus folgten, sah sie sich um.

Nur der alte Olivenbaum in der Mitte des Hofes schien der allgemeinen Verwahrlosung zu trotzen. Viola hatte nie in Erfahrung bringen können, wie alt er wirklich war, aber es hieß, er sei kurz nach Fertigstellung des Besitzes, Mitte des achtzehnten Jahrhunderts, von Conte Manieri gepflanzt worden, der, nachdem er den Königshof in Neapel während der Regentschaft der Habsburger verlassen hatte, sich hier niedergelassen hatte. Der gewundene Stamm, dessen graue Rinde an einigen Stellen abgeplatzt war, hatte viele Buckel und einen Umfang von mindestens anderthalb Metern. Der Baum selbst war nicht sehr hoch, hatte aber eine dichte Blätterkrone von einem schönen Dunkelgrün. An seinem Fuß wurde er von einem niedrigen Steinmäuerchen eingerahmt, dessen gepflegter Zustand einen starken Gegensatz zu dem heruntergekommenen Gut bildete.

Der Großmutter war der Olivenbaum heilig gewesen. Und das nicht nur, weil er als Symbol für die Wurzeln ihrer Familie in Apulien stand.

Adele hatte in ihm quasi den Totem für die Gabe gesehen, die sich durch die Jahrhunderte bei den Frauen der Familie weitervererbt hatte.

Adele Manieri war eine Heilerin gewesen.

Sie hatte viele Jahre ihre Fähigkeiten eingesetzt, um den Menschen zu helfen, die zu ihr kamen, wenn es scheinbar keine andere Möglichkeit mehr für die Heilung ihrer Gebrechen gab. Sie hatte ihr Werk demütig, fast im Geheimen betrieben, da gewisse Kräfte Neid anzogen. Trotzdem hatte sich schnell das Gerücht verbreitet, sie sei eine Hexe, besonders bei denen, die sie und ihre himmelblauen Augen fürchteten, die einem bis tief in die Seele schauen konnten.

Viola hatte der Blick der Großmutter immer fasziniert. Bei ihr kam man niemals mit einer Lüge durch. Aber das war auch nicht nötig. Adele war die Erste gewesen, die einen drängte, neue Erfahrungen zu machen, sein Leben in vollen Zügen zu leben und nichts unversucht zu lassen. Ihr etwas anzuvertrauen, war genauso natürlich, als würde man es in ein heimliches Tagebuch schreiben.

Tief aus ihrem Inneren stieg ein beklemmendes Gefühl auf und drückte ihr die Kehle zu. Es riss Viola aus ihren Erinnerungen. Sie wandte dem Olivenbaum den Rücken zu und ging auf den rechts von ihr liegenden großen Hof zu, der von dem anderen durch eine hohe Steinmauer getrennt war. Sie lief durch einen zweiten Torbogen, der so breit war, dass auch ein Auto durchgepasst hätte, und stand dann vor dem Gutshaus. Trotz seines heruntergekommenen, desolaten Zustands übte es auch nun noch auf sie eine Faszination aus. Ein beinahe quadratisches, zwei Stockwerke hohes Gebäude mit einem dicken Holzportal in der Mitte, welches fächerförmig von leicht hervorstehenden Steinen ummauert war. Im oberen Stockwerk führten zwei Fenstertüren, deren Läden geschlossen waren, auf parallel angelegte Balkone mit schmiedeeisernen Gittern. Viola erinnerte sich, dass hinter der linken Tür das Gästezimmer lag, in dem sie und Riccardo geschlafen hatten. Dort gab es auch ein Fenster zum Meer, das nur knapp einen Kilometer entfernt lag. Sie liebte den Blick über die kargen, wilden Ländereien des Großvaters, auf denen Olivenbäume sowie Sonnen- und Mohnblumen die Herrschaft übernommen hatten und sie erst am Fuß der Felsen dem Meer überließen.

Das Flachdach des Hauses war von einem Kranzgesims umgeben, und die in regelmäßigen Abständen angebrachten Zinnen ließen es wie einen Wehrturm aussehen. Auf dem Dach erhoben sich zwei Schornsteine und ein kleiner Steinbogen mit einer Glocke.

Rechts vom Gutshaus stand ein kleines einstöckiges Gebäude, ebenfalls mit einem von Zinnen eingerahmten Flachdach, dort hatte die Großmutter die vergangenen fünf Jahre gelebt. Viola erinnerte sich genau, wie es dort drinnen aussah: ein großer Raum mit einer Gewölbedecke, der zu einem Drittel von einem gemauerten Herd eingenommen wurde, daneben eine Tür, die in einen kleinen Nebenraum führte, wo Adele schlief, dort standen nur ein Bett, ein Nachttisch und eine Truhe. Viola hatte den Eindruck, wenn sie jetzt dort hineinginge, würde sie ihre Großmutter wiedersehen. Jeder einzelne Gegenstand würde dort von ihr erzählen. Genauso vom Großvater, denn die Erinnerung an ihn war noch sehr lebendig.

Er war derjenige gewesen, der den Ort angelegt hatte, den Viola vom gesamten Gut am meisten liebte: den Garten auf der Rückseite des Hauses außerhalb der Umfassungsmauern. Als Antonio Medrano die Großmutter heiratete, hatte er schweren Herzens seine Laufbahn als Karikaturist und Satirezeichner aufgegeben und begonnen, die Ländereien rund um das Gut aufzukaufen. Als Erstes genau diesen Garten. Er war mit einem niedrigen Steinmäuerchen umgeben, ein kleines Paradies, in dem zahllose Pflanzen blühten und gediehen: Oleanderbäume, Ginster, Kakteen, Heckenrosen, Myrten, Salbei und Rosmarin. Unter einer mit Weinlaub bewachsenen Laube hatte der Großvater eine kleine Oase der Ruhe geschaffen mit einem Tisch und einem Bänkchen darin. Durch die oft wildwuchernden

Pflanzen zogen sich steingepflasterte Wege, und das Rauschen der Blätter und Vogelgezwitscher bildeten eine stete Untermalung.

Der Großvater hatte weiter das Land angekauft, von dem das Gut umgeben war. Der nächste Nachbar befand sich in mindestens fünf Kilometern Entfernung. Die Olivenhaine und die Sonnenblumenfelder wurden von Vito und Saisonarbeitern bewirtschaftet. Zum Besitz gehörten auch einige Schaf- und Ziegenherden, die Antonio Medrano Hirten übergeben hatte. Die Milch der Tiere wurde an Käsereien in der Umgebung verkauft. Denn die wahre Liebe des Großvaters hatte den Pferden gegolten. Diese kaufte er persönlich, er ritt und pflegte sie. Wie er da so einsam bei Tagesanbruch über seine Felder streifte, war ein romantischer, aber auch trauriger Anblick gewesen. Seine Leidenschaft für diese schönen stolzen Tiere hatte er Viola vererbt. In Erinnerung an ihre langen Ausritte ging Viola auf den Garten auf der Rückseite des Hauses zu.

Mit zitternder Hand drückte sie das Eisentor zum Hof auf und betrat langsam diesen magischen Ort. Die Mauer nach Osten hin wurde größtenteils von einem riesigen Feigenkaktus mit seinen großen dornenbewehrten Triebabschnitten eingenommen. Er war wild und übermäßig gewachsen, ohne dass ihn jemand gegossen oder seine Früchte geerntet hätte, die mit ihrem Gewicht an einigen Stellen die Zweige abgebrochen hatten. Viola bewegte sich geradezu andächtig über die mit Unkraut zugewachsenen Wege. Sie sah Obstbäume, die sich anschickten, aus dem langen Winterschlaf zu erwachen. Die glänzend grünen Blätter der Rebstöcke streckten sich der Sonne entgegen wie sich öffnende Hände. Zwischen zwei verkrüppelten Olivenbäumen hing eine alte, inzwischen vollkommen zerfetzte Hängematte, und Viola stockte der Atem bei der Erinnerung, wie sie als kleines Mädchen in dem Garten mit dem Großvater gespielt hatte, seinen Geschichten, die niemals ein Ende fanden, gelauscht und dabei durch die vom Wind bewegten Zweige in den Himmel geschaut hatte.

Sie ging in den hinteren Teil des Gartens. Der Kies auf den Wegen knirschte geräuschvoll unter ihren Schuhen, was einen hässlichen Kontrast zu der friedlichen Stille dieses Paradieses bildete. Doch das kümmerte sie nicht mehr. Sie kannte nur ein Ziel, die Ställe, in denen der Großvater seine so geliebten Pferde gehalten hatte, während sie inständig hoffte, dass sie nicht trostlos leer sein würden. Bis vor zwei Jahren hatten dort noch Pferde gestanden, die Großmutter konnte sie doch nicht alle verkauft haben.

Aber die Stallungen waren verlassen. Die Enttäuschung darüber traf sie tief. Sie ging zurück und setzte sich auf ein niedriges Mäuerchen. Was war mit der Großmutter geschehen, dass sie das Gut so vernachlässigt hatte? Viola gegenüber hatte sie sich immer entschlossen gezeigt, hatte sie angespornt, nach vorn zu sehen und für das zu kämpfen, woran sie glaubte. War sie selbst vielleicht zu blind gewesen, um deren Kummer zu erkennen? Viola bereute es, dass sie ihre Großmutter in den letzten beiden Jahren nicht besucht hatte. In ihrer Brust mischten sich Schuldgefühle, Schmerz und ein Gefühl der Leere, dem sie sich nicht entziehen konnte. Sie sprang auf und verließ fluchtartig den Garten, wobei sie über Steine stolperte und sich an den ungepflegten Büschen, die ihr den Weg versperrten, Kratzer zuzog. Sie wollte nur noch eins: so schnell wie möglich diesen Ort verlassen, der nur von Einsamkeit und Tod sprach. Am liebsten wäre sie gleich nach Hause gefahren. Nein, eines würde sie noch tun, sie würde Laura anrufen und ihr mitteilen, dass sie bereit war, sich mit ihr selbstständig zu machen. Nach einem Monat voller Tränen und diesem letzten schrecklichen Schicksalsschlag wollte Viola nur noch leben.

4

Auch an diesem Morgen wollte die Frühlingssonne anscheinend keine Rücksicht auf die Trauer im Haus nehmen. Unerschütterlich beleuchtete sie Land und Meer mit ihrer überbordenden Wärme.

Viola sah sie durch die schmutzigen Fenster ihres Schlafzimmers hereinfallen. Sie hatte bei geöffneten Läden geschlafen und nun beobachtete sie, in die Kissen gekuschelt, wie der Himmel seine Farbe veränderte.

Während ihres erzwungenen Aufenthalts auf dem Gut erlebte sie eine Achterbahn der Gefühle: Schmerz und Wut, Trauer und Zorn, Leere und Niedergeschlagenheit. All dies hatte sie erschöpft, und momentan war sie in graue Teilnahmslosigkeit versunken.

Im Haus war es kalt, und Viola zog sich fröstelnd die nach Mottenpulver riechende Decke enger um den Körper.

Sie wollte nach Hause. Hier gab es nichts mehr, wofür es sich zu bleiben lohnte. Die Lücke, die die Großmutter hinterlassen hatte, war so übermächtig, dass sie ihrer aller Leben lähmte.

Edoardo war ungeduldig, er wollte dringend wieder an seine Arbeit. Doch die Erbschaftsangelegenheiten erforderten Zeit. Und obwohl seine Frau versucht hatte, ihn zu beruhigen und zu überzeugen, nach Hause zu fahren, hatte er beschlossen zu bleiben. Den größten Teil des Tages verbrachte er an seinem Handy, aber er hatte dabei immer ein Auge auf seine beiden Frauen, die versunken in Erinnerungen durch das Haus streiften.

Ihre Mutter dagegen hatte sie alle überrascht. Sie hatte

schnell ihre Stummheit und die dunkle Sonnenbrille abgelegt und bewegte sich jetzt leicht wie ein frischer Windhauch durch das Haus. Es wirkte, als wollte sie alle Erinnerungen, die diese baufälligen Mauern bargen, in sich aufnehmen, bevor sie das Haus für immer verließ. Schließlich war sie hier geboren und hatte fast die Hälfte ihres Lebens hier verbracht. Die Liebe, die sie hier im Kreise ihrer Familie empfangen hatte, hatte ihr Kraft und Entschlossenheit verliehen.

Viola erinnerte sich an den Tag des Begräbnisses. Großmutter Adele war weit über die Grenzen ihres Dorfes hinaus bekannt gewesen. Dennoch waren nur wenige Leute zum Gottesdienst erschienen. Das hatte Viola gekränkt, aber als sie Marianna ansah, hatte die Überraschung über ihr Verhalten die Enttäuschung überwogen. Ihre Mutter lauschte mit hocherhobenem Kopf den Worten des Pfarrers und nickte ab und zu einem Bekannten zu.

»Ich habe eigentlich immer gedacht, hier in der Gegend würde man Großmutter mehr schätzen«, beklagte Viola sich später bei ihr. »Es waren kaum Leute da, und die wenigen sahen eher verschreckt aus.«

»Eine Frau mit einer Gabe, wie deine Großmutter sie hatte, erregt Misstrauen«, hatte Marianna ihr erklärt. »Die Leute kamen heimlich zu ihr, sie wussten um ihre Kräfte, aber sie hatten Angst davor.« Vielen Menschen, die den Trauerzug heimlich hinter den Fenstern verfolgt hatten, hatte die Großmutter wahrscheinlich irgendwann geholfen, aber sie waren nicht mutig genug, sich in der Öffentlichkeit zu zeigen und sich diejenigen zum Feind zu machen, die ihre Abneigung gegen diese unglaubliche Frau zur Grundlage täglicher Kämpfe gemacht hatten.

»Bist du wach?«, fragte Violas Mutter und streckte ihren blonden Schopf durch die Tür.

»Morgen«, brummte Viola und sah sie an.

»Komm, steh auf. Ich habe den Frühstückstisch im Garten gedeckt.«

Marianna setzte sich auf den Bettrand und fuhr ihrer Tochter mit den Fingern liebevoll durch die weichen Locken.

Viola war zwar kein kleines Mädchen mehr, aber sie liebte diese Zärtlichkeiten zwischen Mutter und Tochter, für die sie beide leider immer weniger Zeit hatten.

»Was steht denn heute an?«, fragte Viola vorsichtig und bereits leicht gereizt.

»Liebling, es tut mir leid. Dein Vater muss mir noch bei dem ganzen bürokratischen Kram helfen. Du weißt doch, dass das nicht meine Sache ist. Aber du kannst tun und lassen, was du willst.«

Viola hatte erwogen, nach Hause zu fahren. Hier gab es nichts für sie zu tun, und die erzwungene Untätigkeit gemischt mit den Erinnerungen machten ihr den Aufenthalt unerträglich. Aber nachdem sie in einem Anfall von Wut Laura angerufen hatte, um ihr zu sagen, dass sie an ihrem Projekt teilnehmen würde, hatte sie das sofort danach bereut. Und nun wusste sie nicht, wie sie bei ihrem nächsten Treffen aus dieser Sache wieder herauskommen sollte.

»Ich bleibe noch etwas«, brummte sie.

»Weißt du«, gestand ihr die Mutter, »das Gut ist wirklich sehr groß. Ich hatte ja keinen Einblick in die Angelegenheiten hier und habe nie mit meinem Vater über den Besitz gesprochen. Deshalb bin ich mit allem hier nicht sehr vertraut. Dein Vater muss jetzt noch herausfinden, was alles auf uns zukommt.«

Marianna nahm eine Locke ihrer Tochter, deren Haarfarbe an reifen Weizen erinnerte, und machte sich daran, einen hartnäckigen Knoten aufzulösen.

»Und was kommt deiner Meinung nach auf uns zu?« Viola klang jetzt ungehaltener, als sie eigentlich war.

»Hast du nicht gesehen, in welchem Zustand hier alles ist?«, rief ihre Mutter aus und sah ihre Tochter eindringlich an. »Vielleicht lasten hohe Schulden auf dem Besitz, die Mutter überfordert haben. Wir müssen mal sehen, wie es finanziell aussieht.«

»Das wird also dauern …«

»Möglich. Aber wie ich schon gesagt habe, du kannst nach Hause fahren, wann du willst.«

Ihre Mutter stand auf und zog Viola die Decke weg, die sie sich bis unters Kinn gezogen hatte.

»He!«, protestierte die und versuchte, sie zurückzuerobern.

»Ich erwarte dich unten«, verabschiedete Marianna sich und verließ das Zimmer genauso lautlos, wie sie es betreten hatte. Während Viola sah, wie die Tür sich hinter ihr schloss, dachte sie, dass ihre Mutter trotz ihrer sechzig Jahre immer noch eine wunderschöne Frau war. Sie war nicht ganz einen Meter siebzig, schlank, und bewegte sich mit der Anmut einer Balletttänzerin. Sie trug immer lange bunte Röcke, und in ihre dichte goldblonde Mähne mischten sich nur hier und da ein paar weiße Haare. Marianna war eine begnadete Malerin und hatte lange an einem Gymnasium Kunstgeschichte unterrichtet. Doch dann hatte sie aus Verbitterung über die Bürokratie des Schulsystems alles hingeschmissen und sich mit Leib und Seele ihrer großen Leidenschaft gewidmet. Wenn Viola sie bei ihrer Arbeit beobachtete, kam es ihr oft so vor, als wäre die Welt, die ihre Mutter sich geschaffen hatte, nur schwerlich mit der realen vereinbar. Aber Marianna war glücklich, und sie hatte es geschafft, dass ihre Tochter in einem heiteren und wohlhabenden Umfeld aufwuchs.

Viola streckte die Beine aus dem Bett, wobei sie daran dachte, in welcher Sackgasse ihr Leben steckte. Sie fühlte sich ausgelaugt und leer, und sooft sie sich auch sagte, dass sie endlich handeln müsste, schob sie es doch ständig auf, sich die Ärmel hochzukrempeln und die Dinge anzupacken. Sie griff nach ihrem alten Jogginganzug, der zwar ziemlich abgetragen, aber bequem war, zog ihn an, band die Haare mit einem Zopfband zusammen und ging hinunter zum Frühstück. Obwohl sie gern geflohen wäre, um die größtmögliche Entfernung zwischen sich und diesen Ort zu bringen, sah sich Viola auf ihrem Weg durch den kurzen Flur mit dem Tonnengewölbe um und dachte, dass es noch nicht zu spät war, dieses alte Gemäuer auf Vordermann zu bringen. Ein neuer Anstrich würde diesen vom Zahn der Zeit dunkel gewordenen und bröckelnden Mauern schon sehr helfen. Mit fachmännischem Blick beurteilte Viola die Einrichtung und überlegte, was man besser behielt oder ersetzte. Die Möglichkeiten dieses Gebäudes weckten ihr berufliches Interesse und erinnerten sie daran, wie sehr sie ihre Arbeit vermisste. Sie war gut darin, auf den ersten Blick zu erkennen, wie sich ein Raum mit ein paar intelligenten Kniffen positiv verändern ließ.

Sie schüttelte den Kopf, versuchte, diese sinnlosen Gedanken loszuwerden, und betrat die Küche. Sie war leer, doch in der Luft lag der Duft nach frisch gebrühtem Kaffee. Durch die offene Tür zum Hof fielen Sonnenstrahlen herein, die sich bis zur gegenüberliegenden Wand zogen. Viola folgte ihm und trat hinaus in die frische Morgenluft. Sie kniff die Augen zusammen, um sich an das blendende Licht zu gewöhnen, und sah dann ihre Eltern in dem Pavillon sitzen, den eine üppige Glyzinie für sich in Beschlag genommen hatte. Wenn sie blühte, würde der Duft beinahe unerträglich sein.

Genau wie diese Situation, dachte Viola.

»Guten Morgen!«, begrüßte sie ihre Eltern und küsste ihren Vater auf die Wange. Edoardo machte ihr auf dem kleinen Rattansofa neben sich Platz und reichte ihr ein Glas mit frischgepresstem Orangensaft. Viola nahm sich eine dick mit Marmelade bestrichene Brotscheibe und biss hinein.

Eine Weile aßen alle still vor sich hin. Edoardo sah ab und zu auf sein iPad, zusehends beunruhigt, dass er die Schreinerei seinen Angestellten hatte überlassen müssen. Violas Mutter war schweigsam, aber sie wirkte ganz entspannt, während sie eine alte Gartenzeitschrift durchblätterte.

»Der Notar hat angerufen«, sagte Edoardo zu seiner Tochter und unterbrach damit die Idylle. »Wir müssen alle drei zur Testamentseröffnung erscheinen.«

»Warum?«

»Keine Ahnung. Aber das hat er gesagt. Er erwartet uns um elf.«

»Ich hoffe, es dauert nicht zu lange«, sagte Marianna und blickte kurz von ihrer Zeitschrift auf.

Edoardo sah sie ungeduldig an. »Ich gehe mich anziehen«, sagte sie, stand elegant auf, raffte mit einer Hand ihren bunten Flatterrock und entfernte sich leichtfüßig.

»Wenn ich sie nicht so genau kennen würde, könnte ich manchmal Angst bekommen«, brummte Violas Vater und starrte auf die Tür, hinter der seine Frau verschwunden war.

Viola legte ihm den Kopf auf die Schulter und kuschelte sich an seinen Arm.

»Ich denke manchmal, dass ich sie überhaupt nicht kenne«, antwortete sie. »Meiner Meinung nach hat sie die gleiche Gabe wie Großmutter: Sie kann in deiner Seele lesen, wie und wann sie will, aber sie selbst bleibt unergründlich.«

»Kann sein.« Edoardo drückte seine Tochter so fest an sich, dass sie sich lachend wehrte. »Du weißt aber, dass sie dich unglaublich liebt und will, dass du glücklich bist.«

»Danke, Papa.«

Viola stand auf, trank den Orangensaft auf einen Schluck aus und ging zum Haus.

»Ich geh duschen!«, rief sie.

»Um zehn Uhr fahre ich los. Wer nicht da ist, muss zehn Kilometer laufen!«

Die Sonne schien hell auf die Häuser des Dorfes, die sich dort oben auf der Anhöhe zusammendrängten. Die weiß gekalkten Wände reflektierten den Schein, sodass die kleine Ansiedlung so leuchtend hell strahlte wie ein Feuerwerk.

Edoardo parkte den Wagen außerhalb der Stadtmauern, und sie gingen durch die engen Kopfsteinpflastergassen Richtung Domplatz, wo sich die Kanzlei des Notars befand.

Obwohl sie schon so oft hier gewesen war, bewunderte Viola die Schönheit dieses Dorfes stets aufs Neue. Die Häuser wirkten schlicht mit klaren Linien, und doch waren sie mit kunstvollen Gesimsen verziert. Als die Europäische Gemeinschaft ein Programm zur Neubelebung der historischen Stadt- und Ortskerne aufgelegt hatte, hatte auch dieses kleine Dorf sich ins Zeug gelegt und sein Zentrum saniert. Der Tourismus hatte ein wenig Wohlstand gebracht: Die Straßen waren sauber, neue Bars und Osterien waren entstanden, überall wurden Öl, Wein und andere regionale Erzeugnisse verkauft.

In ihre Gedanken versunken, hatte Viola gar nicht bemerkt, dass sie an ihrem Ziel angekommen waren.

Während sie die Treppe des eleganten Wohnhauses hinaufstiegen, ließ eine gewisse Unsicherheit Viola zögern. Warum wurde ein solches Geheimnis um das Testament der Großmutter gemacht? Würde es da eine Überraschung geben?

Das sollten sie bald erfahren.

5

Das Geräusch eiliger Schritte, die die Treppen herunterkamen, hallte im ganzen Gebäude wider. Der Mann erreichte die Haustür, öffnete sie geräuschvoll und ließ sie heftig hinter sich zufallen. Er war überzeugt, dass sie diese wütenden Geräusche gehört hatte, die das ganze Gebäude erschütterten. Aber das war ihm egal. Ihn zerfraß eine solch zerstörerische Wut, dass sie ihm in die Haut brannte. Augenblicklich verabscheute er alles und jeden, aber besonders sich selbst.

Schon einmal hatte er sich in einer erdrückenden Situation gefangen gefühlt, an die er sich nicht gewöhnen konnte. Als er sich schließlich aus diesen Fesseln befreit hatte, hatte er so viel Entfernung wie möglich zwischen sich und diese Gegend gebracht.

Acht Jahre auf dem Meer hatten ihm klargemacht, was es bedeutete, Entscheidungen zu treffen, Verantwortung zu übernehmen und auch seinen Mitmenschen die Wahl zu lassen. Acht Jahre frei wie ein Vogel, in denen er alle Zeit der Welt gehabt hatte, um in sich hineinzuhorchen und zu begreifen, was für ein Mensch er werden, wo er leben und was er tun wollte.

Doch auf einmal waren diese Fesseln, die er für immer abgeschüttelt glaubte, zu neuem Leben erwacht, hatten sich um seine Hand- und Fußgelenke gelegt und ihn erneut im Griff. Er fühlte sich, seit er das Dorf betreten hatte, wie gefangen. Als würde ihn etwas oder jemand gegen seinen Willen in ein farbloses Leben ohne Licht und Zukunft zwingen.

In den Jahren seiner Abwesenheit hatte er sich mental und finanziell von der Familie unabhängig gemacht. Doch dann hatte man ihm mitgeteilt, dass die Mutter krank und der Vater nie da war. Es war ihm nicht einmal in den Sinn gekommen, dass er sich weigern könnte zurückzukehren.

Doch er war auch nicht so naiv zu glauben, dass es einfach werden würde. Allein der Gedanke, seinen Vater wiederzusehen, machte ihn nervös. Aber er hätte nie gedacht, dass es so enden würde.

Er erinnerte sich an die klägliche Stimme der jungen Frau, die er eben verlassen hatte. An ihre Tränen, die so leicht geflossen waren, die drängenden Vorwürfe und die moralische Erpressung. Er konnte ihr nicht einmal mehr in die Augen sehen, und wenn sie bei ihm nach Zärtlichkeit oder einer Umarmung suchte, entzog er sich ihr. Wie lange würde er das noch durchhalten? Doch ihm blieb keine Wahl. Für ihre Lage war er allein verantwortlich.

Das Klingeln seines Handys erinnerte ihn daran, dass es noch andere Probleme in seinem Leben gab. Also, ganz ehrlich, sein Leben war ein einziges schreckliches Chaos aus Hindernissen und Problemen.

»Hallo?«, antwortete er knapp.

»Wo zum Teufel bist du?«, schrie ihn eine Stimme an. »Die auf der Baustelle warten schon seit einer halben Stunde auf uns. Willst du, dass man uns feuert?«

Das war Ezio, genannt *il Rosso*. Der Spitzname bezog sich aber nicht auf seine Haare, die waren schwarz wie die Nacht, sondern darauf, dass sein Gesicht knallrot wurde, wenn er sich aufregte. Und das kam ziemlich häufig vor.

»Ich bin gleich da.«

»Aris, verdammt, ich bereue jetzt schon, dass ich dir diese Arbeit besorgt habe!«

Als ob dieser Hilfsjob auf einer Baustelle, noch dazu schwarz, ein Traumjob war. Doch leider brauchte er ihn. Und als er ihn angenommen hatte, hatte ihm sogar der Gedanke eine gewisse Befriedigung verschafft, wie sehr das seinen Vater ärgern würde, wenn er davon erfuhr. Der große Giovanni Ranieri, emeritierter Professor für antike Geschichte an der Universität Bari. Der allein schon dadurch, dass er ihm diesen absurden Namen verpasst hatte, seit seiner Geburt versucht hatte, ihn nach seinen Vorstellungen zu formen.

Doch angesichts der Nachricht war Dottore Ranieri äußerlich vollkommen gelassen geblieben. Inzwischen verbrachte er den größten Teil seines Lebens in der Stadt, fern von dem Geschwätz im Dorf. Und fern von seiner Frau.

»Beruhige dich und mach weiter«, sagte Aris zu Ezio. »Ich komm auf die Baustelle«, dann beendete er das Gespräch.

Er ging zu seinem Motorrad, setzte den Helm auf, zog die Jacke an und fuhr mit quietschenden Reifen los. Nur auf seiner Honda CBR konnte er für einige Momente alles vergessen. Nach dem Unfall hatte er sie eigentlich verkaufen wollen. Seine Mutter hatte ihn inständig darum gebeten mit ihrem sanften, erschöpften Blick. Sara wollte sogar, dass er sie in ihrer Anwesenheit nicht mehr erwähnte. Andererseits, sie würde nie wieder darauf steigen, richtig? Nicht in ihrem Zustand. In ihm regte sich Widerspruchsgeist, und er gab Gas, dass der Motor vor Vergnügen aufheulte. Sein Leben gehörte nicht mehr ihm, die anderen trafen die Entscheidungen. Aber das Motorrad würde er nicht verkaufen. Es war seine Illusion von einem anderen, dem wahren Leben. Einem Leben, das nur ihm gehörte.

6

Der Streifen Land zwischen dem Gut und dem Meer war karg und zerklüftet. Ein knapper Kilometer Steine und Gras, ein paar wild wuchernde Büsche und eine einsame hohe Agave, die im Wind schwankte.

Viola lief zusammen mit Nero auf die Klippen zu, wobei sie vergeblich versuchte, nicht in die unter Gestrüpp verborgenen kleinen Löcher im Boden zu stolpern. Ihr Kopf war noch ganz wirr von den Enthüllungen des Notars.

Ihr Vater hatte wütend und unter Fluchen den Raum verlassen, taub für die Bitten seiner Frau, er solle sich doch beruhigen.

»Was hat sie sich dabei gedacht?«, brüllte er. »Dass ich mein kleines Mädchen in diesem gottverlassenen Ort zurücklasse?«

Hätte es Viola nicht vor Überraschung die Sprache verschlagen, hätte sie wohl angesichts der Sorge ihres Vaters um sie gelacht. Für ihn war sie sein kleines Mädchen und würde es immer bleiben.

Tatsächlich hatte das Testament der Großmutter alle verblüfft. Viola hatte das Gut geerbt, allerdings mit der Auflage, ihm zu altem Glanz zu verhelfen. Und dazu eine bescheidene Geldsumme, mit der sie die Instandsetzungsarbeiten beginnen könnte. Carmela und Vito sollten in ihrem Haus bleiben und genossen dort lebenslanges Wohnrecht.

Während der kurzen Rückfahrt zum Gut, der Vater schimpfte weiter wütend vor sich hin, die Mutter betrachtete äußerlich ruhig die Straße, hatte Viola versucht, die Neuigkeit zu verdauen.

Ihre Großmutter tat nie etwas ohne einen bestimmten Grund. Doch im Moment wusste Viola nicht, worin der bestand. Warum hatte sie geglaubt, ihre Enkelin könnte oder wollte hier leben? Was sollte sie hier tun? Oliven anbauen? Sie erinnerte sich nicht, je besonderes Interesse für diese Tätigkeit gezeigt zu haben.

Als Erstes, nachdem der Notar die Verlesung des Testaments beendet hatte, hatte sie ihre Mutter angesehen. Warum hatte die Großmutter ihr nichts hinterlassen? Zwischen den beiden hatte doch ein so inniges Band bestanden. Was hatte die Großmutter veranlasst, sie vom Testament auszuschließen?

Marianna schien die Entscheidung jedoch überhaupt nicht zu kränken. Nachdem sie es aufgegeben hatte, ihren Mann zu beruhigen, war sie in resigniertes Schweigen gesunken.

Edoardo hatte die beiden Frauen am Gut aussteigen lassen und war dann weitergefahren, um seinen Ärger woanders abzureagieren.

Viola war der Mutter in die Küche gefolgt, hatte sich dort an den alten Holztisch gesetzt und ihr zugesehen, wie sie sich einen ihrer Entspannungstees aufbrühte.

»Das ist alles so absurd«, war sie schließlich herausgeplatzt.

»Nein, das ist es nicht«, hatte Marianna erwidert und sich ihr gegenüber hingesetzt.

Viola hatte ihre Mutter angesehen, als hätte sie den Verstand verloren.

»Sie hat dir nichts hinterlassen!«

»Aber ich wollte auch nichts. Dein Vater und ich haben alles, was wir brauchen.«

»Aber warum dann ich?«

»Deine Großmutter hatte großes Vertrauen in dich.«

»Dann muss ich sie ziemlich enttäuscht haben …«

»Sei nicht albern«, hatte Marinna sie verärgert unterbrochen. »Jeder stößt in seinem Leben auf Hindernisse. Du hast eine schwierige Phase durchlebt …«

Viola hatte ironisch die Augenbrauen gehoben und das Gesicht verzogen, als wollte sie widersprechen.

»Du bist schön, klug und gesund. Und jung. Du hast noch dein ganzes Leben vor dir. Glaubst du wirklich nicht, dass die Zukunft noch etwas Großes für dich bereithält?«

»Im Moment gelingt es mir nicht, so weit vorauszuschauen …«

Beide hatten eine Weile geschwiegen. Je mehr Viola versuchte, die Beweggründe ihrer Großmutter zu verstehen, desto weniger begriff sie. Dieses ganze Grübeln regte sie auf.

»Was hat Großmutter denn von mir erwartet, als sie mir diesen Besitz hinterlassen hat? Welche Zukunft sollte ich hier denn haben?«

»Du musst die Erbschaft natürlich nicht annehmen.«

»Aber ich fühle mich dazu verpflichtet.«

»Nein, so darfst du das nicht sehen. Deine Großmutter hat auf ihre Art versucht, dir in diesem schwierigen Moment deines Lebens zu helfen.«

»Es könnte aber sein, dass ich das gar nicht will. Hier im Süden bleiben, meine ich.«

»Ich sage dir noch einmal: Du muss es nicht tun. Denk darüber nach, nimm dir etwas Zeit, um dich zu entscheiden. Es hat keine Eile.«

Während Viola über die letzten Worte ihrer Mutter nachdachte, hatten Viola und Nero den Rand der Klippe erreicht. Das Meer war aufgewühlt, die Wellen klatschten wütend und mit Wucht gegen die Felsen, während die Sonne die Gischt aufleuchten ließ, die zu ihr hochspritzte. Viola sog die frische, salzige Luft mit tiefen Atemzügen ein und nahm die Farben dieser wilden, unbewohnten Gegend in sich auf.

Es stimmte nicht, dass es keine Eile hatte. Solange sie sich nicht entschieden hatte, würden Sorge und Unsicherheit quälend an ihr nagen. Was sie überraschte: Eigentlich missfiel ihr der Gedanke hierzubleiben überhaupt nicht, im Gegenteil.

Viola strich sich mit der Hand über die vom Wind zerzausten Haare und sah sich um, fasziniert von der Landschaft. Sie hatte diese Gegend immer geliebt. Vielleicht war es ja tatsächlich der richtige Ort, um noch einmal von vorn anzufangen.

Während ihr Blick vom Meer zu den vom Wind niedergebogenen Büschen schweifte, entdeckte Viola ein paar Hundert Meter von ihr entfernt eine Gestalt auf einem Felsen. Sie war zu weit entfernt, als dass man ihr Gesicht erkennen konnte, aber sie sah eindeutig zu ihr herüber. Instinktiv machte Viola einen Schritt auf sie zu, daraufhin stand die Gestalt auf und rannte in Richtung Gutshof. Es gab keine anderen Häuser in der Nähe, und die Hauptstraße war mindestens zwei Kilometer entfernt. Wer konnte das sein, fragte Viola sich, während sie beobachtete, wie sich das Sonnenlicht in den hin und her schwingenden schulterlangen Haaren der Gestalt verfing. Eigentlich hatte sie auf einen kleinen Jungen getippt, aber auf die Entfernung waren Alter und Geschlecht kaum zu bestimmen. Die Gestalt rannte unbeholfen mit unkoordinierten Bewegungen vorwärts. Aber man sah genau, dass sie mit der Gegend vertraut war. Viola sah ihr neugierig nach, bis sie in einer Erdsenke verschwand. Sie warf einen letzten Blick auf das Meer und wandte sich ab, um den Rückweg anzutreten. Gefolgt von Nero durchquerte sie die Olivenhaine: Die ältesten Bäume, die rund um den Gutshof standen, hatten dicke gewundene Stämme und riesige Wurzeln, die aus dem Erdreich ragten. Sie waren unregelmäßig auf dem Grundstück angepflanzt. In weiterer Entfernung, auf dem Land, das später nach und nach dazugekauft worden war, standen sie jedoch in perfekten, geraden Reihen, und das Gras darunter war geschnitten und gepflegt wie in einem Garten.

Viola traf einen Entschluss: Sie würde sich schnell entscheiden, dann konnten alle bald wieder in ihr normales Leben zurückkehren.

7

Am Nachmittag war das Wetter plötzlich umgeschlagen: Der Wind schüttelte die Zweige des alten Olivenbaums in der Mitte des Hofes hin und her, er ließ die Fensterläden klappern und wirbelte den Staub hoch. Am Horizont hatten sich große graue Wolken zusammengeballt, und in der Dunkelheit des Abends leuchteten die Blitze aus dem Zentrum des Gewitters auf.

»Wir müssen es ihnen sagen«, murmelte Carmela zu ihrem Ehemann, während sie sich an den Tisch setzte und ihm zusah, wie er mit tief über den Teller gebeugtem Kopf aß.

»Wir müssen überhaupt nichts«, brummte der mit vollem Mund zurück. »Das geht sie nichts an.«

»Das wird es aber, wenn sie das Geld finden«, beharrte sie.

»Als sie vom Notar zurückkamen, war Herr Edoardo sehr aufgebracht.«

Vito schnaubte kurz, hob den Kopf und sah seine Frau verärgert an. Carmela war eine gute Ehefrau. Sie beklagte sich nie über die harten Mühen ihres bescheidenen Lebens, sie hatte sich immer um ihn gekümmert und ihn unterstützt und wusste, wann sie besser den Mund hielt. Sicher, sie war starrköpfig, aber sie hatte ein großes Herz. Vielleicht ein zu großes, bedachte man, wie sehr sie ihre einzige Tochter geliebt hatte und welches Ende diese genommen hatte.

Jetzt machte sie sich Sorgen: Sie mochte keine Geheimnisse, vor allem nicht Adele und ihrer Familie gegenüber. Und das nicht nur, weil die alte Frau in Menschen wie in einem Buch lesen konnte, sondern auch weil sie ihr zutiefst dankbar war.

Vito kannte seine Frau genau, und er wusste, dass sie ihn

bearbeiten würde, bis sie gewonnen hatte. Dies war eine der wenigen Gelegenheiten, bei denen sie nicht schweigen würde.

»Wir haben nichts Schlechtes getan«, erwiderte er stur. »Die Signora hat immer frei ihre Entscheidungen getroffen. Und sie wissen auch, dass niemand sie beeinflussen konnte.«

»Sie könnten uns wegschicken«, fuhr Carmela beharrlich fort. »Wovon würden wir leben? Und was machen wir dann mit ihm?« Sie hob den Kopf zum ersten Stockwerk hin.

Vito beugte sich wieder tief über seinen Teller, spießte kraftvoll die Nudeln auf und führte sie mechanisch zum Mund. Er redete nicht gern über dieses Thema. Vito war ein einfacher Mann. Als Jüngster von sieben Brüdern hatte er schon mit zehn Jahren als Tagelöhner auf dem Feld angefangen, und die vergangenen fünfzig Jahre hatte er immer hart gearbeitet. Als ihm Antonio Medrano die Verwaltung seines Guts anvertraut hatte, hatte er sich gleichzeitig geehrt und ein wenig eingeschüchtert gefühlt; er konnte lesen und rechnen, aber er hielt sich nicht für besonders intelligent. Dennoch hatte er seine Aufgabe gut gemeistert, es waren nie Klagen gekommen.

Doch bei menschlichen Beziehungen wurde Vito ausweichend. Wäre Carmela nicht so hartnäckig geblieben, hätten sie sich nie verlobt und schon gar nicht geheiratet. Auch im Umgang mit seiner Tochter hatte er sich immer unbeholfen gezeigt und seiner Frau die ganze Bürde der Erziehung überlassen.

Jetzt fühlte Vito sich einsam und hatte Angst, das machte ihn wütend. Er konnte sich nicht mehr an Antonio wenden, um hilfreiche Ratschläge zu bekommen oder an Adele, damit sie böse Gerüchte fernhielt und sich um ihre Probleme kümmerte.

Seit die Signora tot war, schlief Vito nicht mehr. Und Carmelas Sorgen quälten ihn zusätzlich. Vito traute diesen Verwandten aus dem Norden nicht, er kannte sie ja kaum.

Er würde abwarten. Vielleicht regelten sich die Dinge ja von selbst. Eines war sicher, sie würden nicht auf der Straße sitzen.

Im Lauf der Zeit hatte er eine bescheidene Summe beiseitelegen können, die es ihnen ermöglichen würde, ihr Alter anständig zu verleben. Sicher, der Gedanke, das Gut zu verlassen, gefiel ihm gar nicht, aber selbst wenn er es als sein Zuhause ansah, war es das doch nicht. Wenn die Besitzer alles verkauften, würden sie sich ein kleines Haus mit ein wenig Land suchen, würden ein Gemüsegärtchen bewirtschaften, Carmela konnte ihre Tiere mitnehmen, die sie auf dem Hof hielt, und solange seine Kräfte reichten, konnte er im Sommer weiter auf dem Feld arbeiten. Mit dem Geld hatte Signora Adele auch ein anderes Problem geregelt. Worüber beklagte sich seine Frau also?

»Es wird sich alles finden«, sagte er entschlossen. »Du halt am besten den Mund und kümmer dich um deine Angelegenheiten.«

Carmela sah ihn wütend an. Auch diesmal würde sie keine Hilfe von ihrem Mann bekommen. Er war in sich gekehrt, wortkarg und widerspenstig, mit diesem Sturkopf war einfach nicht zu reden. Sie sprang auf und begann, den Tisch abzuräumen. Wieder musste sie die Dinge in die Hand nehmen. Sie schlurfte zum Fenster und versuchte, zum wiederholten Male den klappernden Laden zu fixieren. Als sie den Kopf aus dem Fenster streckte, bemerkte sie, dass im oberen Stockwerk des Herrenhauses Licht brannte. Wer weiß, was dort in den alten Mauern wohl für Entscheidungen getroffen wurden. Carmela schloss seufzend die Läden. Es würde bald zu regnen anfangen, und an diesem Abend konnte man sowieso nichts mehr unternehmen.

Im Stockwerk über Carmela starrten zwei grüne ängstliche Augen ebenfalls auf die Fenster des Herrenhauses. Diese Fremden beunruhigten ihn, aber gleichzeitig machten sie ihn neugierig. Die Frau mit den langen bunten Röcken war Adeles Tochter, das hatte ihm die Nonna erzählt. Sie gefiel ihm, er spürte, dass sie der alten Signora sehr ähnlich war. Doch noch neugieriger machte ihn das Mädchen mit diesen rebellischen Locken und dem Lächeln, das so strahlte wie die Sonne. Er hätte sie gern aus der Nähe betrachtet, hätte gern ihren Duft gerochen. Er begriff nicht, warum die Nonna gesagt hatte, er dürfe sich nicht sehen lassen. An diesem Nachmittag hatte er viel riskiert, sie hatte sich ihm zugewandt, beinahe als wollte sie mit ihm sprechen. Dass er den ganzen Weg nach Hause gerannt war, hatte ihn erschöpft und zwar so sehr, dass er abends nicht einmal etwas essen wollte. Er hatte sich in sein Zimmer geflüchtet, wo er sich sicher fühlte zwischen all den Dingen, an denen er hing, vor allem seiner Sammlung Motorräder. Er zog die Vorhänge zu, um die Dunkelheit nicht hereinzulassen, und setzte sich auf den Teppich in der Zimmermitte. Dann nahm er einen kleinen Modellbauschraubenzieher zur Hand und begann, sein letztes Geschenk auseinanderzubauen. Nun war in seinem Kopf kein Platz mehr für andere Gedanken.

8

In dieser Nacht schlief niemand im Haus gut. Dazu trug auch das Gewitter bei, das kurz nach Mitternacht wütend losbrach. Der Wind bog die Baumkronen mit solcher Gewalt, bis er sie brach, und stieß heulend durch die Ritzen der alten Fensterrahmen in die Häuser herein, während er draußen auf den Höfen alles durcheinanderwirbelte.

Als Viola am nächsten Morgen zum Frühstück herunterkam, waren ihre Augen geschwollen und die Haare so verstrubbelt, als wäre sie in eine Windhose geraten.

Edoardo sah von seiner Tasse auf zu seiner Tochter und sein Blick verfinsterte sich. Was zum Teufel hatte sich diese alte Hexe dabei gedacht, seine Familie so durcheinanderzubringen?

Eigentlich hatte er seine Schwiegermutter nie mit solchen Namen bedacht. Praktisch und rational wie er war, hatte er sie immer für exzentrisch gehalten, aber nie ihre Intelligenz unterschätzt.

Doch ihr Testament hielt er für die Ausgeburt eines alten kranken Kopfes. Was sollte Viola an diesem heruntergekommen Ort, abgeschnitten von der Welt? Allein mit zwei alten Leuten, die sie kaum kannte? Warum hatte sie das getan?

»Meine Kleine, wie fühlst du dich?«, fragte er Viola besorgt, während diese sich neben ihn setzte.

»Als wäre eine Dampfwalze über mich gerollt«, brummte sie und goss sich Kaffee aus der großen Caffettiera ein, die in der Mitte des Tisches stand.

Marianna lächelte.

»Deine Haare sehen jedenfalls nicht anders aus als sonst«, stellte sie fest.

»Danke, Mama«, murrte Viola. »Tatsache ist, ich konnte mir die nicht aussuchen.«

»Touché«, gab ihre Mutter zu und neigte den Kopf zur Seite. »Sie machen einen guten Teil deines Reizes aus.«

Edoardo sah seine beiden Frauen verwirrt an. Wie konnten sie nach dem Gewittersturm, der sich über ihnen entladen hatte, so heiter und gelassen sein?

»Ich gehe gleich zu einem Immobilienmakler«, erklärte er. »Schließlich kann ich nicht bis in alle Ewigkeit hierbleiben. Meine Arbeit wartet auf mich.«

»Papa ...«

»Ja?«

»Das hat Zeit.«

Der Mann schien kurz verwirrt zu sein, doch dann wurde der Blick seiner haselbraunen Augen misstrauisch.

»Was meinst du damit?«, fragte er vorsichtig.

»Dass es Zeit hat«, antwortete Viola. »Wir müssen doch nicht sofort verkaufen, oder?«

»Und worauf sollen wir noch warten?«

Edoardo Cardelli war eigentlich ein friedlicher Mensch, der seine Tochter und eine gewisse Bequemlichkeit liebte. Doch in diesem Moment war seine Stimme laut und scharf.

Viola holte tief Luft, suchte nach Worten, um das zu erklären, was sie sich selbst in den vergangenen Stunden nicht hatte erklären können.

»Ich möchte mich hier ein wenig umsehen, bevor ich mich entscheide«, sagte sie und wich dem Blick des Vaters aus.

»Hier gibt es nichts als Felsen, Wasser und Wind. Und einen Haufen Ziegelsteine, der sich mehr schlecht als recht aufrecht hält«, polterte ihr Vater. »Was sonst hast du hier noch nicht gesehen?«

»Lass sie doch ausreden«, mischte sich seine Frau ein und legte ihm besänftigend die Hand auf den Arm.

»Hast du dich etwa mit ihr verbündet?« Jetzt klang die Stimme des Mannes beinahe schrill, und man sah seinen hochroten Wangen an, wie wütend er war.

»Papa«, wandte Viola ein und sah ihn an, »niemand hat sich hier gegen dich verbündet. Ich möchte mir nur ein wenig Zeit nehmen, um herauszufinden, was ich jetzt tun will.«

»Du kannst nicht hierbleiben.«

»Ich habe nicht gesagt, dass ich das will«, antwortete Viola ruhig. »Aber ich habe es auch nicht eilig, nach Hause zu kommen, dort wartet nichts auf mich.«

»Du bist gut, du hast die besten Referenzen, ich bin überzeugt, dass du sofort einen neuen Job findest.«

»Ja, möglich. Aber was ändern dann ein paar Tage mehr oder weniger?«

Edoardo war bei dem Gedanken nicht wohl, seine Tochter allein hierzulassen. Aber er wusste auch, dass man sie nicht umstimmen konnte, wenn sie eine Entscheidung getroffen hatte.

»Dann bleibe ich auch.«

»Das ist nicht nötig, Papa. Mama bleibt hier bei mir.« Viola sah ihre Mutter hilfesuchend an. »Es sind noch so viele Sachen von Großmutter durchzusehen. Du würdest dich nur langweilen.«

»Ich mache mir Sorgen …«

»Edoardo, wir sind hier im Salento, nicht im Regenwald des Amazonas«, unterbrach ihn seine Frau. »Bald beginnt die Touristensaison, da wird es von Leuten wimmeln, du musst dir keine Sorgen machen.«

Ihr Mann sah sie wütend und gekränkt an, weil sie sich nicht auf seine Seite geschlagen hatte. Aber er wusste, wann er verloren hatte. Wortlos stand er vom Tisch auf und verließ die Küche.

»Danke«, flüsterte Viola ihrer Mutter zu.

»Wofür denn? Es stimmt doch, dass wir die Sachen von Mama durchsehen und aufräumen müssen. Selbst wenn du dich entscheidest, nicht hierzubleiben.«

Viola blickte traurig nach draußen auf den grauen Himmel mit den immer noch vollen Regenwolken.

»Mach dir keine Sorgen wegen deines Vaters«, fuhr Marianna fort. »Es fällt ihm nicht leicht, dich gehen zu lassen. Aber er wird es verstehen und deine Entscheidungen akzeptieren.«

Ihre Mutter stand auf und zog ihr Schultertuch fester um sich, ohne das man sie nie sah. Sie drückte ihr einen sanften Kuss auf die Haare, dann verließ sie so lautlos die Küche, als würden ihre Füße kaum den Boden berühren.

Viola seufzte. Sie war müde, weil sie sich die vergangene Nacht nur in ihrem Bett herumgewälzt und keinen Schlaf gefunden hatte, aber sie spürte, dass so etwas wie Begeisterung in ihr aufkam. Ein Flämmchen, das geduldig loderte, aber nur darauf lauerte zu entbrennen, sobald es neuen Sauerstoff bekam.

9

Kaum war Edoardo in den Norden zurückgekehrt, hatten Viola und ihre Mutter die Ärmel hochgekrempelt und damit begonnen, die Sachen der Großeltern auszusortieren. Sie hatten mit dem Schlafzimmer der Hausherrn angefangen und dort etliche Säcke mit alter Kleidung gefüllt, die sie dann mit der Hilfe von Carmela in nicht mehr zu gebrauchen und geeignet für das Rote Kreuz aufgeteilt hatten.

Bei aller Entschlossenheit war es nicht leicht für sie gewesen. Marianna verspürte immer wieder Trauer, wenn sie auf ein besonderes Erinnerungsstück stieß. Dann ging sie aus dem Haus und flüchtete sich in den Mandelgarten, wie sie das kleine Paradies hinter dem Haus nannte. Sie blieb eine halbe Stunde, manchmal auch eine ganze fort und versuchte, ein bisschen Gleichmut zurückzugewinnen und sich von der sie niederdrückenden Melancholie zu befreien.

Viola hingegen spürte eine gewisse Leichtigkeit. Sie ließ sich nicht von Schmerz und Traurigkeit überwältigen, im Gegenteil, diese Arbeit war Balsam für ihre Wunden. Es kam ihr vor, als würde sie gleichzeitig auch in sich selbst Ordnung schaffen, um sich auf einen neuen Anfang vorzubereiten. Mit jedem Tag wuchs die Gewissheit in ihr, dass dies ihr Haus war: Mit professionellem Blick begutachtete sie die Möbel, entschied, was man behalten und was man aussortieren musste, als wüsste sie genau, was sie demnächst hier tun würde.

Marianna vermied dieses Thema, aber während sie ihre Tochter so begeistert bei der Arbeit sah, wusste sie, dass Viola dieses alte Haus nicht aufgeben würde. Sie war glücklich darüber, wenn es auch das war, was Viola wollte. Vielleicht hatte Adele Weitblick besessen: Diese Entschlossenheit und Begeisterung, die Viola zurzeit antrieben, hatte sie schon lange nicht mehr in den Augen ihrer Tochter aufleuchten sehen.

»Was fasziniert dich denn so an diesem kleinen Bild?«, fragte Marianna.

Viola sprang auf. Sie hatte ihre Mutter nicht kommen hören. Sie hielt sich in dem kleinen Raum auf, in dem die Großmutter geschlafen hatte, seit sie allein zurückgeblieben war, und betrachtete zum tausendsten Mal die gerahmte Zeichnung, die sie vor Jahren für die Großeltern angefertigt hatte.

»Ich weiß nicht, aber irgendetwas stimmt da nicht«, antwortete sie zweifelnd.

Marianna hob neugierig die Augenbrauen, dann sah sie sich selbst das Bild an.

»Du konntest wirklich gut zeichnen.«

»Danke.« Viola stand auf und entfernte sich von dem Gegenstand, der ihre Gedanken beschäftigte. »Ich hatte eine gute Lehrerin.«

»Gönnen wir uns eine Pause«, schlug Marianna lächelnd vor und legte ihrer Tochter den Arm um die Schulter. »Endlich regnet es nicht mehr, und Vito bringt gerade die Kleidersäcke weg.«

Die beiden Frauen gingen hinaus in den Garten und sogen dort die frische feuchte Nachmittagsluft tief in sich ein. Nach einem strahlenden Beginn schien der Frühling seine Überschwänglichkeit zu bereuen und hatte sich ein wenig zurückgehalten, sodass Wind und Regen sich wieder austoben konnten. Doch heute hatten sich die Wolken endlich gelichtet und eine wenn auch noch schwache Sonne ließ die Tropfen auf den Blättern der Bäume glitzern.

»Ich gehe mit Nero spazieren«, erklärte Viola und marschierte los.

»Aber übertreib es nicht, er ist schon sehr alt!«, riet ihr die Mutter. »Und denk daran, Carmela kocht uns etwas Besonderes zum Abendessen.«

»Alles, was sie kocht, ist etwas Besonderes.« Viola hob anerkennend den Daumen, ohne sich umzudrehen.

Als Nero sie kommen sah, hatte er zwar Mühe aufzustehen, aber dann lief er schwanzwedelnd zu ihr. »Komm, es geht zum Meer, lass uns etwas Salzluft schnuppern, Nero!«

Viola kraulte ihm das weiß gewordene Fell, und er schubberte sich an ihrem Bein.

Während sie zwischen Steinen und Gestrüpp dahinlief, musste Viola ständig an die Zeichnung im Schlafzimmer der Großmutter denken. Sie begriff nicht, warum sie dieses Bild nicht mehr aus dem Kopf bekam, aber seit sie vor einigen Tagen davor stehengeblieben war und es angesehen hatte, dachte sie daran, wenn sie es am wenigsten erwartete.

Das Thema des Bildes war ganz einfach: Sie, Großmutter und Großvater, Letzterer hoch zu Pferde, während sie mit dem Rücken zum Betrachter am Rand der Klippe standen und aufs Meer sahen. Warum irritierte sie das Bild jetzt nur so?

In diese Gedanken versunken, passte Viola nicht auf, wo sie hintrat, und sie fand sich plötzlich auf dem Boden wieder, ein Knie war gegen einen Stein geprallt und ein Fuß steckte in einer Erdsenke fest.

»Verdammt!«, fluchte sie leise vor sich hin. Nero kam zu ihr gelaufen und leckte ihr über das Gesicht.

»Nero, bitte nicht!«, protestierte Viola, während sie sich bemühte, ihren Fuß zu befreien. Sie spürte, dass ihr Schuh nass wurde und ihr Knie pochend schmerzte.

»Na toll«, brummte sie verärgert. »Wirklich entspannend dieser Spaziergang.«

»Du blutest«, sagte auf einmal jemand über ihr.

Viola schrie erschrocken auf, während sie den Kopf hob, um zu sehen, wer da so plötzlich aufgetaucht war.

»Wer bist du denn?«

Ein Junge, er musste etwa zehn Jahre alt sein, betrachtete neugierig die Wunde an ihrem Knie. Was zum Teufel hatte der hier zu suchen?

»Nico«, antwortete der Junge, ohne zu ihr hinzusehen.

»Und wie bist du hergekommen?«

»Zu Fuß.«

Viola sah ihn verblüfft an. Er hatte helle kastanienbraune Haare, die ihm glatt bis auf die Schultern fielen. Seine intensiv grünen Augen mieden ihren Blick, während seine blassen schmalen Hände Nero am Kopf kraulten, was der Hund offensichtlich genoss.

Viola stand auf und verzog schmerzlich das Gesicht, als sie mit dem Fuß auftrat.

»Der Schuh ist nass«, sagte Nico und sah sie jetzt an.

»Stimmt.«

»Aber wenn du ihn ausziehst, könntest du dich an den Felsen schneiden.«

Viola lächelte. »Ich behalte den Schuh an und werde aufpassen«, versicherte Viola. »Wo wohnst du?«

»Da unten.« Nico bewegte den Kopf irgendwohin in Richtung Binnenland. »Jetzt muss ich los.«

Danach drehte er sich um und lief weg.

Während sie ihn über den unebenen Boden laufen sah, dachte Viola, dass er die Gestalt gewesen sein musste, die sie vor ein paar Tagen aus der Ferne gesehen hatte.

»Also Nero, alter Freund, du bist mir auch keine große Hilfe«, sagte sie und kraulte ihn am Kopf. Er hatte sie nicht durch Bellen auf ihn aufmerksam gemacht.

»Los, gehen wir heim. Das Meer sehen wir uns ein andermal an.«

Auf dem Weg zum Gutshaus suchten Violas Augen die Gegend nach dem Jungen ab, aber von ihm fehlte jede Spur.

»Was ist denn mit dir passiert?«, fragte Marianna und betrachtete das Bein ihrer Tochter mit der bis zum Knie hochgekrempelten Hose.

»Ich bin gestolpert.«

»Ist alles in Ordnung?«

»Ja, das ist nur ein Kratzer.« Viola zog die Schuhe aus, wobei sie an dem nassen etwas fester ziehen musste, weil er ihren Fuß nicht freiwillig hergab. »Ich habe jemanden getroffen …«

»Dein Vater kommt am nächsten Wochenende wieder her«, unterbrach ihre Mutter sie, während sie weiter den Tisch deckte.

»So bald schon?«, rief Viola aus, die sich noch nicht bereit fühlte, sich weiteren schwierigen Diskussionen zu stellen.

»Du weißt doch, wie er in der Sache denkt.«

»Und du?«, hakte Viola sofort nach.

Marianna hielt inne, sie hob den Kopf und sah ihre Tochter nachdenklich an.

»Komm, Mama, sag schon.«

»Na gut. Ich möchte, dass du ganz frei über dein Leben bestimmst.«

Sie nahm einen Glaskrug und ging zum Wasserhahn, um ihn zu füllen.

»Und ich glaube, dass du dich schon entschieden hast«, fuhr sie fort.

»Mama …«

Marianna fuhr fort. »Missversteh mich bitte nicht: Ich fände es zwar schön, wenn du bei deinen alten Eltern bleibst, aber ich begreife, dass du deinen eigenen Weg gehen musst. Deshalb werde ich froh sein, wenn du diesen alten Ort zu neuem Leben erweckst.«

Violas Herz schlug schneller. Es fühlte sich gut an, die eigenen Gedanken laut ausgesprochen zu hören. In diesen Tagen hatte sie tausendmal die Schönheit dieses Guts vor sich gesehen, wenn es erst einmal instandgesetzt war, aber sie hatte Angst gehabt, dies für mehr als einen Traum zu halten.

»Danke«, sagte sie leise.

Ihre Mutter lächelte ihr zu. »Lass dich von den Gefühlen deines Vaters nicht von deinem Plan abbringen. Er wird dich auch weiter als sein kleines Mädchen betrachten, das er beschützen muss.«

Sie ging zu Viola, kniete sich vor sie hin und umfasste ihr verletztes Bein.

»Noch etwas«, fuhr sie fort und sah Viola mit ihren beschwörenden blauen Augen an. »Ich wäre nicht gekränkt gewesen, wenn du das alles hättest loswerden wollen.«

»Gut.« Viola war so verblüfft, das sie nicht mehr herausbrachte.

»Und jetzt kümmern wir uns erst mal um diese Wunde, ehe Carmela mit dem Abendessen kommt.«

10

In den folgenden Tagen bestimmte eine fast kindliche Begeisterung Violas Handeln. Sie stand früh auf, weil es sie nicht mehr in ihrem Bett hielt, und wartete am Küchentisch auf ihre Mutter, während sie Pläne zeichnete, wie man das Gut umbauen könnte. Wenn Marianna zu ihr stieß, fand sie Viola inmitten eines Meeres aus Papieren, die auf dem großen Tisch aus Olivenholz verteilt waren oder zusammengeknüllt auf dem Fußboden lagen.

»Na, du scheinst ja schon mindestens ein Dutzend Gutshöfe modernisiert zu haben«, meinte ihre Mutter eines Morgens und versuchte, einen Blick auf das Gesicht der jungen Frau unter der Lockenfülle zu erhaschen.

»Ich habe so viele Ideen«, stöhnte Viola auf und lehnte sich in ihrem Stuhl zurück.

»Das ist doch schön.« Marianna schenkte ihr Kaffee nach und setzte sich ihr gegenüber.

»Aber auch kompliziert. Mir gefallen so viele Dinge, die aber nicht immer zueinander passen. Und dann bin ich völlig durch den Wind und will am liebsten alles zerreißen, und …«

»Du solltest einen ordentlichen Spaziergang machen«, riet ihr die Mutter amüsiert. »Mal an etwas anderes denken und dich dann mit durchgelüftetem Kopf wieder an die Arbeit machen.«

»Gute Idee!«, brummelte Viola und stand auf, um die zerknüllten Blätter vom Fußboden aufzusammeln.

»Ich habe deinen Vater davon überzeugt, noch eine Woche zu warten, ehe er wiederkommt …«

»Großartig, Mama!«, rief Viola dankbar aus. »Wie hast du das bloß geschafft?«

Marianna verbarg ihr Lächeln, indem sie den Kopf senkte und in ihre Kaffeetasse schaute. Es war nicht schwer gewesen, Edoardo davon zu überzeugen, vor allem, da die zwei wichtigsten Frauen in seinem Leben ihn darum baten. Noch eine Woche Arbeit und das Haus wäre von allem nutzlosen Gerümpel befreit und würde nur noch darauf warten, unter den Händen und mit den Ideen ihrer Tochter zu neuem Glanz zu erstrahlen. Dann würde auch Marianna wieder nach Hause zurückkehren können. Sie genoss die Tage an Violas Seite, der Enthusiasmus ihrer Tochter war wie reine Lebensenergie für sie. Aber sie vermisste ihre Leinwände, ihr Atelier mit all seinen Farben und Gerüchen sowie ihren Kräutergarten, der nun nach einem langen, kalten Winter zu neuem Leben erwachte. Und sie vermisste ihre Mutter.

Der Aufenthalt im Haus ihrer Kindheit, das nun unwiderruflich verwaist war, traf sie härter, als sie es nach außen zeigen wollte.

Sie war niemand, der gern in Erinnerungsstücken kramte. In ihrer Familie hatte immer ein enger Zusammenhalt geherrscht, und daher zog sie es vor, die Gefühle und die schönen Momente in ihrem Herzen zu bewahren. Sie hatte sich andernorts ein neues Leben aufgebaut, und es gab nichts mehr, was sie an diese alte Masseria fesselte. Aber all das hätte sie ihrer Tochter niemals gesagt. Viola war gerade viel zu sehr auf dieses neue Abenteuer konzentriert. Und Marianna wollte nicht, dass sie sich um sie sorgte. Auch Viola hatte viele Sommer bei den Großeltern verbracht, aber dennoch war sie nicht in dem Maße mit dem Gut und dem Land verwurzelt.

»Ehe du dir so viele Gedanken über den Umbau machst, solltest du vielleicht erst mal entscheiden, was du mit der Masseria vorhast.« Marianna wechselte das Thema, indem sie auf die Papiere auf dem Tisch zeigte, denn sie wollte die Aufmerksamkeit ihrer Tochter wieder auf deren Projekt lenken.

»Aber das weiß ich doch schon.« Viola strahlte ihre Mutter mit einem triumphierenden Lächeln und vor Aufregung glänzenden Augen an. »Ich werde daraus einen großartigen Ort machen, an dem man seine Ferien verbringen kann!«

Marianna riss verblüfft die Augen auf, während sich ein Lächeln auf ihre Lippen schlich.

»Du hast dich aber schnell entschieden!«, rief sie aus.

»Ach komm, überleg doch mal: Was hätte ich sonst damit anfangen können? Allein in einem so riesigen Haus leben und Bäuerin werden?«

»Eher nicht«, stimmte ihre Mutter zu.

»Genau. Sonst könnte ich nur alles verkaufen, wie es mir Papa einreden will.«

»Du hättest das ganze Jahr über Fremde bei dir zu Hause …«, warf Marianna ein, die die Stille liebte und ihre Freiräume brauchte.

»Ja, genau das bereitet mir im Moment noch Kopfzerbrechen. Ich habe noch keine genaue Vorstellung, wie ich dieses Problem lösen soll.«

Viola war zwar deutlich geselliger und extrovertierter als ihre Mutter, doch auch sie war auf ihre Privatsphäre bedacht. Sie wollte nicht gezwungen sein, sich jeden Tag bereits perfekt zu stylen, ehe sie ihr Zimmer verließ, weil sie Gästen begegnen könnte. Wenn sie Lust darauf hatte, ungekämmt und in Unterwäsche in der Küche zu frühstücken, dann wollte sie das auch tun können.

»Du könntest das Nebengebäude für die Gäste umbauen«, schlug Marianna vor.

»Welches Nebengebäude?«

»Die alte Remise, wo die Ställe und die Unterkünfte für die Landarbeiter waren.«

Viola betrachtete sie zunächst verständnislos, dann leuchteten ihre Augen auf.

»Daran hatte ich gar nicht gedacht!«, rief sie aus. »Aber das Gebäude scheint nicht gerade im besten Zustand zu sein«, meinte sie, und ihre Miene verfinsterte sich wieder. Gut, Großmutter hatte ihr etwas Geld für die Modernisierung hinterlassen, aber so viel war das auch wieder nicht. Aus Erfahrung wusste sie, dass man, wenn man etwas Altes instandsetzen wollte, nie so genau wusste, auf welche Überraschungen man stoßen würde.

»Ich bin nicht unbedingt die geborene Geschäftsfrau, aber wäre es nicht klug, wenn du zuerst die Remise umbauen würdest und dich dann mit den ersten Einnahmen an das Gutshaus machst?« Marianna schaute sich um und bewunderte zum wiederholten Mal die große Küche, die ihr Vater für seine Frau hatte bauen lassen. In dem ursprünglichen Herrenhaus hatte es bereits eine Küche gegeben, kleiner als diese, aber ebenso landestypisch: Gewölbedecke, eine große Feuerstelle und in die Steinwände eingelassene Schränke, weiß gekalkte Wände und ein Fenster mit Blick auf den Mandelgarten.

Ihre Mutter hatte sich eine große Küche gewünscht, die auf den Hof ging, und ihr Vater hatte daraufhin das Nebengebäude umbauen lassen, das später an das Haupthaus angeschlossen worden war. Rund um den großen Tisch aus Olivenholz hatte sich der Großteil des Lebens der Familie Medrano abgespielt: Weinen und Lachen, Glück und Enttäuschung. Hier wurden auch Gäste empfangen und alle, die die Hilfe ihrer Mutter benötigten.

»Sehen wir es uns doch mal an!« Viola sprang begeistert vom Tisch auf.

Marianna folgte ihr lächelnd. Ihre Tochter ließ sich nicht so schnell entmutigen, das hatte sie von Edoardo geerbt. Mit ihrem sonnigen Gemüt und einem entschlossenen Willen hatte sie keine Angst, Probleme anzupacken. Dass sie im letzten Monat so in sich gekehrt und passiv gewesen war, war als verständliche Ausnahme zu betrachten.

Doch als sie vor der Remise ankamen, erlosch Violas Enthusiasmus. Das Gebäude war lang und schmal, von den Mauern war die Farbe abgeblättert, und lange Risse zogen sich durch die Wände. Entlang der Fassade erstreckte sich eine Loggia, doch auch diese war in einem erbärmlichen Zustand. Der Boden schien nur aus festgestampfter Erde zu bestehen, doch als Viola ein wenig mit dem Schuh kratzte, stieß sie auf Steinfliesen. Viola betrat die Remise und drang vorsichtig zwischen dem Schutt, alten Werkzeugen und Unkraut weiter ins Innere vor und sah sich neugierig in den Räumen um. Ihr erster Impuls war, alles abzureißen, aber sie war erfahren genug, den Zauber der dicken Steinmauern und der Gewölbedecken zu erkennen. Es würde aber noch ein ordentliches Stück Arbeit vor ihr liegen.

»Vielleicht war meine Idee doch nicht so gut«, meinte Marianna, während sie ihrer Tochter folgte.

»Im Gegenteil!«, widersprach diese. »Sie ist fantastisch! Hier kann man drei, vielleicht vier Zimmer daraus machen, und jedes hätte seinen eigenen Loggiabereich. Ein kleines Bad pro Zimmer, Doppelbetten und dazu noch das eine oder andere antike Möbelstück von der Großmutter, um dem Ganzen noch mehr Charme zu verleihen.«

»Na, wenn es weiter nichts ist«, meinte Marianna ironisch.

»Für den Anfang benötigt man nur einen Trupp zuverlässiger Arbeiter«, erklärte Viola ernsthaft, während sie sich weiter aufmerksam umsah.

»Schade, dass wir es für diesen Sommer nicht mehr schaffen«, seufzte sie.

»Das ist nicht gesagt«, widersprach ihre Mutter.

»Machen wir uns lieber nichts vor.« Viola verließ die Remise und drehte sich für einen letzten Blick erst wieder um, als sie schon ein gutes Stück entfernt waren.

»Das wird ein Schmuckstück!«, sagte sie zufrieden, als könnte sie das Ganze schon fertig vor sich sehen.

»Gut«, schloss Marianna, »während du weiterplanst, widme ich mich ein wenig dem Mandelgarten.«

»Mach das, ich fahre zum Rathaus.«

»Zum Rathaus?«

»Du denkst doch nicht, dass ich ohne die üblichen Genehmigungen auch nur einen Handgriff an diesen uralten Gemäuern tun dürfte!«, rief sie. »Es wäre ja schon ein Riesenglück, wenn es keine Auflagen gibt.«

Die Mutter betrachtete sie besorgt. Als sie Violas Entschluss unterstützt hatte, war ihr nicht in den Sinn gekommen, welche bürokratischen Hindernisse sich ihr in den Weg stellen könnten. Obwohl sie inzwischen ein gewisses Alter erreicht hatte, empfand Marianna einen solchen Widerwillen gegenüber allem Papierkram, dass sie oft vergaß, dass es ihn überhaupt gab.

»Soll ich mitkommen?«, fragte sie.

»Nein, Mama. Vielen Dank. Ich will mich ja zunächst nur erkundigen. Ich nehme den Wagen vom Nonno, wenn wir die Schlüssel finden.«

Antonio hatte einen alten Fiat 500 besessen, den er mindestens so liebte wie seine Pferde. Er hatte immer makellos ausgesehen, ohne Rostflecken oder Dellen, und der Großvater hatte sich persönlich um den Motor gekümmert. Viola hatte ihre ersten Fahrstunden in diesem Auto gehabt, und sie erinnerte sich noch, wie schwer es war, Schalten mit Zwischengas zu lernen. Ihre Großmutter hatte es nie über sich gebracht, den Wagen zu verkaufen, und Viola hatte ihn, abgedeckt mit einem grauen Tuch, bei ihrer Ankunft unter dem Schutzdach aus Schilf entdeckt. Carmela hatte ihr gesagt, dass ihr Mann ihn auf Anweisung von Adele einmal in der Woche starten musste, daher wusste sie, dass er noch lief.

»Weißt du überhaupt noch, wie man ihn fährt?«, neckte Marianna sie.

»Ich hoffe doch!«

»Wegen der Schlüssel fragst du am besten Vito«, schlug die Mutter vor. »Und fahr vorsichtig!« Sie küsste ihre Tochter auf die Wange und ging Richtung Mandelgarten.

Viola lief ins Haus, um ihre Handtasche zu holen. Der Zauber des Neubeginns hatte sie gepackt.

11

»Ach, lebst du doch noch!« Lauras wütende Stimme zwang Viola, das Handy schnell vom Ohr wegzuhalten.

Da sie sich voll auf das Fahren konzentrieren musste, war sie einfach drangegangen, ohne aufs Display zu sehen, und jetzt musste sie sich die Vorwürfe ihrer Freundin anhören. Tatsächlich war sie ihr seit mehr als einer Woche ausgewichen: Es war Zeit für eine Aussprache.

»Hallo, Laura.«

»Dein Hallo kannst du dir sparen. Was ist denn mit dir los? Wo bist du abgeblieben? Und warum antwortest du nicht auf meine Anrufe?«

Viola atmete einmal tief durch, ehe sie etwas erwiderte. Das würde kein einfaches Gespräch werden.

»Ich bin immer noch in Apulien«, sagte sie. »Es gab einige neue Entwicklungen, und wir sind noch nicht zurück.«

»Was denn für neue Entwicklungen?«, fragte die Freundin misstrauisch. »Du kommst doch demnächst zurück, oder?«

»Ich fürchte nein …«, erwiderte Viola.

»Was heißt hier nein?!«

»Laura …«

»Ich brauche dich«, unterbrach die Freundin sie. »Du hast mir doch versprochen, dass du so schnell wie möglich zurückkommst.«

»Wenn du mich mal ausreden lässt, erkläre ich dir alles.«

Laura verstummte, und Viola konnte deren angespanntmisstrauisches Gesicht förmlich vor sich sehen.

»Meine Großmutter hat mir die Masseria vererbt. Und ich

habe mir überlegt, dass ich hierbleibe und sie wieder auf Vordermann bringe.«

»Und was wird aus unserem Projekt?«

»Du weißt doch, dass ich nie so ganz davon überzeugt war«, rechtfertigte sich Viola. »Der Gedanke an den Umbau hier dagegen hat mir sofort neuen Schwung und viel Energie gegeben. Denn schließlich ist das meine Arbeit. Das, was ich am besten kann.«

»Und wann wolltest du es mir sagen?«

»Laura, es tut mir leid, ich habe mich wirklich erst in den letzten Tagen entschieden. Und der Entschluss ist mir nicht leichtgefallen. Mein Vater weiß auch noch nichts davon.«

»Das ist doch völliger Wahnsinn«, brauste Laura auf. »Was willst du denn da unten mit einer Masseria? Ziegen züchten?«

»Ha, gute Idee, kannst du dir mich als Ziegenflüsterin vorstellen?«, fragte Viola im Scherz, um die angespannte Atmosphäre aufzulockern.

»Aber du hast mir doch versprochen, dass du bald zurückkommst. Wir wollten zusammen diese Firma gründen …«

»Okay, wahrscheinlich habe ich dir einen falschen Eindruck vermittelt. Ich hätte dir niemals das Gefühl geben dürfen, dass das für mich eine wirkliche Option war. Das war doch nie so ernst gemeint. Aber Laura, mal ganz ehrlich …« Viola machte eine Pause, weil sie verunsichert war, ob sie es der Freundin so deutlich sagen sollte. »… eigentlich weißt du, dass das nichts für mich ist.«

»Das hättest du doch sagen können! Ich habe schon mit wichtigen Leuten gesprochen, was soll ich denen denn jetzt erzählen?«

»Ich habe es dir doch so oft gesagt«, protestierte Viola. Dann schwieg sie resigniert. Laura mochte stur sein, aber sie war nicht dumm. Sie hatte eine Hotelfachschule besucht und war eine ausgezeichnete Köchin. Aber sie hielt es nie lange an einer

Arbeitsstelle aus, vor allem, weil sie es nicht ertrug, wenn man ihr Vorschriften machte. Deshalb hatte sie sich ja so in den Gedanken verliebt, eine eigene Firma zu haben. Dann hätten sie beide keine Chefs über sich, und sie arbeitete tatsächlich am besten, wenn man ihr freie Hand ließ.

»Warum kommst du nicht auch her?« Viola bemerkte zu spät, dass sie ihren Vorschlag laut ausgesprochen hatte.

»Machst du Witze?«, gab Laura zurück. »Was soll ich denn da?«

»Du könntest Köchin in meinem neuen Hotel werden«, schlug Viola vor, der die Idee mit jeder Sekunde besser gefiel.

»Was für ein Hotel?«

»Ich habe vor, die Masseria instand zu setzen und in ein Hotel umzuwandeln«, gestand Viola. »Gerade bin ich auf dem Weg zum Rathaus, um zu prüfen, ob das möglich ist. Das braucht seine Zeit, selbst wenn alles glattlaufen sollte. Aber es ist doch eine tolle Idee, oder?«

»Du bist verrückt.«

»Das hast du schon mal gesagt. Was soll ich machen? Mir hat sich diese Chance einfach geboten, und natürlich hatte ich Bedenken. Aber was habe ich schon zu verlieren? Ich habe keinen Job, keine Wohnung, keinen Freund …«

»Apropos, der sucht dich die ganze Zeit. Ich antworte schon gar nicht mehr auf seine SMS.«

»Antworte ihm ja nicht. Zwischen uns ist es aus, damit muss er sich endlich abfinden.«

Beide schwiegen. Inzwischen hatte Viola den Ort erreicht und parkte gerade den Fiat 500, als Laura wieder etwas sagte.

»Du hörst dich richtig glücklich an.«

Viola lächelte. Der Schmerz über den Tod der Großmutter war nicht geringer geworden, aber wieder einmal hatte Adele alles gut vorhergesehen und einen Weg gefunden, das Lächeln in das Gesicht ihrer Enkelin zurückzuzaubern.

»Ich habe ein wunderbares Projekt, an dem ich arbeiten kann, und das macht mich glücklich. Denk doch mal ernsthaft über meinen Vorschlag nach.«

»Ich habe keine Lust, dort runterzukommen«, erklärte Laura entschieden.

»Überleg es dir einfach, okay? Es eilt nicht, die Arbeiten könnten sich noch Monate hinziehen …«

»Ich bin immer noch wütend auf dich.«

»Ja, ich weiß, und ich habe das zum Teil auch verdient. Ich bitte dich bloß, einmal über meinen Vorschlag nachzudenken.«

»Das tue ich«, schloss Laura. »Jetzt muss ich los. Mach's gut«, sagte sie und beendete das Gespräch.

Viola wusste, dass ihre Freundin noch eine Weile schmollen würde, damit sie begriff, dass sie einen Fehler gemacht hatte. Sie hatten schon einige Male gestritten, aber ihre Freundschaft bestand schon so lange und würde auch diese Krise überstehen.

Während sie durch die engen Gässchen des Ortes eilte, dachte Viola über den Vorschlag nach, den sie ihrer Freundin so leichtfertig gemacht hatte. Und der Gedanke überzeugte sie immer mehr. Ihre Freundin war ein echtes Genie in der Küche, und sie würde ihr keine Vorschriften machen. Jede von ihnen würde ihre Freiräume finden, und Viola war überzeugt, dass es perfekt funktionieren konnte.

Etwas ungläubig stellte sie fest, dass die Puzzleteilchen ihres neuen Abenteuers sich ein wenig zu gut ineinanderfügten und dass dies nur eines bedeuten konnte: Sie war auf dem richtigen Weg.

12

Viola war in Hochstimmung im Rathaus erschienen. Sie hatte sich erkundigt, wo sich das Bauamt befand, dann war sie die Treppe in den ersten Stock hinaufgestiegen und hatte dabei vor Ungeduld immer zwei Stufen auf einmal genommen. Und nun lief sie den langen Flur entlang und las die Schilder an den Türen. Als sie eines mit der Aufschrift *Bauanträge* fand, trat sie entschlossen ein und sah sich um. Das Zimmer war geräumig, und durch die Fenster konnte man den Campanile des Doms bewundern. Rechts an der Wand waren einige kleiner Sessel aufgereiht, wo bereits Leute saßen und warteten.

Links trennte ein langer Tresen die Angestellten von den Besuchern. Momentan befand sich nur ein Mann dahinter, der in einem stark mit salentischem Dialekt gefärbten Italienisch auf einen älteren Herrn einredete.

Viola ging zum Fenster und bereitete sich innerlich auf eine Wartezeit vor. Es war kaum möglich, das Gespräch der beiden nicht zu belauschen. Sie sprachen sehr laut, und die Wartenden schwiegen und hörten neugierig zu. Von wegen Vertraulichkeit, dachte Viola. Bald würde jeder hier alles über ihren Plan erfahren.

Sie musste nicht lange warten. Der ältere Herr ging bald vor sich hin schimpfend hinaus, und der Angestellte hinter dem Tresen wandte sich direkt an sie.

»Ja bitte?«, sprach er sie an. Worauf alle Wartenden sich ihr zuwandten und sie anstarrten.

»Diese Leute waren vor mir da«, wandte sie ein.

»Kommen Sie schon«, forderte er sie auf und winkte sie zu sich.

Viola ging zum Tresen und hielt sich bewusst aufrecht, um selbstsicherer zu wirken, als sie sich eigentlich fühlte. Kaum hatte sie angefangen zu reden, ging hinter dem Angestellten eine Tür auf, und zwei Männer kamen heraus. Beide waren sehr elegant gekleidet, der eine stach besonders heraus. Er war etwas über einen Meter achtzig, zwischen vierzig und fünfzig, braun gebrannt, und lächelte dem Mann höchst gewinnend zu, der ihn in einem Abstand von einem halben Schritt zum Ausgang folgte.

»Signor Rinaldi, alles in Ordnung?« Der Angestellte bei Viola war schnell hinter dem Tresen hervorgekommen, hatte die Hand des Mannes ergriffen und schüttelte sie nun eifrig.

»Vielen Dank, Gianni. Der Herr Bürgermeister war wirklich sehr freundlich, und es ist alles geregelt.« Rinaldi wandte sich um und schenkte dem Mann hinter ihm erneut ein strahlendes Lächeln, das dieser mit leicht geneigtem Kopf erwiderte. Dann setzten die beiden ihren Weg zum Ausgang fort.

Der Angestellte kehrte hinter seinen Tresen zurück und starrte Viola nun gelangweilt an, ohne ein Wort zu sagen. Nach einer peinlichen Stille brachte sie nun ihr Anliegen vor.

»Ich möchte einige Informationen zur Masseria Medrano …«

»Warum?«, unterbrach der Mann sie misstrauisch.

Viola runzelte verärgert die Stirn.

»Weil ich das Gut instand setzen möchte und gern wissen würde, ob es dafür gewisse Auflagen gibt.«

»Und wer sind Sie?«

»Ich bin die Enkelin von Adele Medrano«, antwortete sie. »Die neue Eigentümerin.«

Lähmende Stille legte sich über den Raum: Die Anwesenden schienen den Atem anzuhalten, während Viola spürte, wie ihre Wangen feuerrot wurden.

»Soll ich mich etwa ausweisen?«, fragte Viola aufgebracht. Sie wurde immer wütender, während sie ihren Führerschein aus der Handtasche holte.

»Das ist nicht nötig«, beschloss er. »Mein Beileid wegen Ihrer Großmutter.«

»Vielen Dank«, erwiderte sie knapp. Sicherlich war dem Mann ihre Trauer vollkommen gleichgültig.

»Wollen Sie dauerhaft hier leben?«, erkundigte er sich weiter.

»Vielleicht. Ist das ein Problem?« Viola bereute ihren barschen Ton sofort, dennoch sah sie ihr Gegenüber herausfordernd an.

»Für mich nicht«, beschied er. »Ich brauche eine schriftliche Anfrage von Ihnen. Der Vermessungsingenieur wird sie prüfen und Ihnen dann Auskunft geben.«

Violoa sah schon endlose Wartezeiten vor sich und schloss seufzend die Augen.

»Haben Sie ein Formular zum Ausfüllen für mich?«, fragte sie resigniert.

In dem Moment hörte sie ein Geräusch hinter sich und drehte sich um. Der Bürgermeister und sein hoher Gast standen immer noch an der Tür, und Viola begegnete den Augen Rinaldis: Sie hatten eine Farbe wie Olivenblätter, silbergrün mit hellen Einsprengseln, und blickten sie so intensiv an, dass sie errötete. »Buongiorno!« Ein dritter Mann hatte gerade den Raum betreten und begrüßte alle mit lauter Stimme. Er war noch jung, hoch aufgeschossen, trug eine Nickelbrille und hatte zerraufte lange Haare. Mit großen Schritten näherte er sich dem Tresen und schlüpfte dahinter.

»Buongiorno, Herr Vermessungsingenieur.«

»Ich habe gehört, dass von mir die Rede war«, sagte der Mann.

Der Angestellte schwieg. Viola hatte das Gefühl, dass er ihre

Anfrage nicht ansprechen wollte, aber schließlich tat er es doch, obwohl ihm sichtlich unwohl dabei war.

»Die Signorina möchte einige Informationen bezüglich einer Instandsetzung der Masseria Medrano.«

Der Vermessungsingenieur wandte sich ihr mit aufrichtigem Lächeln zu. Endlich jemand, der ihr ein wenig Freundlichkeit entgegenbrachte.

»Sehr erfreut!«, sagte er und reichte ihr die Hand. »Ich bin Andrea Loiacono. Kommen Sie doch mit in mein Büro, dann können wir in aller Ruhe reden.«

Viola lächelte ihn dankbar an und folgte ihm zu einer Tür auf der gegenüberliegenden Seite des Raumes.

Ehe sie das Büro betrat, wandte sie sich um, doch Rinaldi und der Bürgermeister standen nicht mehr da. Dieser Mann hatte eine faszinierende Ausstrahlung, aber er beunruhigte sie auch. Wer weiß, wer er war und warum ihn alle so zuvorkommend behandelten. Viola schob ihre Fragen beiseite und folgte dem Vermessungsingenieur.

Der junge Mann behandelte sie zwar äußerst freundlich, doch was er zu sagen hatte, war wenig erfreulich. Die Masseria unterlag strengen Auflagen des Landschafts- und Denkmalschutzes, daher musste sie sich an die übergeordnete Behörde wenden. Diese würde Ihren Antrag prüfen und entscheiden, ob sie beginnen könnte. Erst danach würde sie einen von einem Architekten ausgearbeiteten Projektplan vorlegen können und dann dauerte die Bearbeitung durch die Behörde bis zu drei Monate.

»Lassen Sie sich dadurch nicht entmutigen«, versuchte Loiacono sie zu trösten, als er die Enttäuschung in ihren Augen las. »Die Masseria ist keine Ruine, und in der letzten Zeit sind fast alle Instandsetzungs- und Umbauanträge bewilligt worden. Der Tourismus hat das Korsett der städteplanerischen Auflagen gelockert.«

»Das ist gut zu wissen. Vielen Dank, Sie waren wirklich sehr freundlich. Als ich vorhin am Schalter geschildert habe, was ich vorhabe, schien es mir …« Viola unterbrach sich, unsicher geworden, ob sie sich einem Fremden anvertrauen sollte.

»Ja, ich verstehe Sie. Bei Leuten von außerhalb sind die Menschen hier immer misstrauisch. Hinzu kommt, dass Ihre Großmutter eine ebenso angesehene wie gefürchtete Frau war. Sie hat die Neugier der Leute erregt!«

Loiacono wirkte amüsiert, worauf sich Violas Anspannung etwas lockerte.

»Machen wir es doch so: Wir rufen jetzt mal bei der Behörde an und vereinbaren einen Termin. In der Zwischenzeit suchen Sie sich einen Architekten, irgendjemanden, der Ihnen einen Projektplan erarbeiten kann. Wenn man uns dann das Okay gibt, ist der schon fertig.«

Der Vermessungsingenieur schob sich die Brille auf der Nase hoch, nahm einen Terminkalender voller Notizen in die Hand und blätterte ihn durch, bis er das Gesuchte gefunden hatte. Er tippte schnell eine Nummer ins Telefon und in wenigen Minuten hatte er schon ein Treffen am nächsten Tag vereinbart.

»Das ging ja schnell«, meine Viola, als er aufgelegt hatte.

»Es ist nur ein Beratungstermin.« Er fuhr sich durch die Haare, aber als er sich mit den Fingern darin verhedderte, hörte er damit auf.

»Machen Sie sich keine Sorgen«, meinte er abschließend und stand auf. »Sie werden sehen, das wird schon gut gehen.«

Er kam um den Schreibtisch und reichte ihr die Hand.

»Ich weiß nicht, wie ich Ihnen danken kann.« Viola staunte immer noch über seinen Pflichteifer.

»Duzen wir uns doch, ich heiße Andrea«, schlug Loiacono vor und neigte sein Gesicht Viola zu. Die Augen hinter den Brillengläsern blitzten verschmitzt, und Viola versuchte, nicht zurückzuweichen.

»Vermessungsingenieur Loiacono klingt so hochtrabend!«, fuhr er auf dem Weg zur Tür fort.

Viola lächelte, doch sie wurde den Verdacht nicht los, dass bei ihm ein paar Schrauben locker waren.

»Vielen Dank noch mal und einen schönen Tag«, verabschiedete sie sich von ihm.

Als sie das Büro verließ und durch den Raum mit dem Tresen ging, fühlte sie, wie die Blicke aller Anwesenden ihr neugierig folgten. An der Tür drehte sie sich noch einmal um, um dem Angestellten am Tresen zuzunicken, aber der sah plötzlich konzentriert auf seine Papiere.

Während sie aus dem Rathaus trat, erfüllten sie Unbehagen und eine gewisse Verbitterung. Als sie die Entscheidung getroffen hatte, zu bleiben, hatte sie viele Dinge unterschätzt, vor allem die bürokratischen Hindernisse und das feindselige Misstrauen der Menschen. Noch konnte sie das gesamte Projekt abblasen. Aber aufgeben war keine Lösung. Sie sah ihr Hotel bereits im Sonnenlicht funkeln, mit frischen, hellen Zimmern und Bougainvilleen, die den weiß gekalkten Wänden Farbe verliehen.

Andrea war freundlich gewesen, aber die Genehmigung für die anstehenden Arbeiten konnte er nicht erteilen. Außerdem hatte sie es geärgert, dass dieser Gianni so unhöflich zu ihr gewesen war: War es wirklich das, was sie hier erwartete? Feindseligkeit und Misstrauen?

Gedankenverloren erreichte Viola den Parkplatz, ohne es überhaupt zu bemerken. Während sie in ihrer Handtasche nach den Schlüsseln suchte, sagte sie sich immer wieder, wie dumm und naiv sie gewesen war, einfach anzunehmen, alles würde ganz leicht sein.

»Verflucht!«, schimpfte sie, als ihr die Handtasche aus den Fingern rutschte und der gesamte Inhalt sich auf dem Asphalt verteilte. Sie kniete sich hin und machte sich daran, Geldbörse,

Taschentücher, Handy, Hausschlüssel einzusammeln … aber wo waren die Wagenschlüssel vom Fiat 500?

»Suchen Sie vielleicht die hier?«, fragte sie jemand hinter ihr.

Viola richtete sich ruckartig auf und musste sich am Wagen abstützen, um nicht das Gleichgewicht zu verlieren. Anscheinend hatten hier alle die Angewohnheit, plötzlich aus dem Nichts aufzutauchen.

Der elegante Herr von vorhin stand vor ihr und hielt die Schlüssel ihres Fiats in der Hand. Die Sonnenbrille verbarg seine grünen Augen, aber ein freundliches Lächeln ließ seine strengen Gesichtszüge weicher wirken.

»Ja, vielen Dank«, erwiderte Viola und nahm sie entgegen.

»Verzeihen Sie, wenn ich Sie erschreckt habe«, fuhr der Mann fort. »Ich heiße Angelo Rinaldi.«

»Viola Cardelli.«

»Ich habe gehört, dass Sie hier bei uns leben wollen.«

»Vielleicht, aber das steht noch nicht fest.«

Warum nur fühlte sie sich in Gegenwart dieses Mannes so unwohl? Er war attraktiv und freundlich, aber er vermittelte ihr ein merkwürdiges Gefühl. Alles an ihm strahlte Machtbewusstsein aus, und trotz seiner geschliffenen Manieren wirkte er skrupellos auf sie.

»Ihre Masseria ist ein bezauberndes Plätzchen«, fuhr er fort.

»Kennen Sie sie?«

»Aber sicher, ich habe Signora Adele verschiedene Male besucht. Ich habe auch Ihren Großvater gekannt, Antonio. Zwei wirklich sehr patente Menschen.«

Doch anstatt sich über das Kompliment zu freuen, erregte es eher ihr Misstrauen.

»Mein herzliches Beileid wegen Ihres Verlustes! Wenn Sie noch etwas brauchen, egal was, zögern Sie nicht, sich mit mir in Verbindung zu setzen. Ich wohne direkt vor den Toren der

Stadt, dort wo es in die Hügel geht. Jeder kennt den Weg zu mir.«

Nach diesen Worten trat er einen Schritt zurück, nickte ihr zum Abschied kurz zu und entfernte sich.

Im Auto holte Viola erst einmal tief Luft und umklammerte das Lenkrad. Warum sollte sie seine Hilfe benötigen? Was sollte das? Sie ließ den Motor an und fuhr los. Als sie an der Kreuzung am Fuß des Hügels ankam, bog sie nicht zur Masseria ab, sondern lenkte den Wagen nach Süden. Sie wollte ein wenig allein sein. Wenn ihre Mutter ihr besorgtes Gesicht sah, würde sie sie vielleicht nicht mehr unterstützen. Aber sie wollte nicht aufgeben. Nicht gleich bei der ersten Schwierigkeit.

Der kleine gelbe Fiat 500 flitzte über die Küstenstraße entlang der weiten Olivenhaine, die von niedrigen Steinmäuerchen eingefasst waren. Die Sonne stand hoch im Himmel, an dem weiße Wölkchen, vom Wind getrieben, einander nachjagten. Das Meer war aufgewühlt: Unermüdlich klatschten Wellen ans Ufer und bildeten weiße Schaumkronen an der Meeresoberfläche. Die starken Farben dieser Landschaft schenkten ihr jeden Tag neue Ausblicke. Doch heute hatte Viola nicht einmal dafür Augen.

Nach der ersten herben Enttäuschung, die sie im Rathaus erfahren hatte, tat sie sich schwer, ihren anfänglichen Enthusiasmus wiederzufinden.

Viola hatte keine Lust, mit jemandem zu reden, wollte weder tröstende Worte noch dass ihr jemand aufmunternd auf die Schulter klopfte. Sie war alt genug, um zu wissen, wie die Dinge liefen, aber die Enttäuschung tat dennoch weh.

Als sie an das Gespräch mit dem Angestellten im Rathaus zurückdachte, fühlte sie, wie ihre Wangen erneut vor Verlegenheit erröteten. Er hatte sie wie ein reiches, dummes Mädchen behandelt, und das vor allen Leuten, die dort warteten. Eine demütigende Erfahrung.

Sie kehrte sehr enttäuscht zum Gutshof zurück, ihr Magen knurrte zwar inzwischen heftig, aber sie hatte zumindest ein heiteres Gesicht aufgesetzt. Sie wusste, dass sie ihre Mutter nicht täuschen konnte, ihre hellen Augen konnten in ihr lesen wie in einem aufgeschlagenen Buch. Aber ihre Mutter stellte keine Fragen, und nach dem Abendessen zog sich jede von ihnen in ihr Zimmer zurück.

13

Viola sah zu ihrer Mutter hinüber: Sie starrte auf den hageren kleinen Mann, der ihnen seit mindestens einer Viertelstunde Gesetze und Verordnungen zu denkmalgeschützten Gebäuden auflistete. Viola war sicher, dass Marianna sich bereits seit gut zehn Minuten aus der Unterhaltung ausgeklinkt hatte, obwohl sie nach außen hin aufmerksam und interessiert wirkte.

Sie konnte nicht mehr. Obwohl sie mehrfach versucht hatte, diesen unverständlichen Monolog mit diversen Fragen zu unterbrechen, hatte der Mann nicht aufgehört. Und schlauer war sie nun auch nicht.

Aber was sollte sie tun? Er war der Mann, der die Türen zu ihrem Projekt öffnen oder endgültig schließen könnte. Sie konnte nicht einfach aufstehen und gehen. Vielleicht hätte sie entschiedener auftreten und klare Antworten verlangen sollen. Sie holte wieder Luft, um ihn doch noch zu unterbrechen, als jemand anderes das für sie tat.

»Verzeihen Sie die Störung«, entschuldigte sich der Neuankömmling, als er die beiden Besucherinnen bemerkte. »Man hat mir gesagt, dass Sie mich sprechen wollten«, fuhr er fort und sah den Mann an.

Marianna sprang von ihrem Stuhl auf und lief zur Tür.

»Enrico …«

»Ich traue meinen Augen nicht!«, rief er aus und kam ihr entgegen. »Marianna!«

Inzwischen war auch Viola aufgestanden und sah neugierig zwischen ihrer Mutter und diesem Enrico hin und her. Sie war sicher, dass sie ihn nicht kannte: Haare so weiß wie Schnee umrahmten ein markantes Gesicht mit schiefergrauen Augen. Seine gebräunte Haut verriet, dass er viel Zeit in der Sonne verbrachte.

Enrico hatte inzwischen die Hände ihrer Mutter ergriffen und an seine Lippen geführt.

»Du bist wie immer wunderschön.«

»Und du ein Schmeichler wie immer«, erwiderte Marianna und schenkte ihm ein so kokettes Lächeln, das ihre Tochter schmunzeln musste.

»Was machst du hier? Ich wusste gar nicht, dass du zurückgekehrt bist.«

Ohne ihre Antwort abzuwarten, wandte er sich an den Mann hinter dem Schreibtisch.

»Gibt es ein Problem?« Seine Stimme klang plötzlich hart und bestimmend.

Die Wangen des kleinen Mannes färbten sich rot, doch Marianna ging schnell dazwischen.

»Wir sind wegen einer Beratung hier«, erklärte sie und lenkte damit Enricos Aufmerksamkeit wieder auf sich. »Und der Herr hier erklärte uns gerade die gesetzlichen Details. Allerdings verstehe ich davon nicht allzu viel …«

»Ab jetzt nehme ich das in die Hand«, beschloss Enrico. Dann schien er Viola zu bemerken, die das Ganze stumm verfolgt hatte.

»Das ist meine Tochter Viola«, stellte Marianna sie vor.

»Sehr erfreut.« Der Mann schüttelte mit kräftigem Druck ihre Hand. »Gehen wir in mein Büro, dann könnt ihr mir alles in Ruhe erzählen.«

Enrico dankte dem Mann, der betreten dreinblickte, und zeigte ihnen den Weg zu seinem Büro.

»Er ist schon ein Sonderling«, flüsterte er den beiden Frauen zu, nachdem er die Tür hinter sich zugezogen hatte. »Aber er ist sehr genau, und wir brauchen ihn hier.«

Enrico wirkte amüsiert, und Viola lächelte ihn an.

»Ich wusste nicht, dass du beim Bauamt arbeitest«, meinte Marianna.

»Sagen wir mal, es war nicht meine erste Wahl, aber es ist gar nicht so übel.«

Während er sprach, sah Enrico sie mit strahlenden Augen und einem breiten Lächeln an. Viola, die ihr Gespräch unbeachtet von beiden verfolgte, wurde immer neugieriger.

»Aber erzähl mir von dir«, fuhr er fort. »Ich weiß, dass du in den Norden gezogen bist. Was führt dich wieder in unsere Gegend?«

Marianna schwieg einen Augenblick zu lange, und der fröhliche Ausdruck verschwand aus Enricos Gesicht.

»Meine Eltern sind gestorben, mein Vater schon vor Jahren und nun auch meine Mutter«, sagte sie. »Und sie hat Viola die Masseria vererbt.«

»Mein tiefes Beileid.« Enrico schien ernsthaft betroffen. »Das wusste ich nicht.«

»Enrico und ich kennen uns seit der Schule«, erklärte Marianna ihrer Tochter. »Und er war auch unser Nachbar.«

»Nachbar?« Viola konnte sich nicht erinnern, dass der Gutshof unmittelbare Nachbarn gehabt hätte.

»Dein Großvater hat ihnen das Land abgekauft und das alte Haus abgerissen, um dort Sonnenblumen anzupflanzen«, erklärte Marianna unter leichtem Kopfschütteln. Sie hatte nie so ganz die Besessenheit ihres Vaters verstanden, rund um die Masseria alles Land aufzukaufen und sie so vom Rest der Welt zu abzuschotten.

»Meine Mutter war darüber ziemlich glücklich«, meinte Enrico. »Sie wollte wieder in der Stadt leben, diese windgepeitschte Gegend hat ihr nie so recht gefallen.«

»Wie geht es deinen Eltern?«, erkundigte sich Marianna.

»Gut. Sie streiten ständig, aber anscheinend ist das ihre

Art, sich ihre Zuneigung zu zeigen. Sie würden sich bestimmt freuen, dich wiederzusehen.«

»Bestell ihnen schöne Grüße von mir. Ich weiß nicht, wie lange ich noch hierbleibe.«

Enrico wirkte enttäuscht. Kurz verlor er sich in die Erinnerungen an seine Jugend, als er den Boden angebetet hatte, über den sie ging. Er war hoffnungslos verliebt gewesen in dieses Mädchen, das so schön und so unerreichbar wie eine Prinzessin gewesen war. Als sie dann einem anderen den Vorzug gegeben hatte und weggegangen war, hatte ihn das tief getroffen. Und bei ihrem Wiedersehen wurde ihm nun klar, dass er sie nie ganz vergessen hatte.

»Sagt mir, was ihr braucht«, kehrte er in die Gegenwart zurück, setzte sich hinter seinen Schreibtisch und beugte sich aufmerksam mit auf dem Schreibtisch aufgestützten Ellenbogen vor. Obwohl er den Plural benutzt hatte, galt sein Blick weiterhin nur Marianna.

»Wie bereits erwähnt, hat meine Mutter Viola die Masseria vererbt.« Sie schwieg und richtete ihren Blick auffordernd auf ihre Tochter.

»Ich möchte sie instand setzen und umbauen«, fuhr diese fort. »Ein Bed & Breakfast oder ein Hotel daraus machen. Ich habe noch keine klaren Vorstellungen, das kommt natürlich auch auf die Kosten an.«

Nun endlich sah Enrico interessiert zu ihr.

»Ich habe erfahren, dass es Auflagen vom Denkmalschutz gibt, und man hat mir gesagt, dass ich mit eurer Behörde reden soll.«

»Ganz genau. Viele alte Gutshöfe wurden unter Denkmalschutz gestellt. Zum Glück!. Mit dem Tourismusboom im Salento haben sich die Modernisierungs- und Erweiterungsanträge vervielfacht.«

»Ich fürchte, ich kann das nicht als Glück empfinden …«, murmelte Viola.

»Es hängt ganz davon ab, was dir unter Instandsetzung so vorschwebt«, erwiderte Enrico. »Lass mich mal nachdenken …« Er stand abrupt auf und ging zum Regal hinter sich. Ein paar Minuten murmelte er leise vor sich hin und suchte nach etwas in seinen Ordnern.

»Da ist er ja!«, rief er schließlich und setzte sich wieder. »Antonio hatte schon mal vor einigen Jahren einen Antrag für Instandsetzungs- und Modernisierungsmaßnahmen gestellt. Möchtest du dem noch etwas hinzufügen?«

Marianna und Viola sahen ihn verwirrt an, und als Enrico von den Unterlagen aufsah, ließ ihn der verblüffte Ausdruck auf ihren beiden Gesichtern herzhaft auflachen.

»Entschuldigt! Aber ihr seht wirklich zu komisch aus! Was mich darauf bringt, dass ihr wohl keine Ahnung von diesem Antrag habt«, fuhr er angesichts ihres Schweigens fort.

»Ehrlich gesagt nein«, bestätigte Marianna.

»Vor Jahren hatte er die Bäder, die elektrischen Leitungen und alle Rohre erneuern lassen«, erinnerte sich Viola.

»Ja, so steht es hier im Antrag. Außerdem wollte er die Remise renovieren und sie zu Zimmern mit Bädern umbauen.«

»Das ist ja interessant, wir wussten nichts davon«, murmelte Marianna. »Und dann hat er doch nichts gemacht. Die Remise ist ziemlich heruntergekommen.«

»Na ja, die Genehmigung ist sowieso abgelaufen. Aber wenn der Antrag einmal genehmigt worden ist, dann sehe ich keinen Grund, weshalb man es nicht noch mal tun sollte. Erzähl mir mehr über dein Projekt.«

Ohne zu zögern begann Viola, ihre Ideen darzulegen. Sie begann bei der Remise und endete beim Haupthaus. Enrico hörte ihr aufmerksam zu und lächelte dabei über ihre Begeisterung.

»Hast du schon einen Projektplan von einem Architekten?«, unterbrach er sie.

»Noch nicht. Im Rathaus bei uns im Ort hat man mich etwas entmutigt, und ich habe zunächst darauf verzichtet. Das ging alles so schnell und eigentlich ist meine Idee noch nicht ganz ausgereift.«

»Ich glaube kaum, dass es Probleme gibt«, meine Enrico abschließend. »Arbeite jetzt mal deinen Projektplan aus und reiche den Antrag so schnell wie möglich ein. Die Bearbeitungszeiten hier sind lang, auch wenn ich etwas nachhelfen kann.«

»Würdest du das wirklich tun?«, fragte Marianna.

»Natürlich, warum denn nicht? Violas Idee ist gut und sieht keine strukturellen Veränderungen vor. Außerdem ist das mein Job.«

Viola sprang auf.

»Danke!«, rief sie und wollte gleich zur Tür, um so schnell wie möglich mit der Arbeit anzufangen.

»Ich habe doch noch nichts getan«, wehrte Enrico ab und erhob sich ebenfalls. »Aber erlaubt mir, dass ich euch zum Essen einlade. Das muss gefeiert werden.«

Marianna sah ihn mit hochgezogener Augenbraue an.

»Es war so schön, dich wiederzusehen«, erklärte Enrico und ging um den Schreibtisch herum. »Und wir müssen doch auf das Projekt deiner Tochter anstoßen.«

Ungeduldig hielt Viola mit der Hand am Türgriff inne. Sie wäre am liebsten sofort zum Gutshof zurückgefahren. Im Fiat 500 ihres Großvaters würden sie für die hundert Kilometer bis nach Hause eine Ewigkeit brauchen. Außerdem kam sie sich wie das fünfte Rad am Wagen vor: Die Gefühle zwischen Enrico und ihrer Mutter ließen sich fast mit Händen greifen, und wenn man sie ins Gespräch einbezog, dann nur aus purer Höflichkeit. Ob ihr Vater wohl von der Existenz dieses Mannes wusste und von der Beziehung, die er zu ihrer Mutter gehabt haben musste? Sie schwieg und überließ ihrer Mutter die Entscheidung. Diese betrachtete ihre Tochter erst lange, dann wandte sie sich Enrico zu und nahm die Einladung an. Viola wunderte sich nicht darüber, aber sie seufzte enttäuscht auf. Wenn das der Preis war, den sie zu zahlen hatte, um ihre Ziele zu erreichen, dann würde sie gute Miene zum Spiel machen. Außerdem wirkte ihre Mutter glücklich, und es gab keinen wirklichen Grund zur Eile.

Sie setzte ein freundliches Lächeln auf und folgte ihnen aus dem Büro.

14

»Wie kann ich dich dazu bewegen, deine Meinung zu ändern?«, hatte Edoardo Cardelli seine Tochter gefragt und ihr dabei die Hände auf die Schultern gelegt.

»Das kannst du nicht, Papa. Lass es mich einfach versuchen, einverstanden?« Daraufhin hatte sich Viola auf die Zehenspitzen gestellt, um ihren Vater auf die stoppelige Wange zu küssen. »Außerdem bin ich ja nicht am Ende der Welt. Eineinhalb Stunden im Flugzeug, und ich bin bei euch.«

»Dann bleibe ich hier und helfe dir. Ich habe keine Lust, dass man dich übers Ohr haut. Außerdem gefällt mir der Gedanke nicht, dass du hier ganz allein bist.«

»Papa, ich habe nicht zum ersten Mal mit Modernisierungsarbeiten zu tun. Außerdem werde ich nicht allein sein, Carmela und Vito sind ja da.«

Es war Viola nicht leichtgefallen, ihre Eltern abreisen zu sehen. Während sie durch das große Haus ging, um alle Lichter zu löschen und sich davon zu überzeugen, dass Fenster und Türen geschlossen waren, fühlte sie sich schrecklich allein. Die Begeisterung für dieses neue Abenteuer erfüllte sie zwar immer noch, aber trotzdem kamen ihr hin und wieder Zweifel. Und dieses leere große Haus wirkte auch nicht gerade beruhigend. Ihre Schritte hallten wider und vermischten sich mit dem Pfeifen des Windes, der durch die Fensterrahmen eindrang, zu einem beängstigenden Geräusch. Sonst legte sich der Wind gegen Abend, aber heute nicht. Viola hoffte, dass die Arbeit sie ablenken würde. Sie musste dringend ihre Pläne für die Instandsetzung des Hauses schriftlich festhalten. Schließlich würde am nächsten Tag Gabriele ankommen, ein befreundeter Architekt, um das Haus für die Planzeichnungen auszumessen.

Es war nicht leicht gewesen, ihren alten Studienfreund zu überzeugen, nach Apulien zu kommen und ihr zu helfen.

»Das passt gerade schlecht«, hatte er ihr anvertraut. »Sonia und ich haben ein paar Probleme, und ich halte es für keine gute Idee, ausgerechnet jetzt zu verschwinden.«

»Das tut mir leid«, hatte Viola geantwortet. Die beiden schafften es keine zwei Monate, in Eintracht miteinander zu leben. Seit sie beide kannte, hatte sie deren ständige Achterbahnfahrt der Gefühle mitverfolgt, und doch schienen beide nicht ohne den anderen auszukommen.

»Gabri, ich möchte ja nicht taktlos sein, aber ...«

»Ja, ich weiß«, hatte er sie unterbrochen, »das ist nicht das erste und bestimmt nicht das letzte Mal, dass wir uns trennen.«

»Das geht mich nichts an. Ich hab dir ja versprochen, mich da nicht einzumischen, also tue ich das auch jetzt nicht. Ich wollte dir eigentlich bloß sagen, dass dieses Projekt mir wirklich am Herzen liegt.«

Beide hatten eine Weile geschwiegen. Viola wusste, dass ihr Freund hin- und hergerissen war: Er war ein guter Architekt und sprang gern ein, wenn jemand Hilfe brauchte. Und wenn er jetzt nach Apulien käme, würde das die Situation mit seiner Freundin kaum verschlimmern.

»Machen wir es doch so«, hatte sie ihm vorgeschlagen, »ich schicke dir per Fax alles, was du brauchst, einen Grundriss des Hauses und der Nebengebäude, und mache dir einen Entwurf von dem, was ich mir vorstelle. Du musst dann nur noch einmal kurz alles vor Ort überprüfen. Wenn du mit dem Flugzeug kommst, kannst du ja vielleicht abends schon wieder zurück sein. Auch wenn ich dir natürlich gern hier ein Quartier anbieten würde!«

»Viola ...«

»Bitte, Gabriele. Ich muss das Projekt so schnell wie möglich einreichen. Und hier kenne ich niemanden. Ich brauche jemanden, dem ich vertraue, und das bist du. Natürlich bezahle ich dich, ich weiß ja, dass ich bei dir in guten Händen bin.«

»Viola …«

»Ich bitte dich. Ich verlasse mich auf deine Ideen und deinen Rat. Und es wird dich auch nicht viel Zeit kosten.«

»Okay!«

»Super! Ich hole dich am Flughafen ab, und dann musst du unbedingt mal Carmelas Köstlichkeiten probieren … Danke, du bist wirklich ein Schatz!«, rief Viola aus und strahlte über das ganze Gesicht. »Du kannst so lange bleiben, wie du willst, sei mein Gast!«

»Ich hoffe, dass ich es nicht bereue«, brummte Gabriele.

»Ehrlich gesagt, Gabri, das wird dir wahrscheinlich sogar guttun.«

»He, du hast mir was versprochen …«, ermahnte er sie.

»Na klar! Ich weiß, nichts über deine Beziehung!«

Gabriel würde also am nächsten Tag ankommen. Viola war überglücklich, dass sie es geschafft hatte, ihn zu überzeugen. Er würde auf den ersten Blick sehen, welches Potenzial in der Masseria steckte, und ihr alle nötigen Ratschläge geben, um sie in ein wahres Schmuckstück zu verwandeln.

Alles wendete sich zum Guten: Der Freund ihrer Mutter beim Bauamt würde ein Auge auf ihren Antrag haben, und der beste Architekt, den sie kannte, hatte zugesagt, ihr zu helfen. Dieses Abenteuer begann unter den günstigen Vorzeichen.

Viola ging zum Fenster ihres Schlafzimmers, um die Läden zu schließen. Das tat sie sonst nicht, denn sie liebte es, vom Licht der Sonne geweckt zu werden, wenn sie das Zimmer überflutete. Doch an diesem Abend wollte sie sich abschirmen, auch gegen den Wind, der unangenehm laut war. Außerdem war sie zum ersten Mal ganz allein in diesem großen, alten Gebäude.

Das Meer musste aufgewühlt sein. Sie konnte das Klatschen der Wellen gegen die Klippen hören, und der Salzgeruch des Wassers drang bis zu ihr. Der Himmel war wolkenlos, es gab dort nichts zu sehen als zahllose Lichtpunkte, die vergebens versuchten, das Dunkel der Nacht zu durchbrechen. Erschauernd schloss Viola hastig Läden und Fenster. Sie durfte sich nicht von jeder Kleinigkeit beeindrucken lassen. Eigentlich war sie ja nicht allein: Carmela und Vito wohnten nur ein paar Meter entfernt – und ihre Großmutter hatte fünf Jahre ganz allein hier gelebt. Viola überlegte, ob sie sich einen Hund anschaffen sollte. Sie hatte Nero sehr liebgewonnen, aber so taub und gebrechlich wie er war, war er kaum als Wachhund geeignet.

Viola schüttelte den Kopf, als wollte sie so alle Gedanken daraus vertreiben, und ging auf den antiken Schreibtisch zu, auf dem sich die Papiere häuften. Sie würde sich in die Arbeit stürzen, bis sie vor Erschöpfung fast zusammenbrach. Bald würde sie sich daran gewöhnt haben, hier zu leben, und obwohl ihr Carmela und Vito ausgesprochen kühl und distanziert vorkamen, war sie überzeugt, dass sich mit der Zeit schon alles finden würde.

Sie mochte Herausforderungen und glaubte, dass sich mit viel Geduld und Willensstärke jedes Hindernis überwinden ließ.

Ermutigt von diesen Gedanken konzentrierte sich Viola auf ihre Entwürfe.

15

Am folgenden Morgen strahlte die Sonne von einem wolkenlosen Himmel. Der Wind hatte sich zwar nicht gelegt, Viola war jedoch zu aufgedreht, um sich davon stören zu lassen. Sie war früh aufgewacht, und jetzt auf Gabriele warten zu müssen, strapazierte ihre Geduld. Also war sie ruhelos zwischen Haus und Hof umhergelaufen, hatte sich Etliches angesehen, hin und her überlegt und mit sich selbst geredet, bis ihr eines klar geworden war: Sie wollte gern Vito ebenfalls an den Arbeiten beteiligen.

Sie war zu Vitos und Carmelas Haus gegangen, und nachdem sie ungeduldig an die Tür geklopft hatte, hatte sie einfach die Tür geöffnet.

»Darf ich hereinkommen?«

Als Antwort hörte sie einen überraschten Schrei und das Geräusch von etwas, das zerbrach. Viola betrat die Küche und sah, dass Carmela hastig Scherben einer Tasse aufsammelte.

»Entschuldige, Carmela, ich wollte dich nicht erschrecken!«, sagte Viola betreten. »Warte, ich helfe dir«, bot sie an und ging auf sie zu.

»Nein!«, schrie Carmela besorgt.

Viola sah sie verblüfft an. Warum hatte Carmela die Fassung verloren?

»Ist alles in Ordnung? Hast du dich geschnitten?«

»Nein, nein«, antwortete Carmela hastig. »Es war nur seine Lieblingstasse und …« Sie verstummte auf einmal und riss erschrocken die Augen auf.

»Das tut mir leid«, entschuldigte Viola sich noch einmal. »Ich kann eine neue kaufen.«

»Das geht nicht. Solche Tassen gibt es nicht mehr.«

Viola drehte sich zur Tür um, die in den hinteren Teil des Hauses führte, denn von dort kam die Stimme. Sie war sicher, dass sie sie kannte, doch als sie Nico sah, war sie dennoch überrascht.

»Nico?«

»Das war meine Lieblingstasse«, fuhr der Junge in einem seltsamen Singsang fort und sah auf irgendeinen Punkt zwischen Carmela und Viola.

»Woher kennt ihr euch?«, fragte Carmela leise und sah Viola an.

»Sie lebt im Haus von Signora Adele. Und sie geht mit Nero bis zu den Klippen spazieren. Aber sie weiß nicht, wo Löcher im Boden sind. Sie ist hingefallen.«

Carmela wurde blass und schlug sich erschrocken eine Hand vor den Mund. Wie lange kannten die beiden sich schon? Was konnte der Junge ihr erzählt haben? Dieser verdammte Sturkopf Vito, der ihr verboten hatte, etwas zu sagen, und jetzt war sie hier allein und musste alles erklären.

»Du wohnst hier?«, fragte Viola. Sie war verwirrt, aber der Junge erweckte auch ihre Neugier.

»Ja«, bestätigte er. »Mein Zimmer ist oben. Aber du darfst es nicht sehen.«

»Nico!«, ermahnte Carmela ihn vorwurfsvoll.

»Kein Problem«, versicherte Viola. »Das ist sein Zimmer. Da kann er reinlassen, wen er will.«

»Das sagst du doch auch immer, Oma«, beharrte Nico.

Carmela schloss die Lider und atmete heftig aus. Sie konnte es nicht länger aufschieben, jetzt musste sie Viola alles offenbaren.

»Warum habe ich dich hier noch nie gesehen?«, fragte die junge Frau Nico.

»Die Großeltern wollten das nicht«, antwortete er, bevor Carmela ihn bremsen konnte.

»Was ist hier los, Carmela?« Violas Stimme klang ruhig, aber entschieden, und Carmela wusste nicht, was sie denken sollte. War Viola wütend? Würde sie sie wegschicken?

»Setz dich doch, ich mach dir einen Kaffee«, sagte sie und seufzte ergeben. »Und du gehst wieder in dein Zimmer«, befahl sie dem Jungen.

»Du hast meine Lieblingstasse kaputt gemacht«, wiederholte Nico. »Was soll ich denn jetzt machen?«

»Ich werde Opa bitten, dass er sie klebt.«

»Aber sie wird nicht wieder dieselbe sein«, beharrte Nico weinerlich.

»Das tut mir leid. Aber jetzt geh in dein Zimmer. Wir reden später darüber.«

Nico verschwand, während er leise mit sich selbst redete, und Viola sah Carmela noch verwirrter an. Die wandte ihr zunächst den Rücken zu, um den Kaffee zuzubereiten, dann setzte sie sich der jungen Frau gegenüber.

»Nico ist unser Enkel«, fing sie an. »Der Sohn meiner Tochter.«

Viola sah sie nur weiter stumm an und wartete. Sie hatte durchaus bemerkt, dass es Carmela schwerfiel, darüber zu reden, aber sie wusste beim besten Willen nicht, was das Problem war. Natürlich wusste sie, dass sie eine Tochter gehabt hatten. Sie kannte sie aus ihren Kindertagen, als sie in den Ferien das Gut besucht hatte. Allerdings hatte sie kaum Erinnerungen an sie. Sie erinnerte sich dunkel an ein dünnes, blondes Mädchen, das immer irgendwie wütend war. Jetzt, wo Viola darüber nachdachte, fiel ihr ein, dass das Mädchen ihr Elternhaus früh verlassen hatte, und ihr war zu Ohren gekommen, dass es schwierig mit ihr gewesen war und sie Probleme gemacht hatte.

»Seit ein paar Jahren lebt er hier bei uns«, fuhr Carmela fort. »Meine Tochter ist gestorben, und es gab niemanden, der sich um ihn kümmern konnte.«

»Was ist mit dem Vater?«

»Der hat ihn ja nicht einmal anerkannt, wie denn auch?«, meinte die Frau zornig.

»Es tut mir leid wegen deiner Tochter«, murmelte Viola, die immer noch nicht wusste, was sie von all dem halten sollte. »Warum habt ihr uns nichts von Nico erzählt?«

Die Caffettiera dampfte und zog Carmelas Aufmerksamkeit auf sich, sie sprang auf, um den Herd auszustellen und ein wenig Zeit zu gewinnen. Sie füllte die Espressotassen, holte die Zuckerdose und die Milch und stellte alles auf den Tisch. Dann setzte sie sich wieder.

»Wir hatten Angst, ihr würdet uns fortschicken.«

»Fortschicken? Warum denn?«

»Nico ist ein besonderer Junge, er braucht Therapien, Behandlungen …« Carmela starrte beharrlich auf die Espressotasse in ihrer Hand. »Wir sind einfache Leute und wussten nicht, was wir tun sollten. Aber die Signora wollte nicht, dass wir ihn in ein Heim geben, deshalb haben wir ihn hierbehalten, und sie …«

»Was hat meine Großmutter damit zu tun?«, fragte Viola dazwischen.

»Die Signora hat sich um ihn gekümmert. Hat alles bezahlt. Auch für die Zukunft.«

In dem Moment schaute Carmela auf, um zu sehen, wie Viola reagierte. Doch die saß zwar mit gerunzelter Stirn vor ihr, aber sie wirkte eher verblüfft als missbilligend.

»Ich begreife immer noch nicht, warum ihr ihn vor uns versteckt gehalten habt.«

»Ihr hättet glauben können, wir hätten die Signora überredet, uns Geld zu hinterlassen …«, flüsterte Carmela.

»Also wirklich!« Endlich begriff Viola, worum es ging. »Niemand konnte Großmutter dazu bringen, etwas zu tun, was sie nicht wollte. Das hättet ihr doch wissen müssen.«

»Sicher, aber …«

»Kein aber. Wenn Großmutter Nico helfen wollte, haben auch wir nichts dagegen einzuwenden. Das Geld gehörte ihr, und sie hat damit gemacht, was sie wollte.«

Viola schwieg und musste an ihre Großmutter denken. Warum hatte auch sie ihnen nichts von dem kleinen Jungen erzählt? Sie musste ihn liebgewonnen haben, wenn sie sich seiner angenommen hatte.

»Was ist mit Nico?«, fragte sie.

»Es nennt sich Asperger-Syndrom. Ich weiß nicht genau, was das ist. Die Signora hat gesagt, das ist keine Krankheit, sondern dass Nico eben ein besonderer Junge ist.«

Viola hielt den Atem an. Der arme kleine Kerl. Er hatte seine Mutter verloren und keinen Vater gehabt. Wie viel Leid musste er in seinen wenigen Lebensjahren schon erfahren haben.

»Er geht nicht zur Schule?«

»Nein, er …«

»Carmela, bitte. Ich habe keine Absicht, euch wegzuschicken. Jetzt, wo ich selbst beschlossen habe zu bleiben.«

»Du bleibst hier?«, fragte Carmela und sah sie erstaunt an.

»Ja, genau darüber wollte ich eigentlich mit dir reden.« Viola schämte sich ein wenig, dass sie die beiden alten Leute so lange im Ungewissen gelassen hatte.

»Entschuldige, ich hätte es euch früher sagen können, aber die Entscheidung ist mir nicht leichtgefallen, und mein Vater ist damit überhaupt nicht einverstanden.«

»Du musst dich doch nicht entschuldigen«, wehrte Carmela ab. »Ich kann deinen Vater verstehen: Was soll ein junges, schönes Mädchen wie du an so einem Ort?«

»Ich möchte alles über Nico erfahren«, lenkte Viola wieder die Aufmerksamkeit auf den Jungen.

Carmela ließ die Hände in den Schoß fallen und senkte den Kopf.

»Vito und ich können nicht so gut mit ihm umgehen, wie das die Signora konnte. Manchmal verstehen wir ihn kaum. Doch in der Schule ist er sehr gut, besser als seine Mitschüler.«

»Dann geht er also doch zur Schule?«

»Ja sicher. Wir haben ihn nur zu Hause behalten, als ihr gekommen seid. Wir wussten einfach nicht, was wir tun sollten.«

»Er sollte jetzt auf jeden Fall wieder zur Schule gehen. Für ihn gab es in letzter Zeit schon zu viele Veränderungen.«

»Ja, ich denke auch, dass es das Beste für ihn ist.«

»Du musst mir erzählen, wie sich Großmutter um ihn gekümmert hat. Du hast etwas von Therapien gesagt …«

»Ja. Er muss zur Logopädin. Die hat uns schon zweimal angerufen.«

Viola sprang plötzlich auf, als sie auf die Uhr gesehen hatte.

»Ich muss jetzt los, um einen Freund vom Flughafen abzuholen«, erklärte sie. »Aber wir sprechen später über das Ganze. Über Nico und über Großmutter …«

Ein lautes Geräusch aus dem oberen Stockwerk ließ sie nach oben schauen. »Ich möchte alles wissen. Und ihr dürft ihn nicht verstecken. Nie mehr, einverstanden?«

Carmela nickte, stand ebenfalls auf und blickte erleichtert.

»Wir sehen uns später!«, rief Viola zum Abschied, während sie schon fast aus der Tür war. Carmela beobachtete, wie sie in ihren Wagen stieg, ihn startete und eine Staubwolke aufwirbelnd jenseits der Umfassungsmauer verschwand. Sie stieß einen langen Seufzer aus, dann ging sie zum Treppenabsatz, der sie ins obere Stockwerk führte.

»Nico!«, rief sie. »Morgen geht es wieder zur Schule!«

Der Junge antwortete nicht. Carmela wandte sich zur Tür, durch die Viola verschwunden war. Sie lächelte. Was auch immer die Zukunft für sie bereithielt, sie würden nicht mehr allein damit sein. Der Felsblock, der ihr seit Tagen auf dem Herzen gelegen hatte, fiel von ihr ab.

16

Eine hektische Woche lag hinter Viola, und die Zeit war wie im Flug vergangen, ohne dass sie es bemerkt hätte.

Gabriele hatte Pläne, Entwürfe und jede Menge Ideen mitgebracht. Er war drei Tage in der Masseria geblieben. Sie hatten stundenlang geredet, diskutiert, Dinge skizziert und Entwürfe wieder zerrissen. Die Ideen des Architekten teilte Viola oft, aber wenn es dann um die Kosten ging, musste sie ihre Träume den Realitäten anpassen.

Schließlich hatten sie den Antrag für das Bauamt fertig, und Viola war mit dem Wagen in die Stadt gefahren, um ihn Enrico persönlich zu übergeben. Er hatte sie mit einem freundlichen Lächeln empfangen, das sein sonnengebräuntes Gesicht erstrahlen ließ, und ihr versichert, sie brauche sich keine Sorgen zu machen.

Als sie so voller Begeisterung wieder auf dem Gutshof angekommen war, hatte sie sich dort mit Vito und Gennaro, einem befreundeten Maurer, getroffen. Sie waren in die Remise gegangen und hatte ihnen erklärt, was sie damit vorhatte. Gennaro nickte bei ihren Ausführungen freundlich und schien zu allem bereit zu sein. Sobald sie die Erlaubnis von der Gemeinde hätten, würden die Arbeiten beginnen.

»Na, eigentlich muss noch viel getan werden, bevor es an die Instandsetzung geht«, erklärte Viola. »Die Remise muss vollständig ausgeräumt werden. Und die Umfassungsmauer muss auch ausgebessert werden. Ich möchte den Pavillon abbauen und etwas Stabileres dort errichten. Und der Mandelgarten ist ein einziger Dschungel …«

Gennaro, ein großer, kräftiger Mann, sah sie an, sein Gesicht war ein einziges Fragezeichen. Daraufhin schenkte Viola ihm eines ihrer strahlendsten Lächeln und fuhr fort:

»Vito hat auf den Feldern zu tun, und ich allein kann das nicht schaffen. Kennen Sie jemanden, der mir helfen kann? So eine Art Mädchen für alles. Natürlich bezahle ich ihn anständig dafür.«

»Aber jemand Vertrauenswürdigen«, fügte Vito hinzu, der sich keinen Drückeberger ins Haus holen wollte.

Seit Carmela ihm von ihrem Gespräch mit der jungen Frau erzählt hatte, hatten sich seine Sorgen in Luft aufgelöst. Außerdem holte Viola jetzt bei allem seinen Rat ein, und er hatte das Gefühl, gebraucht zu werden und Verantwortung zu tragen. Wozu auch ihr Vater seinen Beitrag geleistet hatte, weil er ihn, bevor er gefahren war, noch gebeten hatte, ein Auge auf sie zu haben und dafür zu sorgen, dass ihr nichts geschah. Es war zwar ein freundliches Gespräch zwischen zwei erwachsenen Männern und Familienoberhäuptern gewesen, aber Vito war überzeugt, ganz gleich, was Viola zustieße, er würde dafür verantwortlich gemacht werden.

»Da muss ich mal nachdenken«, brummte Gennaro und fuhr sich mit der Hand über das Kinn. »Aber wir werden schon jemanden finden.«

Viola hielt sich gerade noch zurück, auf ihn zuzulaufen und ihn zu umarmen, aber sie dankte ihm freudig.

Die beiden Männer waren gegangen und hatten untereinander sofort wieder in ihrem heimatlichen Dialekt gesprochen, sie dagegen hatte sich neben Nero gekauert, der zu ihren Füßen gelegen hatte, und ihn mit Streicheleinheiten verwöhnt.

»Was hältst du davon, mein Alter, wenn wir einen Welpen adoptieren, der dir Gesellschaft leistet?«, hatte sie ihm zugeraunt. Nero hatte schwanzwedelnd und glücklich zu ihr hochgesehen, worauf sie ihr Gesicht in seinem üppigen Fell vergraben hatte.

Weil sie so beschäftigt war, hatte sie nicht sehr viel Zeit für Nico übrig gehabt. Viola hatte sich überzeugt, dass er wieder zur Schule ging, und sich lange mit Carmela über die Bedürfnisse des Jungen unterhalten.

Dieser kleine Kerl weckte ihre Neugier: Nico tauchte ganz plötzlich auf, wenn man es überhaupt nicht erwartete, redete ununterbrochen, ohne dem anderen eine Möglichkeit zum Antworten zu geben, dann verschwand er so schnell, wie er gekommen war.

Viola hatte angeboten, ihn und Carmela zur Praxis der Logopädin zu fahren: Nico war begeistert gewesen, in ihrem gelben Fiat 500 zu fahren, und hatte die ganze Zeit nur von Motoren, Zündkerzen, Motorkolben und Nockenwellen geschwärmt.

Carmela dagegen schien sich unwohl zu fühlen, so eingequetscht in dem kleinen Wagen vorn neben Viola und zusammen mit dem Jungen, der machte, was er wollte. Aber die junge Frau lachte nur, sprach ganz geduldig mit Nico und lobte ihn für seine Kenntnisse von Dingen, von denen sie überhaupt keine Ahnung hatte.

»Ist doch klar, du bist ja ein Mädchen«, hatte er erklärt. Carmela war vor Verlegenheit rot geworden, Viola hatte ihm jedoch zugestimmt.

Als sie Marianna von dem Jungen erzählt hatte, war die Mutter nicht überrascht gewesen.

»Ich wusste nicht, dass er dort lebt«, hatte sie nur gesagt. »Wir haben ihn selbst ein paarmal gesehen, und ich habe bemerkt, dass Nonna sehr an ihm hing. Deshalb erstaunt es mich nicht, dass sie für ihn gesorgt hat. Seine Mutter hat nichts getaugt.«

In Augenblicken wie diesen hatte Viola ein schlechtes Gewissen. Es gab so viel, was sie nicht von der Großmutter wusste, von ihrem Leben, den Menschen in ihrer Umgebung, ihren Gewohnheiten und ihren Ansichten. Adele hatte immer in dieser armen Gegend gelebt, wo ein Großteil der Leute in ihrem Alter gerade mal Lesen und Schreiben konnte. Aber sie hatte sich einen offenen Geist bewahrt, neigte nicht zu Vorurteilen und gab nichts auf Klatsch und Tratsch. Sie hatte verhindert, dass ein Junge, mit dem sie nichts verband, ins Heim kam, ein Junge, der als anders, als krank angesehen wurde, und hatte sich um seine Therapien und seine Bildung gekümmert.

Viola wusste, dass ihre Großmutter eine außergewöhnliche Frau gewesen war, und je mehr sie über sie herausfand, desto mehr bereute sie, nicht mehr Zeit mit ihr verbracht zu haben.

Sie würde alles tun, um sich der Erbschaft als würdig zu erweisen, die ihr hinterlassen worden war. Viola vermutete, dass es dabei nicht nur um materielle Werte ging. Adele hatte gewusst, was sie tat. Und Viola wollte sie nicht enttäuschen.

17

Langsam gewöhnte Viola sich an den Wind, der ständig über die ebene Landschaft hinwegfegte. Die Mauern um das Gut bildeten ein nützliches Hindernis, trotzdem war man nirgendwo geschützt, nicht einmal im Haus, wo sich an den stürmischsten Tagen selbst bei geschlossenen Fenstern die Vorhänge blähten.

Zischen und Pfeifen, das Rauschen der Zweige, die sich unter seiner Gewalt beugten, und der Staub, der überall eindrang, waren seine ständigen Begleiter.

Daher merkte Viola an diesem Morgen sofort nach dem Aufwachen, dass etwas anders war. Als sie mit noch vom Schlaf verquollenen Augen und zerzausten Haaren in die Küche hinunterging, fiel Viola das Geräusch ihrer Schritte auf den Stufen auf. Und als sie die Fenstertür, die auf den Hof ging, öffnete und hinausblickte, stellte sie fest, dass die Wipfel der Pinien sich nicht rührten. Der Wind hatte sich endlich gelegt.

Sie genoss diese Stille. Alles wirkte auf einmal viel weiter, die Farben lebhafter, die Gerüche intensiver und lebendig.

Ein zufriedenes Lächeln breitete sich auf ihrem Gesicht aus. Es würde ein wunderbarer Tag werden. Viola blickte hinüber zur Remise. Sie wollte noch einige Dinge retten, bevor hier alles ausgeräumt würde. Sie hatte ein altes Wagenrad entdeckt, das in einem guten Zustand war, und wenn man es abschliff und neu bemalte, würde es sich hervorragend an der weiß gekälkten Wand machen. Und das war nicht das Einzige. Ihrem geschulten Auge waren noch einige Dinge aufgefallen, die eine zweite Chance verdient hatten.

Hungrig und entschlossen ging sie in die Küche zurück. Auch heute würde sie keineswegs die Hände in den Schoß legen.

»Lass uns mit Nero zu den Klippen gehen.«

Viola, die unter einem Haufen Gerümpel gekramt hatte, sprang auf, wobei sie heftig mit dem Kopf gegen einen Balken stieß. Sie stieß einen unterdrückten Fluch aus, dann wandte sie sich um und sah Nico an.

»Ciao, Nico«, brummte sie.

»Deine Haare ...« Der Junge deutete auf ihre langen Haare und konnte kaum ein Grinsen zurückhalten.

»Was ist damit?«, fragte Viola besorgt und fuhr sich mit den staubigen Händen durch die Locken.

»Sie verändern ihre Farbe. Es sieht so aus, als hättest du sie durch Mehl gezogen.«

Viola riss erschrocken die Augen auf, dann sah sie ihre Hände an und lachte laut los.

»Na ja, hier drinnen ist es sehr staubig, und es gibt viele Spinnweben«, erklärte sie. »Da kann man kaum sauber bleiben.«

»Gehen wir auf die Klippen?«

»Gerne später«, schlug Viola vor. »Ich müsste sowieso erst mal duschen.«

»Da ist doch nie jemand. Keiner wird dich sehen.«

»Lass mir noch ein wenig Zeit, okay?«, versuchte es Viola noch einmal. Es tat ihr leid, seinen Vorschlag abzulehnen, aber jetzt passte es ihr wirklich nicht. Sie holte gerade einige schmiedeeiserne Teile unter all dem Gerümpel hervor, die sie nicht näher bestimmen konnte, die aber schön gearbeitet waren. Außerdem würde sie in diesem Zustand niemals aus dem Haus gehen.

»Was suchst du da?«

»In dem ganzen Chaos sind noch Dinge, die mir gefallen. Die wollte ich beiseitelegen, ehe ich alles leer räume.«

»Dann gehen eben Nero und ich«, sagte Nico und verließ in Begleitung des alten Hundes grußlos den Raum.

Violas Augen folgten ihnen, bis sie hinter der Mauer verschwunden waren, dann stürzte sie sich wieder in das staubige Durcheinander. Das Teil, das ihr Interesse erweckt hatte, war größer, als sie anfangs gedacht hatte. Da sie immer noch nicht sah, wo es endete und unter allerhand Gerümpel steckte, konnte sie es nicht herausziehen. Es gab nur eine Möglichkeit. Alles, was es begrub, wegräumen. Sie nieste und wirbelte damit eine Staubwolke auf, dann begann sie, den Berg abzutragen. Als sie noch einmal an dem schmiedeeisernen Teil zog, merkte sie, dass sich das geheimnisvolle Objekt endlich zu bewegen begann.

»Jetzt komm schon!«, rief sie, stemmte die Füße fester in den Boden und begann wieder, daran zu zerren.

»Brauchen Sie Hilfe?« Diese überraschende Frage ließ Viola erneut zusammenzucken, sie verlor den Halt und fand sich plötzlich mit dem Hintern auf dem Boden wieder. Der Besitzer der Stimme näherte sich und packte sie am Arm, um ihr aufzuhelfen.

»Verdammt!«, rief Viola. »Ist es hier vielleicht üblich, Leute so zu erschrecken?«

»Es tut mir leid. Haben Sie sich wehgetan?«

Viola befreite sich grob aus dem Griff und betrachtete den Eindringling genauer. Doch die wütenden Worte blieben ihr in der Kehle stecken. Sie starrte den schönsten Mann an, dem sie jemals begegnet war. Vielleicht war ihre Wahrnehmung ja immer noch wegen des Schlags auf den Kopf von vorhin etwas getrübt, aber vor ihr stand ein Bild von einem Mann mit breiten Schultern wie ein Schwimmer, einem muskulösen Körper und einem flachen Waschbrettbauch, der sich deutlich unter dem eng anliegenden Baumwoll-T-Shirt abzeichnete. Sein

Kopf hätte von der Hand eines Bildhauers stammen können: eine hohe Stirn, ein ausgeprägter Unterkiefer mit einem markanten Kinn, das ein Grübchen zierte, lange, dichte Wimpern über grauen Augen, eine perfekt proportionierte Nase und ein breiter, schön geschwungener Mund, dessen Unterlippe etwas voller als die Oberlippe war.

»Sind Sie sicher, dass alles in Ordnung ist?«, fragte der Mann nach.

»Keineswegs«, antwortete Viola verwirrt. »Wer sind Sie?«

»Ich suchte nach der Eigentümerin. Man hat mir gesagt, sie braucht ein Mädchen für alles.«

Viola hätte sich beinahe verschluckt. Sollte sie wirklich an der Seite dieses Traummanns arbeiten?

»Ich bin die Eigentümerin«, brachte sie schließlich leise heraus. »Entschuldigen Sie, wenn ich Ihnen nicht die Hand gebe«, fügte sie hinzu und hob ihre schmutzigen Hände.

»Ich heiße Aris«, stellte sich der Mann vor. »Und so ein bisschen Staub macht mir nichts aus«, fügte er hinzu und drückte kräftig ihre Hand.

Viola errötete bis an die Haarwurzeln und hoffte insgeheim, der Staub in ihrem Gesicht würde die Röte überdecken.

»Aris. Was ist das für ein Name? Eine Abkürzung?« Kaum hatte sie den Satz beendet, hätte sie sich am liebsten auf die Zunge gebissen, da sie sah, wie er die Kiefer zusammenpresste.

»Entschuldigen Sie, das geht mich wirklich nichts an …«, versuchte sie einzulenken.

»Sie haben es erraten«, antwortete er. »Mein Name ist eigentlich Aristarco, aber so hat mich noch nie jemand genannt.« Außer seinem Vater, aber das behielt er für sich. Er würde diese angenehme Begegnung nicht dadurch ruinieren, dass er seinen Vater erwähnte.

»In Ordnung, Aris«, sagte Viola, wischte sich die Hände an den Hosen ab und wandte sich von dem fesselnden Blick seiner blauen Augen ab. »Lassen Sie uns rausgehen. Für heute habe ich genügend Staub geschluckt«, sagte sie und ging ihm in den menschenleeren Hof voraus.

Aris, der ihr folgte, musste ein Lächeln unterdrücken. Dieses zierliche Mädchen mit den wuscheligen Haaren, in denen Spinnweben hingen, war die neue Besitzerin dieser Bruchbude? Was wollte sie denn an diesem gottverlassenen Ort? Nicht, dass es ihn interessierte: Sie musste ihn nur bezahlen, das war das Einzige, was ihm wichtig war.

»Möchten Sie einen Kaffee? Oder etwas anderes?«, fragte Viola, während sie ihn in den Pavillon lotste.

»Nein danke. Ich bin nur vorbeigekommen, um mich etwas umzusehen und zu erfahren, was Sie brauchen.« Sie setzte sich in den Korbsessel und bot ihm auch einen Platz an. Viola bemerkte staunend, dass jede seiner Bewegungen fließend und geschmeidig war.

»Erst mal möchte ich, dass wir uns duzen«, sagte sie und versuchte, sich zusammenzureißen.

»Einverstanden«, meinte Aris, der sie ganz offen betrachtete.

»Ich weiß nicht, was dir Gennaro erzählt hat«, fuhr Viola fort. »Ich warte noch darauf, dass die Instandsetzungsarbeiten an der Masseria genehmigt werden. Ich möchte das Gut in ein Hotel verwandeln, und dort drüben im Nebengebäude sollen Zimmer für Gäste entstehen. Das Haus selbst ist in gutem Zustand, wir müssen nur die Küche etwas umbauen, damit wir genug Platz haben, um Frühstück und Abendessen zu servieren.«

Während sie das erzählte, sah sie schon das Resultat der Arbeiten vor sich, sah die Gäste am Tisch sitzen, den Garten voller Blumen – und das lenkte sie ein wenig von dem Mann ab, der vor ihr saß.

»In der Zwischenzeit möchte ich das Nebengebäude, die Remise, ausräumen und andere Arbeiten hier auf dem Hof angehen«, fuhr sie fort und zeigte auf den reichlich wackeligen

Pavillon. »Und wenn du dich mit Gärtnern auskennst, dann auch den Mandelgarten, der ziemlich verwahrlost ist.«

Aris sah sich um. Von seinem Platz aus konnte er die solide Konstruktion des Gutshauses und das kleine Gebäude daneben, die Remise, sowie den Hof bewundern. Hinter einem Eisentor musste sich der zugewucherte Mandelgarten befinden. Ganz offensichtlich war der Besitz heruntergekommen, aber dennoch nicht in allzu schlechtem Zustand, und der Stimme dieser jungen Frau hatte er die Begeisterung darüber angehört, was hier einmal entstehen konnte.

»Alles klar«, sagte er. »Wir können morgen anfangen.«

Viola sah ihn verblüfft an.

»Wirklich?«

»Ist das zu früh?«, fragte Aris.

»N-nein ... natürlich nicht!«, stammelte sie. »Ich ... ich dachte nur nicht, dass Sie gleich anfangen können!« Viola sprang aus ihrem Korbsessel auf, in dem Versuch, nicht noch verlegener zu wirken.

»Hatten wir uns nicht auf das Du geeinigt?«, bemerkte der Mann im Aufstehen.

»Ja, du hast recht«, entschuldigte sie sich. »Möchtest du den Garten sehen?«

»Also ... ich ...« Aris hätte sofort gehen müssen. Eigentlich hätte er nicht einmal vorbeischauen dürfen. Sara wartete zu Hause auf ihn, und wenn er sich verspätete, bestürmte sie ihn mit Fragen und ließ nicht locker, bis er ihr alles bis ins kleinste Detail erzählte. Aber es war ein so schöner sonniger Tag, und als er sich vorhin auf sein Motorrad gesetzt hatte, hatte er es nicht über sich gebracht, gleich zu ihr nach Hause zu fahren. Er hatte doch auch ein Recht auf ein paar Momente eigenes Leben, oder nicht? Und als er dann an der Masseria vorbeigekommen war, hatte er sich an den Vorschlag erinnert, den Gennaro ihm gemacht hatte: für die Medranos zu arbeiten. Aris war zuerst leicht besorgt gewesen. »Habe ich etwas angestellt?«, hatte er gefragt.

»Warum?«, hatte Gennaro seine Frage mit einer Gegenfrage beantwortet. »Das ist eine Chance für dich. Die brauchen dort jemanden, der hart arbeitet, ohne sich zu beklagen. Und sie bezahlen gut. Wenn sie dich nicht mehr brauchen, ist hier immer ein Platz für dich.« Gennaro war verstummt, und der große Mann hatte ihm in die silbergrauen Augen gesehen. »Nur, wenn du nichts Besseres findest.«

Aris hatte seinem Blick nicht standgehalten. Dieser Mann hatte so viel mehr von einem Vater als sein eigener.

Gennaro hatte ihn kräftig auf die Schulter geschlagen.

»Denk darüber nach«, hatte er noch gesagt. »Aber nicht zu lange.«

»Entschuldige, ich vergeude deine Zeit.« Viola war in der Mitte des Hofes stehengeblieben und hatte sich zu Aris umgewandt. Er war ihr nicht gefolgt, anscheinend war er in unangenehme Gedanken versunken, darauf ließ zumindest die Anspannung in seinem Gesicht schließen.

»Aris?«, rief sie.

Er sah sie abwesend an, beinahe als hätte er vergessen, wo er war. Doch das dauerte nur einen Moment, dann hatte er sich sofort wieder im Griff.

»Sehen wir uns diesen Garten an«, sagte er entschlossen und folgte ihr.

Viola ging ihm voraus, sein Verhalten verwirrte sie, aber sie freute sich, dass er nicht gleich gehen musste. Sie zeigte ihm den Garten, die alte ausgefranste Hängematte, die weinüberwachsene Pergola und die leeren Stallungen. Ohne dass sie es bemerkte, hatte Traurigkeit ihre Stimme erfasst, und sie musste sich zusammenreißen, um nicht anzufangen zu weinen. Sie wandte sich der Oleanderhecke zu, die gerade erblühte, und tat, als wollte sie die zarten Blüten bewundern. Warum gerade jetzt, vor diesem Fremden? Sie fluchte unterdrückt und versuchte, ihre Fassung wiederzugewinnen.

»Möchtest du wieder Pferde halten?«, fragte Aris und tat, als hätte er ihre Bewegtheit nicht bemerkt.

»Ich weiß nicht.« Viola wandte sich zu ihm um und dankte ihm stumm. »Ich hatte noch keine Zeit, darüber nachzudenken. Bis vor einer Woche wusste ich noch nicht, ob ich überhaupt bleiben würde.«

In dem Moment tat sich ein winzig kleiner Riss in dieser Mauer aus Eis auf, die seit Jahren Aris' Herz fest umschloss. Als diese Augen, so dunkel wie geschmolzene Schokolade, die vor unterdrückten Tränen glänzten, auf seine trafen, brach etwas in ihm auf, und er wollte nur noch eins: sie beschützen.

Erschrocken und verwirrt wandte sich Aris abrupt um und ging auf das Tor zu.

Sie verabschiedeten sich im Hof. Kurz darauf hörte Viola das Aufheulen eines davonfahrenden Motorrades.

Sie musste alles geträumt haben, sagte Viola sich, während sie in die Remise zurückkehrte. Wenn Aris am folgenden Tag nicht erschien, hätte sie die Bestätigung dafür.

Jetzt sehnte sie sich nur noch nach einer ausgiebigen Dusche, und später würde sie Laura anrufen. Sie hatten schon eine Weile nichts mehr voneinander gehört, und jetzt hatte sie die beste Entschuldigung, sie anzurufen und herauszufinden, ob sie immer noch böse auf sie war. Aber vorher wollte sie wissen, wozu dieses schmiedeeiserne Ding gehörte.

»Das Kopfteil eines Bettes?«, rief sie plötzlich. Das musste es sein.

Sie stürzte sich wieder mitten in das staubige Gerümpel, ganz erpicht darauf zu entdecken, ob sie mit ihrer Vermutung recht hatte.

18

Am nächsten Morgen kam Aris in aller Frühe mit einem Wagen mit offener Ladefläche zur Masseria. Als Nico ihn in den Hof einbiegen sah, weigerte er sich, zur Schule zu gehen. Endlich passierte hier in der Masseria mal etwas, und er wollte nicht weg, wenn es gerade spannend wurde. Außerdem trennte er sich nicht gern von Viola. Er folgte ihr überallhin, plapperte in einem fort und überhäufte sie mit Informationen, während sie sich immer interessiert und anteilnehmend zeigte.

Carmela war am Ende ihrer Geduld, und als Viola hörte, wie sie mit ihm schimpfte, ging sie zu ihnen.

»Er will nicht zur Schule«, brummte die Frau und deutete auf den Rucksack, den Nico in eine Ecke gepfeffert hatte.

Sie sah zu dem Jungen, der mit finsterem Gesicht und verschränkten Armen dastand und Kiesel gegen die Hauswand kickte.

»Was ist los, Nico?«, fragte Viola und ging in die Knie, um auf Augenhöhe mit ihm zu sein.

»Ich möchte dir auch helfen«, murrte der Junge. »In der Schule ist es langweilig.«

»Du warst eine ganze Weile zu Hause«, gab sie zu bedenken. »Deine Mitschüler möchten dich bestimmt gern wiedersehen.«

»Die machen sich doch nur über mich lustig.«

Viola sah ihn bestürzt an. Was sollte sie dem kleinen Jungen sagen? Sie wusste es nicht. Nico erschien ihr reifer als die anderen Jungen seines Alters, und oft, wenn sie sich unterhielten, ertappte sie sich dabei, dass sie sich über die ernsten Gespräche mit ihm wunderte. Er war schließlich noch ein Kind.

»Machen wir Folgendes«, schlug sie ihm vor. »Ich bringe dich zur Schule und hole dich nachmittags ab, einverstanden? Dann können wir gemeinsam Hausaufgaben machen oder mit Nero rausgehen.«

Nico sah sie kurz an, dann schaute er wieder auf seine Schuhe.

Carmela betrachtete sie besorgt: Diese junge Frau war voller guter Vorsätze, aber sie wusste noch nicht, dass Nico das ausnutzen und ihr keine freie Minute mehr gönnen würde.

»Also, bist du dabei?«, fragte Viola nach.

»Ich brauch deine Hilfe bei den Hausaufgaben nicht«, erklärte Nico und sah hoch. »Ich kann viel besser mit Zahlen umgehen.«

Carmela seufzte resigniert und schüttelte stumm den Kopf.

»Du hast recht«, stimmte Viola zu. »Das heißt also, du musst mir helfen.«

»Du kannst mir beibringen, wie man Auto fährt, mit dem Fiat«, fuhr Nico fort.

»Na, nicht so hastig, kleiner Mann!«

Nicos Augen leuchteten auf, während er den staubigen Rucksack aufhob.

»Ich hole die Wagenschlüssel.«

Viola ging zu Aris, der sich an die Tür des Pritschenwagens gelehnt hatte und schon auf sie wartete. In der dunklen Arbeitshose mit den vielen Taschen, dem Jeanshemd über dem schwarzen T-Shirt und derben Trekkingschuhen an den Füßen sah er noch attraktiver aus als gestern.

»Macht es dir etwas aus, allein anzufangen?«, fragte sie ihn. »Ich muss Nico zur Schule bringen.«

»Kein Problem«, antwortete Aris und warf ihr einen unergründlichen Blick zu. Er hatte ihr Gespräch mit Nico mit angehört und fragte sich, in welchem Verhältnis die beiden standen.

»Wo soll ich anfangen?«

»Wir müssen zuerst alle Räume der Remise komplett leerräumen. Du kannst alles, was du findest, draußen aufstapeln. Sobald ich zurück bin, schaue ich es mir an, und wir sehen, was man noch gebrauchen kann.«

»In Ordnung. Bis später.« Nach diesen Worten drehte er ihr den Rücken zu, zog seine Lederhandschuhe an, die er aus der hinteren Tasche seiner Hose geholt hatte, und ging zur Remise.

»Bis später«, wiederholte sie leise, dann ging sie zu Carmela und Nico, die schon neben dem Fiat auf sie warteten.

Außer einer kurzen Mittagspause, als Carmela ihnen etwas zu essen in den Pavillon gebracht hatte, hatten Viola und Aris bis zum späten Nachmittag durchgearbeitet.

Aris hatte kaum etwas gesagt, er arbeitete unermüdlich, bewegte schwere Gegenstände scheinbar mühelos und ohne sich zu beklagen. Viola hatte versucht, ihn in ein Gespräch zu verwickeln, doch er hatte sich nicht einmal beim Mittagessen auf eine Unterhaltung eingelassen. Daraufhin hatte sie beschlossen, ebenfalls zu schweigen. Dieser Mann schien kein Interesse an einer Konversation zu haben. Es bestand keine Gefahr, dass sie die Bekanntschaft vertiefen würde, wie Laura es ihr am Telefon geraten hatte. Vielleicht war es ja besser so. Es gab auf einmal so viel Neues in ihrem Leben, dass sie eine Beziehung zu einem Mann kaum darin unterbringen konnte.

Die Zeit war wie im Flug vergangen, und es hatte sich als mühselige Arbeit erwiesen, die Sachen, die Aris aus der Remise hinaustrug, auszusortieren. Schließlich waren zahlreiche Dinge darunter, die ihr gefielen, und so hatte sie ihn nur die, die wirklich in einem katastrophalen Zustand waren, auf die Ladefläche stapeln lassen, um sie auf die Müllkippe zu bringen. Aris hatte einen Teil des Schuppens ausgeräumt für die Sachen, die sie behalten wollte, aber der Stapel dort wurde immer größer. Sie hätte eine strengere Auswahl treffen sollen.

Irgendwann am Nachmittag tauchte Carmela auf und erinnerte sie daran, dass sie Nico von der Schule abholen mussten. Viola rannte ins Haus und gönnte sich eine rasche Dusche.

»Ich bin gleich zurück«, sagte sie zu Aris, während sie schnell zu ihrem Fiat lief.

»Ich fahre inzwischen zur Müllkippe.«

»Gut. Kommst du danach wieder? Oder sehen wir uns morgen?«

»Ich sollte besser noch eine Fuhre wegbringen«, schlug er vor. »Sonst steht morgen der ganze Hof voll.«

Viola lächelte ihn dankbar an, dann fuhr sie davon, während sie sich fragte, ob dieser Mann auch lächeln konnte. Oder ob er einfach nur unfassbar gut aussah.

Nico hatte Violas Versprechen nicht vergessen und erinnerte sie daran, kaum dass er mit Viola und Carmela im Wagen saß.

»Ich habe Hausaufgaben.«

»Die machen wir, sobald Aris weg ist«, versicherte sie ihm.

»Du hattest aber gesagt, wenn ich aus der Schule komme«, protestierte Nico.

Viola biss sich auf die Zunge, um ihm keine patzige Antwort zu geben.

»Viola muss erst ihre Arbeit beenden, dann kommt sie zu dir«, mischte sich Carmela ein.

»Sie hat es versprochen«, beschwerte sich der Junge.

»Nico, weißt du eigentlich, warum ich all diese Arbeiten in der Masseria machen lasse?«, fragte Viola und bemühte sich, einen versöhnlichen Ton anzuschlagen.

»Nein.«

»Ich möchte hier bei euch leben. Und ein Hotel aufmachen. Aber bis dahin ist noch so viel zu tun, und wenn ich das nicht schaffe, muss ich wieder von hier weggehen.«

Während sie ihm das sagte, beobachtete Viola den Jungen im Rückspiegel. Er starrte aus dem Fenster.

»Ich verbringe gern Zeit mit dir, aber ich muss mich auch um die Masseria kümmern. Das verstehst du doch?«

Sie war nicht sicher, ob man so mit einem Kind reden sollte. Vielleicht war sie ja zu streng gewesen. Nico benötigte Aufmerksamkeit und brauchte Gesellschaft, und sie gab ihm beides innerhalb ihrer Möglichkeiten, aber sie konnte keine Ersatzmutter für ihn sein. Auch keine Tante oder ältere Schwester. Sie mussten sich erst aneinander gewöhnen.

»Nico?«, sagte sie, da er ihr nicht geantwortet hatte.

»Ich hab schon verstanden«, antwortete er. »Du musst das Haus in Ordnung bringen, damit du hier wohnen kannst.«

»Genau. Und hier vielleicht auch arbeiten. Du kannst mir helfen, denn du kennst es ja besser als ich. Die Nonna hat dir doch bestimmt viel über die Masseria erzählt, oder?«

»Klar, ich weiß alles über die Gegend hier«, erklärte Nico. Carmela runzelte die Stirn und sah ihn zweifelnd an, doch er starrte unbeirrbar auf die Landschaft, die vor dem Wagenfenster vorbeiflog.

»Ausgezeichnet.«

»Aber nachher müssen wir Hausaufgaben machen«, beharrte der Junge.

»Ja, die machen wir später«, beendete Viola das Gespräch, während sie auf den Hof der Masseria fuhr. Auf ihrem Platz unter der Pergola stand ein eleganter weißer Jaguar geparkt, der so makellos wirkte, als wäre er präzise auf dieser Stelle abgesetzt worden, ohne ein Körnchen Staub aufgewirbelt zu haben.

»Wir haben Besuch«, stellte Viola neugierig fest.

»Der ist nicht für mich«, erklärte Carmela, die sich stöhnend aus dem Wagen mühte. »Wir essen jetzt etwas, komm«, sagte sie zu Nico und legte den Vordersitz um, damit Nico aussteigen konnte.

»Ich warte dann auf dich«, erinnerte der Junge Viola.

»Alles klar«, antwortete Viola, die sich nach dem Besitzer des Jaguars umsah. Sie lief zu Fuß den kurzen Weg zum Haupthof, und da sah sie ihn auch schon. Er stand neben dem Pavillon, die Hände in den Taschen vergraben, und bewunderte das Haus. Diese elegante Erscheinung war unverwechselbar: Angelo Rinaldi beehrte sie mit seinem Besuch.

19

»Buonasera!« Angelo Rinaldi nahm im Näherkommen die Sonnenbrille ab. »Ich habe mir erlaubt, drinnen auf Sie zu warten.«

Als Erstes kam Viola in den Sinn, dass dieses Haus überhaupt nicht sicher war und dass sie sich unbedingt um ein neues Schloss für die Haustür kümmern musste. Als zweites dachte sie, dass seine Augen so faszinierend waren, dass sie einen hypnotisieren konnten. Und sofort spürte sie wieder dieses Misstrauen wie vor einiger Zeit, als sie ihm in der Stadt zum ersten Mal begegnet war.

»Wie kann ich Ihnen helfen?«, fragte sie kühl.

»Ich wollte nur mal sehen, wie es Ihnen so geht. Wie Sie es hier bei uns finden.«

»Mir geht es gut, vielen Dank. Sehr freundlich von Ihnen, dass Sie sich nach mir erkundigen.«

»Wie ich Ihnen bereits gesagt habe, kannte ich Ihre Großmutter sehr gut, und wenn Sie immer noch hierbleiben wollen, dann würde ich auch Sie gerne kennenlernen. Denn wie Sie bestimmt bald herausfinden werden, kennt hier jeder jeden.«

Viola hatte nicht die Absicht, ihn zum Bleiben einzuladen, aber sie fürchtete, dass er ihr eine solche Unhöflichkeit verübeln würde. Und außerdem war sie neugierig, was er von ihr wollte. Wie sagte ihr Vater doch immer? Seine Feinde sollte man genau kennen. Sie konnte es sich selbst nicht erklären, aber Rinaldi stufte sie instinktiv in diese Kategorie ein.

»Kann ich Ihnen etwas zu trinken anbieten?«, fragte sie und deutete auf die Korbsessel unter dem Pavillon.

»Nein, vielen Dank. Ich will nicht stören. Ich bin nur gerade vorbeigekommen, und da wollte ich mal nachsehen, ob unsere schöne Gegend Sie weiter bezaubert oder eher vertrieben hat.«

»Im Moment bleibe ich«, erklärte sie entschlossen.

»Das freut mich.« Die Fältchen um Rinaldis Augen vertieften sich, wenn er lächelte. »Dann werden wir bestimmt noch Gelegenheit haben, einander besser kennenzulernen.«

Viola wusste nicht, was sie darauf entgegnen sollte. Normalerweise war sie sehr souverän und kontaktfreudig, aber dieser Mann schüchterte sie ein, und sie brachte kein Wort heraus.

Es lag nicht nur an seiner unbestreitbar faszinierenden Ausstrahlung, dass sie sich befangen fühlte, vielmehr ging von ihm ein Gefühl von Macht, Entschlossenheit, Reichtum und Skrupellosigkeit aus, dass sie sich wie ein kleines, hilfloses Mädchen vorkam.

»Was machen Sie denn so?«, konnte sie immerhin fragen.

»Ich betreibe einige Hotels«, erwiderte er beiläufig, während er sich umdrehte, um Violas Haus zu mustern. »Diese Masseria ist wirklich sehr schön.«, fuhr er fort. »Das habe ich Adele oft genug gesagt.«

Auch Viola betrachtete das Haus, der solide Bau verströmte ein Gefühl von Sicherheit, und trotz seiner schlichten, klaren Formen war es ein sehr schönes Gebäude.

Sie beobachtete verstohlen den Mann neben sich, der anscheinend das Haus bewunderte. Was hatte ihn mit Großmutter Adele verbunden? Seinen Worten nach hatten sie sich gut gekannt. Aber sie konnte sich nicht vorstellen, dass sie befreundet waren.

»Kannten Sie meine Großmutter gut?«

»Wie Sie wissen, war Adele eine sehr intelligente und ebenso rätselhafte Frau. Sie ließ niemanden leicht an sich heran. Aber ich habe mich gern mit ihr unterhalten …«, hier brach er ab und verlor sich in seinen Erinnerungen. »Und es gab nichts, was man vor ihr verbergen konnte. Fühlen Sie sich an einem solchen Ort nicht etwas einsam?«, fragte er sie unvermittelt und schaute sie mit seinen grünen Augen an.

»Nein …«, stammelte Viola verwirrt über den plötzlichen Themenwechsel. »Außerdem bin ich ja nicht allein, es leben noch andere Menschen auf dem Hof.«

»Ja sicher. Aber ich kann mir denken, dass die Welt, aus der Sie stammen, deutlich anders aussieht als … das hier«, sagte er und deutete auf die sie umgebende Landschaft.

Er stand nicht so nah bei ihr, dass sie sich von ihm bedrängt fühlen konnte, trotzdem fühlte sie sich unwohl. Viola kam sich wie gefangen vor, aber er faszinierte sie auch.

Plötzlich hörte sie Motorengeräusche, und kurz darauf fuhr der Pritschenwagen wieder auf den Hof. Aris parkte vor der Remise und sprang aus der Fahrerkabine. Er warf Viola einen schnellen Blick zu, ignorierte dabei absichtlich ihren Besuch und machte sich dann ans Werk.

»Welche Arbeiten erledigt der denn für Sie?«, fragte Rinaldi, neugierig geworden.

»Er hilft mir beim Aufräumen«, erwiderte sie vage.

»Dann lasse ich Sie nun allein«, verabschiedete sich der Mann und reichte ihr die Hand. Viola ergriff sie, und er hielt sie fest.

»Wir werden uns bald wiedersehen«, flüsterte er ihr zu und lächelte sie verführerisch an. Schließlich löste er den Griff und ging mit dem sicheren federnden Schritt eines Mannes, der niemanden fürchtet, davon.

Viola verharrte einige Minuten reglos und versuchte, sich einen Reim auf diese Begegnung zu machen. Aber sie war nicht so gut wie ihre Großmutter darin, die Gedanken anderer Leute zu lesen, und abgesehen von dem Misstrauen, das dieser Mann in ihr auslöste, hatte sie überhaupt keine Vorstellung, was er wirklich von ihr wollte.

Sie ging hinüber zu Aris, der seinen Pritschenwagen erneut volllud, und betrachtete den Berg Gerümpel, der allmählich kleiner wurde.

»Du brauchst mir nicht zu helfen«, stoppte er sie. »Ich bin fast fertig, du würdest dich nur umsonst schmutzig machen.«

Viola lächelte zerstreut und sah dem Jaguar hinterher, der leise vom Hof fuhr.

»Verkaufst du?«

»Entschuldigung?« Viola riss sich aus ihren Gedanken und sah Aris verwirrt an.

»Schon gut, das geht mich nichts an.«

»Warum sollte ich verkaufen?«

Aris belud weiter unerschütterlich seinen Pritschenwagen, wich aber ihrem Blick aus.

»Ich habe nicht die leiseste Absicht zu verkaufen«, fuhr sie entschlossen fort. »Wie kommst du jetzt da drauf?«

»Rinaldi macht keine Höflichkeitsbesuche«, war die knappe Antwort.

»Er hat mich nicht danach gefragt.«

»Für heute bin ich fertig«, sagte Aris abschließend. »Wenn du nicht noch etwas brauchst, sehen wir uns morgen.«

»Ich …«

Aris sah sie mit seinen stahlgrauen Augen an, als wollte er, dass sie weiterfragte. Doch Viola verzichtete lieber.

»Bis morgen«, stieß sie seufzend aus, als er auf den Fahrersitz kletterte. Er nickte ihr ein letztes Mal zu, legte den Rückwärtsgang ein und fuhr los.

Dann bemerkte sie, dass Nico sie aus dem Fenster seines Zimmers anstarrte. Sie ging zum Haus hinüber, schließlich musste sie noch ein Versprechen einlösen.

20

Angelo Rinaldi betrachtete durch das große Wohnzimmerfenster seines Hauses, wie die Sonne hinter den Hügeln unterging. Er stand breitbeinig da und rauchte langsam eine Zigarette, während er an die junge Frau dachte.

Als Adele gestorben war, hatte er geglaubt, dass es nun keine Hindernisse mehr zwischen ihm und seinem Ziel gab. Und jetzt tauchte da diese Enkelin auf, die es sich in den Kopf gesetzt hatte, in der Masseria zu leben.

Rinaldi fluchte unterdrückt. Sie bereitete ihm keine echten Sorgen. Die junge Frau auszuschalten würde ein Kinderspiel sein. Aber dennoch war sie ein Hindernis, das eine weitere Verzögerung bedeutete.

Er wurde nicht schnell wütend oder ließ sich von Gefühlen überwältigen, die den Herzschlag beschleunigten oder einem das Blut in den Kopf trieben. Seine Frau sagte immer, er wäre ein Eisblock. Und sie war ihm sehr ähnlich, weswegen ihre Ehe eine wohlüberlegt eingegangene Verbindung war.

Doch gerade war er verstimmt. Er hatte es satt, ständig zu warten. Immer wenn ein Problem gelöst war, tat sich woanders ein neues auf. Außerdem konnte das Projekt, in das er Millionen investiert hatte, keinen Gewinn abwerfen, bevor es zu Ende gebracht war, und daher machte er Verluste. Das war das Einzige, worüber er sich wirklich aufregen konnte: wenn er Geld verlor.

»Du bist früh zurück.« Seine Frau riss ihn aus seinen Gedanken, als sie ins Wohnzimmer kam. »Alles gut gelaufen heute?«

»Ja und nein«, gab er lapidar zurück, während sie neben ihn trat.

Sie war eine wunderschöne Frau, etwa vierzig, die mindestens zehn Jahre jünger aussah. Lange blonde Haare, blaue Augen, die eine oder andere Korrektur im Gesicht und ein perfekter neuer Busen. Außerdem war sie eine sehr tüchtige Geschäftsfrau und verwaltete den gemeinsamen Besitz mit eiserner Hand. Er spielte kurz mit dem Gedanken, ihr nichts von der jungen Frau zu erzählen, als wollte er sie noch einen Augenblick nur für sich behalten. Aber dann überlegte er sich anders.

»Die Masseria Medrano steht nicht zum Verkauf«, sagte er schlicht.

»Was redest du da?«, fragte Arianna Reale Rinaldi, ohne Verwunderung erkennen zu lassen.

»Die Enkelin hat das Gut geerbt. Anscheinend will sie hierbleiben.«

»Das werden wir ihr schon noch austreiben.«

»Selbstverständlich. Aber es bedeutet eine weitere Verzögerung.«

»Wie ist sie so?«

Rinaldi schwieg und sah wieder Violas ungekünstelte Bewegungen, das ungeschminkte Gesicht und die wunderschönen Augen vor sich, die ihn so misstrauisch angesehen hatten. Diese junge Frau war wirklich attraktiv. Fantastische lange Beine, ein strahlendes Gesicht mit dunklen Augen, das von einer rebellischen Lockenmähne eingerahmt wurde. Sie hätte eine vielversprechende Herausforderung für ihn werden können, aber er bezweifelte, dass sie genügend Mumm hatte, um es mit ihm aufzunehmen. Schade. Er maß sich gern mit Frauen.

»Gefällt sie dir?« Arianna betrachtete ihren Mann von der Seite, während ein ironisches Lächeln ihre Lippen kräuselte. »Du wirst allmählich weich.«

»Red keinen Blödsinn«, herrschte er sie an und kehrte ihr den Rücken zu. »Das ist nur ein naives kleines Mädchen. Die stellt kein Problem dar.«

»Wie du meinst«, antwortete seine Frau. »Wenn du willst, kümmere ich mich darum.«

»Nein.« Wieder kam ihr die Antwort etwas zu knapp und zu schnell vor. »Das übernehme ich selbst.« Entschlossenen Schrittes verließ er den Raum und verschwand in seinem Arbeitszimmer. Arianna starrte auf die Tür, die er hinter sich zugezogen hatte, und dachte nach. Ihr Mann ließ sich von nichts und niemand aufhalten: nicht von Männern, Frauen, alten Leuten oder Kindern. Er machte keine Unterschiede, wenn es darum ging, Hindernisse aus dem Weg zu räumen. Bei ihm drehte sich alles ums Geschäft, er kannte nur ein Vergnügen, und das hieß Geld anzuhäufen. Warum also meinte sie, eine leichte Unsicherheit bei ihm bemerkt zu haben?

Selbstverständlich würde sie Nachforschungen anstellen. Auch wenn sie ihm freie Hand ließ, wollte sie doch immer wissen, was er trieb. Sie hatten ein Imperium aufgebaut, das es zu beschützen galt, deshalb konnten sie sich keine Fehler oder Schwächen erlauben.

Jenseits der Tür saß Rinaldi in seinem elfenbeinfarbenen Ledersessel und überließ sich seinen Erinnerungen. Es war noch keine zehn Jahre her, dass ihm sein Vater das große Thermalhotel an der Küste vererbt hatte. Damals hatte er Arianna kennengelernt, die aus einer reichen Familie von Bankiers und Politikern stammte. Zusammen hatten sie den größten Touristenkomplex von ganz Italien geplant: ein Küstenabschnitt von über dreißig Kilometern Länge mit Hotels, Ferienwohnungen und Spielplätzen. Aufgrund der besonderen Felsformation der Klippen konnten sie dort Thermalschwimmbecken anlegen, in denen das Meerwasser mit dem aus den mineralreichen Thermalquellen vermischt wurde.

Dank gezielter Werbemaßnahmen zog der Komplex eine sehr wohlhabende Klientel an, die zum Großteil aus dem Ausland kam.

Fast der gesamte Komplex Rinaldis lag südlich von Violas Masseria. Als Letztes fehlte ihm noch ein exklusiver Golfplatz, den er mithilfe des Grundstücks der Medranos verwirklichen wollte. Rinaldi würde dann seinen Kunden alle Facetten dieser Gegend anbieten können. Olivenhaine, Strände, Seen und Klippen. Der Golfplatz sollte im Norden von zwei parallelen Seen begrenzt werden, die durch einen Streifen weißen Sandstrand mit dem Meer verbunden werden sollten. Dort lag bereits eines ihrer Ferienresorts. Die malerischen Felsenformationen entlang des Stiefelabsatzes zogen zahlreiche Naturliebhaber, Künstler und Romantiker an.

Als er den Vertrag mit den ausländischen Investoren unterzeichnet hatte, hatte es dort eine Klausel gegeben, dass das Projekt genau so verwirklicht werden musste, wie es vorgelegt worden war. Und der Golfplatz war ein wichtiges Argument für eine bestimmte Art von Kundschaft.

Antonio Medrano hatte auf ihn nicht hören wollen. Sein Desinteresse, wenn nicht gar Widerwillen gegenüber dem Projekt war ein unüberwindliches Hindernis gewesen. Als er dann endlich gestorben war, hatte Rinaldi immer häufiger Adele besucht. Anfangs hatte er es nicht allzu eilig und hoffte, sie zu überzeugen, ohne zu harten Mitteln greifen zu müssen. Er bewunderte diese Frau außerordentlich, die ihn immer wieder verblüffte mit ihrer Fähigkeit, in ihm zu lesen wie in einem offenen Buch. Tatsächlich war er ihr dankbar, da er aufgrund einiger ihrer kryptischen Äußerungen diverse unangenehme Situationen hatte vermeiden können. Er hatte durchaus bemerkt, dass es ihr in letzter Zeit nicht mehr so gut ging, und sich, wenn auch mit leichtem Bedauern, gewünscht, dass sie ebenfalls sterben würde. Inzwischen hatten die Investoren immer mehr

Druck gemacht: Falls er das Medrano-Anwesen nicht angliedern konnte, würden sie aus dem Projekt aussteigen.

Dann war auch Adele gestorben, und Rinaldi hatte mit dem Bürgermeister vereinbart, dass er bei der Veräußerung des Anwesens Vorkaufsrecht genoss. Dann kam Viola. Er hatte genug Zeit mit den Medranos verschwendet. Wenn er nicht Geld und Gesicht verlieren wollte, musste er das Problem schnellstmöglich lösen.

Angelo Rinaldi rutschte auf dem bequemen Sessel hin und her. Er konnte sich seine Unruhe nicht erklären. Viola war doch nur eine junge Frau, sie hatte sicher nicht die Erfahrung und Fähigkeiten der Großeltern. Warum machte er sich also Sorgen?

21

»Warte!«, rief Viola und lief auf Aris zu. Er blieb mitten auf dem Hof stehen, ohne sich umzudrehen. Atmete einmal tief durch und wartete.

»Ich dachte nur, dass …«

»Viola, nein.«

»Nein?« Die junge Frau sah ihn verwirrt an.

Es war seine zweite Arbeitswoche, und trotz einer kurzen Unterbrechung wegen eines heftigen Frühlingsregens hatten sie die Remise mittlerweile freigeräumt. Aris lud noch die letzten Teile auf den Pritschenwagen, während Viola bewundernd die Dinge betrachtete, die sie in den Räumlichkeiten gefunden hatten. Nico beobachtete sie von einem Stapel alter Steine aus, die Viola aufgehoben hatte, der treue Nero lag wie sonst auch zu seinen Füßen. Wenn er nicht in der Schule war, hielt sich der Junge in der Nähe der Remise auf und *überwachte* die Arbeiten. Oder er unterhielt sich mit Aris über Motorräder. Viola hatte sich gewundert, wie gesprächig ihr Helfer bei Nico war, denn in den knapp zwei Wochen hatte sie ihm keinen Satz entlocken können, der mehr als zehn Worte enthielt.

»Jedes Mal, wenn du nachdenkst, muss ich wieder etwas vom Pritschenwagen runterholen.«

Viola errötete verlegen.

»Entschuldige«, erwiderte sie. »Aber diese kleine Bank, die du gerade hinaufgeworfen hast …«

»Die ist kaputt«, unterbrach er sie. »Und selbst wenn man sie reparieren könnte, hast du immer noch einen Haufen Zeug, mit dem du locker zehn Häuser füllen kannst.«

Wenigstens sagt er mal mehr als zehn Worte, dachte Viola angesäuert. Dann dachte sie noch einmal darüber nach. Eigentlich hatte er recht. Sie konnte einfach nichts wegwerfen und die Sachen, die sie beiseitegestellt hatten, waren definitiv ausreichend.

»In Ordnung«, knurrte sie.

Aris zwinkerte Nico lächelnd zu. Dann versuchte er, seine Arbeit so schnell wie möglich zu beenden, ehe sie es sich noch anders überlegte.

Seit er bei ihr zu arbeiten angefangen hatte, hatte Aris sich immer wieder beim Lächeln ertappt. Doch er vermied es, sich ihr gegenüber unbeschwert oder fröhlich zu zeigen. Er konnte sich selbst nicht erklären, warum, aber er spürte, wenn er sie an sich heranlassen würde, dann wäre das für ihn das Ende. Es gab keinen Platz für Freude in seinem Leben, jede andere Wirklichkeit als seine eigene hätte nur weiteren Schmerz bedeutet.

Viola war Begeisterung, Sanftheit, Intelligenz, Freude. Alles, was er niemals besitzen würde. Jeder Tag, jeder Moment in ihrer Nähe war ein ständiger Kampf, sich einfach der Sorglosigkeit zu überlassen oder die Festung zu verteidigen, in die er sich zurückgezogen hatte. Aber Aris blieb keine Wahl.

Das Gerümpel auf der Ladefläche des Pritschenwagens türmte sich, und er zog sich die Handschuhe aus, um loszufahren. Aus dem Schutz der Fahrerkabine betrachtete er die junge Frau.

Viola kramte in ihren Schätzen, nahm immer wieder einen Gegenstand in die Hand und betrachtete ihn aufmerksam, während sie die entzückende Nase rümpfte und die Augen leicht zusammenkniff. Manchmal rief sie Nico, der sie jedoch entsetzt anstarrte und bei jedem Teil fragte, was das denn für Schrott wäre. Woraufhin sie lachte und weiter in den Sachen wühlte.

Ohne es zu wollen, musste Aris an Sara denken. Ihre Schönheit war wesentlich auffallender gewesen, ja fast schon schamlos. Man musste ihr einfach bewundernd hinterhersehen. Und er hatte nicht die Finger von ihr lassen können.

Viola war größer, hatte lange Beine und einen kleinen Busen, nicht solche verführerische Kurven. Aber dafür zwei große, ausdrucksstarke Augen und ein Lächeln, das selbst eine mondlose Nacht erhellen konnte.

Sich in sie zu verlieben wäre so einfach. Vielleicht in einem anderen Leben.

»Ich fahr dann«, brummte er.

»Wann kommst du mit dem Motorrad?«, fragte Nico und lief zu ihm.

»Keine Ahnung.«

»Morgen?«

»Ich brauche den Pritschenwagen für die Arbeit.«

»Kommst du mit und siehst dir meine Sammlung an? Jetzt?«

»Nico, ich muss wirklich los.«

»Bitte!«

»Ich komme mit, wenn du willst«, sagte Viola, die hinter dem Jungen aufgetaucht war.

»Du bist doch ein Mädchen«, protestierte er.

»Du sagst nie was Nettes zu mir!«, rief sie mit gespielter Empörung.

»Also, kommst du?«, Nico wandte sich wieder an Aris und ignorierte Viola komplett.

Aris sah zu Viola, die nur mit den Schultern zuckte.

Er würde sich verspäten, was das bedeutete, war ihm klar: Vorwürfe, Tränen, Beleidigungen. Das Übliche eben.

Doch innerlich lächelnd stieg er wieder aus. Er würde diesem Leben, das nicht ihm gehörte, noch eine weitere Minute stehlen.

»Dann mal los, Junge«, sagte er, während er auf Nico zuging.

Nico war im siebten Himmel und lief ganz aufgeregt neben seinem neuen Idol her. Keiner von beiden bedachte Viola mit einem weiteren Blick, und dann verschwanden sie hinter der Mauer zwischen den beiden Höfen. Nero zu ihren Füßen stupste mit seiner feuchten Schnauze ihre Hand an.

»Ach, läufst du nicht den Männern hinterher?«, fragte sie und kraulte ihn am Hals. Nero genoss es sichtlich. »Na wenigstens einer, der mich zu schätzen weiß.«

Sie warf einen letzten Blick auf den Durchgang zwischen den beiden Höfen, und ein rebellisches Lächeln erschien auf ihrem Gesicht. Sie ging zum Pritschenwagen, zerrte an der kleinen Bank, bis sie sie herausgezogen hatte, und kehrte damit zu ihren Schätzen zurück.

22

Abends war meist die schlimmste Zeit für sie. Allein in diesem menschenleeren Haus, in dem es überall knarrte und andere unerklärliche Geräusche zu hören waren, merkte Viola, wie ihre Sorgen und Zweifel wuchsen. Wie hatte sie nur auf die verrückte Idee kommen können, hier ohne Freunde oder andere Ablenkung zu leben und sich für ein Projekt zu engagieren, dessen Zukunft in den Sternen stand? Carmela kochte für sie, so wie für ihre Großmutter, sie weigerte sich hartnäckig, daran etwas zu ändern. Aber die alte Frau lud sie nie zu sich nach Hause ein, und so aß Viola abends immer allein. Zum Glück hatte sie beim Mittagessen Gesellschaft von Aris, obwohl es sich nicht wirklich nach Gesellschaft anfühlte. Aber immer noch besser als diese einsamen Abendessen, wenn die Melancholie sie überfiel und ihr den Appetit nahm.

Natürlich konnte sie immer noch alles aufgeben.

Aber sie musste sich eingestehen, dass sie sich für dieses Abenteuer begeisterte und dass die traurigen Momente die schönen noch nicht überwogen.

Trotzdem war es nicht leicht für sie. Auch die langen Wochenenden setzten ihr zu, die sie damit verbrachte, die Gegenstände aus Holz zu restaurieren, so, wie es ihr Vater sie gelehrt hatte.

Es blieb nur Nico als Gesellschaft. Und manchmal vergaß sie, dass er ein besonderes Kind war. Er konnte ihr nur schwer in die Augen sehen, wenn er mit ihr sprach. Oder er lächelte über etwas, das nur für ihn einen Sinn ergab, während er angespannt und verärgert reagierte, wenn man versuchte, ihm gegenüber Zuneigung zu zeigen. Viola wusste, dass man viel Zeit, Geduld und Aufmerksamkeit benötigte, um mit einem Kind wie ihm in Kontakt zu kommen. Sie fühlte sich einer solchen Aufgabe nicht wirklich gewachsen, aber sie gewöhnte sich allmählich an seine ständige Gegenwart und seine neugierigen Fragen.

Die Zukunft dieses Kindes hatte der Großmutter wohl sehr am Herzen gelegen. Dass sie das Gut Viola vermacht hatte, einer jungen Frau ohne feste Beziehung oder einen Job, anstatt ihrer Mutter, die die Masseria sofort verkauft hätte, um in den Norden zurückzukehren, hatte etwas zu bedeuten.

Manchmal ärgerte sich Viola über ihre Großmutter, dass sie ihr eine solche Aufgabe aufgetragen hatte. Aber Adele irrte sich selten, daher blieb Viola nichts anderes übrig, als herauszufinden, wozu dies alles diente.

In Gedanken an ihre Großmutter war sie in deren kleines Schlafzimmer gegangen und hatte sich die alte Zeichnung angesehen, die gegenüber dem Bett ihrer Großmutter hing. Wenn das Bauamt und die Gemeinde den Umbau genehmigten, würde es dieses Zimmer bald nicht mehr geben, da hier die Küche des neuen Hotels ihren Platz finden sollte. Aber im Moment sah alles noch so wie früher aus, als hätte ihre Großmutter gerade erst den Raum verlassen. Viola setzte sich ans Fußende des Bettes und überließ sich im schwachen Licht der Deckenlampe ihren Erinnerungen, während sie ihr eigenes »Kunstwerk« betrachtete. Warum kam sie nicht darauf, was sie daran so störte? Sie wusste aus Erfahrung, dass, je mehr man sich unbedingt an etwas erinnern wollte, dies immer unmöglicher wurde. Daher stand sie auf und wollte schon gehen, als sie es endlich bemerkte. Eine kleine Papierrolle in den Händen der Großmutter. Sie hatte das Bild so oft betrachtet, um auch nach der langen Zeit noch zu wissen, dass dieser Gegenstand nicht von ihr stammte. Jemand hatte ihn, knapp einen Zentimeter lang, mit Bleistift hinzugefügt, und die Hand, die ihn gemalt hatte, war etwas unsicher gewesen. Warum hätte die Großmutter dieses Detail hinzufügen sollen? Es ergab keinen Sinn und war selbst für Adeles Verhältnisse ziemlich seltsam.

Viola setzte sich verblüfft. Hatte Nonna ihr damit etwas mitteilen wollen? Oder war es ein Scherz? Aber dann von wem? Adele tat nie etwas ohne Grund.

Viola stand erneut auf. Diese kleine Ergänzung konnte vollkommen unwichtig sein, dennoch fühlte sie, dass dem nicht so war.

In ihrer Verwunderung hängte sie das Bild ab und trug es zum Tisch in der Küche. Sie drehte es um und löste die Klammern, mit denen die Rückseite gehalten wurde. Viola stockte der Atem, als sie dort einen Briefumschlag entdeckte. Sie setzte sich, ohne ihn anzufassen. Jetzt lastete die Einsamkeit mehr als je zuvor auf ihr. Sie hätte in diesem Moment gerne jemanden an ihrer Seite gehabt. Ihren Vater oder ihre Mutter, sogar ihre liebste Plaudertasche Laura. So ganz allein brachte sie kaum den Mut auf, um den Umschlag zu öffnen.

Sie betrachtete ihn lange, während unzählige Fragen in ihrem Kopf herumschwirrten. Die Antworten lagen dort vor ihr.

Schließlich siegte Violas Neugier. Sie nahm den Umschlag und riss ihn auf. Darin waren nur ein Blatt Papier und ein kleiner flacher Schlüssel.

»Mein Gott, Nonna«, stöhnte sie laut. »Jetzt weiß ich, dass du auch etwas für Spannung übrig hattest.«

Sie faltete den Brief auseinander, und als sie die Schrift ihrer Großmutter sah, wurde sie von Gefühlen überwältigt. Sie vermisste Nonna so sehr!

Liebe Viola,
ich habe immer gewusst, dass du stark bist.

Viola runzelte die Stirn.

Ich werde mich für meine Entscheidungen nicht rechtfertigen: Ich weiß, dass du hier glücklich sein wirst. Vito und Carmela werden sich um dich kümmern, als wärst du ihre eigene Tochter. Und du kannst ihnen dabei helfen, für Nico zu sorgen. Du wirst ein Sparbuch finden, das auf den Jungen ausgestellt ist. Ich möchte, dass er die nötigen Therapien und eine Zukunft in Würde erhält.

Ich habe selbst etwas Geld zurückgelegt, um dich bei der Modernisierung der Masseria zu unterstützen. Du weißt, dass ich Banken nicht besonders schätzte, aber ich hatte einfach nicht die Kraft, das Konto, das auf deinen Großvater lief, aufzulösen. Dieser Schlüssel gehört zu einer Schublade in dem Schreibtisch im Gästezimmer.

Aber ich muss dich warnen.

Okay, Nonna, ich sitze, lass die Bombe platzen, dachte Viola.

Es gibt Leute, die alles tun werden, um dich dazu zu bringen, das Anwesen zu verkaufen. Leute ohne Skrupel. Sie haben es geschafft, dass dein Großvater an gebrochenem Herzen gestorben ist, aber bei mir hätten sie auf Granit gebissen, wenn nicht das Schicksal sich eingemischt hätte.

An gebrochenem Herzen? Aber er war doch vom Pferd gefallen, oder? Zunächst war Viola blass geworden, dann röteten sich ihre Wangen. Sie wurde wütend. Ihr eine riesige Aufgabe sowie die Verantwortung für andere Menschen aufzubürden war eine Sache, aber die Großmutter hatte sie wissentlich in Gefahr gebracht. Eine Frau ganz allein an diesem gottverlassenen Ort war ein viel zu leichtes Opfer! Wie hatte sie das tun können?

Sie nahm den Brief vom Tisch. Ihre Hände zitterten dabei, aber sie musste ihn zu Ende lesen.

Doch die Dinge können sich immer noch zum Besten wenden. Pass auf dich auf und halte durch. Unter deinen Gegnern gibt es ein schwaches Glied.
Ich liebe dich, meine Kleine.
Nonna Adele

»Vielen Dank auch, Nonna!«, schimpfte Viola.

Pass auf dich auf? Ein schwaches Glied? Warum hatte sie ihr nicht die Namen dieser Gegner aufschreiben können? Dann hätte sie wenigstens gewusst, vor wem sie sich in Acht nehmen sollte! Das konnte doch unmöglich ihr passieren. Das Ganze war ein absoluter Albtraum.

Viola griff zu ihrem Handy, sie musste dringend mit jemandem sprechen. Sie würde einen Herzinfarkt bekommen, wenn sie diese Nachricht nicht sofort mit jemandem teilen konnte.

Während sie noch unentschlossen aufs Display starrte und überlegte, bei wem sie ihren Frust abladen sollte, ging das Licht aus. Viola hielt erschrocken den Atem an. Die Masseria lag plötzlich vollkommen im Dunkeln.

23

Viola kannte das Haus nicht gut genug, um sich im Dunkeln sicher zurechtzufinden, und erreichte die Eingangstür erst, nachdem sie gegen etliche Stühle und spitze Kanten gelaufen war. Es war noch nicht so spät, dass ihre Nachbarn im Bett lagen, aber auch bei ihnen brannte kein Licht. Also betraf der Stromausfall die gesamte Masseria. Viola wusste nicht einmal, wo sich der Sicherungskasten befand, sie würde sich an Vito wenden müssen. Es war eine mondlose Nacht und die Sterne taugten bloß, um den Himmel oben besonders eindrucksvoll aussehen zu lassen. Als ihre Augen sich an die Dunkelheit gewöhnt hatten, lief sie schnellen Schrittes auf Carmelas und Vitos Haus zu.

Im Allgemeinen war sie nicht sehr ängstlich, und die Dunkelheit hatte auf sie immer einen besonderen Reiz ausgeübt. Auch wenn ein Großteil der Alltagshektik sich legte, hörte das Leben schließlich nicht auf, sondern ging auf Samtpfoten in den leisen Nachtstunden weiter.

Doch diese Nacht war anders. Es schien, als gäbe es kein Geräusch als das Knirschen der Kiesel unter ihren eiligen Schritten. Adeles Worte hatten nicht gerade dazu beigetragen, ruhig und gelassen zu bleiben. Ihr Herz pochte laut, während ihr Atem sich mal beschleunigte und mal stockte.

Nun sah sie die Silhouette des Olivenbaumes vor sich, fest und unerschütterlich. Kein flüsternder Windhauch ließ seine Blätter sacht erzittern, sodass er ihr wie eine Marmorskulptur vorkam.

»Viola?«, rief Vito, der gerade aus dem Haus kam.

»Was ist passiert?«, fragte sie, während sie auf ihn zulief.

»Ich weiß es nicht. Hier gibt es sonst keine Störungen. Ich schau mich mal bei dir um.«

»Ich weiß nicht einmal, wo der Sicherungskasten ist«, gestand Viola und ging neben ihm her.

»Dann wirst du es gleich erfahren.«

Aber auch im Herrenhaus gab es keinen erkennbaren Schaden.

»Es wird wohl ein Defekt an den Leitungen sein.«

»Wir müssen jemanden verständigen …«

»Wen denn?«

»Da muss es doch eine Notfallnummer geben …«

»Am Samstagabend?« Vito sah sie belustigt an.

»Aber es muss doch immer eine Notbereitschaft geben. Ich werde anrufen, wenn wir die Nummer im Dunkeln finden.«

Viola folgte dem Mann zurück zu seinem Haus, wo er Kerzen und Taschenlampen hatte. Mit Carmelas Hilfe fanden sie auch die Notfallnummer des Stromanbieters. Zum Glück ging jemand ans Telefon und meldete sich mit verschlafener Stimme, aber er versicherte ihr, man würde alles unternehmen, um den Anlass für die Störung zu finden.

Viola verbrachte die Nacht auf Carmelas Sofa. Sie wollte nicht allein bleiben.

Sie mussten bis zum Sonntagmorgen ohne Strom auskommen, dann ging im gleichen Moment wieder das Licht an, als ein Wagen der Carabinieri auf den Hof der Masseria fuhr.

Die beiden Beamten wurden von einer verschlafenen Viola und einem unrasierten Vito empfangen.

»Wer ist hier der Eigentümer?«, fragte einer der Männer.

»Das bin ich«, erwiderte Viola verwirrt. »Ist etwas passiert?«

Die beiden Beamten sahen sie verblüfft an, während Viola sich fragte, wie lange es noch dauern würde, bis sich niemand mehr wunderte, wenn er erfuhr, dass sie die neue Besitzerin der Masseria war.

»Können wir Sie sprechen?«

»Natürlich.«

»Unter vier Augen.«

Vito entfernte sich daraufhin wortlos.

»Warum? Was ist los?«

»Wo können wir mit Ihnen reden?«, fragte einer der Carabinieri.

»Folgen Sie mir.« Viola führte sie ins Haupthaus und bot ihnen in der Küche einen Platz an.

»Also, worum geht es?«

»Wir haben erfahren, dass Sie heute Nacht keinen Strom hatten.«

»Ja, aber ich verstehe nicht … ich habe Sie nicht gerufen.«

»Das hat der Stromanbieter getan. Anscheinend wurde Ihre Stromzufuhr absichtlich unterbrochen.«

»Was?!« Viola hatte nicht die Absicht gehabt, laut zu werden, aber sie war müde und etwas verängstigt. Sie hatte eine lange Nacht mit wenig Schlaf hinter sich, und die Worte ihrer Großmutter gingen ihr nicht mehr aus dem Sinn, die nun immer bedrohlicher klangen.

»Was meinen Sie mit absichtlich? Ich kenne doch niemanden hier.«

In dem Moment fiel ihr Blick auf Adeles Brief, den sie am Vorabend auf dem Tisch liegengelassen hatte.

»Sind Sie sicher?«, fragte sie der Beamte, als er merkte, wie bestürzt sie war.

Viola schwieg. Was sollte sie tun? Vom Brief der Großmutter erzählen? Ihre vagen, rätselhaften Worte hätten für Außenstehende wie die verwirrten Fantasien einer alten Frau gewirkt.

»Meine Großmutter ist letzten Monat gestorben«, erklärte sie, »und sie hat mir dieses Anwesen hinterlassen. Ich lebe erst seit Kurzem hier und kenne hier noch niemanden. Und soweit ich weiß, bin ich auch noch niemandem auf die Füße getreten.«

»Sind Sie die Enkelin von Adele Manieri?«, fragte der zweite Carabiniere.

»Ja«, bestätigte sie. »Ich heiße Viola Cardelli.« Der Mann schrieb etwas in ein Notizbuch, dann sah er sie schweigend an.

»Wissen Sie, ob die Leute, die bei Ihnen arbeiten, Feinde haben?«, fragte sie nun der erste Beamte.

»Woher soll ich das wissen?«, gab Viola empört über die eigene Hilflosigkeit zurück. »Das müssen Sie sie schon selbst fragen.«

»Das werden wir«, bestätigte der Mann. Er stand auf, sein Kollege folgte ihm. »Falls Ihnen noch etwas einfällt, rufen Sie uns einfach an. Und seien Sie vorsichtig. Das war eine Warnung. Ob für Sie oder jemand anderen ist nicht wichtig. Das hier ist ein sehr einsamer Ort.«

Viola lief ein Schauer über den Rücken, während sie den beiden Carabinieri nach draußen folgte. Sie verabschiedete sich von ihnen und sah ihnen nach. Der Gedanke, hier wohnen zu bleiben, erschien ihr immer unrealistischer. Das eine waren die bürokratischen und finanziellen Hürden, aber sie zweifelte, ob sie stark genug war, damit klarzukommen, wenn es jemand auf sie persönlich abgesehen hatte.

Müde und verärgert ging sie ins Haus zurück. Sie sah sich verloren um, als wäre dies hier nicht mehr die warme, einladende Küche ihrer Großmutter, sondern unbekanntes, feindliches Terrain. Der weiße Umschlag und der Brief hoben sich deutlich vom Tisch ab, als leuchteten sie von innen heraus.

Viola nahm beide und steckte den Brief in den Umschlag zurück, dann ging sie nach oben, um zu duschen. Sie musste noch sehen, was die Schublade enthielt, zu der der kleine, von der Nonna hinterlassene Schlüssel passte, aber für den Moment konnte sie keine Überraschungen mehr brauchen. Am liebsten hätte sie sich ins Bett verkrochen und einfach alles vergessen.

24

Viola setzte sich ruckartig auf, keuchend und mit weit aufgerissenen Augen, und fragte sich, was sie geweckt hatte. Im Haus war alles ruhig und von draußen hörte man nur die üblichen Geräusche.

Lautes Hupen im Hof unterbrach die Stille. Viola kletterte vorsichtig aus dem Bett, weil jeder Muskel ihres Körpers schmerzte, sie näherte sich dem kleinen Balkon, der auf den Hof ging, und sah hinaus. Aris und ein anderer Mann luden Holzpfosten von der Ladefläche des Pritschenwagens ab. Sie rieb sich die Augen und versuchte, sich zu erinnern: Was wollten sie noch mal damit anfangen? Während sie sich das Hirn zermarterte, ging sie ins Bad. Sie hatte jedoch nicht vergessen, warum sie sich wie erschlagen fühlte. Nachdem sie bis zum Mittagessen geschlafen hatte, hatte Viola den ganzen Sonntagnachmittag damit verbracht, Vito beim Herrichten des alten Tors der Masseria zur Hand zu gehen.

Es war schon so lange her, seit es jemand geschlossen hatte, dass die äußeren Ecken sich fest in den Boden gebohrt hatten. Die dicken Eisenscharniere, die in der Umfassungsmauer verankert waren, waren eingerostet, und sie hatten mehrere Stunden gebraucht, bis sich das Tor einigermaßen bewegen ließ.

Viola hatte zerkratzte und abgeschürfte Hände und in der Linken einen dicken Schnitt, den sie sich zuzog, als sie am Tor gezerrt hatte. Keine besonders tiefe Wunde, aber Carmela hatte sie verbinden müssen, weil sie bei jeder Bewegung wieder zu bluten anfing.

Viola hatte überhaupt keine Lust, sich schon wieder an die Arbeit zu machen. Später in der Nacht hatte sie zwar geschlafen wie ein Stein, trotzdem fühlte sie sich jetzt, als hätte sie eine Dampfwalze überrollt.

Sie zog einen von den beiden inzwischen dreckig gewordenen Overalls an und überlegte, dass sie sich von ihrer Mutter etwas Kleidung schicken lassen musste. Falls sie hierbleiben würde. Aber daran wollte sie im Moment nicht denken.

Sie ging mit einer Hand am Geländer die Treppe hinunter, und ehe sie in den Hof ging, setzte sie noch einen Kaffee auf.

»Ciao«, brachte sie mit immer noch heiserer, verschlafener Stimme hervor.

Aris und der andere Mann drehten sich überrascht zu ihr um.

»Wir haben dich geweckt.«

Das war eine Feststellung, keine Frage. Von dieser tiefen samtweichen Stimme hätte sie sich auch mitten in der Nacht aufwecken lassen. Schade nur, dass sie dem unnahbarsten Mann auf Erden gehörte.

»Wollt ihr einen Kaffee?«

»Ja, danke. Wir laden noch zu Ende ab und kommen dann.«

Die beiden machten sich wieder an die Arbeit, dabei schaute der Mann, den Viola nicht kannte, immer wieder neugierig zu ihr herüber.

»Entschuldigung«, fuhr Viola fort, »aber was hatten wir denn für heute vor?«

Aris wandte sich erneut überrascht zu ihr um.

»Na, den Pavillon.«

»Ach richtig, das hatte ich ganz vergessen«, murmelte sie. »Ich habe ein fürchterliches Wochenende hinter mir.«

Viola ging ins Haus zurück, dabei spürte sie die neugierigen Blicke des anderen Mannes auf sich. Sie sah heute schrecklich aus: Dunkle Schatten umrandeten ihre Augen, das Gesicht war angespannt, und die Haare standen noch widerspenstiger ab als sonst.

Kurz darauf kam Aris mit seinem Freund zu ihr. Er hieß Ezio, Spitzname *il Rosso*, der Rote. Falls es ihr nichts ausmachte, würde Ezio ihm bei den schwierigsten Arbeiten zur Hand gehen.

»Ganz bestimmt nicht!«, rief Viola dankbar. »Ich bin heute vollkommen erledigt, und überhaupt bin ich solch schwere körperliche Arbeit nicht gewohnt. Ich muss mit meinen Kräften haushalten, sonst breche ich noch zusammen.«

Ezio lachte herzlich. Mit seinen schwarzen lockigen Haaren, den grünen Augen, einer etwas zu großen und krummen Nase in einem rundlichen Gesicht und einem freundlichen Lächeln auf den Lippen war er das genaue Gegenteil von Aris.

Vielleicht hätte sie in den nächsten Tagen endlich jemanden, mit dem sie ein paar Worte wechseln konnte.

Nachdem die Männer ihren Kaffee getrunken hatten, gingen sie wieder nach draußen, und Viola sammelte die Tassen ein.

»Alles in Ordnung?«

Aris stand wieder in der Küche, und seine Frage ließ sie zusammenzucken.

»Warum?«, fragte sie schulterzuckend. Sie musste sich wirklich daran gewöhnen, dass hier immer wieder jemand überraschend aus dem Nichts auftauchte.

»Du hast gesagt, du hättest ein fürchterliches Wochenende hinter dir, und … na ja«, er unterbrach sich und musterte sie, »das sieht man dir auch an.«

»Na großartig«, brummte sie. »Verdammt.«

Aris hob eine Augenbraue, verblüfft, sie fluchen zu hören. Plötzlich zuckte sein Mundwinkel, er lächelte, und Viola spürte, wie ihr Herz einen Satz machte. Selbst in seiner unnahbaren Art war er attraktiv, aber dass er sich nun um ihr Befinden sorgte, machte ihn unwiderstehlich.

»Willst du mit mir darüber reden?«

Viola errötete. Das war zu viel, dachte sie, und spürte, dass sie nur noch den einen Wunsch hatte, sich in seine Arme zu flüchten.

Aris wartete gar nicht erst auf eine Antwort. Er kam auf sie zu, rückte einen Stuhl für sie zurecht und nahm dann gegenüber Platz.

Viola konnte nicht lange an sich halten. Den Kopf über die aufgeschürften Hände gesenkt, berichtete sie ihm alles, was vorgefallen war. Während sie erzählte, kam es ihr noch absurder vor, doch danach ging es ihr besser. Trotzdem fand sie nicht den Mut, ihn anzusehen, und erst, als Aris ihre verletzte Hand ergriff, schaute sie auf.

»Und wie ist das passiert?«

»Gestern haben Vito und ich das Tor wieder instand gesetzt. Ich habe es gar nicht richtig mitbekommen, aber am Ende hatte ich einen Schnitt in der Handfläche.«

»Vielleicht mutest du dir etwas zu viel zu.«

»Ja«, sagte Viola und schaute wieder auf ihre Hände, die einander immer noch berührten. Sie bezweifelte, dass seine Fürsorge die Situation verbesserte. Doch jetzt war ihr einfach nur zum Heulen.

»Dass das Tor wieder schließt, wird nicht reichen.« Aris klang ernst, und seine Augen blickten sie durchdringend an. Als Viola zu ihm aufsah, bemerkte sie die Sorge darin.

»Ich hatte mir auch schon überlegt, dich zu bitten, sofort die Umfassungsmauer instand zu setzen«, meinte sie. »Sie ist voller Risse, es fehlen ganze Teile, und der Efeu begräbt alles unter sich.«

»Hast du dir das gut überlegt?«

»Was?«

»Das mit dem Hierbleiben.«

Ein rebellischer Funke blitzte in Violas Augen auf, und sie zog sofort ihre Hand zurück.

»Ich denke die ganze Zeit über nichts anderes nach«, fuhr sie wütend auf. »Und nein, ich weiß nicht, was ich tun werde. Meine Großmutter hat mir diesen Klotz hier ans Bein gebunden, ohne mich zu fragen, und schon gibt es jemanden, der mich loswerden will. Warum? Ich habe doch niemandem etwas getan!«

Viola stand auf, drehte Aris den Rücken zu und ging zum Küchenfenster.

»Ich lasse mir von niemandem aufzwingen, was ich tun soll. Das hier ist mein Haus. Schluss.«

»Gut.« Aris stand auf. »Wegen der Umfassungsmauer muss ich mit meinem Schwieger… mit Gennaro sprechen. Er ist der erfahrene Maurer.«

»Sag mir so schnell wie möglich Bescheid«, bat ihn Viola und drehte sich zu ihm um. Plötzlich hatte seine Stimme wieder distanziert geklungen.

Aris nickte ihr zu und verließ wortlos die Küche.

Es gab also eine Glückliche, der er sein Lächeln schenkte. Besser so. Sie hatte ja nicht ernsthaft geglaubt, dass sich zwischen ihnen etwas entwickeln könnte. Zumindest nicht gleich. Und jetzt konnte sie sich auch diese Illusion sparen.

25

Sie wusste, sie war dabei, ihn zu verlieren. Jeden Tag schien er sich weiter von ihr zu entfernen, und die Sorge darüber ließ sie nicht schlafen. Sie saßen nebeneinander auf dem Sofa, aber ihr kam es vor, als wäre sie allein. Als er sie vom Stuhl hochgehoben hatte, um sie neben sich zu setzen, hatte keine Zärtlichkeit in seinen Bewegungen gelegen. Er hatte sie nicht an seine Brust gedrückt, hatte nicht seine Nase in ihren Haaren vergraben oder sie leidenschaftlich geküsst.

Sie war eine Fremde für ihn geworden.

Aber sie würde nicht so leicht aufgeben. In den vergangenen Wochen hatte sie sich bemüht, sich nicht zu beklagen, ihn nicht anzuschreien, aber auch das hatte nichts gebracht. Er war freundlich, geduldig, höflich. Aber eben auch abwesend und gleichgültig. In den letzten Tagen schien er auch reizbarer geworden zu sein, besonders wenn sie ihn fragte, wo er mit seinen Gedanken war.

Sie wusste nicht, was er tat, wenn er nicht bei ihr war. Sein Vater hatte ihr versichert, dass er viel arbeitete oder, wenn er nicht auf einer Baustelle war, seine Mutter besuchte. Sie hatte keinen Grund, ihm nicht zu glauben, aber sie merkte, dass sich etwas veränderte. Sie musste das schleunigst in Ordnung bringen.

»Ich würde Sonntag gern raus«, brach Sara das drückende Schweigen, das an diesem Abend wieder zwischen ihnen herrschte. Es sollte eigentlich nur eine unschuldige Bemerkung sein, aber Aris war sofort auf der Hut.

»Ach ja?«, erwiderte er, die Augen fest auf den Fernseher

gerichtet. Es lief ein Dokumentarfilm über das Meer und die Schifffahrt.

»Ist doch eine nette Idee, oder?«

Seit ihrem Unfall hatte Sara bisher das Haus nur verlassen wollen, wenn es unbedingt nötig war. Sie konnte sich mit ihrer Lage nicht abfinden und verabscheute die Vorstellung, andere könnten über sie lachen. Jetzt schien sie sich das anders überlegt zu haben, aber Sara tat nie etwas grundlos.

»Und wohin möchtest du gern?«

»Ans Meer? Um diese Jahreszeit ist es so schön dort.«

»Du weißt, dass ich kein Auto habe.«

»Papa kann uns seins leihen. Und du solltest dir sowieso überlegen, eins zu kaufen.«

»Ich brauche keins. Und ich kann mir nicht zweimal Steuern und Versicherung leisten.«

Sara biss sich auf die Zunge, um nicht gleich wieder laut zu werden. Er könnte doch endlich dieses verdammte Motorrad verkaufen und ein Auto für ihre zukünftige Familie anschaffen. Aber für heute wollte sie es gut sein lassen.

Sie schwieg eine Weile und versuchte, sich zu beruhigen. Ein Leben im Rollstuhl, ein Mann so gefühllos wie ein Stein und ein unerträgliches Fernsehprogramm. Hatte sie wirklich so eine Strafe verdient?

»Wie läuft es bei der Arbeit?«, fragte sie.

»Wie immer.« Aris sah kurz zu ihr hinüber, dann richtete er die Augen wieder auf den Bildschirm.

»Wo arbeitet ihr jetzt?«

»In der Masseria der Medranos.«

Als sie diesen Namen hörte, wurde Sara sofort von Zorn überwältigt, und sie ballte ihre Hände, die auf ihren Knien lagen, zu Fäusten.

»Wer hat das Gut gekauft, nachdem die Alte tot ist?«

Endlich wandte Aris sich ihr wirklich zu. Ihre Stimme war

schneidend kalt geworden, und er beobachtete, wie sie nach Luft rang.

»Die Enkelin hat es geerbt.«

»Sterben die nie aus …«

»Was meinst du?«, fragte Aris verblüfft.

»Ich habe gehofft, jetzt, wo die Alte krepiert ist, würden wir nie mehr diesen Namen hören.«

»Was haben die dir denn getan?«

»Nichts.«

»So hört sich das aber nicht an.«

Aris wandte sich ab. Wenn sie mit ihm reden wollte, dann war er für sie da. Wenn nicht, auch gut. Aber das, was er gerade in Saras Augen gesehen hatte, war Hass gewesen.

»Meine Mutter hat mich mal zu ihr gebracht. Wegen der Beine. Sie hatte gehofft, diese Hexe könnte ein Wunder bewirken.« Saras Stimme bebte vor Wut. »Sie hat mich mit ihren schrecklichen Augen angesehen, und ich bin sicher, dass sie mich verachtet hat.«

»Verachtet? Warum das denn?«

»Ich habe keine Ahnung und meine Zeit nicht damit vergeudet, sie danach zu fragen. Ich bin sofort weg. Diese Augen sind mir danach immer wieder in meinen schlimmsten Träumen erschienen.«

»Wie seltsam«, brummte Aris. »Ich kenne sie nicht, aber man sagt, sie hätte nie etwas ohne Grund getan.«

»Genau, du kennst sie nicht«, zischte Sara wütend. »Ich schon. Und ich will diesen Namen nie mehr hören.«

Aris zog eine Augenbraue hoch und runzelte leicht die Stirn. Sara sagte ihm nicht die ganze Wahrheit, aber er war daran gewöhnt, dass sie ihre Geheimnisse hatte. Die alte Frau musste bei ihr einen wunden Punkt getroffen haben. Doch sie war tot, und von Sara würde er nicht mehr erfahren.

Er dachte an Viola. Wie lange würde sie wohl brauchen, um

zu erkennen, dass dieser Ort hier nicht gut für sie war? Ein einsamer, heruntergekommener Gutshof mit nur zwei alten Leuten und einem Kind als Gesellschaft. Es würde ein Vermögen kosten, die Masseria instand zu setzen. Und wofür? Im Salento wimmelte es von restaurierten Gütern wie diesem. Außerdem war die Gegend das Reich von Rinaldi, der einen großen Anteil des lokalen Tourismus an sich gerissen hatte. Er würde niemals zulassen, dass ihr Betrieb überlebte. Und Aris wollte nicht, dass Viola etwas zustieß.

»Das Haus der Lullos ganz am Ende der Straße ist frei geworden«, unterbrach Sara seine Überlegungen. Ihre Stimme klang jetzt wieder ruhig.

»Ach ja?«

»Sie sind in den Norden gezogen. Und wollen es verkaufen.«

Sara hatte ein knappes Jahr in einem Rehabilitationszentrum in Norditalien verbracht, und nach ihrer Rückkehr hatte sie nur noch darüber geredet, wie gut es einem dort ging und was für ein besseres Leben sie dort haben könnten. Er hatte lange zugehört, aber an einem gewissen Punkt, bevor ihre Träume zu konkrete Formen annahmen, hatte er ihr klipp und klar erklärt, dass er seine Mutter hier nie zurücklassen würde. Seitdem lag in ihrer Stimme jedes Mal schmerzliches Bedauern, wenn sie von jemandem erzählte, der wegzog. Doch als Sara fortfuhr, stellte Aris fest, dass sie auf etwas ganz anderes hinauswollte.

»Die Wohnung ist im Erdgeschoss mit einem separaten Eingang. Sie ist geräumig, und dort könnte ich mich viel einfacher bewegen.«

»Ich dachte, deine Eltern wollten diese Wohnung nicht aufgeben.«

»Nein, das werden sie auch nicht.«

Misstrauisch geworden wandte Aris sich ihr zu.

»Ich dachte, sie wäre ideal für uns«, fuhr sie fort.

»Willst du mir etwas sagen, Sara?«

Aris' Stimme hatte etwas Schneidendes. Aber sie gab sich nicht geschlagen.

»Ich dachte, es wäre doch nicht schlecht, an unsere Zukunft zu denken«, erwiderte sie. »Wir können nicht mehr ewig so weiterleben.«

»Wir haben keine Eile.«

»Du vielleicht nicht, aber ich habe es satt, hier immer nur dumm rumzusitzen und zu warten. Ich muss wissen, ob es eine Zukunft für mich, für uns gibt. Darauf habe ich ein Recht!« Ihre Stimme war plötzlich schrill geworden, und sie verstummte, um sich wieder in den Griff zu bekommen.

»Wenn du aber gehen willst, wäre es an der Zeit, es mir zu sagen«, schloss sie und sah ihn mit tränenfeuchten Augen an.

»Wohin soll ich wohl gehen?«, erwiderte Aris müde. »Ich bin nur noch nicht bereit, eine Familie zu gründen.«

»Ich kann so lange warten, wie du willst. Aber ich muss wissen, dass es früher oder später passieren wird.«

Aris fuhr sich mit der Hand durch die kurzen Haare und kratzte sich im Nacken. Laut ausatmend schloss er die Augen, und als er sie wieder öffnete, musterte sie ihn immer noch. Sie war nicht wütend auf ihn, aber der Schmerz, den er in ihren Augen entdeckte, verletzte ihn noch mehr als ihr Zorn.

»Ich bin müde«, sagte sie resigniert. »Bring mich ins Bett.«

Ihre Eltern waren bei Freunden zu Besuch, aber sie würden bald zurück sein. Aris setzte Sara in den Rollstuhl, sie fuhr zum Bad und schloss die Tür hinter sich. Als sie später zu ihm in das kleine Zimmer kam, das sie sich teilten, wenn er bei ihr übernachtete, bemerkte Aris, dass sie ein dünnes Seidennachthemd angezogen hatte und sich ihre schwarzen Haare gekämmt hatte, sodass sie ihr jetzt glänzend über die Schultern fielen. Sie hatte sich für ihn zurechtgemacht, worauf er sich wegen seines Verhaltens noch schuldiger fühlte. Als er sie hochhob, um sie ins Bett zu legen, hielt sie sich fest an ihn gepresst.

»Küss mich«, flüsterte sie ihm zu und knabberte zart an seinem Ohr.

»Sara …«

»Ich bin noch in der Lage, dir ein Vergnügen zu schenken. Wie das geht, habe ich nicht vergessen.«

Ihre Stimme hatte sich zu einem warmen, sinnlichen Flüstern abgesenkt, und als sie ihm mit ihren warmen Händen über die nackte Haut streichelte, fühlte er, wie seine Erregung wuchs.

Sara saß auf dem Bettrand, ihre Beine hingen kraftlos herab. Sie zog Aris an sich und half ihm, das T-Shirt abzustreifen. Dann knöpfte sie ihm die Jeans auf, während ihre Lippen kleine feuchte Spuren über seine Bauchmuskeln zogen.

Die lange Enthaltsamkeit gemischt mit Schuldgefühlen machten ihn anfällig für ihre Zärtlichkeiten.

Aris schloss die Augen und ließ sie gewähren.

26

Es war einige Tage her, dass Viola den Umschlag mit dem Brief und dem Schlüssel gefunden hatte. Nach der Überraschung, die ihr die Worte der Großmutter bereitet hatten, war sie noch nicht bereit gewesen für weitere Offenbarungen. Aber sie konnte die Angelegenheit nicht endlos hinausschieben, und als sie aus der Dusche trat, sagte sie sich, dass sie am Abend die Schublade öffnen würde.

Wieder ein heißer Tag mit viel Sonne. Der Sommer näherte sich mit großen Schritten.

Viola föhnte sich die Haare vor dem Spiegel und versuchte, sie in eine ordentliche Form zu bringen. Am Vormittag hatte sie einiges im Ort zu erledigen und wollte sie nicht aussehen wie eine Vogelscheuche. Der Notar hatte sie zu sich bestellt, damit sie die Erbschaftserklärung unterschrieb, außerdem musste sie zur Bank und zur Post. Bis auf die kurzen Fahrten, wenn sie Nico zur Schule brachte, verließ Viola die Masseria so gut wie nie, und sie war froh, endlich einmal etwas anderes zu tun, als sich durch alten Krempel zu wühlen, Holz abzuschleifen und Unkraut zu jäten.

Als sie ihre Locken endlich gebändigt hatte, die ihr nun weich über die Schultern fielen, ging Viola nach unten und kochte sich einen Kaffee.

Im gleichen Moment hörte sie, wie Aris' Pritschenwagen auf den Hof fuhr.

Er und Ezio hatten den Pavillon repariert, ohne die Glyzinie zu beschädigen, die ihn von drei Seiten mit ihren wundervoll duftenden Blütendolden schmückte. Die Pflanze musste ziemlich alt sein, das sah man schon an dem knotigen Stamm, der sich um einen der Stützpfeiler wand. Viola hatte sie immer schon geliebt. Deshalb hatte sie sich auch überschwänglich bei den Männern bedankt, nachdem sie ihre Arbeit abgeschlossen hatten.

Nun hatten sie damit begonnen, die Pflanzen auszureißen, die die Umfassungsmauer in ihrem Griff hatten. In einigen Tagen würden Gennaro und ein kleiner Trupp Arbeiter kommen, um sie in Ordnung zu bringen.

Die Arbeiten gingen ohne Probleme voran, sodass Viola den Vorfall mit dem Stromanschluss beinahe vergessen hatte.

Sie füllte auch zwei Tassen Kaffee für die beiden Männer, stellte sie auf ein Tablett und ging zu ihnen auf die andere Seite der Mauer. Sie war oft so beschäftigt, dass sie gar nicht dazu kam, der Landschaft Beachtung zu schenken. An diesem Morgen jedoch sah sie sich um und ließ ihre Umgebung auf sich wirken. Vom intensiven Rotbraun der Erde hob sich das Silbergrün der jahrhundertealten Olivenbäume ebenso deutlich ab wie das Weiß der Steine. Das grelle Rot der Mohnblüten war dem Zartgelb von kleinen Blümchen gewichen, deren Namen sie nicht kannte. Bald würden auch die Sonnenblumen erblühen, diesen Moment konnte Viola kaum erwarten. Der Himmel erstrahlte in zartem Blau, und in der Ferne zeichneten sich die blendend weißen Häuser des Ortes ab. Die Sonne spiegelte sich in den Fenstern und setzte dieses Stückchen Erde besonders schön in Szene.

»Guten Morgen!«, rief Ezio, als er sie bemerkte.

Viola riss sich von der Betrachtung der Landschaft los und lächelte ihn an.

»Ich bringe euch Kaffee.«

Ezio streifte sofort die Handschuhe ab und kam auf sie zu. Als Aris sich zu ihr umwandte, leuchteten seine stahlgrauen Augen auf. Er stand einfach da und sah sie wortlos an, da ihm kein Gruß über die Lippen wollte.

»Alles in Ordnung?«, fragte Viola.

»Ihm ist gerade die Madonna erschienen!«, rief Ezio aus und lachte laut los. Aris hätte ihn gern beschimpft, aber er biss die Zähne zusammen und warf ihm nur einen vernichtenden Blick zu.

»Du fährst weg?«, fragte Ezio sie.

»Ich habe eine Menge im Ort zu erledigen«, antwortete Viola. »Braucht ihr mich hier?«

»Aber immer!« Ezio kümmerte sich nicht um den Zorn seines Freundes und lächelte sie freundlich an. »Glaub ja nicht, es wäre lustig, die ganze Zeit allein mit diesem Kerl zu arbeiten, der immer nur ein langes Gesicht zieht. Du bist wie ein frischer Wind!«

Viola errötete lachend.

»Okay, verstanden. Ich komme so schnell zurück, wie ich kann.« Sie wechselten einen Blick stummen Einverständnisses, Viola nickte Aris kurz zu und ging. Sie hatte jedoch sehr wohl gemerkt, wie er sie angesehen hatte.

»Du bist ein Arschloch«, zischte Aris wütend und versetzte Ezio einen Schlag in den Nacken.

»Aua! Was habe ich denn gemacht?«

»Ihm ist gerade die Madonna erschienen«, wiederholte Aris. »Wie lässt du mich denn dastehen?«

»Hör mal, was ich sage, spielt wohl kaum eine Rolle, schließlich sieht das doch selbst ein Blinder mit Krückstock, dass du sie mit den Augen verschlingst!«

»Erzähl keinen Unsinn«, verteidigte Aris sich, während ihm die Röte ins Gesicht stieg.

»Wie du willst«, brummte Ezio. »Ich mein ja nur, wenn ihr euch weiter solche Blicke zuwerft, brennt hier bald die ganze Hütte!«

»Arbeite und halt die Schnauze.« Aris drehte ihm den Rücken zu, und damit war das Gespräch beendet. So konnte er den bedauernden Blick seines Freundes nicht mehr sehen. Ezio wusste, wie Aris' Leben aussah, und er konnte sich vorstellen, wie hart die Umstände für ihn sein mussten. Seufzend widmete er sich wieder den Steinen und dem Unkraut.

Mit einem Lächeln im Gesicht erreichte Viola den Ort. Sie konnte Aris zwar nicht haben, aber an jedem Tag, den sie gemeinsam verbrachten, war deutlich zu sehen, dass er sich für sie interessierte. Und sein Blick heute Morgen hatte ihr das bestätigt. Beim Gedanken daran durchlief Viola ein wohliger Schauer.

Ihr Termin beim Notar dauerte nicht lange. Die Erbschaftserklärung wurde verlesen, sie musste einige Unterschriften leisten und einen Scheck ausstellen. Dann war sie zur Bank gegangen, wo sie einen Termin mit dem Direktor hatte. Sie hatten über den Großvater gesprochen, für den der Mann großen Respekt empfunden hatte und über den er nun mit viel Wehmut erzählte. Der Direktor erklärte ihr, ihr Großvater hätte sich auf das Sparen verstanden. Er bezog zwar nur eine niedrige Rente, aber dafür war es ihm gelungen, mit den Olivenhainen und Sonnenblumenfeldern Gewinne zu erwirtschaften. Die Masseria hätte jedoch eine Menge Geld für die Unterhaltskosten geschluckt. Auch dieser Mann konnte es dann nicht lassen, ihr, bevor sie sich verabschiedeten, die schicksalshafte Frage zu stellen: »Sind Sie sicher, dass Sie hierbleiben wollen?«

»Das würde ich sehr gern«, hatte Viola zugegeben. »Aber sollte mein Vorhaben nicht so funktionieren, wie ich mir das vorstelle, werde ich es wohl nicht vermeiden können, meine Großeltern zu enttäuschen.«

»Sie sind eine mutige junge Frau«, gab ihr der Direktor mit auf den Weg.

Nachdem sie in der Post ein Paket mit Kleidung abgeholt hatte, das ihre Mutter ihr geschickt hatte, stellte Viola fest, dass es schon beinahe zwölf Uhr war. Die Zeit war wie im Flug vergangen.

Sie beschloss, sich an einen der kleinen Tische einer Bar zu setzen, mit Blick auf die Piazza. Sie hatte Durst und wollte sich eine Pause gönnen, um das Leben im Ort zu beobachten. Hier herrschte nicht die Hektik, an die sie aus der Stadt gewöhnt war. Die Leute hatten Zeit, auf der Straße stehenzubleiben und ein Schwätzchen zu halten, einen Kaffee in der Bar zu trinken, anstatt nur von einem Ort zum nächsten zu hasten. Würde sie auch lernen können, sich Zeit zu nehmen? Bis auf die ersten Tage Nichtstun war sie seit ihrer Ankunft nur herumgehetzt.

»Störe ich?«

Viola zuckte zusammen und wandte sich dem Mann zu, der ihre Überlegungen unterbrochen hatte. Angelo Rinaldi sah sie mit einem Lächeln auf seinem perfekt glatt rasierten Gesicht an. Sein würziger aromatischer Herrenduft umgab ihn wie eine Wolke. Er trug ein blaues Polohemd zu einer hellen Hose und hatte sich einen dünnen blauen Pullover über die Schultern gelegt und die Ärmel vorn verknotet. Die Sonnenbrille, ohne die er sich niemals blicken ließ, verbarg seine grünen Augen, und Viola war froh darum, denn deren intensiver Blick hätte sie womöglich durchdrungen.

»Keineswegs«, antwortete sie und nahm das Paket vom Stuhl neben ihr.

Rinaldi setzte sich und schlug lässig die Beine übereinander.

»Ich sehe Sie nie hier im Ort. Wie geht es Ihnen?«

»Danke, mir geht es gut.« Viola zwang sich, nicht zu kurz angebunden zu sein. Er löste diese Reaktion in ihr aus. »In der Masseria gibt es viel zu tun.«

»Dann haben Sie sich also einen Tag frei genommen«, stellte er immer noch lächelnd fest. »Was für ein Glück für mich. Auch ich habe heute keine Termine.«

Viola runzelte leicht die Stirn.

»Glück?«

»Natürlich«, bestätigte er. »Ich darf die Gesellschaft einer attraktiven und interessanten Frau genießen, ohne auf die Uhr schauen zu müssen.«

Viola wurde rot. Sie konnte nicht glauben, dass er mit ihr flirtete.

»Ich muss leider los«, sagte sie entschlossen. »Ich habe mich nur ein wenig ausgeruht, aber ich werde schon in der Masseria erwartet.«

»Ach, wirklich?« Rinaldi schien ihr das nicht abzunehmen. »Kommen Sie, ein paar Minuten für einen Aperitif haben Sie doch bestimmt.«

Am liebsten hätte Viola abgelehnt, wäre aufgestanden, hätte ihr Paket genommen und wäre gegangen. Stattdessen blieb sie sitzen, ihre Beine waren ihrer Aufforderung nicht gefolgt, und nicht einmal ihre Lippen gehorchten ihr mehr. Sie hatte sich tatsächlich sagen hören, dass sie auf einen Aperitif bleiben würde. Der dauerte eine Stunde und endete mit einem leichten Mittagessen in einer der Osterie in den verwinkelten Gassen des Ortes.

Sie hatte keine Ahnung, wie es dazu gekommen war. Er war weder aufdringlich noch drohend geworden, hatte sie schlicht mit seiner Freundlichkeit und seinem Charme überzeugt.

Man konnte sich ausgezeichnet mit ihm unterhalten. Er war ein intelligenter Mann und erzählte ihr viel über die Geschichte des Salento, weckte ihre Neugier mit Legenden über Piraten und Schätze und brachte sie mit überlieferten Anekdoten zum Lachen.

Als Viola schließlich auf die Uhr sah, entfuhr ihr ein kleiner Schrei. Es war schon spät geworden, und sie musste Nico von der Schule abholen!

»Jetzt muss ich aber wirklich gehen«, sagte sie und raffte hastig ihre Sachen zusammen.

»Das war ein wunderbarer Nachmittag«, flüsterte er ihr zu

und hielt ihre Hand noch einen Moment fest. »Ich hoffe, dass wir das demnächst wiederholen können.«

»Danke«, brachte sie gerade noch heraus und errötete dabei. Dann eilte sie schnell ohne ein weiteres Wort davon.

Als sie vor der Schule ankam, stand Nico schon in Begleitung seiner Lehrerin draußen. Diese war natürlich verärgert, aber sie sagte nichts, während Viola sich für die Verspätung entschuldigte. Sie übergab ihr Rucksack und den Jungen und verschwand schließlich wieder im Gebäude.

»Deine Lehrerin ist nicht gerade gesprächig«, versuchte Viola einen Scherz, während sie und Nico in den Wagen stiegen.

»Du hast mich vergessen.« Nico stellte selten Fragen, sondern gab knappe Kommentare ab.

»Ich habe dich überhaupt nicht vergessen!«, widersprach Viola schuldbewusst. »Ich hatte zu tun, und die Zeit ist wie im Flug vergangen.«

»Du *hast* mich vergessen«, entgegnete der Junge. »Sonst wärst du jetzt nicht so rot im Gesicht.«

Viola wollte etwas antworten, aber die Worte blieben ihr im Hals stecken.

Kinder belog man nicht.

»Es tut mir leid. Ich habe nicht auf die Uhr geschaut.« Viola sah in den Rückspiegel und bemerkte, dass Nico lächelte. »Verzeihst du mir?«

»Nur wenn du die Hausaufgaben für mich machst«, verhandelte er mit ihr.

»Aber ich kann das nicht so gut wie du. Du willst doch meinetwegen keine schlechte Note bekommen, oder?«

»Du musst sie eben gut machen. Dann sehe ich sie nach.«

»Wir machen sie zusammen, einverstanden?«

»Wenn ich was falsch mache, sage ich der Lehrerin, dass du das gewesen bist.«

»Na prima, die kann mich jetzt schon nicht leiden.«

»Ich mag sie auch nicht.«

»Lassen wir das«, brummte Viola und fuhr auf den Hof der Masseria.

Carmela saß dort unter dem Olivenbaum und schien auf sie gewartet zu haben, denn sie sprang auf, sobald sie Viola sah.

»Was ist passiert?«, rief sie schon, bevor beide aus dem Wagen gestiegen waren.

»Es tut mir leid, Carmela, entschuldige. Ich habe nicht auf die Uhr geschaut, und außerdem ist mein Handy verschwunden.«

»Ist es das hier?«, fragte die Frau und reichte ihr ihr Smartphone, das vollkommen eingestaubt war.

»Danke!«, rief Viola aus und strahlte. »Wo hast du es gefunden?«

»Du musst es verloren haben, als du in den Wagen gestiegen bist.« Carmela legte Nico einen Arm um die Schultern und zog ihn zum Haus.

»Die Hausaufgaben!«, formten Nicos Lippen stumm, als er sich noch einmal zu ihr umdrehte. Dann verschwanden die beiden im Haus.

Von den Ereignissen des Tages immer noch verwirrt, lief Viola auf das Gutshaus zu. Aris und Ezio waren schon gegangen, und sie blieb allein mit ihren Gedanken an Angelo Rinaldi zurück. Wann hatte sie eigentlich ihr Misstrauen und ihre Scheu diesem Mann gegenüber aufgegeben? Er hatte sie mit seinem Charme betört. Und obwohl sein Charisma sie noch etwas einschüchterte, musste sie zugeben, dass sie ein paar höchst angenehme Stunden mit ihm verbracht hatte. Sodass sie darüber alles andere vergessen hatte.

Ohne zu wissen, welcher Gefahr sie entgegenging, zog Viola sich um und machte mit Nero und Nico einen Spaziergang zu den Klippen.

27

»Und, wie ist es gelaufen?« Arianna lehnte verführerisch in der Tür zum Büro ihres Mannes, während der offensichtlich gelangweilt in Akten las.

»Gut«, antwortete er kurz angebunden.

»Ist das alles?«

Verwirrt sah Rinaldi auf.

»Was genau willst du wissen?«

»Hast du sie im Guten überzeugen können?«

»Wir haben nicht über die Masseria geredet.«

Arianna schwieg, sie rührte sich nicht.

»Sie war zu misstrauisch, ich hätte nichts erreicht, wenn ich ihr sofort ein Angebot gemacht hätte.«

»Bist du jetzt auch noch Psychologe?«

Rinaldi wandte den Blick von den perfekten Kurven seiner Frau ab. Ihre Neugier störte ihn, besonders weil er die Zeit mit dieser jungen Frau genossen hatte und sich dafür nicht rechtfertigen wollte.

»Ich versuche nur, die Angelegenheit einfacher zu machen.«

»Indem du sie anmachst?«

»Was ist los mit dir? Bist du etwa eifersüchtig?«

Arianna lachte laut auf. Doch dieses Lachen klang nicht fröhlich, sondern kalt und boshaft.

»Ich habe dir doch gesagt, du wirst allmählich weich«, erklärte sie und stieß sich vom Türrahmen ab. »Aber wir haben nicht die Zeit abzuwarten, bis du dich mit ihr amüsiert hast.«

»Ich weiß selbst, dass die Investoren schon mit den Hufen scharren, meine Liebe. Und ich habe nicht die Absicht, mein

Wort zu brechen.« Er setzte sich bequemer hin und schaltete sein Handy ein. »Aber ich werde es wie immer auf meine Art tun. Mach dir keine Sorgen.«

Danach wandte er sich dem Computer zu und gönnte seiner Frau nur noch ein kurzes Nicken. Arianna ging ohne ein Wort, aber entschlossen, das Problem auf ihre Weise zu lösen. Allem Anschein nach steckte ihr Mann in einer Midlifecrisis. Sie hätte nie geglaubt, dass ihm das passieren könnte, aber sie wusste natürlich, dass man manche Dinge nicht vorhersehen konnte.

Angelo Rinaldi saß da und träumte mit offenen Augen von Viola, ihrem ungekünstelten Lächeln und ihrer naiven Neugier. Was geschah da mit ihm? Konnte es sein, dass Arianna mit Recht an seinen Fähigkeiten zweifelte? Hätte sie geahnt, was ihm tatsächlich durch den Kopf ging, hätte sie die Situation sofort selbst in die Hand genommen und Viola ausgeschaltet. Doch das würde er ihr niemals erlauben. Er wollte die Sache selbst auf seine Weise regeln. Obwohl er das bei Adele Medrano nicht geschafft hatte. Der Respekt vor ihr hatte ihn daran gehindert, Dinge zu tun, die er später bereut hätte, und deshalb war die Masseria noch nicht in seinem Besitz. Aber es war vollkommen unnötig, dass Arianna ihm ständig im Nacken saß. Er wusste selbst genau, dass ihnen nicht mehr so viel Zeit blieb. Die Investoren hatten ihnen eine Frist gesetzt. Wenn er es nicht schaffte, würden sie die erste Tranche des Investitionskapitals zurückfordern, die Rinaldi schon ausgegeben hatte, um seine zahlreichen Schulden zu decken. Er war nicht in der Lage, das Geld zurückzuzahlen. Und das war nicht alles. Sein Schwiegervater und seine Bank hatten sich bereits stark in das Projekt eingebracht, auch durch einige nicht ganz saubere Finanzmanöver. Wenn er scheiterte, würden etliche Leute in große Schwierigkeiten geraten.

Er steckte bis zum Hals in Problemen, und die Masseria war seine einzige Rettung.

Wenn er Viola eine ordentliche Summe für das Gut anbot, würde sie nicht ablehnen können. Er würde auch die Angestellten und dieses Kind irgendwo unterbringen, an denen sie so zu hängen schien, und sie könnte beruhigt nach Norditalien zurückkehren. Warum hatte er das alles noch nicht in die Wege geleitet?

Es stimmte, was er Arianna gesagt hatte. Viola war sehr misstrauisch, aber er wollte nicht zu harten Mitteln greifen, um sie zu überzeugen.

Beim Mittagessen war es ihm gelungen, diese Mauer des Misstrauens zu durchbrechen. Er hätte nur nicht gedacht, dass er sie so anziehend finden würde.

Er schnaubte auf und fuhr sich mit der Hand durch die Haare. Warum hatte Adele nicht auf ihn gehört? Er hatte sie angefleht, ihm ein Vorkaufsrecht auf die Masseria einzuräumen. Er war großzügig gewesen, hatte sie nicht von ihrem Besitz vertreiben wollen und war deshalb bereit gewesen zu warten, bis sie starb. Aber sie hatte ihren Willen durchgesetzt. Ihrer Enkelin hatte sie damit allerdings keinen großen Gefallen getan. Wie war es möglich, dass sie nicht geahnt hatte, in welche Schwierigkeiten sie sie damit brachte?

Er musste sich schnell etwas einfallen lassen, bevor Arianna zum offenen Krieg überging.

28

Viola lag ausgestreckt auf dem Bett, die Hände hinter dem Kopf verschränkt, die Augen zur Decke gerichtet, und ging noch einmal in Gedanken den Tag durch. Es stimmte, dass man oft die Entwicklung der Ereignisse nicht beeinflussen konnte. Das Mittagessen mit Angelo Rinaldi war eine angenehme Überraschung gewesen. Wann hatte sie eigentlich begonnen, ihn Angelo zu nennen? Es hatte sich ganz spontan ergeben, einander zu duzen. Dennoch hatte sie immer noch großen Respekt vor ihm. Doch die Aura von Macht, die ihn umgab, löste nicht mehr reflexartig Misstrauen in ihr aus; ganz im Gegenteil zog diese Kraft sie an und weckte ihre Neugier, außerdem genoss sie fasziniert seine Aufmerksamkeiten.

Sie hatte immer noch ein ziemlich schlechtes Gewissen, weil sie zu spät zu Nicos Schule gekommen war, und so hatte sie sich von dem Jungen überreden lassen, dass er zum Abendessen bei ihr bleiben durfte, obwohl Carmela damit gar nicht einverstanden schien.

Während ihres langen Spaziergangs entlang der Klippe hatte Viola das Kind mit spannenden Geschichten über die Leuchttürme der Küste und die Beutezüge der türkischen Piraten gefesselt. Ihr Großvater war der Erste gewesen, der ihr die Geschichte der Region um Otranto erzählt hatte, aber Rinaldi hatte ihre Erinnerung daran wiederaufleben lassen.

Nico war so gebannt von diesen Abenteuergeschichten gewesen, dass er auch beim Abendessen welche hören wollte, und sie hatte erzählt, bis Carmela ihn abholte, um ihn ins Bett zu bringen.

Diese fremde, gefährliche Vergangenheit hatte sie in eine fantastische Welt von geraubten Jungfrauen und unerschrockenen Rittern versetzt, und jetzt, allein in diesem großen Haus, hatte sie Schwierigkeiten, in die Realität zurückzufinden. Sie fühlte sich wie von einem Zauber gefangen.

Das Klingeln ihres Handys riss sie aus ihren Gedanken. Sie nahm das Smartphone vom Nachttisch und ging ran, ohne vorher aufs Display zu sehen.

»Und?«, fiel Laura mit der Tür ins Haus. »Hat der Märchenprinz dich entführt?«

»Leider nein …«, seufzte Viola enttäuscht.

»Was ist los mit ihm?«, hakte ihre Freundin nach.

»Wen meinst du?«

»Was heißt hier, wen meine ich?«, empörte Laura sich. »Hey, geht's dir gut? Du kommst mir irgendwie seltsam vor.«

»Mir geht es gut, keine Sorge. Ich liege im Bett, vielleicht war ich gerade etwas eingenickt …«

»Um diese Uhrzeit?«, rief Laura entsetzt. »Gehst du etwa mit den Hühnern schlafen?«

Viola rieb sich mit der freien Hand die Augen und versuchte, etwas wacher zu klingen, ehe ihre Freundin sie weiter in die Mangel nahm.

»Wenn du den ganzen Tag wie ein Maulesel schuften würdest, wärst auch du bei Sonnenuntergang müde.«

»Was willst du damit sagen?«, protestierte Laura beleidigt.

»Dass körperliche Betätigung anstrengt«, stellte Viola klar. »Und ich meine damit nicht das, was man so im Bett tut.«

»Also ist dein Schnuckelchen im Arbeitsoverall nicht deinem Charme erlegen?«

Aris. Viola hatte gar nicht mehr an ihn gedacht. Als sie am Nachmittag nach Hause kam, war er schon fort gewesen, und sie hatte ihn nicht sehr vermisst.

»Er ist mit jemandem zusammen«, erklärte sie.

»Autsch!«, kommentierte Laura. »Deswegen versucht er nicht, dich anzubaggern.«

»Vielleicht versucht er nicht, mich anzubaggern, weil ich nicht sein Typ bin«, überlegte Viola. »Obwohl …«

»Obwohl was?«

Verflucht, Laura entging aber auch gar nichts, nicht einmal ein kurzes Zögern.

»Ach nichts«, antwortete Viola schnell. »In den letzten Tagen war er netter zu mir, was bedeutet, dass er jetzt mit mir spricht. Aber sonst ist da nichts.«

Das stimmte nicht ganz. Der sehnsüchtige Blick, mit dem er sie heute Morgen betrachtet hatte, ließ ihr Herz erneut schneller schlagen, dennoch gelang es ihm mühelos, ihrer Begeisterung einen Dämpfer zu versetzen, dass sie dem lieber keine Bedeutung zumaß.

»Das glaube ich dir nicht«, meinte Laura. »Vielleicht sollte ich mal bei dir vorbeischauen, um mir persönlich ein Bild zu machen.«

»Im Ernst?«, rief Viola und setzte sich ruckartig im Bett auf. »Wann kommst du?«

»Hey, mal langsam!«, erwiderte die Freundin lachend. »Glaubst du tatsächlich, ich würde dich dort allein lassen? Außerdem ist doch bald Sommer, und das Meer bei euch soll wundervoll sein. Dieses Jahr will anscheinend jeder in Apulien Urlaub machen.«

»Es ist unglaublich schön hier. Wenn du dir dieses Meer und den Strand ansiehst, brauchst du keine Karibik mehr, und das Klima ist sowieso fantastisch. Viel Sonne und bei gutem Wetter kann man bis zum Balkan sehen.«

»Schon gut, schon gut, Botschaft angekommen!«, unterbrach Laura sie. »Du hörst dich an wie ein Reisebüro!«

»Also, wann kommst du?«

»Lass mich ein paar Dinge regeln und mir eine glaubwürdige

Geschichte für meine Mutter ausdenken«, erklärte sie. »Wenn ich ihr sage, dass es vielleicht um eine neue Arbeitsstelle geht, fesselt sie mich mit Handschellen an einem Stuhl und wirft den Schlüssel weg.«

Viola lachte erleichtert auf. Endlich würde sie nicht mehr allein sein!

»Danke!«, sagte sie. »Du hast keine Ahnung, wie mich diese Nachricht freut.«

»Bist du sicher, dass alles in Ordnung ist?« Laura klang auf einmal ernst.

»Natürlich. Aber die letzten Wochen waren sehr anstrengend, und seit Mama fort ist, fühlt sich dieses Haus etwas groß für mich allein an.«

»Bist du dir sicher, dass du die richtige Entscheidung getroffen hast?« Noch jemand, der ihr diese schicksalshafte Frage stellte.

»Manchmal komme ich schon ins Grübeln«, gestand sie. »Das Projekt, das mir vorschwebt, ist großartig, und die Gegend ist wirklich wunderschön. Aber es gibt schon einige Probleme, da will ich dir gar nichts vormachen. Darüber reden wir am besten, wenn du hier bist, einverstanden?«

»Okay«, meinte Laura zweifelnd. »Ich weiß noch nicht, wann ich loskomme, aber wenn du mich jetzt brauchst, fliege ich sofort los.«

»Danke, mach dir keine Sorgen. Außerdem bin ich ja nicht total allein. Da sind ja auch noch Carmela, Vito und Nico …«

»Ach ja, der Junge.«

»Der ist ganz schön aufgeweckt, ich freue mich, wenn du ihn kennenlernst.«

Die Freundinnen verabschiedeten sich voneinander und legten auf.

Viola war gerührt gewesen, als Laura ihr angekündigt hatte, dass sie kommen würde, und das sagte schon viel aus über ihren derzeitigen Gemütszustand. Vielleicht hatte sie sich zu viel abverlangt. Aber ihre Freundin würde ihr helfen, die Dinge von einer anderen Warte aus zu betrachten.

Gestärkt durch das Telefonat mit ihrer Freundin beschloss Viola, das nächste Hindernis anzugehen. Vielleicht war Hindernis nicht das richtige Wort, aber der geheimnisvolle Schlüssel lag ihr doch schwer auf der Seele. Es war Zeit, nachzusehen, was diese geheime Schublade enthielt.

29

Am nächsten Morgen konnte Viola beim Frühstück kaum die Augen offenhalten und musste den Kopf mit der Hand abstützen. Sie war todmüde, die Sonnenstrahlen kümmerte es jedoch nicht, sie schienen blendend hell in die Küche.

Ihre Großmutter hatte sie wieder einmal überrascht. Als Viola mit zitternder Hand den kleinen flachen Schlüssel in das Messingschloss der Schublade gesteckt hatte, wollte der sich zunächst nicht umdrehen lassen. Und doch hatte die Nonna diesen schlichten Schreibtisch gemeint, nicht den riesigen ihres Großvaters in dessen Arbeitszimmer im Erdgeschoss. Das hier war ein Möbelstück aus dem siebzehnten Jahrhundert aus Kastanienholz, mit einer schönen, ein Meter mal sechzig Zentimeter großen Tischplatte und vier kunstvoll gedrechselten Beinen. An der Frontseite hatte er zwei Schubladen: Die größere rechts enthielt leere Blätter und Briefumschläge, die kleinere befand sich in der Mitte, und ihr Schloss war beinahe unter der überstehenden Tischkante verborgen. Geduldig probierte Viola es noch einmal und drehte den zierlichen Schlüssel einige Male nach beiden Seiten. Als sie beinahe alle Hoffnung aufgegeben hatte, verkündete ihr ein kaum wahrnehmbares Klicken, dass sie es geschafft hatte. Die Schublade selbst ließ sich leicht herausziehen, innen war sie mit gelb gemustertem Papier ausgeschlagen. Doch sie war leer. Hatte ihre Großmutter sich etwa einen Scherz erlaubt?

»Nonna, bitte …«, flüsterte sie.

Viola hatte sich unter den Schreibtisch gekniet, um nachzusehen, ob die Schublade wirklich nicht allzu weit reichte, oder doch so tief war wie der ganze Tisch, aber eine Holzplatte verdeckte die gesamte Unterseite.

Sie hatte enttäuscht aufgestöhnt. Doch dann hatte sie das Innere der Schublade abgetastet und bekam tatsächlich eine dünne Lederlasche zu fassen. Daran hatte sie vorsichtig gezogen und so eine kleine Klappe geöffnet. Dahinter waren einige Umschläge verborgen, die Viola mit klopfendem Herzen herausgeholt hatte.

Sie hatte die Tiffany-Lampe auf dem Schreibtisch angeschaltet und ihren Fund durchgesehen.

Der erste Umschlag enthielt ein Sparbuch auf den Namen Nico Notaro. Das war das Geld für den Jungen. Als Viola den Betrag sah, war sie sprachlos: fünfzigtausend Euro! Woher hatte Adele so viel Geld? Es war wirklich eine sehr großzügige Geste von ihr, für das Kind zu sorgen, aber …

»Jetzt sei nicht egoistisch«, sagte sie laut zu sich selbst. Die Nonna hatte ihr schließlich die Masseria und fast ebenso viel Geld auf der Bank hinterlassen. Nico musste ihr wirklich am Herzen gelegen haben. Nachdem Viola das Sparbuch beiseitegelegt hatte, hatte sie einen gelben Umschlag geöffnet, der von einem Gummiband zusammengehalten wurde. Darin fand sie Zwanzig- und Fünfzig-Euro-Scheine. Wie viele, konnte sie auf den ersten Blick nicht sagen. Es gab keine Notiz oder Erklärung, wahrscheinlich handelte es sich um die restlichen Ersparnisse ihrer Großmutter, die bekanntlich nur ungern eine Bank betreten hatte. Wieder fragte Viola sich, woher all das Geld stammte. War ihre Tätigkeit als Heilerin wirklich so einträglich gewesen? Als sie die Summe überschlug, kam sie auf etwa zehntausend Euro, aber bestimmt war sie höher. Hastig steckte sie die Scheine wieder in den Umschlag zurück und hatte diesen auf den Schreibtisch neben das Sparbuch gelegt. »Ach Nonna«, hatte sie angesichts dieser Umschläge gesagt, die sich hell auf der dunklen Oberfläche abhoben, »hast du wirklich geglaubt, du könntest mit diesem kleinen steuerfreien Geschenk die Bürde, die du mir hinterlassen hast, ausgleichen?« Viola schüttelte lächelnd den Kopf. Eigentlich hätte sie nicht überrascht sein sollen, ihre Großmutter war immer für eine Überraschung gut. Was sollte sie mit dem Sparbuch für Nico anfangen? Es aufbewahren, oder es Carmela geben? Adele hätte ihr schon ein paar Anweisungen hinterlassen können.

In dieser Nacht fand Viola angesichts der Entdeckungen und all der offenen Fragen keinen Schlaf, und so hatte sie sich bis zum Morgen nur im Bett gewälzt.

Als der Wecker ihres Handys klingelte, kam es ihr vor, als hätte sie kaum fünf Minuten geschlafen.

Ehe sie nun auf der Stelle einschlief und mit dem Gesicht in die Kaffeetasse fiel, stand Viola auf. Sie ging zur Tür und trat hinaus. Sie würde Nico zur Schule bringen und dann rasch zur Masseria zurückkehren. Die Umschläge hatte sie wieder dort eingeschlossen, wo sie sie gefunden hatte, aber nun brannte dieser kleine Schlüssel wie Feuer in ihrer Tasche. Sie musste schnell eine sichere Lösung für alles finden, sonst würde die Angst sie noch zerfressen.

30

»Lässt du das mal bitte?«, schrie Ezio ihn an.

»Was willst du?«

»Du stocherst hier im Zement rum, als ob du jemanden umbringen willst!«

»Hast du nichts Besseres zu tun?«, zischte Aris wütend und stieß die Schaufel weiter fest in den Zement.

»Zufälligerweise muss ich hier zusammen mit dir arbeiten. Und ich habe keine Lust, durch irgendeinen dämlichen Unfall umzukommen!«

Aris knurrte und rührte weiter die Zementmischung an. Ezios Klagen hatten ihm gerade noch gefehlt.

»Unser Lockenkopf hat dich ganz schön wütend gemacht, oder?«, hakte sein Freund mit breitem Grinsen nach.

»Von wem sprichst du?«

»Hmm, mal sehen … Also, Sara hat glatte Haare …«

»Ezio, ich bin nicht in Stimmung für so was.«

»Ganz genau«, stellte der Freund fest. Aris nannte ihn nur dann bei seinem Vornamen, wenn er wütend war. Oder wenn er sich bei ihm aussprach. Doch das war schon eine Weile her. »Was hat sie dir getan?«

»Nichts. Ich arbeite für sie. Das ist alles.«

»Hör zu, Aris, ich weiß, dass du mich nicht mehr für deinen Freund hältst …«

»So ein Blödsinn!«, unterbrach Aris ihn sofort und sah ihn an.

»Na ja, Freunde reden doch miteinander, oder? Du sagst ja mittlerweile nicht mal mehr Guten Morgen.«

»Wenn ich etwas zu sagen hätte, würde ich schon mit dir reden«, protestierte Aris und wandte sich wieder der Arbeit zu.

»Ich weiß, dass du in einer schrecklichen Lage bist«, fuhr *il Rosso* unbeirrt fort. »Aber ich bin für dich da. Ich kann deine Probleme nicht lösen, aber aussprechen kannst du dich bei mir.«

Aris, der sich bei Ezios Bemerkung versteift hatte, ließ müde und resigniert die Schultern sinken. Ezio war wirklich ein guter Freund, sie kannten sich seit Jahren, und er war der Einzige, mit dem er schon Kontakt hatte, als er zur Marine gegangen war. Er wollte ihn nicht verletzen, aber er konnte nicht mit ihm darüber reden.

»Da gibt es nichts, worüber es sich zu reden lohnte«, erklärte er.

»Und was ist mit Viola?«, beharrte Ezio.

»Ich weiß nichts über sie.«

»Aber sie gefällt dir.«

Aris schwieg. Wenn er das leugnete, würde er seinen besten Freund belügen. Aber wenn er es laut aussprach, würde das bedeuten, dass er es sich selbst eingestand.

»Sie ist sehr hübsch«, fuhr sein Freund fort. »Und sie ist sich nicht zu schade, sich die Hände schmutzig zu machen, obwohl sie das anscheinend noch nicht allzu oft getan hat.«

Aris konnte sich ein Lächeln nicht verkneifen, weil er daran denken musste, wie oft sie gestolpert war, mit dem Kopf irgendwo gegen geprallt war oder etwas hatte fallen lassen. Offensichtlich war sie an körperliche Arbeit nicht gewöhnt, aber sie hatte nie gejammert. Sie lachte nur über ihr Missgeschick und machte einfach weiter.

»Sie hat definitiv ein Auge auf dich geworfen, glaub mir!«

»Hat sie nicht!«, protestierte Aris.

»Hör mal, man nennt mich den Roten, nicht den Blinden.«

»Und selbst wenn?« Aris sah seinen Freund an. »Ich bin vergeben. Das weißt du doch genau.«

»Stimmt. Du siehst immer aus, als wäre jemand gestorben!«

»Arbeite lieber weiter. Gennaro hat gesagt, dass wir bis heute Abend fertig werden müssen.«

»Der Chef würde dich unterstützen, das weißt du doch, oder?«, fuhr Ezio leise fort.

»Ich habe keine Ahnung, wovon du sprichst.«

»Wenn du seine Tochter verlassen würdest, wäre er auf deiner Seite.«

»Ich werde Sara nicht verlassen.«

Aris war immer ein intelligenter, unabhängiger Mann. Warum zum Teufel schaffte er es dann nicht, Sara zu verlassen, dachte Ezio wütend. Das Ganze war ein Unfall gewesen, er konnte doch keine Verantwortung für etwas übernehmen, an dem er keine Schuld trug.

»Du hast mir immer noch nicht gesagt, warum du sauer auf sie bist.«

»Weil ich es nicht bin«, log Aris. »Und jetzt halt den Mund und lass uns weitermachen.«

Eigentlich hatte Ezio recht. Er war wütend. Und nicht nur, weil Viola gestern Vormittag beim Weggehen gesagt hatte, dass sie bald zurückkommen würde, und es dann nicht tat.

Er durfte die Kontrolle über seine Gefühle nicht verlieren. Und genau das passierte ihm gerade. Er sorgte sich um Viola. Es gab jedoch keinen Grund dafür. Sie war seine Arbeitgeberin, mehr nicht. Er musste sich um sie keine Sorgen machen. Es würde sich sowieso nichts zwischen ihnen entwickeln.

Während Aris weiter den Zement anmischte, erfüllte ihn nur ein einziger Gedanke: Morgen würde er sie wiedersehen.

31

Bei ihrer Rückkehr hatte Viola bemerkt, dass Carmela ein paar lange Tische unter den Olivenbaum gestellt hatte.

»Was machst du da?«, fragte sie, als sie bei ihr war.

Carmela verknetete geschickt Mehl und Wasser zu einem Teig und formte daraus größere gelbe Kugeln, die sie dann beiseitestellte und ruhen ließ.

»Ich mache Pasta für das Fest.«

»Das Fest?«, fragte Viola neugierig. »Was für ein Fest?«

»Im Ort wird am nächsten Samstag die *Sagra te la Purpetta* gefeiert«, erklärte sie. »Ich muss noch *trie*, *cavatelli*, *orecchiette* machen … da kommen viele Leute.«

»Machst du die Nudeln etwa alle allein?«, fragte Viola entsetzt.

»Natürlich nicht! Gleich kommt eine von meinen Cousinen mit ihrer Schwägerin. Und wir sind nicht die Einzigen. Überall sitzen Frauen zusammen und stellen Nudeln her. Und Soße. Wir teilen uns die Arbeit.«

»Wie schön!«, rief Viola. »Kann ich dir helfen?«

Die Frau musterte sie leicht gereizt.

»Nicht nötig.«

Viola sah sie enttäuscht an.

»Aber du kannst zusehen«, fuhr Carmela in versöhnlicherem Ton fort. »Wir werden schon was finden, was du tun kannst.«

Viola bewunderte die schnellen, kräftigen Hände von Carmela, die scheinbar mühelos Berge von Mehl zu Teig verkneteten und die Kugeln bis zum Eintreffen der beiden anderen Frauen, die ihr helfen würden, unter Leinentüchern beiseitestellte. Sie löcherte Carmela mit Fragen und wollte die Rezepte wissen. Carmela wollte erst nicht mit der Sprache herausrücken, doch dann erzählte sie Viola ein wenig über die kulinarischen Spezialitäten des Salento. Bald lief dieser das Wasser im Mund zusammen, und sie fragte sich, ob Carmela wohl Laura einige ihrer Rezepte beibringen könnte, falls ihr Projekt jemals zustande kam.

Viola war vollkommen in die Welt der apulischen Köstlichkeiten versunken, dass sie kaum bemerkt hatte, wie still es auf der Masseria war.

»Aris ist heute nicht gekommen«, meinte sie auf einmal verwundert.

»Nein.«

»Warum?«

»Mir hat er nichts gesagt.«

Viola hatte das Gefühl, dass Carmela eigentlich noch etwas hinzufügen wollte, daher schwieg sie, doch Carmela redete nicht weiter.

»Kanntest du ihn eigentlich schon vorher?«, fragte sie, ohne Carmela anzusehen.

»Ja«, bestätigte die Frau. »Er arbeitet für Gennaro. Er ist ein Freund meines Mannes.«

Viola wurde neugierig. Sie wollte mehr über Aris erfahren.

»Wie ist er denn so?«, fragte sie schließlich.

Carmela warf ihr einen schnellen Blick aus dem Augenwinkel zu, ohne die Hände auch nur einen Moment ruhen zu lassen. Die Wangen der jungen Frau hatten sich leicht gerötet, während sie sich scheinbar nur für das zu interessieren schien, was Carmela zubereitete.

»Er ist ein guter Mensch«, befriedigte Carmela ihre Neugier. »Aber er hat viel Pech gehabt.«

»Warum?« Diesmal hob Viola den Kopf und sah sie an, ohne ihr Interesse zu verheimlichen.

»Jetzt klingst du schon wie Nico mit all seinen Warums!«

Violas Wangen wurden noch ein bisschen röter.

»Ich kenne seine Familie nicht, aber man sagt, dass er einen sehr strengen Vater hat. Ein Professor, der wollte, dass sein Sohn denselben Weg einschlägt.«

Carmela legte eine weitere Teigkugel unter eines der Tücher und fuhr fort: »Irgendwann ist er von zu Hause fortgegangen. Er war viele Jahre auf See. Aber er ist zurückgekehrt, weil es der Mutter nicht gut ging.«

Gebannt nahm Viola diese Informationen in sich auf.

»Dann hat er ein Mädchen kennengelernt …«

»Gennaros Tochter«, sagte Viola schnell.

»Woher weißt du das denn?«, fragte Carmela verwundert.

»Gestern hat Aris gesagt, dass Gennaro sein Schwiegervater ist.«

»Stimmt. Also sein zukünftiger. Sara ist eine sehr schöne Frau. Aber auch etwas verrückt. Das war sie schon immer. Dann haben sie diesen Unfall mit dem Motorrad gehabt …«

Ein Hupen unterbrach Carmelas Erzählung. Eine Staubwolke aufwirbelnd bog ein Kleinwagen auf den Hof, und Carmela bedeckte hastig den Nudelteig.

»Das ist meine Cousine mit ihrer Schwägerin«, erklärte sie und ging den Frauen entgegen.

Viola betrachtete die Neuankömmlinge in einer Mischung aus Ärger und Enttäuschung. Gerade als die Geschichte interessant wurde, waren sie unterbrochen worden, und Carmela würde nun nichts mehr erzählen.

Inzwischen begrüßten sich die drei Frauen mit Küsschen und Umarmungen, dann gingen sie zu den Tischen.

»Das ist Tonina, meine Cousine«, sagte Carmela und stellte eine kleine, rundliche Frau mit einem strahlenden Lächeln und neugierig funkelnden Augen vor.

»Und das ist Rosa, ihre Schwägerin.« Rosa war genauso

groß wie Viola, hatte ein ovales, mageres Gesicht und trug ein Kopftuch. Wortlos betrachtete sie Viola, dann widmete sie ihre Aufmerksamkeit den Teigkugeln.

»Wird sie mithelfen?«, fragte Tonina.

»Das würde ich sehr gerne, aber ihr müsst mir zeigen, was ich machen soll.« Viola war von der stolzen, aber auch abweisenden Art der drei Frauen eingeschüchtert.

Tonina entledigte sich ihrer baumwollenen Strickjacke und band sich eine Schürze um die Taille.

Sehr bald herrschte eine ausgelassene Stimmung, alle plauderten heiter miteinander. Rosa war die schweigsamste von ihnen, aber die anderen beiden glichen das aus. Meist unterhielten sich die Frauen untereinander in Dialekt, und Viola hatte Schwierigkeiten, sie zu verstehen. Daher dachte sie über die Ereignisse der letzten Wochen nach, sie konnte es immer noch nicht fassen, dass sie jetzt hier lebte. So viele neue Gesichter. Würden die Menschen hier sie akzeptieren? Carmela war eher barsch und kurz angebunden, aber es gab Momente, in denen sie Viola wie eine Tochter behandelte. Diese häufigen Stimmungswechsel verwirrten Viola, und sie wusste nicht, wie sie damit umgehen sollte. Sollte sie Abstand wahren oder lieber versuchen, eine engere Beziehung zu ihr aufzubauen? Wenn es so weiterging, wie sie es sich erhoffte, würden sie auch in Zukunft auf dem Anwesen zusammenwohnen, und Viola wünschte sich ein harmonisches Miteinander. Vito hingegen sah sie fast nie. Er fuhr früh weg, und wenn er zurückkehrte, kam er selten in die Nähe des Gutshauses. Nur am Wochenende kümmerte er sich um den Mandelgarten. Der Frühling war schon fortgeschritten, und sie hatten noch längst nicht alle nötigen Arbeiten dieser Jahreszeit erledigt. Eigentlich war letzten Endes Nico der Mensch, mit dem sie am meisten Zeit verbrachte. Sie war aufrichtig und geduldig, und er erwiderte dies mit Ehrlichkeit und Zuneigung.

Während Viola ihren Gedanken freien Lauf ließ, sah sie sich gleichzeitig Einiges von den Frauen ab, sodass sie selbst immer geschickter mit dem Teig wurde.

»Du wirst richtig gut!«, lobte Tonina. »Du machst Carmela ja Konkurrenz!«

Die warf ihrer Cousine einen bösen Blick zu und murmelte etwas Unverständliches.

»Das glaube ich nicht«, wehrte Viola ab. »Aber es macht mir Spaß, ich war nie sonderlich gut in der Küche.«

»Ums leibliche Wohl kümmert sich schon Carmela, nicht wahr, Cousine?«, fuhr Tonina unbeirrt fort. »Nach ihren Nudeln sind alle ganz verrückt!«

Ohne zu wissen, wie ihr geschah, war Viola plötzlich als freiwillige Helferin bei der Sagra, dem Gemeindefest am Wochenende, eingeteilt. Zusammen mit den anderen Frauen würde sie an den Essensständen helfen.

Sie würde sich wohl nie langweilen, wenn sie hier lebte. Jeder Tag hielt eine neue Überraschung für sie bereit.

32

»Morgen Abend kann ich nicht vorbeikommen«, sagte Aris leise, die Augen fest auf seinen Teller gerichtet. Dennoch bemerkte er, wie Sara sich ihm zuwandte.

»Warum denn?«, fragte sie misstrauisch.

»Ich werde etwas früher Feierabend machen, um meine Mutter zum Arzt zu begleiten. Ich weiß nicht, wie lange das dauert.«

Er war zum Abendessen bei Sara und ihren Eltern, Pina und Gennaro, wie fast jeden Abend in den letzten Jahren. Pina stand im Flur und telefonierte. Sie war eine kleine gedrungene Frau, die immer finster und misstrauisch dreinschaute und ihre Tochter anstachelte, Aris' Schuldgefühle wegen ihres Zustands noch zu verstärken. Gennaro dagegen war ein ruhiger, schweigsamer Riese, der seinen zukünftigen Schwiegersohn mochte und ihn deshalb sogar in seiner Baufirma eingestellt hatte, als der junge Mann in Schwierigkeiten gesteckt hatte und verzweifelt auf der Suche nach einem Job gewesen war. Gennaro glaubte nicht, dass Aris an dem Unfall, der seine Tochter in den Rollstuhl gezwungen hatte, die ganze Schuld trug. Sicher, sie waren recht schnell unterwegs gewesen, aber als ein Auto plötzlich auf ihre Spur fuhr, hatten sie keine Chance gehabt. Doch Sara war nie ein armes, hilfloses Mädchen gewesen. Ganz im Gegenteil, sie liebte das Risiko und hatte sich oft in Schwierigkeiten gebracht. Wie auch immer, das Ende vom Lied war eine behinderte Tochter, die sich weigerte, den Mann freizugeben, der sie nicht liebte, und ihn mit ihrer Lähmung erpresste.

Andererseits fühlte Gennaro, dass er nichts tun konnte.

Jedes Mal, wenn er versucht hatte, Frau und Tochter gegenüber anzudeuten, dass es für alle das Beste wäre, wenn sie Aris einfach gehen lassen würden, hatten ihn die beiden Frauen wüst beschimpft.

Nun saß er in seinem alten Sessel vor dem Fernseher und hörte mit halbem Ohr der Unterhaltung der beiden jungen Leute am Tisch zu. Er stellte sich schon auf Tränen und Geschrei ein.

»Du könntest ja später vorbeikommen, egal wie spät es wird«, bettelte seine Tochter gerade weinerlich.

»Nein«, erwiderte Aris entschlossen. »Ich bleibe bei meiner Mutter.«

»Dir ist doch jede Ausrede recht, um von mir fern zu bleiben!« Es war wieder so weit: Sara erhob die Stimme, und Aris presste die Kiefer zusammen, damit ihm nicht Worte herausrutschten, die er hinterher bereute.

Er hob den Kopf und musterte seine Verlobte genau. Wenn ihr Gesicht nicht ständig von Eifersucht, Wut und diversen anderen negativen Gefühlen verzerrt wäre, würde Sara wunderschön aussehen. Mit ihren schwarzen, seidigen Haaren, den großen dunklen Augen und einem kleinen sexy Leberfleck über der Oberlippe, und ihrem zierlichen, sinnlichen Körper hatte sie stets die Blicke aller Männer auf sich gezogen. Doch seit sie in diesem Rollstuhl saß, verließ sie nur noch selten das Haus, und dieses doppelte Gefangensein ließ ihre Schönheit verblassen.

»Du kannst heute Abend hier übernachten.«

»Sara …«

»Dann musst du nicht fünfundzwanzig Kilometer nach Hause fahren und morgen noch einmal hierher, wenn du mit Papa arbeiten gehst.«

»Sara, bitte. Darüber haben wir doch schon geredet.« Aris streckte eine Hand über den Tisch nach Saras verkrampfter, zur

Faust geballter Hand aus. Er musste sie beruhigen, noch einen Wutausbruch würde er nicht durchstehen.

»Seit vier Tagen übernachte ich schon hier. Ich muss nach Hause, um dort nach dem Rechten zu sehen, wir telefonieren morgen, ja?«

Sara war nicht dumm. Sie merkte, wann sie aufhören musste. Zumindest meistens. Heute Abend würde kein Streit der Welt Aris von seinen Plänen abbringen. Und sie wollte ihn nicht verlieren. Sie hatte ihn von dem Moment geliebt, als sich ihre Blicke zum ersten Mal begegnet waren. Außerdem wusste sie, dass seine Geduld am Ende war. Ob das wirklich nur an ihr lag, war eine andere Frage. Ihr war vollkommen klar, dass er diese ganze Situation nicht mehr ertrug. Doch sie würde ihn nicht gehen lassen. Er war der schönste, faszinierendste, treuste und ehrlichste Mann, den sie je kennengelernt hatte. Und er gehörte ihr. Wenn sie nicht so müde und unduldsam gewesen wäre, hätte sie ihm höchstwahrscheinlich viele Klagen erspart. Hätte sich mehr zusammengerissen. Bis sie endlich einen Ring am Finger hatte, durfte sie nicht so viel riskieren.

Sie schenkte Aris ein trauriges, resigniertes Lächeln, sagte aber nichts weiter. Er zog seine Hand zurück und stand auf, um abzuräumen.

33

Fast als wollte jemand Viola Zeit geben, um all die neuen Entwicklungen zu verarbeiten, schienen die folgenden Tage in einer beruhigenden Normalität zu verlaufen.

Sie stand morgens früh auf, um zur Klippe zu laufen, sich den Wind ins Gesicht wehen zu lassen und die nach Salz und Meer riechende Luft in sich aufzunehmen. Normalerweise wählte sie dann den Weg durch den Olivenhain. Inmitten dieser jahrhundertealten Bäume schien der Wind sich beinahe ehrfürchtig zu legen, und Viola lauschte dem leisen Rascheln der silbrigen Blätter. Nur einmal hatte sie den Weg von Norden zur Masseria gewählt, auf einem Feldweg mit einem von weißen, kleinen Blüten gesprenkelten Grasstreifen in der Mitte, der sich quer durch einen aufgegebenen Weingarten zog. Die Rebstöcke waren zu kleinen Bäumen aufgeschossen und auf den ersten Blick nicht mehr als solche zu erkennen. Rundherum war hohes Gras gewachsen und versperrte den Durchgang, deshalb war Viola weiter auf dem Weg geblieben, der bis zu den Pinien vor der Masseria führte. Sie nahm sich vor, Vito um Rat zu fragen. Ihr gefiel die Idee, diesen schönen Weingarten wieder in Betrieb zu nehmen, aber sie hatte keine Ahnung, wie viel Zeit und Geld das kosten würde, und im Moment würde sie sich das wahrscheinlich nicht leisten können.

Wenn sie wieder zu Hause war, frühstückte sie und brachte Nico zur Schule, danach stürzte sie sich in die Arbeit.

Aris war mit Gennaro und einem Trupp Arbeiter zurückgekehrt, um die Umfassungsmauer zu richten. Bis auf einige Stellen, an denen sie teilweise eingestürzt war, befand sie sich in ganz passablem Zustand, und innerhalb weniger Tage hatten sie die ganze Mauer in Ordnung gebracht. Sobald der Zement getrocknet war, würden sie sie verputzen und, wenn sie das wünschte, noch weiß kalken.

Viola hoffte, dass sie bald vom Bauamt eine Genehmigung bekommen würde. Sie wollte endlich mit den Umbauarbeiten beginnen.

Aris redete nicht mit ihr. Er war noch nie besonders gesprächig gewesen, aber wahrscheinlich wollte er in Gegenwart seines zukünftigen Schwiegervaters nicht zu vertraut mit ihr wirken. Zumindest entschuldigte Viola so seine wieder abweisende Haltung. Sie betrachtete ihn heimlich, wenn sie sich unbeobachtet fühlte, und erinnerte sich, wie sanft er ihre Hand gehalten hatte, um sich die Wunde anzusehen. Oder sie hatte sein kaum wahrnehmbares Lächeln vor Augen, wenn ihr mal wieder ein peinliches Missgeschick passierte. Sie vermisste die Arbeitstage ganz mit ihm allein, obwohl er auch während ihrer gemeinsamen Mittagessen meist geschwiegen hatte. Aber auch wenn sie kaum ein Wort gewechselt hatten, war zwischen ihnen eine stille Vertrautheit entstanden.

Carmela hatte die Blicke durchaus bemerkt, mit denen die junge Frau Aris betrachtete, und um ihr Leid zu ersparen, versuchte sie, die beiden möglichst voneinander fernzuhalten. Daher bat sie Viola, ihr in der Küche zu helfen, um das Mittagessen für die Arbeiter zu kochen, oder rief sie unter dem Vorwand, sie müsste noch Details wegen der *Sagra* mit ihr besprechen. Viola war sich für keine Arbeit zu schade, was ihr zunehmend Carmelas Respekt und Zuneigung eintrug. Zu Beginn hatte sie noch befürchtet, Viola könnte zu einem verwöhnten Stadtmädchen geworden sein. Schließlich hatte sich Viola zwei Jahre lang nicht blicken lassen, und Carmela hatte schon gedacht, sie hätte kein Interesse mehr an diesem einsamen, heruntergekommenen Ort. Beim letzten Mal hatte sie ihren arroganten Freund mitgebracht. Carmela hatte das heitere Mädchen, das ihre Großeltern so liebten, kaum wiedererkannt. Aber nun war Viola wieder die Alte, und Carmela konnte sich nur darüber freuen.

Ezio tat genau das Gegenteil von Carmela, er tat alles, damit sie auf einen kurzen Schwatz bei ihm und Aris stehen blieb. Dabei scherte er sich weder um die finsteren Blicke seines Freundes noch um die Ermahnungen seines Chefs. Er wollte, dass Aris realisierte, auf was er verzichtete. Je mehr er Viola kennenlernte, desto sicherer war er, dass die beiden perfekt füreinander waren. Zweifellos war sie die Einzige, die zumindest den Anflug eines Lächelns auf seine Lippen zauberte. Aris war ein sturer Esel, der sich in den Kopf gesetzt hatte, bei Sara für seine Schuld zu büßen. So viel Masochismus war nicht auszuhalten.

Da Ezio Violas Interesse an seinem missmutigen Freund bemerkt hatte, würde er alles unternehmen, um die Mauer einzureißen, hinter der dieser sich verschanzte, und um ihn zu zwingen, wieder zu leben.

34

Es war die kleinste Gemeinde im gesamten Salento. Sie lag auf einer Anhöhe knapp zweihundert Meter über dem Meeresspiegel und sah wie eines der typischen Mittelmeerdörfer aus. Weiß gekalkte Häuser mit flachen Dächern, so ineinander verschachtelt, dass man gar nicht wusste, wo das eine aufhörte und das andere begann. Enge Gassen mit Kopfsteinpflaster, die alle in die einzige Hauptstraße mit den wenigen Geschäften des Ortes mündeten, und ein kleiner, sechseckiger Platz, den die romanische Kirche und ein beeindruckender Patrizierpalast, der Sitz des Rathauses, dominierten.

Die rötliche Erde der den Ort umgebenden Landschaft bildete einen faszinierenden Kontrast zu dem blendenden Weiß der Häuser.

Überhaupt herrschten kräftige Farben. Das Rot der Erde und des Mohns, das Grün der Olivenbäume, das Gelb der Krokusse und das Azurblau des Himmels waren ein fortwährender Sinnesreiz. Doch Aris konnte diesen Anblick nicht genießen. Mit gesenktem Kopf lief er die Straße entlang, die ihn zum Haus seiner Kindheit bringen würde, in der rechten Hand trug er die Einkaufstasche, sein Gesicht war angespannt.

Als er vor der Haustür stand, die einen neuen Anstrich vertragen konnte, steckte er den Schlüssel ins Schloss. Ein muffiger Geruch schlug ihm entgegen.

»Mama, ich bin's«, rief er. Er lief durch den kurzen Flur zur Küche, legte die Einkäufe auf den Tisch und riss sofort ein Fenster auf. Davor hob sich ein kleiner Hain von Stecheichen von der ansonsten kahlen Landschaft ab.

»Mama?«, rief er wieder, während er die Küche verließ und in das kleine Wohnzimmer zu seiner Rechten ging. Seine Mutter saß in ihrem Schaukelstuhl und stickte. Sie musste ihn gehört haben, aber in letzter Zeit antwortete sie immer seltener.

»Ich mache dir was zu essen«, erklärte Aris und beobachtete sie von der Tür aus.

»Danke, mein Schatz, aber ich habe keinen Hunger«, entgegnete sie, ohne von ihrer Stickarbeit hochzusehen.

»Du musst aber etwas essen.«

Mit einem Seufzer legte die Mutter die Hände in den Schoß. Maria Ranieri, geborene Colella, war sechzig, sah aber mindestens zehn Jahre älter aus. Sie hatte kein leichtes Leben an der Seite von Aris' tyrannischem Vater geführt und aufgrund ihres nachgiebigen Wesens auch wenig Anteil an der Erziehung ihres Sohnes gehabt. Dottor Giovanni Ranieri hatte alle Entscheidungen getroffen. Maria hatte ihrem Mann nicht die Stirn bieten und ihren Sohn vor dessen aufbrausendem Wesen beschützen können, was sie mit Scham erfüllte. Als Aris weggegangen war, hatte sie das zwar schwer getroffen, aber sie hatte sich gefreut, dass er seinen Weg ging und zu neuen Ufern aufbrach. Natürlich hatte ihr Mann ihr die Schuld gegeben und ebenfalls das gemeinsame Haus verlassen, um in die Stadt zu ziehen, wo er unterrichtete. Sie hatten sich nie offiziell getrennt, aber er kam nur noch selten in den Ort, und sie unternahmen auch nichts mehr zusammen.

Als ihr Herz plötzlich verrückt gespielt hatte, hatten sich die Nachbarinnen an den Sohn gewandt, der schleunigst an ihr Krankenbett zurückgekehrt war. Aber Maria war nicht krank, sie litt nur an Einsamkeit. Aris hatte daher beschlossen zu bleiben, in der Hoffnung, dass sie sich wieder erholen würde. Das war jedoch nicht geschehen.

»Ich will, dass du glücklich bist«, sagte seine Mutter leise, als Aris sich zu ihr setzte.

»Dann iss.«

»Sara spielt dir etwas vor«, redete sie auf ihn ein. »Sie liebt dich nicht, und du liebst sie auch nicht.«

»Mama, nimm es mir nicht übel«, erwiderte er, »aber du bist nun wirklich keine Expertin, was glückliche Beziehungen angeht.«

»Du hast recht«, gestand sie. »Aber ich habe genug Erfahrung, um zu sehen, wenn etwas nicht passt und nicht funktioniert.«

»Ich mache dir was zu essen.« Aris wandte ihr den Rücken zu und verließ den Raum.

Maria seufzte und nahm ihre Stickarbeit wieder auf. Wenn es um Sara ging, ließ Aris nicht mit sich reden. Man sah nur zu deutlich, dass er sehr unter ihr und der Situation litt, mit vierunddreißig Jahren hatte er schon Falten auf der Stirn und um die Augen, und kein Lächeln milderte seine ernsten Gesichtszüge. Trotzdem würde er sich nicht seiner Verantwortung entziehen. Er würde für diesen Fehler bezahlen und sein Leben für Sara aufopfern. Maria hatte dieses Mädchen nie gemocht: Sie war arrogant und oberflächlich. Aris wäre nie eine ernsthafte Beziehung mit ihr eingegangen, wenn nicht der Unfall passiert wäre.

Noch ein vergeudetes Leben. Nicht einmal das schlechte Beispiel seiner Eltern hatte ihm geholfen, einen anderen Weg einzuschlagen.

Maria hörte ihren Sohn in der Küche, wie er mit dem Geschirr hantierte. Sie war überzeugt, dass er ohne sie den Mut finden würde, alles hinzuwerfen und von hier fortzugehen. Er war loyal, stolz und dickköpfig. Aber er würde es nicht aushalten, sein ganzes Leben hier gefangen zu sein. Er war mutiger als sie und würde schon irgendwann seinen Irrtum bemerken.

»Essen ist fertig«, sagte er auf einmal zu ihr, dass sie erschrocken zusammenzuckte. Maria legte wortlos ihre Stickarbeit beiseite und folgte ihm in die Küche. Sie setzten sich einander gegenüber, und jeder starrte stumm auf seinen Teller.

»Denk nicht einmal dran«, sagte Aris. »Wenn du meinst, du würdest mir damit helfen, dann lass dir noch einmal sagen, dass dem nicht so ist.«

»Ich bin müde. Ich bin doch bloß eine Last für dich.«

»Du bist keine Last, du bist meine Mutter. Ich bleibe bei dir, und wenn ich hierherziehen muss, um dich im Auge zu behalten.«

»Aris, versuch doch zu verstehen …«

»Da gibt es nichts zu verstehen. Wir sind nicht die Einzigen, die nicht das Leben führen, das wir uns gewünscht haben. Aber wir sind keine Feiglinge. Ich brauche dich doch.«

Die Augen der alten Frau füllten sich mit Tränen Sie zwang sich, den Bissen hinunterzuschlucken, zusammen mit all dem Kummer. Womit hatte sie es verdient, einen Sohn wie ihn zu haben?

35

Am Samstagmorgen hingen graue Wolken tief und bedrohlich über der ganzen Gegend. Die Luft war feucht und schwül, und Windböen wechselten sich mit drückender Windstille ab.

Im Haus von Carmela wurde schon seit dem frühen Morgen gearbeitet. Vito hatte sich rechtzeitig verdrückt, bevor die Cousine seiner Frau kam. Nico war an diesem Tag launisch.

»Fahr bitte ein wenig mit ihm raus«, flehte Carmela Viola erschöpft an. »Beim Fest brauchen wir dich sowieso nicht vor elf Uhr.«

»Bist du sicher?«

Carmela nickte nur knapp, während sie ihren Enkel in einer Mischung aus Verärgerung und Kummer betrachtete.

»Geht euch diese Räder ansehen«, fuhr sie fort. »Die mag Nico.«

»Welche Räder?«

»Die Windkrafträder«, erklärte Tonina. »Diese Monster, die das Salento zerstören.«

»Ich wusste gar nicht, dass es hier in der Nähe welche gibt.«

»Doch. Du fährst auf der Provinciale Richtung Norden«, erklärte Tonina. »Das ist eine schmale Straße voller Schlaglöcher, die durch die Weinberge der Tomaresca führt. Und irgendwann siehst du sie dann.«

»Ja!«, rief Nico laut, und endlich lächelte er wieder. »Die Räder! Die Räder!«

»Na gut«, erklärte Viola sich bereit. »Hoffentlich verfahren wir uns nicht.«

Als sie in dem gelben Fiat 500 losfuhren, kündigten dunkle Wolken am Himmel Regen an. Nico redete ununterbrochen, er rasselte alle Daten herunter, die er über die Anzahl der Windkrafträder in der Region im Internet gefunden hatte.

Es war, wie Tonina es geschildert hatte, die Windräder tauchten plötzlich vor ihnen auf, mit den Rotoren, die sich träge drehten. Endlich schwieg Nico, so begeistert war er, und kaum hatte Viola den Wagen angehalten, stürmte er schon los.

Auch auf Viola übten die Windräder eine gewisse Faszination aus. Sie konnte sich selbst nicht so genau erklären wieso, aber jedes Mal, wenn sie irgendwo welche entdeckt hatte, hatte sie immer angehalten, um sie zu fotografieren. Dennoch verstand sie die Leute, die sich gegen sie wehrten. In dieser beinahe unberührten Landschaft mit ihren Weinbergen und Olivenhainen und den kleinen Dörfern, die hier und da die sanft geschwungene Ebene schmückten, bildeten sie einen harten Kontrast. Nico ließ Viola kaum Zeit, ihren Gedanken nachzuhängen. Er rannte ein wenig unbeholfen von einem Windrad zum anderen, sprang über niedrige Mäuerchen aus Stein und lief hinein in die Felder. Viola wollte verhindern, dass er sich verletzte, und hatte Mühe, ihn zum Umkehren zu überreden.

Sie war selbst ganz aufgeregt, weil sie beim örtlichen Fest mithelfen würde, und wollte nicht zu spät kommen. Und sie hoffte, dass dies eine gute Gelegenheit wäre, um die Leute aus dem Dorf dazu zu bringen, ihr Misstrauen ihr gegenüber abzulegen. Ihr war klar, dass sie sie nicht als Einheimische akzeptieren würden, aber zumindest mit Wohlwollen sollten sie ihr begegnen.

Der Nachmittag war anstrengend, aber Viola konnte sich trotzdem nicht erinnern, wann sie das letzte Mal so viel Spaß gehabt hatte. Dank Carmela, die großes Ansehen unter den Frauen des Ortes genoss, verloren die Einheimischen schnell die Scheu vor

Viola. Sie nahm die Bestellungen auf, servierte an den Tischen und räumte ab, alles unter den aufmerksamen, zufriedenen Blicken von Carmela und Tonina. Manchmal blieb sie stehen und sah bewundernd den Köchinnen zu, die unter den Augen der Besucher Fleischklöße aus Hackfleisch, Gewürzen und Eiern zubereiteten, manchmal gaben sie auch Rotwein zu, damit sich die Masse besser verband. Außerdem gab es Fleischklöße mit Auberginen, welche, die man auf Spieße steckte, andere mit Pecorinokäse und vegetarische Klöße, leicht und gesund für Jung und Alt. Gegessen wurden all die Köstlichkeiten entweder an langen Holztischen, oder die Leute nahmen sich einen Spieß mit Fleischklößchen mit und setzten ihren Rundgang über den Festplatz kauend fort. Manche bestellten auch Nudelgerichte zum Mitnehmen.

Selbst am Nachmittag hatte Viola kaum einen Moment Ruhe. Am Abend schickte Carmela sie los, um Nico zu suchen. Sie wollte ihn jetzt, wo es dunkel wurde, lieber in der Nähe haben, außerdem wollte sie sicher sein, dass er auch etwas aß, denn das vergaß er manchmal.

Als sie am Vormittag auf dem Festplatz eingetroffen waren, war Carmelas erste Sorge gewesen, dass sie etwas fand, womit sie den Jungen beschäftigen konnte, damit er mit dem Gedränge und dem Lärm klarkam, denn damit hatte er normalerweise Schwierigkeiten. Viola hatte ihr Laptop mitgebracht. Wenn er durfte, konnte Nico Stunden am Computer verbringen.

Doch dann hatte er selbst eine Beschäftigung gefunden. Als sie an einem der vielen Essensstände vorbeikamen, stand dort die Hausmeisterin von Nicos Schule an der Kasse. Unter dem Vorwand, dass er so gut rechnen konnte, hatte sie ihn dazu gebracht, bei ihr zu bleiben. Als Viola nun zu dem Stand kam, wo sie ihn zurückgelassen hatte, war er immer noch ganz fröhlich beschäftigt. Anna, die Hausmeisterin, war voll des Lobes.

Nico wollte sich zunächst gar nicht von ihr trennen, aber als Viola ihm versprach, er dürfte ihr Laptop benutzen, folgte er ihr bereitwillig.

Sie aßen in einer Ecke des Stands ihr Abendessen. Viola nutzte die Zeit, um die Menschen in ihrer Umgebung zu beobachten, und hörte nur mit halbem Ohr Nico zu, der erzählte, wie er den Nachmittag verbracht hatte. Sie war froh, inmitten von Menschen zu sein, die letzten Wochen der Einsamkeit hatten so gar nicht ihrem Wesen entsprochen. Als sie die Entscheidung getroffen hatte zu bleiben, hätte sie versuchen müssen, neue Freundschaften zu schließen. Und sei es auch nur, um diese grauen Augen zu vergessen, die ihr Herz schneller schlagen ließen, und den Mann, dem sie gehörten und den sie nicht haben konnte.

36

In dem kleinen, von leckeren Gerüchen und lebhaftem Treiben erfüllten Ort lavierte Aris den Rollstuhl mit Sara geschickt durch die Menge. Da ihr Zuhause kurz vor den Stadtmauern lag, konnte er sie einfach zu Fuß zum Fest schieben. Unterwegs hatten sie sofort alte Bekannte getroffen, die stehenblieben, um sie zu begrüßen und mit ihr zu plaudern. Man sah ihnen die Neugier an, schließlich war der Unfall schon zwei Jahre her, und durch ihren Aufenthalt in der Klinik im Norden des Landes und ihren Rückzug ins Private hatte sie kaum jemand seitdem gesehen. Sara schien sich zu freuen und sich wohlzufühlen, und als er sie lachen sah, erinnerte Aris sich daran, dass er bei ihrer ersten Begegnung wie vom Blitz getroffen war. Doch das war lange her, und jetzt wusste Aris, was sich hinter dieser schönen Fassade verbarg. Die einstige Leidenschaft war erloschen.

»Lass uns hierbleiben und etwas essen«, sagte Sara und nahm seine Hand.

»Geht es dir gut?« Aris sah sie besorgt an. Da er hinter ihr ging, um den Rollstuhl zu schieben, hatte er nicht bemerkt, dass trotz ihres Lächelns dunkle Schatten unter ihren Augen lagen.

»Ich bin ein bisschen müde«, antwortete sie.

»Sollen wir nach Hause zurück?«

»Nein, noch nicht. Essen wir erst etwas, dann können wir gehen.«

Aris schob sie durch die Holztische hindurch und an den Metallbänken vorbei, auf der Suche nach einem geeigneten

Platz. Eine Frau deutete auf einen Tisch in einer Ecke, wo sie es sich bequem machen konnten.

Sara sah sich um, sie war müde, aber auch neugierig. Ab und zu erwiderte sie einen Gruß, wandte aber sofort den Blick ab, um nicht in ein Gespräch verwickelt zu werden.

Als Aris am Morgen neben ihr aufgewacht war, hatte Sara ihm mitgeteilt, dass sie gern zur *Sagra* wollte. Sie sei es leid, sich in der Wohnung zu verstecken, als würde sie von der Polizei gesucht. Er hatte sie angesehen, als wäre sie verrückt geworden. Das erste Mal, dass sie das Haus verließ, und sie wollte gleich auf das Fest des Ortes, wo es von Menschen nur so wimmelte?

»Früher oder später werden sie mich ja doch sehen«, hatte Sara entschieden geantwortet. »Und alle wissen schließlich, was mit mir passiert ist, oder?«

Aris hatte das widerspruchslos hingenommen. Aber jetzt, da er sah, wie unwohl sie sich fühlte, kamen ihm Zweifel.

»Ich weiß nicht, ob das eine gute Idee war.«

»Natürlich war es das«, widersprach Sara ihm. »Wie lange sind wir nicht mehr abends ausgegangen? Ich freue mich, dass ich mit dir hier bin.« Und sie nahm seine Hand in ihre.

Aris schwieg und senkte den Blick auf ihre ineinander verflochtenen Finger. Er war nicht in der Lage zu lügen oder die Wahrheit zu beschönigen. Deshalb schwieg er in letzter Zeit immer öfter.

»Ein stilles Mineralwasser und ein Rotwein!«, machte sich die Kellnerin hinter ihnen vergnügt bemerkbar.

Aris ließ abrupt Saras Hand los und sah die Frau an, die die Getränke auf ihren Tisch stellte. Was zum Teufel hatte Viola hier zu suchen?

»Aris?!«, rief sie aus und wurde knallrot.

»Ciao Viola«, begrüßte er sie. »Was machst du denn hier?«

»Ich …«

»Ciao, ich bin Sara, seine Verlobte«, mischte sich eine hübsche Brünette mit eisiger Stimme in die Unterhaltung ein. »Und du bist …«

»Entschuldige! Ich bin Viola.«

»Ihr gehört die Masseria, wo ich gerade arbeite«, erklärte Aris und nahm wieder Saras Hand, da er schon wusste, wie sie reagieren würde. Und tatsächlich funkelten ihre Augen böse, aber es gelang ihr nicht, sich aus Aris' Griff zu befreien.

»Aha«, antwortete sie, »dann bist du also Adeles Enkelin.«

»Ja genau«, bestätigte Viola verwirrt. Sie hatte nur noch den Wunsch, so schnell wie möglich von hier wegzukommen. Die Situation war mehr als unangenehm.

»Ich muss gehen«, sagte Viola mit einem künstlichen Lächeln. »Ich bringe euch sofort eure Pasta.« Dann war sie auch schon verschwunden.

»Du hast mir nicht erzählt, wer die neue Besitzerin ist«, zischte Sara und richtete ihre Wut auf ihren Freund.

»Doch, ich habe es dir erzählt«, widersprach er und ließ ihre Hand los. »Es ist ihre Enkelin.«

»Aber du hast mir nicht erzählt, wie sie aussieht!« Sara merkte selbst, dass sie laut geworden war, als sie die verstohlenen Blicke von den Nachbartischen bemerkte.

»Du hast mich nicht danach gefragt, und mir schien es nicht wichtig«, versuchte Aris, das Ganze herunterzuspielen.

»Ja klar! Jung, schön und nicht von hier. Hältst du mich etwa für blöd?«

»Sara, wie du ja unbedingt klarstellen musstest, bist du meine Verlobte. Also mach hier keine Szene.« Jetzt war Aris ebenfalls wütend geworden.

Beide schwiegen schwer atmend und bemühten sich, wenigstens nach außen hin gelassen zu wirken.

»Hier kommt die Pasta!«, kündigte Viola an, die an ihren Tisch kam. »Cavatelli mit Kichererbsen, *ciceri e tria*.«

Aris hätte am liebsten über Violas komischen Versuch gelacht, den Dialekt des Salentino nachzuahmen, aber das war nicht der rechte Moment, deshalb sah er stumm auf seinen Teller und biss sich auf die Zunge.

»Guten Appetit«, sagte Viola und war blitzschnell wieder verschwunden.

»Ich habe keinen Hunger mehr«, verkündete Sara.

Aris dagegen stürzte sich hungrig auf seine Nudeln. Unglaublich, wie Viola ihm sogar in der schlimmsten Situation noch ein Lächeln entlocken konnte!

»Sara, bitte«, flehte er. »Hör endlich auf, dich über jede Kleinigkeit aufzuregen.«

»Und wer sagt, dass es eine Kleinigkeit ist?«, zischte sie wütend.

»Okay, dann reden wir jetzt mal Klartext.« Aris pfefferte die Gabel auf den Tisch. »Glaubst du nicht, dass ich dich längst verlassen hätte, wenn das mein Plan wäre?«

»Vielleicht wartest du nur noch auf die Richtige«, flüsterte Sara, während ihr Tränen in die Augen stiegen.

»Wein doch nicht«, bat er sie verärgert, während er weiter aß. »Du weißt doch genau, wie meine Tage inzwischen ablaufen. Ich treffe mich mit niemandem, arbeite bloß noch und komme danach zu dir, oder ich fahre zu meiner Mutter. Aber ich kann es wohl kaum vermeiden, Leuten zu begegnen, besonders nicht bei meinem Job. Und dein Vater arbeitet schließlich auch auf der Masseria.« Nicht immer, dachte er sich, aber da Sara sich zu entspannen schien, fuhr er fort: »Wenn du weiter Lust hast, aus dem Haus zu gehen, begleite ich dich gerne. Aber bitte erspar mir solche Szenen. Ich ertrage das nicht, und sie verbessern unsere Situation bestimmt nicht.«

Er war nie so direkt gewesen, und Sara blickte ihn nur perplex an. Aris hatte ihr klar zu verstehen gegeben: Wenn sie die Dinge nicht verschlimmern wollte, musste sie sich zusammenreißen. Wie sollte sie das schaffen? Sie hatte zu viel Angst, ihn zu verlieren, und diese Fremde mit den langen weichen Locken war eine offensichtliche Gefahr.

»Ich bin todmüde«, erklärte sie.

»Willst du nicht wenigstens etwas essen?«

Sara zwang sich dazu, ein paar Nudeln zu essen. Eigentlich war es ihr Lieblingsgericht, aber nach der Hälfte gab sie auf. Aris aß den Rest, und dann gingen sie. Während er Sara im Rollstuhl zur Kasse schob, suchten seine Augen Viola. Sie war nirgends zu sehen, doch als sie die Straße erreichten, entdeckte er sie hinter den Kochstellen, sie saß neben Nico und unterhielt sich mit ihm. Viola sah auf, ihre Blicke begegneten sich, und sie gönnte ihm ein schüchternes Lächeln. Aris erwiderte es mit einem Kopfnicken, wandte aber sofort den Blick ab.

37

Viola lief im Morgenmantel durch das Haus, sie war zu erschöpft, um Schlaf zu finden. Die *Sagra* war vorbei, auch der Sonntag war äußerst anstrengend gewesen. Die Sonne hatte sich wieder zwischen den Wolken gezeigt, und weil es am Samstag wider Erwarten doch nicht geregnet hatte, war es jetzt nur noch schwüler.

Sie und Carmela waren am Abend früh nach Hause gefahren. Nico musste ins Bett, und beide hatten zwei kräftezehrende Schichten hinter sich.

Viola hatte sich eine lange Dusche gegönnt und versucht, sich im Bett mit einem Buch zu entspannen, aber die Erschöpfung, vielleicht auch ihre Gedanken, ließen sie keinen Schlaf finden.

Sara saß im Rollstuhl. Das war also das Ende der Geschichte, das Carmela ihr nicht erzählt hatte.

Eine wunderschöne junge Frau, in der Blüte ihres Lebens, an einen Rollstuhl gefesselt. Vielleicht wirkte Aris deshalb immer so angespannt und unglücklich. Er fühlte sich schuldig. Was für eine beklemmende Geschichte.

Man sah deutlich, dass Sara unglücklich war und nicht zulassen würde, dass sich jemand zwischen sie und ihren Freund drängte. Der finstere Blick in ihre Richtung hatte alles gesagt.

Viola hatte sich nie in Beziehungen eingemischt. Sicher, auch sie hatte hin und wieder für verheiratete Männer geschwärmt, aber wenn sie wusste, dass sie vergeben waren, vermied sie selbst einen kleinen Flirt. Sie hatte am eigenen Leib erfahren, wie es sich anfühlte, wenn der eigene Freund schamlos von anderen Frauen angegraben wurde, und sie wollte nicht zu den Frauen gehören, die Familien zerstörten.

Da sie jetzt wusste, dass Sara im Rollstuhl saß, bekam sie schon ein schlechtes Gewissen, wenn sie nur daran dachte, wie begehrlich Aris sie zuweilen betrachtet hatte.

Sie musste ihn sich aus dem Kopf schlagen.

Sie wollte sich auf das Positive konzentrieren. Sie hatte ein schönes Wochenende verbracht, viele Leute kennengelernt, die meisten waren herzlich und aufgeschlossen gewesen. Daran sollte sie denken. Es war wichtig, dass sie sich in die lokale Gemeinschaft einfügte.

Nachdem sie einige Seiten gelesen hatte, schaltete sie das Licht aus. Doch der Schlaf ließ auf sich warten, während sie sich unruhig im Bett herumwälzte.

Es machte es nicht einfacher, dass Aris noch wochenlang in der Masseria zu tun haben würde. Zum Glück würde Laura bald kommen und für Ablenkung sorgen. Ihre Eltern hatten ebenfalls darauf bestanden, sie zu besuchen. Besonders ihr Vater schickte ihr fast jeden Tag Nachrichten. Er war immer noch überzeugt, dass ihr Vorhaben verrückt war.

Manchmal dachte sie, dass sie die Einzige sei, die an dieses Abenteuer glaubte, und in solchen Momenten fühlte sie sich besonders einsam. Dann fand sie endlich Schlaf, doch die Nacht blieb unruhig. Sie wälzte sich hin und her und murmelte unzusammenhängende Worte.

Plötzlich riss ein Knall sie so jäh aus ihren Albträumen, dass sie aufrecht im Bett saß und einen Schrei ausstieß. Es folgte ein zweiter Knall, und ihr gefror das Blut in den Adern. Was geschah hier?

Der Lärm kam aus dem Mandelgarten. Viola nahm ihr Handy und rief Carmela an.

»Was war das?«, fragte sie Vito, als er sich meldete.

»Ich habe keine Ahnung«, sagte er. »Bleib im Haus. Ich sehe nach.«

»Sollten wir nicht besser die Carabinieri rufen?«

»Lass mich erst nachsehen, was passiert ist. Und du, rühr dich nicht vom Fleck.« Schon hatte er aufgelegt.

Nach dem lauten Knall der Explosion wirkte die jetzige Stille der Nacht bedrohlich. Viola versuchte, sich zu erinnern, ob sie alle Türen und Fenster fest verschlossen hatte, aber in diesem Moment hatte die Furcht alle Erinnerung gelöscht.

Ihre Hand umklammerte das Smartphone, während sie aus dem Bett stieg. Sie zog einen Jogginganzug über den Pyjama und ging in das Zimmer, dessen Fenster einen Ausblick auf den Garten bot. So leise wie möglich öffnete sie die Fensterflügel und dann die Läden. Es war noch dunkel, doch draußen über dem Meer dämmerte es bereits. Es war schwierig, in dem dicht bewachsenen Garten etwas zu erkennen, aber als ihre Augen sich an die Dunkelheit gewöhnt hatten, stellte Viola fest, dass an der östlichen Umfassungsmauer anstelle des kleinen Metalltors, das zu den Feldern führte, jetzt ein Loch klaffte. Erschrocken legte sie eine Hand an den Mund und unterdrückte einen erneuten Schrei. Die Mauer konnte nicht von selbst eingestürzt sein, schließlich war sie gerade erst ausgebessert worden. Und selbst wenn, hätte das nicht einen solchen Knall erzeugt. Viola weigerte sich, weiter darüber nachzudenken. Sie schloss schnell die Fensterläden und war auf dem Weg ins Erdgeschoss, als sie lautes Klopfen an der Tür zusammenfahren ließ.

»Ich bin's, Vito! Du kannst aufmachen!«, rief ihr Nachbar. Viola rannte die Treppe hinunter und öffnete die Küchentür.

»Jemand hat gerade die Mauer in die Luft gesprengt«, krächzte der Mann wütend. »Jetzt sind sie weg.«

»Aber … wer war das?«, stammelte Viola.

»Gute Frage. Ich rufe jetzt die Carabinieri an.« Vito wandte sich zum Gehen. »Komm mit zu Carmela. Nico ist völlig außer sich.«

In dem alten Jogginganzug und Flip-Flops an den Füßen folgte Viola ihm über den Hof. Schon bevor sie das Haus betraten, hörte sie den Jungen schreien. Vito bat sie herein und zeigte stumm auf die Treppe ins obere Stockwerk. Viola war noch nie in Nicos Zimmer gewesen, aber sie folgte einfach seinem Weinen. Sie betrat einen großen Raum, der von dem gedämpften Licht einer Nachttischlampe in Motorradform erhellt wurde. Vor dem Fenster stand ein französisches Bett, und abgesehen von dem großen Schrank befanden sich in dem Zimmer hauptsächlich Modelle von Motorrädern.

Viola ging auf das Bett zu, auf dem Carmela saß und vergeblich versuchte, den Jungen zu beruhigen. Nico hielt sich die Ohren zu. Sie hatte schon bei anderen Gelegenheiten festgestellt, dass Nico laute Geräusche hasste. Was sollte sie jetzt tun?

Sie legte Carmela eine Hand auf die Schulter, und die Frau überließ ihr gern ihren Platz auf dem Bett.

»Nico«, sagte Viola leise. »Ich bin's, Viola. Hör doch mal – jetzt ist alles still.«

Sie hätte ihn am liebsten in den Arm genommen, aber sie war sich nicht sicher, ob er das mochte. Sie hatte ihn noch nie berührt, seit sie ihn kannte. Doch nun legte Viola ihm instinktiv die Hände auf die Arme und sagte noch einmal seinem Namen.

Nico wurde sofort still und sah zu ihr hoch. Er atmete schwer, doch unter Violas besänftigendem Lächeln beruhigte er sich allmählich.

»Hast du meine Motorräder gesehen?«, wollte er wissen.

Viola lächelte.

»Nur die Nachttischlampe«, antwortete sie schnell. Hinter sich hörte sie Carmela erleichtert aufseufzen, und sie drehte sich kurz zu ihr um.

»Ich koche mal Kaffee«, sagte die Frau leise. Viola nickte, dann wandte sie sich wieder Nico zu.

»Darf ich ein paar von den Motorrädern ansehen, obwohl ich ein Mädchen bin?«, fragte sie lächelnd.

Nico schien zu überlegen, dann stand er vom Bett auf, nahm sie bei der Hand und zog sie zu einem Bücherregal, das mit Modellen vollgestellt war. Viola folgte ihm, während sie vor ihm zu verbergen versuchte, wie gerührt sie war. Die kleine Hand des Jungen war warm und hielt ihre ganz fest umklammert. Viola kniete sich neben ihn und hörte ihm aufmerksam zu, während er ihr die Modelle und ihre besonderen Eigenschaften erklärte.

Später hörten sie ein Auto in den Hof fahren. Sie gingen hinunter ins Erdgeschoss, und während Nico den Fernseher einschaltete, folgte Viola Vito nach draußen, um mit den Carabinieri zu sprechen.

Die Sorge um den Jungen hatte sie davon abgelenkt, über das nachzudenken, was geschehen war, doch als sie den Mandelgarten betraten und Viola den Schaden aus der Nähe sah, lief es ihr eiskalt den Rücken hinunter.

Das kleine Metalltor war komplett aus der Verankerung gerissen und ein Teil der reparierten Mauer in sich zusammengefallen.

»Gehen Sie nicht näher heran«, ermahnte sie ein Carabiniere.

Inzwischen färbte sich der Himmel langsam orange, und das pastellfarbene Licht, das durch das Loch in der Mauer fiel, milderte den schlimmen Anblick ein wenig.

»Haben Sie eine Ahnung, wer das gewesen sein könnte?«, fragte der Carabiniere sie und Vito, während sein Kollege sich der Mauer näherte.

»Nein«, antwortete Viola. »Wir haben niemanden gesehen, uns hat erst die Explosion geweckt.«

»Denken Sie genau nach: Irgendjemanden muss es doch geben, der etwas gegen Sie hat. Dies ist kein simpler Einbruchsversuch.«

»Ich habe nicht die leiseste Ahnung!«, brauste Viola in ihrer Panik auf. »Ich lebe seit zwei Monaten hier und kenne kaum Leute!«

»Und was ist mit Ihnen?«, der Mann wandte sich an Vito.

»Ich bin nie jemandem auf die Füße getreten«, brummte der. »So etwas ist hier noch nie passiert.«

Viola sah ihn bestürzt an. Wollte er damit etwa andeuten, dass sie der Grund für all das war?

Vito war so freundlich, sie nicht anzusehen, während der Carabiniere fortfuhr.

»Wir untersuchen jetzt alles, und später müssen Sie zu uns in die Polizeidienststelle kommen, um Anzeige zu erstatten.«

»Vor Kurzem wurde unser Stromanschluss beschädigt«, sagte Viola leise. Der Beamte musterte sie mit finsterem Gesicht.

»Na, dann würde ich sagen, hier hat wirklich jemand etwas gegen Sie.«

»Es sieht ganz danach aus«, gab Viola zu. »Darf ich mich jetzt umziehen?«

»Bitte, aber verlassen Sie das Gelände nicht.«

»Ich muss Nico zur Schule bringen«, widersprach sie schwach.

»Das kann ich auch übernehmen«, bot Vito an.

»Wer ist Nico? Ihr Sohn?«, fragte der Carabiniere.

»Nein, er ist sein Enkel«, sagte Viola. »Aber er mag es, wenn ich ihn zur Schule bringe. Es dauert nicht lange, es ist ganz in der Nähe.«

»Warten Sie einen Moment damit. Jetzt ist es sowieso noch zu früh für die Schule«, sagte der Mann und ging zu seinem Kollegen.

Viola wandte Vito den Rücken zu, sie war zu erschüttert, um etwas zu sagen, und ging ins Haus zurück.

Als Aris später kam, fand er sie am Küchentisch sitzend, vor sich eine Tasse Kaffee, die längst kalt geworden war.

»Ist alles in Ordnung?«, fragte er besorgt.

Sie sah zu ihm auf, und dann rollten zwei dicke Tränen über die Wangen.

Aris ging mit schnellen Schritten auf sie zu, nahm ihre Hand, zog sie hoch und umarmte sie.

Nun flossen die Tränen, die sie die ganze Zeit stoisch zurückgehalten hatte. Aris hielt sie und wartete, bis ihr Schluchzen abebbte.

»Sobald die weg sind, bringe ich das alles wieder in Ordnung, okay?«, flüsterte er ihr ins Haar, während ihr Kopf noch fest an seine Brust gepresst war.

»Was geht hier vor?«, schluchzte sie. »Warum tut man mir das an?«

Was sollte er ihr sagen? Er konnte es sich selbst nicht erklären, obwohl er schon so eine Idee hatte.

»Jetzt versuch erst mal, dich zu beruhigen, ja?« Während er mit ihr sprach, strich er ihr sanft über die Haare und hielt sie fest. »Wir werden schon eine Lösung finden.«

Dass er den Plural benutzte, wärmte ihr Herz. Es wäre so einfach, sich einzubilden, er stünde ihr zur Seite. Aber die Realität sah anders aus, deshalb riss sich Viola abrupter von ihm los als beabsichtigt.

»Danke«, sagte sie nur und fuhr sich mit den Händen über das Gesicht.

»Kann ich etwas für dich tun?«, fragte Aris und sah sie verwirrt an.

»Wie spät ist es? Ich muss Nico zur Schule bringen.«

»Du solltest besser nicht fahren …«

»Es geht mir gut.«

»Das glaube ich dir. Aber wenn Nico dich so sieht …«

»Schon gut, ich habs verstanden!«, unterbrach sie ihn. »Dann aber los, bevor er zu spät kommt.«

Aris sah sie noch einmal kurz an, dann ging er zur Tür.

»Wir sehen uns später«, fügte er hinzu, bevor er sie schloss.

Als er gegangen war, sank Viola auf ihrem Stuhl zusammen und brach erneut in Tränen aus.

38

Das Klingeln des Telefons zerriss die Stille im Hof. Viola und Aris saßen unter dem Pavillon, in dem Carmela das Mittagessen serviert hatte, und waren weder in der Stimmung, sich zu unterhalten, noch, etwas zu essen.

Der Morgen hatte sich endlos hingezogen. Nachdem die Carabinieri die Spurensicherung abgeschlossen hatten, hatte Aris darauf bestanden, Viola und Vito auf die Dienststelle zu begleiten, damit sie dort Anzeige gegen Unbekannt erstatteten. Nach Abschluss der Ermittlungen würden die Beamten die Akte an den Staatsanwalt geben, die sie höchstwahrscheinlich wegen Mangels an Beweisen und Verdächtigen einfach abheften würde.

Wieder zurück auf der Masseria war Vito sofort auf die Felder verschwunden, und Aris hatte damit begonnen, die Trümmer der Umfassungsmauer wegzuräumen. Viola fühlte sich vollkommen leer, sie konnte sich nicht zum Arbeiten aufraffen und war auch nicht fähig, einen klaren Gedanken zu fassen.

Ihr Smartphone wollte nicht aufhören zu klingeln. Sie starrte es unentschlossen an, ging dann aber doch ran.

»Viola?«, fragte eine Männerstimme am anderen Ende.

»Ja, ich bin dran«, bestätigte sie tonlos. »Wer spricht, bitte?«

»Hier ist Enrico!«, rief der Mann freundlich aus.

Viola schwieg verwirrt.

»Erinnerst du dich? Vom Bauamt, der Freund deiner Mutter«, erklärte er.

»Ciao, Enrico, entschuldige bitte.«

»Kein Problem. Wie geht es dir?«

Viola musste schwer schlucken und sah zu Aris, der sie ausdruckslos betrachtete.

»Es geht so, danke der Nachfrage«, antwortete sie schließlich.

»Ich habe eine gute Nachricht für dich«, fuhr er fort. »Dein Projektplan wurde genehmigt. Wenn du willst, kannst du gleich heute vorbeischauen und die Unterlagen abholen.«

»Wirklich?« Viola war mehr verblüfft als glücklich. Sie fühlte sich noch zu niedergeschlagen, um sich zu freuen, aber ein schüchternes Lächeln glitt über ihr Gesicht und milderte ihre angespannten Züge.

»Ja! Jetzt musst du natürlich noch zur Gemeinde, aber du wirst sehen, alles wird gut gehen!«

Wenn es doch so wäre, dachte sie. Gerade hatte sie das Gefühl, dass es doch keine so gute Idee gewesen war, sich hier niederlassen zu wollen. Die Nachricht von Enrico brachte sie vollends durcheinander.

»Ich komme morgen vorbei, wenn es dir passt«, erklärte sie.

»Ja, das passt gut. Ich werde bis zum Mittag im Büro sein.«

»Alles klar. Und schon mal vielen Dank.«

»Keine Ursache. Das Ganze wäre auch ohne mein Zutun genehmigt worden. Dann sehen wir uns also morgen!«

»Bis morgen.«

Viola beendete das Gespräch und schaute zu Aris.

Er sah sie interessiert mit leicht geneigtem Kopf an. Trotz seiner Versuche, sie auf Distanz zu halten, hatte er sie nicht allein gelassen. Wie gern hätte sie ihn jetzt wieder umarmt! Und die Wärme seines muskulösen Körpers, seine starken Arme und das leichte Kratzen seines Dreitagebarts gespürt!

»Das Bauamt hat das Okay für die Instandsetzung gegeben«, teilte sie ihm mit.

»Das ist doch eine gute Nachricht.«

»Wirklich?«, entgegnete sie. »Warum freue ich mich dann nicht?«

»Weil du durcheinander und wütend bist.«

»Vielen Dank«, knurrte sie sarkastisch. »Welchen Sinn hätte es denn, die Masseria instand zu setzen, nur damit man sie hinterher in die Luft jagt?«

»Keinen großen«, gab er zu. »Du solltest herausfinden, wer etwas gegen dich hat und warum.«

»Ich weiß es doch selber nicht, ich kenne niemanden hier. Wen könnte ich verärgert haben?«

»Vielleicht geht es gar nicht gegen dich persönlich«, fuhr Aris geduldig fort. »Vielleicht ist jemand an diesem Grundstück interessiert und will deshalb nicht, dass du bleibst.«

»Nehmen wir mal an, du hast recht«, Viola rutschte auf dem Korbsessel ganz nach vorn und setzte sich kerzengerade hin. »Bisher hat niemand den Wunsch geäußert, die Masseria zu kaufen. Man könnte mir doch zuerst ein Angebot machen, ehe man mir mit einem Anschlag droht.«

»Richtig«, stimmte Aris ihr zu. »Vielleicht kommt ja jetzt das Angebot.«

»Also jagen sie mir erst einen Schreck ein, damit ich geneigt bin, alles hinzuschmeißen.«

»Viola, ich habe keine Ahnung. Wir stellen bloß ein paar Überlegungen an.«

Es beruhigte sie, wenn er ihren Namen aussprach.

»Fragwürdige, aber wirksame Methode«, murmelte Viola vor sich hin.

»Sieht so aus«, stimmte er ihr zu. »Willst du also auf dein Vorhaben verzichten?«

»Ich denke ja gar nicht daran!« Viola sprang auf. »Und bestimmt nicht, bevor ich dieser Sache auf den Grund gegangen bin!«

Aris unterdrückte ein Lächeln und betrachtete sie bewundernd, während sie das Handy in die Tasche steckte und den Tisch abräumte.

Er hatte keine Ahnung, was noch passieren würde. Bestimmt würde es ein ungleicher Kampf werden. Aber im Grunde seines Herzens war er erleichtert, dass Viola bleiben wollte. Zumindest noch eine Weile. Er brauchte dieses Licht, das sie in sein Leben gebracht hatte.

39

Am nächsten Morgen hätte Viola beinahe den Wecker überhört. Dank dieses Kräutertees von Carmela hatte sie geschlafen wie ein Murmeltier, aber sie war nicht sicher, ob ihr das wirklich Erholung verschafft hatte.

Ihr standen mindestens zweihundert Kilometer Autofahrt bis zur Stadt und zurück bevor, und sie hoffte, dass der Fiat sie auch dieses Mal nicht im Stich lassen würde.

Aris würde heute die neuen Ziegelsteine bringen, um die Mauer auszubessern. Viola konnte es kaum erwarten, dass der Schaden wieder beseitigt wurde. Das durch die Explosion gerissene Loch war wie eine beängstigend beständige Warnung für sie.

Er kam früher als sonst. Am Nachmittag des Vortags war er nur ungern gegangen und hatte danach die ganze Zeit beunruhigt daran denken müssen, dass sie in diesem großen Haus völlig allein war.

»Ciao«, begrüßte er sie und ging zu ihr in den Pavillon, wo sie in eine Decke gekuschelt mit einer dampfenden Tasse in den Händen saß. Am Morgen war es hier noch recht frisch, außerdem erinnerte sie dieses Ritual an ihr Zuhause, das sie in den letzten Tagen ganz besonders vermisste.

»Ciao«, erwiderte sie und schaute zu ihm hoch.

»Geht es dir gut?«

»Ja«, Viola lächelte ihn an. »Ich habe überlegt …«

»Nein, bloß nicht«, unterbrach er sie.

Sie zog einen Schmollmund, doch ihre Augen funkelten dabei belustigt. »Ich dachte, ich bin hier der Chef.«

»Na gut«, seufzte Aris und setzte sich ihr gegenüber. »Schieß los.«

»Ich habe überlegt«, begann sie noch einmal, »dass ich gern eine Öffnung in der Mauer hätte, durch die ich von hier auf das Meer sehen kann.«

»Also soll das Loch doch nicht geschlossen werden?«, fragte er.

»Eigentlich wollte ich das. Aber die Mauer ist extrem hoch, und nun kann ich das erste Mal die wunderbare Landschaft dahinter genießen. Ich habe an Verglasung gedacht, vielleicht eine rechteckige große Scheibe. Oder doch Bogenfenster. Aus bruchsicherem Glas.«

Viola spürte seinen Blick auf sich ruhen, warm wie eine Umarmung, und sie wusste, dass er lächelte.

»Okay. Wenn du dich für etwas entschieden hast, machen wir das.«

»Gut«, sagte sie und nickte zufrieden. »Ich muss mich jetzt fertig machen. Ich habe noch eine lange Fahrt vor mir.«

Sie stand auf und wickelte die Decke enger um sich.

»Viola?«, hielt Aris sie zurück.

Wie sollte sie gleichgültig bleiben, wenn diese Stimme, die so sanft und grob zugleich klang, ihren Namen aussprach? Sie schloss die Augen und ließ einen Moment zu, dass dieses warme Gefühl sie vom Kopf bis zu den Zehen durchströmte, dann drehte sie sich um.

»Ich würde dich gern begleiten«, sagte er plötzlich.

Viola sah ihn verblüfft an. Hatte sie gerade richtig gehört?

»Also, wenn das für dich okay ist«, fuhr er fort, verlegen, weil sie nichts dazu sagte. »Ich will nicht aufdringlich sein.« Aris unsicherer Blick ließ ihn nur noch attraktiver erscheinen.

»Na klar«, flüsterte Viola. »Gib mir fünf Minuten.«

Stumm verschwand sie ins Haus, da sie vor Aufregung kein Wort herausbrachte. Ein ganzer Tag zusammen mit ihm, außerhalb der Masseria, würde bestimmt geradewegs in eine Zukunft mit einem gebrochenen Herzen führen. Aber ihr Kopf hatte ein Nein nicht einmal ansatzweise in Erwägung gezogen.

40

Aris war nicht besonders groß und trotz seiner Muskeln sehr schlank. Doch als er neben ihr in dem engen Fiat 500 saß, schien er den ganzen Raum einzunehmen.

Viola spürte die Wärme des Armes, der ihren streifte, roch sein herbes Aftershave, das ihr in der Nase kitzelte, und musste sich sehr beherrschen, um ihn nicht zu berühren. An diesem Morgen hatte er sich rasiert, und sein Gesicht wirkte noch jugendlicher und zarter. Sie durfte nicht mehr auf diese Weise an ihn denken, sonst würde die Temperatur in dem winzigen Auto noch auf schwindelerregende Höhen klettern.

»Soll ich dich ablösen?«, fragte Aris, weil er bemerkt hatte, dass sie langsamer geworden war.

»Nein, nicht nötig«, erwiderte sie und riss sich aus ihren Fantasien. »Ich glaube, ich erinnere mich an den Weg.«

Während der Fahrt sprachen sie nicht viel. Aris zeigte ihr den Ort, in dem seine Mutter lebte, und sie stellte ihm ein paar Fragen zu seiner Familie. Aber bald spürte sie, dass dies ein sensibles Thema war, und ließ es fallen. Stattdessen erzählte sie von den Ferien ihrer Kindheit, die sie regelmäßig auf dem Gut verbracht hatte, und wie ihr der Großvater in dieser Zeit das Reiten beigebracht hatte. Aber auch jetzt entwickelte sich zwischen ihnen keine lockere, flüssige Unterhaltung.

Sie wirkten beide so vorsichtig, als müssten sie über einen Teppich aus Glasscherben laufen. Sie wollten zwar etwas über den anderen erfahren, trotzdem zögerten sie, Fragen zu stellen, weil sie wussten, dass mehr über den anderen zu wissen einen weiteren Schritt aufeinander zu bedeutete.

Schließlich erreichten sie die Stadt, und nachdem Viola sich aufgrund der Einbahnstraßen ein paarmal verfahren hatte, hielt sie schließlich auf dem Parkplatz vor dem Bauamt.

»Soll ich hier auf dich warten?«, fragte Aris, als sie die Wagentür öffnete.

Viola sah ihn verblüfft an.

»Nein«, antwortete sie verunsichert. »Es sei denn, du willst nicht mitkommen.«

»Doch, dann los«, sagte er entschlossen und stieg aus.

Viola erinnerte sich noch an den Weg, und nachdem sie verschiedene Gänge entlanggelaufen und Treppen hinaufgestiegen waren, standen sie vor Enricos Büro.

»Herein?«, rief er auf seine ewigheitere Art, als Viola klopfte.

»Hallo, störe ich?«, fragte sie und schaute zunächst vorsichtig zur Tür hinein.

»Nein, ganz und gar nicht!« Enrico stand erfreut auf. »Was für ein Vergnügen, dich wiederzusehen«, sagte er. Dann richtete er seine Augen fragend auf Aris, der hinter ihr eingetreten war.

»Und das ist …?«

»Aris, ein Freund«, stellte Viola ihn vor.

Die beiden Männer begrüßten sich mit Handschlag, dann bot Enrico ihnen einen Platz an.

»Und? Wie gefällt es dir auf der Masseria?«, fragte er in völliger Unkenntnis, wie heikel dieses Thema war.

»Es gibt so viel zu tun«, erwiderte sie äußerlich gelassen. Viola hatte keine Lust, mit ihm über die Ereignisse zu reden. Sie wollte nicht, dass ihre Eltern davon erfuhren, obwohl Enrico wohl kaum ihre Mutter anrufen würde. Eigentlich wollte sie vermeiden, dass noch mehr Menschen Bescheid wussten. Gerüchte würden die Runde machen, und das wollte sie verhindern.

»Dann stell dir mal vor, wie das erst wird, wenn du ernsthaft mit dem Umbau beginnst.«

»Ich kann es mir denken. Aber ich habe ein paar gute Maurer gefunden«, hier schaute Viola kurz zu Aris. »Ich bin sicher, dass Sie hervorragende Arbeit leisten werden.«

Aris zeigte kaum eine Regung, obwohl sie ihm ansah, dass er sich über das Kompliment freute. Viola biss sich verlegen auf die Lippe und versuchte, nicht zu erröten, während sie weiter Enrico ansah.

»Ich brauche bloß ein paar Unterschriften von dir, dann ist alles geregelt.« Enrico, der nicht bemerkte, was zwischen den beiden jungen Leuten passierte, gab ihr einige Papiere und reichte ihr einen Stift.

Viola unterschrieb, Enrico legte die Dokumente zusammen und übergab sie ihr.

»Viel Erfolg!«, sagte er herzlich, stand auf und schüttelte ihre Hand. »Grüß deine Mutter von mir. Und ruf mich jederzeit an, wenn du etwas brauchst, ja? Vielleicht schaue ich mal vorbei.«

»Vielen, vielen Dank!« Viola strahlte ihn an, ermutigt von so viel guter Laune, und verabschiedete sich. Aris folgte ihr nach draußen.

»Super«, rief sie aus, sobald sie an ihrem Auto standen. »Drei Stunden Fahrt für eine Angelegenheit von fünf Minuten. Vielleicht hätte ich besser einen Kurierdienst damit beauftragen sollen.«

Aris sah sie an, und ein Lächeln breitete sich auf seinem Gesicht aus.

»Dann sorgen wir mal dafür, dass sich unsere Fahrt doch noch lohnt«, sagte er, nahm ihr die Autoschlüssel aus der Hand und hielt ihr die Beifahrertür auf.

»Was hast du vor?«

»Warte ab, du wirst schon sehen«, sagte er, schloss die Tür leise, umrundete den Wagen und setzte sich ans Steuer.

»Kannst du den denn überhaupt fahren?«, fragte sie ihn mit einem Augenzwinkern.

»Für wen hältst du mich?«, protestierte er und tat so, als wäre er beleidigt.

»Na ja, also den muss man ja mit Zwischengas fahren …« Viola versetzte ihm zum Spaß einen scherzhaften Klaps auf die Schulter. Aris ließ den Motor an und fuhr schwungvoll los.

Aris fuhr völlig entspannt, und man merkte, dass er sich in dieser ihr fremden, verwirrenden Stadt auskannte. Sie durchquerten die Altstadt, die auf einer Insel vor der Bucht lag, fuhren an der mächtigen Festung Castello Aragonese vorbei und kehrten schließlich über eine Drehbrücke zurück aufs Festland. Hier bog Aris auf die Küstenstraße ab, und je weiter sie nach Süden fuhren, desto wilder wurde die Landschaft, Kaktusfeigen, Kermes-Eichen und kleine Wäldchen von Strandkiefern säumten die Straßen. Sie fuhren an niedrigen Klippen und Buchten mit schmalen weißen Stränden entlang. Irgendwann fuhren sie durch eine malerische Dünenlandschaft mit Wacholderbüschen, Thymian und Meerfenchel.

Viola bewunderte die Umgebung, während Aris stumm weiterfuhr, sichtlich erfreut, dass es ihr so gut gefiel. Hin und wieder wies er sie auf einen kleinen Ort hin oder einen Aussichtsturm, der einst als Schutz gegen die Sarazenen errichtet worden war und dem Zahn der Zeit standgehalten hatte.

Es war schon weit nach Mittag, als Aris schließlich anhielt. Als sie sich umsah, konnte Viola nichts erkennen als die Straße, die nach Süden verlief, und wilde Macchia.

»Wo sind wir?«, fragte sie, als sie aus dem Auto stiegen.

»Komm mit.« Aris nahm ihre Hand und lief voran. Als sie eine kleine Düne erklommen hatten, stockte Viola der Atem. Ein breiter, weißer Sandstrand ging sanft in das herrlich türkisblaue Meer über, Möwen stürzten sich elegant ins Meer, und man hörte nichts als das leise Rauschen des Windes und des Meeres.

»Es ist wunderschön hier.« Viola war wie verzaubert.

»Das finde ich auch«, sagte Aris und sah sie an und nahm ihre Hand.

Viola schloss die Augen und merkte, wie ihre Wangen plötzlich glühten. Es war ein Traum, eine Illusion, vielleicht sogar ein Albtraum, all das konnte nicht wirklich geschehen. Sie und Aris Hand in Hand in diesem einsamen Paradies. Genau das hatten sie eigentlich vermeiden wollen.

»Hast du Hunger?« Aris, der neben ihr stand, brachte sie in die Wirklichkeit zurück.

Viola nickte, vermied es aber weiterhin hartnäckig, ihn anzusehen. Sie wehrte sich noch gegen ihre Gefühle, wusste aber, dass sie längst verloren war.

»Dann lass uns weitergehen«, sagte er und zog sie mit sich. »Es gibt noch so viel hier, was du unbedingt sehen musst.«

Sie aßen in einer Trattoria am Rand eines kleinen Touristenortes, der um diese Zeit noch beinahe menschenleer war. Das Restaurant lag nur wenige Meter vom Meer entfernt, das an die niedrigen Felsen schlug, und von der Terrasse konnte man bis an den fernen Horizont schauen, wo Himmel und Meer in einem einzigen Azurblau verschmolzen.

Viola überließ Aris die Auswahl der Speisen, und da es sonst keine Gäste gab, nahm der Besitzer selbst ihre Bestellung auf, doch zunächst umarmte er Aris herzlich.

»Wo zum Teufel hast du nur die ganze Zeit gesteckt?«, rief der Mann laut. »Ich habe schon gedacht, das Meer hätte dich verschlungen!«

»Ich habe schon seit Längerem wieder festen Boden unter den Füßen.« Aris lächelte, die Freude über das Wiedersehen stand ihm ins Gesicht geschrieben.

»Das sieht dir gar nicht ähnlich«, meinte der Mann und zog überrascht eine Augenbraue hoch. Dann sah er zu Viola und grinste schelmisch.

»Er ist ein großartiger Seemann!«, sagte er über Aris. Mit diesen Worten ließ er sie allein und kehrte in die Küche zurück.

»Kennst du ihn schon lange?« Viola musterte Aris interessiert.

»Er war lange Zeit Koch auf meinem Schiff«, erklärte er.

»Und was hast du dort gemacht?«, erkundigte sie sich weiter. »Also, auf dem Schiff.«

»Ich war bei der Marine.«

Viola sah ihn verblüfft an.

»Ich habe auf den Booten der Küstenwache angefangen, dann in einer Hochsee-Division gedient, und schließlich bin ich dem Corpo Operativo Incursori, einer Spezialeinheit der Marine, beigetreten«, erläuterte er.

»Wow, das hört sich spannend an.«

»Ja, es gefiel mir. Ich hatte diesen Weg eingeschlagen, um … um von hier fortzukommen, und habe mich dort zu Hause gefühlt«, gestand er und wandte den Blick ab.

»Und jetzt?«

»Ich werde nicht zurück an Bord gehen«, sagte er und klang unvermittelt kühl.

Viola merkte, dass er nicht darüber reden wollte, daher schwieg sie und sah hinaus aufs Meer. Dann kamen die Nudeln, und bei unverfänglicheren Themen entspannte sich die Atmosphäre zwischen ihnen wieder.

Als sie schließlich vom Tisch aufstanden, war der Nachmittag bereits weit fortgeschritten.

»Weiß Carmela, dass du heute Nico nicht von der Schule abholst?«, erkundigte sich Aris.

»Ja, ich habe ihr gesagt, dass ich wahrscheinlich erst am Abend zurück sein werde.«

»Gut, dann kann ich dir noch einen anderen Ort zeigen.«

»Unbedingt!«, rief sie enthusiastisch. Als Aris ihr zuzwinkerte, errötete sie ein wenig.

Sie setzten sich wieder ins Auto und fuhren die Küste entlang weiter nach Süden. Das kristallklare Meer war unbeschreiblich schön, und Viola versuchte, sich jedes Detail einzuprägen.

Nach einer knappen halben Stunde hielten sie auf einer kleinen felsigen Anhöhe, von der aus man eine atemberaubende Sicht hatte. Weit entfernt, in südlicher Richtung, konnte man eine kleine Stadt erkennen, deren Häuser sich auf einem Felsvorsprung drängten. Davor lagen ein paar vereinzelte kleine Inseln, und auf einer davon erhob sich ein einsamer Leuchtturm. Nach Norden war die Küste eine einzige Abfolge von Buchten und teils ins Meer hineinragenden Klippen.

Aris nahm wieder ihre Hand und lief los. Sie folgten einem kaum erkennbaren Pfad und stiegen dann eine grob in die Felsen gehauene Steintreppe hinab, die in einer sichelförmigen Bucht endete. Der Sand war weiß, wie auf Postkarten von tropischen Inseln, und das Wasser zog sich bis weit nach draußen türkisblau dahin, bis das Meer immer tiefer wurde. Die Sonne würde erst in zwei Stunden untergehen, aber der Himmel verfärbte sich bereits und nahm einen schimmernden Goldton an. Die Wellen brachen sich mit einem beständigen, beschwörenden Rollen auf dem Strand.

Sie zogen sich die Schuhe aus, um den lauwarmen Sand zwischen ihren Zehen zu spüren. Aris hielt ihre Hand immer noch fest, und Viola, die seit Stunden die Vernunft aus ihrem Kopf verbannt hatte, genoss diese Berührung.

Sie setzten sie sich schweigend nebeneinander in den Sand. Melancholie breitete sich in Viola aus. Der Tag ging zu Ende und damit auch ihr kleine Flucht aus der Wirklichkeit.

Viola schaute zu Aris hinüber, der in Gedanken Lichtjahre entfernt schien.

»Möchtest du zurück?«, flüsterte sie.

»Wahrscheinlich sollten wir los«, erwiderte er, er hatte die Beine vor die Brust hochgezogen und die Arme um die Knie geschlungen. »Vor uns liegt noch eine Stunde Autofahrt.«

»Ich habe eigentlich die Marine gemeint.«

Aris seufzte.

»Was ich will, ist nicht wichtig«, sagte er. »Mein Leben ist jetzt hier.«

Was sollte sie darauf antworten? Sie wusste nur wenig über sein derzeitiges Leben, aber wie konnte er glauben, dass seine Wünsche unwichtig waren?

»Vielen Dank für den schönen Tag«, sagte sie nur und legte ihm eine Hand auf den Arm. Er legte seine darauf und ließ den Kopf kurz auf die Brust sinken. Dann drehte er sich zu ihr um und nahm ihr Gesicht in beide Hände. Mit den Daumen streichelte er über ihre Wangen, während seine hellen Augen sich in ihre versenkten. Viola erschauerte und schloss die Lider. Sie ertrug es nicht, wie tief verwurzelt die Angst in ihm war.

Plötzlich spürte sie, wie seine Lippen ihre Stirn streiften und legte ihm instinktiv die Arme um den Hals. Aris presste sie fest an sich, beinahe, als wollte er sich an ihr festhalten, um nicht zu ertrinken.

Sie blieben lange Zeit so sitzen, während die Sonne allmählich im Meer versank. Ohne ein Wort standen sie auf und liefen Hand in Hand zum Wagen. Es war an der Zeit, wieder in die Wirklichkeit zurückzukehren.

41

Als Aris am nächsten Morgen zusammen mit Ezio zur Masseria kam, fanden sie Viola im Pavillon in eine Decke gehüllt sitzen mit der üblichen Tasse Kaffee in der Hand.

»Buongiorno«, begrüßte er sie im Näherkommen. Sein angedeutetes Lächeln und der sanfte Blick seiner grauen Augen rissen sie aus ihren bedrückenden Gedanken. Endlich war er hier, und der Tag konnte beginnen.

»Ciao«, begrüßte sie die beiden Männer. »Ich habe für euch auch einen Kaffee gekocht.« Sie zeigte auf die Caffettiera und zwei Espressotassen, die auf dem Tisch standen.

»Da komme ich doch immer gern zur Arbeit«, meinte Ezio, nahm ihr gegenüber Platz, goss sich das Tässchen voll und nahm reichlich Zucker.

»Sehr gut, denn du wirst ab sofort noch öfter gebraucht«, sagte Viola.

Ezio sah sie neugierig an und rührte eifrig in seinem Kaffee.

»Die Genehmigung vom Bauamt ist da«, erklärte sie. »Nun fehlt nur noch das Okay von der Gemeinde, und dann können wir anfangen.«

»Fantastisch!«, rief Ezio. »Dann bleibst du also hier bei uns!«

»Mal sehen«, meinte Viola und senkte ihren Blick auf ihre Tasse, nachdem sie vorher verstohlen zu Aris geschaut hatte. Er war schweigsam wie üblich, aber an dem Morgen blickte er wenigstens nicht so finster drein wie sonst.

»Also, los, an die Arbeit.« Aris stand auf und gab seinem Freund einen Klaps auf die Schulter. »Wir müssen die Mauer fertigbekommen, und dann will ich dringend das neue kleine Tor bestellen.«

»Hey! Du bist hier nicht der Boss!«, protestierte Ezio und zwinkerte Viola zu.

»Heute schon«, widersprach sie ihm und stand ebenfalls auf. »Ich muss gleich in den Ort.«

»Krieg deinen Hintern hoch!«, zog Aris ihn auf.

Ezio rappelte sich widerwillig auf, streifte seine Arbeitshandschuhe über und begann, das Werkzeug von der Ladefläche des Pritschenwagens zu holen.

»Geht es dir gut?«, fragte Aris Viola ganz leise, und zog die Decke zurecht, die ihr von der Schulter geglitten war.

»Ja, danke. Wir sehen uns später beim Mittagessen.« Sie entfernte sich schnell mit gesenktem Kopf, damit Ezio nicht bemerkte, dass ihre Wangen knallrot leuchteten.

»Lass stecken!«, fuhr Aris seinen Freund an, der gerade eine seiner Bemerkungen machen wollte.

»Ich habe doch noch gar nichts gesagt!«

»Dann bleib dabei.«

Ezio lachte schallend auf und ging ohne ein Wort wieder an die Arbeit.

Viola brachte Nico zur Schule, dann fuhr sie zum Rathaus. Der Junge war heute Morgen gesprächiger gewesen als sonst. Es gab nur ein Thema für ihn, er wünschte sich sehnlichst einen ferngesteuerten Hubschrauber, und Viola war schnell mit ihren Gedanken abgeschweift, während er ohne Punkt und Komma von Rotoren, Rotorblättern und anderem Zubehör geplappert hatte.

Am Empfangstresen im Rathaus stand nicht der unfreundliche Mann vom letzten Mal, sondern eine Frau, die jedem ein Gespräch über das Wetter, ihre Zipperlein und ihre Enkel aufnötigte. Als Viola an der Reihe war, erkannte die Frau sie sofort, weil sie bei der *Sagra* mitgeholfen hatte, und fing ein Gespräch an, das gar nicht enden wollte.

Schließlich gelang es Viola, die nötigen Antragsformulare zu bekommen. Als sie endlich das Büro verlassen hatte, ließ sie sich erst mal wie betäubt auf eine Bank in einem Flur des Palazzos sinken. Sie warf einen schnellen Blick auf die Papiere und rief dann Gabriele an.

»Die erste Hürde ist genommen!«, verkündete sie freudig, sobald er antwortete.

»Ciao Viola. Also haben wir das Okay des Bauamts?«

»Ganz genau.«

»Die waren aber schnell«, meinte Gabriele und musste daran denken, dass diese Behörde selten vor Ablauf von sechzig Tagen von sich hören ließ, wenn die Frist bei einhundertzwanzig lag.

»Scheint so, aber für mich waren es sehr lange dreißig Tage. Jedenfalls bin ich jetzt im Rathaus und habe gedacht, ich schicke dir die Formulare zu, damit du den Antrag vorbereiten kannst.«

»Okay, kein Problem.«

»Super! Und wie geht es dir so?«, erkundigte sie sich.

»Ich bin allein«, gab er zurück. »Ist aber eigentlich gar nicht so übel.«

»Dann komm doch hierher!«

»Vielleicht später. Fürs Erste beauftragen wir einen Kurierdienst.«

»Aber wenn alles fertig ist, kommst du zur Eröffnung.«

»Auf jeden Fall!«

»Gut, dann schicke ich die Unterlagen sofort los«, sagte Viola abschließend und stand auf. »Danke, Gabriele, ich schulde dir was.«

Nachdem Viola alles erledigt hatte, fuhr sie zur Masseria zurück. Sie wollte unbedingt in Aris' Nähe sein, mit ihm arbeiten, sprechen oder ihn einfach nur sehen. Sie konnte sich nicht von ihm fernhalten. Irgendwann würde sie den Preis dafür bezahlen müssen, aber jetzt wollte sie bloß auf ihr Herz hören.

Die beiden Männer hatten fleißig gearbeitet und die Mauer beinahe fertiggestellt.

»So ist es schon viel besser«, meinte Viola.

»Vielen Dank, Boss«, sagte Ezio.

»Wird es lange dauern, bis ich wieder ein Tor habe?«

»Ich wollte es noch vor dem Mittagessen bestellen«, meinte Aris nun. »Soll es wieder aus Metall sein wie das letzte?«

Viola stützte nachdenklich das Kinn in die Hand.

»Oder aus Holz, wie das Haupttor …«

»Viola …«

»Ja?«, fragte sie lächelnd.

Ezio beobachtete sie, er hatte nicht mitbekommen, dass die anfängliche Distanz zwischen ihnen sich seit ihrem gemeinsamen Ausflug in Vertrautheit und Nähe verwandelt hatte.

»Wir können auch noch etwas warten«, sagte Aris. »wenn du dir noch nicht sicher bist.«

»Was meinst du denn? Du könntest mir ruhig einen Rat geben.«

»Ich würde Holz nehmen«, mischte Ezio sich unaufgefordert ein.

»Ich finde Holz auch viel schöner«, sagte Viola. »Aris, was meinst du?«

Aris überlegte. »Du wirst dieses Tor nur selten benutzen, also ist das Material nicht so wichtig. Metall kann nicht brennen. Aber Holz ist schöner.«

»Gut, wir nehmen Holz«, entschied sie. »Das war doch gar nicht so schwer.«

Ezio lachte.

»Okay, ich fahre«, sagte Aris und zog sich die Handschuhe aus. »Wir sehen uns zum Mittagessen.«

»Du lässt mich hier allein?«, frotzelte Ezio.

Aris ging mit Viola zum Wagen.

»Alles in Ordnung mit der Gemeinde?«, fragte er.

»Ja, alles in Ordnung«, antwortete sie. »Du sagst dem Schreiner, dass er sich beeilen soll, ja?«

»Natürlich.« Er stellte sich vor sie hin und sah sie eindringlich an. Er musste ihr nicht sagen, dass ein Tor nicht genügte, um sie vor den Problemen zu schützen, die sich ihr möglicherweise in den Weg stellen würden. Aber solange sie entschlossen war, hier weiterzumachen, würde es nichts bringen, immer den Teufel an die Wand zu malen.

Er schob ihr eine Locke aus der Stirn, und im gleichen Moment hörten sie, wie ein Auto auf den kleinen Hof fuhr.

Kurz darauf betrat Angelo Rinaldi den Haupthof.

»Buongiorno!«, begrüßte er sie.

»Buongiorno«, erwiderte Viola, während Aris schwieg.

»Ich wollte mal nachsehen, wie es dir geht«, sagte Rinaldi, während er auf sie zu kam. »Ich habe gehört, was passiert ist …«

»Mir geht es gut, danke.«

»Kann ich mit dir reden?«, fragte Rinaldi und musterte Aris von oben herab.

»Gibt es ein Problem?«, erkundigte sie sich besorgt.

»Willst du, dass ich bleibe?«, fragte Aris äußerst kühl. Viola drehte sich verwundert zu ihm um, sein Stimmungswechsel irritierte sie.

»Das ist nicht nötig«, versicherte sie ihm. »Du könntest das mit dem Tor für mich erledigen. Wenn ich Hilfe brauche, rufe ich Ezio.«

Alles andere als erfreut stieg Aris in den Pritschenwagen und jagte mit aufheulendem Motor davon. Er hasste diesen Mann und befürchtete, dass er bei den Drohungen gegen Viola seine Hand im Spiel hatte. Außerdem – seit wann duzten sich die beiden? Rinaldi versuchte anscheinend, das Vertrauen der jungen

Frau zu gewinnen, und sie hatte offenbar keine Angst vor ihm.

Nachdem Aris vom Hof gefahren war, sah Viola Rinaldi fragend an.

»Wollen wir uns nicht setzen?«, fragte er sie und deutete auf den Pavillon.

Viola folgte ihm, aber ihr war nicht wohl dabei.

»Gibt es ein Problem?«, fragte sie erneut, als sie einander gegenüber saßen.

»Ich wollte mich nur vergewissern, dass es dir gut geht«, erklärte er. »Diese Explosion hätte wirklich gefährlich werden können.«

»Gerüchte verbreiten sich ja schnell hier«, stellte sie fest.

»Der Maresciallo ist ein Freund von mir. Außerdem gibt es hier kaum etwas, worüber man reden könnte.«

»Vielen Dank der Nachfrage, aber ich glaube, man wollte mir nur einen Schreck einjagen.«

»Hast du irgendeinen Verdacht, wer das gewesen sein könnte?«

»Ich habe schon den Carabinieri gesagt, dass ich es nicht weiß. Ich bin erst seit Kurzem hier, ich hatte bisher kaum Zeit, jemanden kennenzulernen, geschweige denn mir jemanden zum Feind zu machen.«

Rinaldis bohrende Fragen wirkten auf Viola etwas aufdringlich.

»Kann ich etwas tun, damit du dich hier sicherer fühlst?«

»Was denn?«, fragte Viola misstrauisch. »Weißt du etwa mehr über die Angelegenheit als ich?«

»Natürlich nicht!«, protestierte er gekränkt.

»Vielleicht könntest du dich mal umhören«, fuhr sie energisch fort. »Du bekommst wahrscheinlich alle Informationen, die du willst, oder irre ich mich da?«

»Du bist wütend auf mich.« Rinaldi sah sie mit gerunzelter Stirn an.

Viola seufzte und lehnte sich im Sessel zurück. Ja, das stimmte, weil Aris ihr diesen Floh ins Ohr gesetzt hatte, aber es gab keine Beweise, dass Rinaldi die Masseria haben wollte und er für den Anschlag verantwortlich war. Aber der Schreck saß ihr immer noch in den Gliedern, und sie war es leid, immer dieselben Fragen zu hören.

»Tut mir leid, ich bin einfach müde«, erklärte sie. »Ich versuche zu begreifen, was hier vor sich geht, aber ich weiß nicht, wo ich anfangen soll.«

»Es ist sehr mutig von dir, dass du bleiben möchtest.«

»Meinst du etwa, dass ich hinschmeißen soll? Und all das aufgeben?« Sie sah ihn durchdringend an und beugte sich zu ihm vor. »Was ist mit Nico? Großmutter würde sich im Grab umdrehen, wenn ich das Kind einfach so im Stich lasse.«

Rinaldi war verblüfft, als sie den Jungen erwähnte.

»Du würdest niemanden im Stich lassen«, widersprach er. »Wenn dir diese Leute so wichtig sind, könntest du sie vorher woanders unterbringen.«

»Das sind Menschen, keine Dinge, die man einfach so nach Belieben verpflanzen kann.«

Darauf erwiderte er nichts, aber seine hypnotischen grünen Augen verfinsterten sich.

»Wie auch immer, ich werde erst mal bleiben«, sagte Viola entschlossen. »Wenn jemand mit meiner Anwesenheit hier ein Problem hat, dann hoffe ich, dass er mir das einfach ins Gesicht sagt, anstatt mir feige zu drohen.«

Rinaldi starrte sie wortlos an. Nur an seinem heftigen Atem merkte sie, wie wütend er war. Viola wurde bewusst, dass sie zu weit gegangen war. Im Grunde war dieser Mann ein Fremder für sie, und sie konnte nicht davon ausgehen, dass sie ihn nach einem einzigen netten Mittagessen einen Freund nennen konnte.

»Schön, dass du vorbeigekommen bist«, sagte sie und stand auf. »Aber du musst dir um mich keine Sorgen machen.«

»Das weiß ich«, erwiderte er und erhob sich ebenfalls. »Aber ich würde es sehr bedauern, falls dir etwas zustoßen sollte.«

Viola hätte ihn gern gefragt, warum, aber sie verzichtete darauf. Was auch immer seine Beweggründe sein mochten, er würde sie ihr kaum offenbaren.

Sie begleitete ihn zu seinem teuren Wagen. Bevor er einstieg, verabschiedete er sich mit zwei Wangenküssen.

»Ich komme wieder.«

»Du weißt ja, wo ich zu finden bin.« Und ich kann dich nicht daran hindern, dachte sie im Stillen.

42

Plötzlich war es Sommer geworden. In den wärmsten Stunden brannte die Sonne vom Himmel und ließ die strahlenden Farben des Frühlings verblassen.

Die Tage liefen immer nach dem gleichen Muster ab: zuerst Nico in die Schule fahren, dann mit Aris auf dem Gut arbeiten, Hausaufgaben und Spaziergänge mit dem Jungen und Nero und lange Abende draußen, wenn es noch hell genug war, um die alten Holzgegenstände zu restaurieren, ein wenig zu lesen oder weitere Pläne zu schmieden.

Die Arbeiten gingen zügig voran. Die Umfassungsmauer war inzwischen verputzt und das neue Holztor montiert, Viola hatte den Schreiner beauftragt, auch das große zweiflügelige Tor zum Hof in Ordnung zu bringen. Nun funktionierte es zuverlässig, und Viola fühlte sich sicherer, da sie es rund um die Uhr geschlossen halten konnte. Sie hatte Vito, der es sehr unbequem fand, jedes Mal, wenn er in den Hof wollte, aus dem Auto steigen zu müssen, versprochen, so schnell wie möglich eine automatische Schließanlage anzuschaffen. Doch damit wollte sie noch warten. Im Moment verfügte sie zwar noch über genug Geld aus der Erbschaft, aber das würde schnell dahinschmelzen, sobald sie mit der Remise beginnen würden.

Als es keine Arbeiten mehr gab, für die man zwei Leute brauchte, kam Aris wieder allein. Nach der Umfassungsmauer hatte er das Schutzdach für die Autos repariert und sich dann dem Mandelgarten gewidmet. Viola wollte die kleinen Stallungen noch nicht abreißen, obwohl sie nicht sicher war, ob sie sich selbst Pferde anschaffen würde. Aris richtete sich nach ihr, gab sich damit zufrieden, immer bei ihr zu sein, und sah sie von Zeit zu Zeit fragend an.

Laura hatte versprochen, bald zu kommen, sich aber auf kein Datum festgelegt. In besonders einsamen Momenten hatte Viola Angst, dass Laura ihr Versprechen nicht halten würde.

Ab und zu dachte Viola an das Geld aus dem Schreibtisch, das sie wieder dort versteckt hatte, weil sie nicht wusste, was sie damit anfangen sollte. Es wäre viel sicherer in einem Bankschließfach aufgehoben, sagte sie sich immer wieder. Sie hätte gern das Sparbuch an Carmela und Vito weitergegeben, aber sie wollte vorher mit ihrer Mutter sprechen. Dazu war sie allerdings bis jetzt nicht gekommen. Und so hatte Viola die Schublade wieder abgeschlossen und den Schlüssel hinter dem Bild verborgen, genau dort, wo sie ihn gefunden hatte. Carmela kümmerte sich intensiv um den Jungen, indem sie ihn in der Schule unterstützte und zu den Therapien brachte. Nico hatte sich an sie gewöhnt, und Carmela sprach über das Aspergersyndrom jetzt nicht mehr so, als wäre es eine Krankheit. Immer häufiger ließ sie sich von Viola bei der Zubereitung der Mahlzeiten helfen. Sie hatte bemerkt, dass die junge Frau sich an diesem abgelegenen Ort ein wenig einsam fühlte, und sie bewunderte sie, dass sie so tapfer durchhielt. Wenn sich die Dinge so entwickeln würden wie erträumt, würde die Masseria bald nicht mehr so menschenleer und einsam sein.

Doch abends schien die Zeit unerträglich langsam zu vergehen. Noch schlimmer waren die Wochenenden, dann setzte sich Viola in ihren Fiat 500 und fuhr durch die Gegend, um sich irgendwie zu beschäftigen.

Auch Marianna hatte bemerkt, dass es ihrer Tochter nicht gut ging, und rief häufig an. Normalerweise war es Violas Vater, der sich mehr um sie kümmerte, und dass sie nun so viel Aufmerksamkeit von ihrer Mutter bekam, war für Viola eine neue, aber sehr schöne Erfahrung, sie spürte allerdings dadurch umso deutlicher, dass sie jemanden brauchte, der ihr zur Seite stand.

Doch sogar wenn Marianna gewusst hätte, was ihre Tochter bedrückte, hätte sie ihr doch nicht helfen können.

Viola war verliebt. Und sie würde den Märchenprinzen nur bekommen, wenn dies wirklich ein Märchen wäre. Doch das echte Leben war anders.

Jeden Tag, den sie gemeinsam verbrachten, lernten Viola und Aris einander besser kennen. Wenn er etwas aus seiner Zeit bei der Marine erzählte, wollte sie stets mehr erfahren. Sie wusste jetzt, dass er zwar seine Freiheit liebte, ihm Familie und Freundschaft jedoch viel bedeuteten. Aris' Vergangenheit war hart und schmerzhaft gewesen, und wenn sie ihm von ihrer Familie erzählte, war ihr es beinahe ein wenig peinlich, wie einfach sie es im Gegensatz zu ihm gehabt hatte. Sie und Aris kamen aus zwei völlig verschiedenen Welten, und oft geriet die Skepsis von Aris in Konflikt mit dem Optimismus und der Naivität von Viola. Sie stritten manchmal, auch über unwichtige Kleinigkeiten, doch das trennte sie nicht etwa, sie fühlten sich danach einander sogar näher.

Beide wussten genau, dass ihre Wege sich trennen mussten, doch sie brachten es nicht übers Herz, jetzt schon auseinanderzugehen.

43

»Du musst vollkommen verrückt geworden sein!«, schrie er, als er die Tür zum Solarium aufriss, in dem seine Frau nackt auf einer weichen Liege lag und sich bräunte.

Arianna hob den Kopf und sah ihn fragend an. Ihr Mann neigte sonst nicht zu Wutausbrüchen, und wenn sie nicht schon bemerkt hätte, dass er sich in letzter Zeit verändert hatte, wäre das jetzt der Beweis dafür gewesen.

»Beruhige dich erst mal«, versuchte sie ihn zu beschwichtigen. »Wovon redest du?«

»Behandle mich nicht wie einen Idioten«, fuhr er ihr zornig über den Mund.

»Also, wenn hier jemand verrückt geworden ist, dann nicht ich«, entgegnete Arianna und lehnte sich wieder entspannt auf ihrer Liege zurück.

»Ich will, dass du diese Frau in Ruhe lässt«, sagte Rinaldi drohend.

»Ich erkenne dich nicht wieder«, erwiderte seine Frau. »Du bist wirklich weich geworden.«

Er ballte die Fäuste, bis seine manikürten Fingernägel sich schmerzhaft in die Handflächen bohrten. Was ihn am meisten verärgerte, war die Tatsache, dass Arianna recht hatte. Irgendwann waren Gefühle ins Spiel gekommen, und dass schlimmste daran war, dass er damit nicht umgehen konnte.

»Ich hatte dir doch gesagt, dass ich mich darum kümmern würde«, zischte er. »Und du drohst ihr, indem du eine Mauer in die Luft sprengst? Da könntest du ja gleich ein Schild an die Tür hängen, das wir es waren.«

»So ein Unsinn«, wiegelte sie ab. »Keiner wird den Mut haben, uns direkt zu beschuldigen. Die Kleine ist immer noch da, und deine Methoden hatten offensichtlich keinen Erfolg. Weiß sie eigentlich, dass du das Grundstück kaufen willst?«

»Wenn ich ihr jetzt ein Angebot mache, weiß sie sofort, dass ich da mit drin hänge. Ich warne dich und sage es dir noch einmal: Überlass die Sache mir!«

»Dazu fehlt uns die Zeit.«

»Ich kann dir versichern, dass du mit deinen Methoden scheitern wirst.«

»Das bedeutet nur, dass ich den Druck auf sie erhöhen muss.«

»Hör auf!« Die Stimme ihres Mannes klang schrill, und Arianna lächelte böse.

»Du solltest dich lieber beruhigen«, meinte sie höhnisch. »In so einer Verfassung kannst du nicht klar denken.«

Rinaldi verließ mit schnellen Schritten das Solarium und verschanzte sich in seinem Arbeitszimmer. Er holte die Pläne für das Gesamtprojekt hervor und breitete sie auf dem Schreibtisch aus. Er hatte sich das Ganze schon tausend Mal angesehen, aber es gab keine andere Lösung.

Das große Anwesen der Medranos war das letzte Hindernis für ihr Vorhaben.

Er musste diese sanften Augen, die einen zuweilen so entschlossen ansehen konnten, vergessen. Arianna hatte recht: Ihnen lief die Zeit davon. Die exklusive Ferienanlage war zwar schon meistenteils in Betrieb, aber es fehlte immer noch der Golfplatz – denn erst dann würden die Investoren zufrieden sein.

Er würde zu Viola gehen, um ihr ein Angebot zu unterbreiten, das sie nicht ablehnen konnte.

44

»Hältst du das etwa für die richtige Zeit, um jemanden anzurufen?«, knurrte Viola verschlafen, als sie das Gespräch annahm. »Du hast mir einen ganz schönen Schreck eingejagt.«

»Warum, bist du etwa noch nicht wach?«, erwiderte Laura. »Ich habe gedacht, du gehst mit den Hühnern zu Bett, dann musst du doch im Morgengrauen putzmunter aufstehen!«

»Sehr witzig!«, antwortete Viola. »Und wieso bist du jetzt schon wach?«

»Ich war noch gar nicht im Bett!«, erklärte ihre Freundin. »Ich habe auf einer Hochzeit gearbeitet, bis vier Uhr morgens! Und als ich nach Hause kam, konnte ich einfach nicht schlafen.« Laura hatte seit Kurzem wieder einen Job in einem Cateringunternehmen.

Während Laura von ihrer durchgemachten Nacht erzählte, lief Viola durch das Haus und öffnete die Fensterläden. Selbst wenn sie nur wenige Zimmer benutzte, konnte sie die anderen nicht dunkel lassen, außerdem liebte sie den Duft der frischen Meeresbrise, die am frühen Morgen beim Lüften in die Zimmer wehte.

»Du rufst mich um sechs Uhr morgens an, nur um mir von einer Hochzeit zu erzählen?«, unterbrach sie Laura nach einer Weile.

»Ertappt«, antwortete diese, »ich rufe eigentlich an, um dir zu sagen, dass ich nächstes Wochenende komme.«

»Wirklich?«, fragte Viola, die zunächst noch zurückhaltend blieb, weil sie Lauras Versprechungen kannte.

»Ich hatte auf etwas mehr Begeisterung gehofft«, beschwerte Laura sich.

»Entschuldige«, versuchte Viola sie zu trösten. »Ich möchte dich wirklich sehr gern sehen, aber ich habe schon fast nicht mehr dran geglaubt.«

»Ach was, ich komme auf jeden Fall diesen Samstag.«

»Wie schön, ich freue mich, und dein Zimmer wartet schon auf dich!«

»Das ist ja auch das Mindeste.«

»Ab ins Bett mit dir«, verabschiedete Viola sich lachend von ihrer Freundin. »Wir sprechen später noch mal.«

Endlich kam jemand, mit dem sie ihr Abenteuer teilen konnte, dachte sie erleichtert, während sie sich eine Tasse Kaffee eingoss. Sie holte sich eine Decke und öffnete die Tür zum Hof.

Vor Entsetzen fiel ihr die Tasse aus der Hand, die auf dem hellen Steinboden zerschellte, während ihr Herz plötzlich raste.

Nero lag vor der Tür, den Kopf unnatürlich verdreht, und unter ihm hatte sich eine große Blutlache ausgebreitet.

Viola schrie und kniete sich neben den Hund, bis schließlich Carmela und Vito erschrocken angelaufen kamen.

Carmela brachte sie zurück in die Küche und versuchte sie zu beruhigen, in der stillen Hoffnung, dass Nico nichts gehört hatte.

Vito ging neben dem alten Hund in die Knie und legte eine Hand an dessen Brustkorb. Er war kalt. Auf diesem Haus musste ein Fluch liegen, seit die Signora gestorben war, dachte er. Zuerst der Schaden am Stromanschluss, dann die Explosion, und jetzt noch Nero, dem man die Kehle durchgeschnitten hatte. Langsam regten sich Zweifel in ihm, ob er weiter hier leben wollte.

»Was soll ich tun?«, fragte er, als er zu den Frauen in die Küche kam.

»Na was schon?«, sagte Carmela vorwurfsvoll. »Begrab ihn!«

»Er wurde getötet«, erklärte Vito.

Viola sah ihn entsetzt an.

»Das ist nicht möglich …«, flüsterte sie schockiert.

»Soll ich die Carabinieri anrufen?«, fragte er weiter.

»Wozu soll das gut sein?«, brummte Carmela. »Haben die vielleicht was wegen der Explosion unternommen?«

»Viola?« Vito wollte, dass sie die Entscheidung traf, und selbst wenn sie unter Schock stand, erwartete er eine Antwort von ihr.

Doch Viola war zu keinem klaren Gedanken fähig. Sie konnte sich gerade mal zurückhalten, nicht wieder laut zu schreien, während ihr Tränen über das Gesicht liefen.

»Begrab ihn in der Nähe der Stallungen«, entschied Carmela. »Und zwar schnell, ehe Nico noch aufwacht.«

Vito ging mit finsterem Gesicht hinaus, holte eine Schubkarre und lud das arme Tier darauf. Er würde noch am gleichen Abend Carmela klarmachen, dass er nicht vorhatte, hierzubleiben und sich umbringen zu lassen. Denn die Dinge nahmen eine schlimme Wendung, und wenn dieses Mädchen zu stur war, es zu begreifen, war er doch erfahren und alt genug, um zu wissen, dass das hier kein gutes Ende nehmen würde.

Inzwischen bereitete Carmela einen Tee zur Beruhigung für Viola zu. Als sie sicher sein konnte, dass diese mindestens die Hälfte davon getrunken hatte, verließ sie sie, um draußen im Hof das Blut wegzuwischen und dann Nico zu wecken.

Nachdem Carmela gegangen war, sah Viola sich verloren um. Die sonst so einladende Küche wirkte jetzt kalt und leer auf sie. Sie stand auf, musste sich aber sofort am Tisch festhalten. Sie kam sich vor, als könnte sie ihren Körper nicht mehr richtig spüren, alles wirkte gedämpft, und sie fühlte keinen Schmerz.

Wie ferngesteuert ging sie hinauf in ihr Schlafzimmer und zu dem noch offen stehenden Fenster, von dem man einen herrlichen Ausblick aufs Meer hatte. Es würde wieder ein warmer Sommertag werden, schon drangen die ersten Strahlen in ihr Zimmer und verjagten die dunklen Schatten. Doch Viola fror. Nicht einmal diese wunderbare Landschaft, die sie in den schwierigsten Momenten aufgerichtet hatte, konnte ihr nun Trost schenken.

»Viola!«

Aris trat plötzlich in den Raum und rief sanft ihren Namen. Sie wandte sich nicht um, sondern ließ den Blick aufs Fensterbrett sinken und schüttelte den Kopf, als wollte sie ihre Gedanken verjagen.

»So schaffe ich das nicht«, flüsterte sie.

»Ich weiß.« Nun stand Aris neben ihr und drehte sie zärtlich zu sich um.

Violas Augen waren gerötet und vom Weinen geschwollen.

»Warum geschieht das alles?«, fragte sie ihn. »Was soll ich tun?«

Dann brach sie wieder in Tränen aus, schluchzte laut und konnte nicht aufhören. Aris drückte sie an sich und fühlte, wie ihr Schmerz ihm unter die Haut ging und ihm das Herz zerriss.

Viola überließ sich erschöpft seinen Armen. Als ihre Tränen versiegt waren, schob Aris sie ein wenig von sich weg und nahm ihr Gesicht in beide Hände.

»Ich ertrage es nicht, dich so zu sehen«, flüsterte er ihr zu. Viola versuchte ein zaghaftes Lächeln, wobei sie sich auf die Unterlippe biss, um weitere Tränen zu unterdrücken.

In diesem Moment hätte Aris alles für sie getan. Und mit dieser Gewissheit näherten sich seine Lippen den ihren, und er küsste sie. Viola erwiderte den Kuss ohne zu zögern, schlang ihm die Arme um den Hals und ließ sich gegen ihn sinken.

»Verschwinden wir von hier«, sagte er leise, ohne seine Lippen von ihren zu lösen.

»Aber ich …«

Er lächelte sie an, mit einem dieser wunderbaren, strahlenden und verführerischen Lächeln, die er selten zeigte. »Los, gehen wir.« Er nahm ihre Hand und zog sie mit sich fort. Und sie folgte ihm widerstandslos.

45

Aris lenkte den gelben Fiat rasch gen Süden. Viola auf dem Beifahrersitz neben ihm betrachtete stumm, wie die ihr teilweise vertraute Küstenlandschaft am Seitenfenster an ihr vorüberzog. Sie hatte ihn nicht gefragt, wohin er sie brachte. Sie fühlte sich innerlich leer und hatte nur noch den einen Wunsch, sich an ihn zu lehnen.

Er fuhr schweigend, die Augen auf die Straße gerichtet, während er mit der rechten Hand Violas Hand hielt.

Schließlich blieb er auf dem Parkplatz eines kleinen Hafens stehen, und als sie ausstiegen, konnte Viola angesichts des wunderschönen kleinen Städtchens mit den weißen Mauern, das dort oben auf dem Felsen über der Meeresbucht thronte, nichts als entzücktes Staunen empfinden.

»Komm«, sagte Aris nur und nahm sie wieder bei der Hand. Viola folgte ihm bereitwillig und merkte, wie die Neugier sie ihre Lähmung abschütteln ließ.

Aris betrat ein kleines Lebensmittelgeschäft und füllte dort einen Korb mit Brot, getrockneten Tomaten, Oliven, Käse und einer Flasche Weißwein. Er unterhielt sich kurz mit der Frau an der Kasse, zahlte und verließ den Laden wieder.

»Machen wir ein Picknick?«, fragte Viola und brach damit das Schweigen.

»Ja, das auch«, antwortete er geheimnisvoll. Sie gingen zurück zum Hafen, in dem Fischerboote in allen Formen und Farben lagen, auch einige elegante, große Segelboote wiegten sich auf den ruhigen Wassern.

Aris ging auf eines von ihnen zu, forderte Viola auf, die

Schuhe auszuziehen, und führte sie über den Steg an Bord.

»Wo sind wir hier?«, fragte Viola verblüfft.

»Auf einem Segelboot?« Aris lächelte über ihre strahlenden, staunenden Augen, während sie sich begeistert umsah.

»Gehört das dir?«

»Wenn das so wäre, wäre er bereits auf und davon auf großer Fahrt bis hinter Feuerland!«, rief ein Mann, der gerade aus der Kajüte aufgetaucht war, und lachte herzlich.

»Ciao, Giorgio«, begrüßte Aris ihn, schüttelte ihm die Hand und ließ sich umarmen.

»Ciao, mein Junge! Wurde ja auch Zeit, dass du dich mal wieder blicken lässt!«

»Das ist Viola«, stellte Aris sie vor.

»Ein wunderschöner Name.« Giorgio nahm ihre Hand und küsste sie. »Für eine wunderschöne Frau.«

»Giorgio!«, rief Aris ihn zur Ordnung, während Viola ein wenig errötete.

»Ach, sei still, du Jungspund.« Giorgio zwinkerte Viola zu, sein strahlendes Lächeln ließ perfekte Zähne aufblitzen, die sich blendend weiß von der sonnengebräunten Haut abhoben. »Sonst überlege ich es mir anders und schippere selbst mit dieser jungen Dame aufs Meer hinaus.«

Aris sah ihn entgeistert an, was der Mann mit einem Heiterkeitsausbruch quittierte.

»Schon gut, schon gut!«, verkündete Giorgio und legte Aris einen Arm um die Schulter. »Und du sieh zu, dass du deinen Sinn für Humor wiederfindest, du ziehst ja ein Gesicht, als wärst du unterwegs zu einem Begräbnis.«

Diesmal musste Viola lachen, und daraufhin schien Aris sich endlich zu entspannen.

»Ich habe vollgetankt«, erklärte Giorgio Aris. »Heute weht eine schöne Brise, da müsstet ihr mit wenig Benzin auskommen.«

»Ich danke dir sehr.« Aris schüttelte dem Mann kräftig die Hand, und Viola war sich sicher, dass sie einen Funken Rührung in seinen Augen entdeckt hatte.

»Wurde ja auch Zeit, dass du sie mal wieder bewegst«, erwiderte Giorgio. »Du hast meiner Lady gefehlt. Niemand kann sie so segeln wie du.«

Beide lachten, und Giorgio schlug ihm freundschaftlich auf die Schulter.

»Ich bin dann mal weg«, schloss er. »Viel Spaß!« Wieder zwinkerte er Viola zu, verließ das Boot und ging die Mole entlang.

»Dann wollen wir mal los.« Aris holte den Laufsteg ein und löste die Taue. Obwohl er nach außen hin selbstsicher wirkte, war er in Wirklichkeit ein wenig besorgt, wie Viola reagieren würde. Für ihn war ein Segeltrip das Allheilmittel schlechthin. Er hatte gar nicht darüber nachgedacht, ob ihr das gefallen würde, als er sie aus der Masseria entführt hatte, und jetzt kamen ihm leise Zweifel. Nachdem er die Taue eingeholt hatte, wagte er es endlich, sie anzusehen.

Viola stand immer noch am Heck des Bootes und strahlte ihn erwartungsvoll an.

»Alles in Ordnung?«, fragte er.

Sie nickte entschieden, dann schlang sie die Arme um seinen Hals und lachte begeistert auf.

»Bist du noch nie gesegelt?«, fragte er und erwiderte ihr Lachen. Er packte sie an den Hüften und verlor sich in ihren Augen.

»Noch nie!«

»Möchtest du es lernen?«

»Ja gern!«

Bevor er sie losließ, küsste er sie zärtlich. Aris schluckte erregt, aber er ließ sie los.

»Wir verlassen den Hafen mit Motorkraft«, erklärte er ihr

und ging zum Steuer. »Dann erst setzen wir die Segel. Dabei musst du mir helfen.«

»Zu Befehl!« Viola legte zackig die Hand an die Schläfe. »Wie soll ich dich nennen? Kapitän? Skipper?«

»Aris genügt«, versicherte er ihr gut gelaunt.

Sie konnte die Geschehnisse vom Morgen nicht vergessen haben, aber sie hatte es offensichtlich geschafft, sie für den Augenblick hinter sich zu lassen. Ihre Entschlossenheit, positiv zu denken, war bewundernswert, und er würde alles dafür tun, dass sie einen unbeschwerten Tag verbrachte.

Als sie draußen auf dem offenen Meer waren, stellte Aris den Motor ab und setzte die Segel. Diese blähten sich sofort im Wind und hoben sich blütenweiß vor dem blauen Himmel ab.

Das Boot glitt schwerelos und leise über die blauen Wasser, einige Minuten waren beide beschäftigt. Aris damit, die Taue festzumachen und Viola zu erklären, wie sie hießen; sie vor allem mit ihren Bemühungen, zu vermeiden, dass sie mit dem Kopf gegen einen Segelbaum stieß und im Wasser landete.

Draußen auf dem Meer fiel es ihr nicht schwer, für ein paar Stunden die Wirklichkeit zu vergessen, die zu Hause auf sie wartete.

Aris hatte an alles gedacht, sogar an einen Bikini für Viola und an Sonnencreme. Er ließ sie unten im Boot allein, damit sie sich umziehen konnte.

Als sie wieder zu ihm kam – die Locken hochgesteckt, in einem winzigen Bikini und mit eleganter Sonnenbrille –, hätte sich Aris beinahe verschluckt. Er deutete stumm auf ein großes Handtuch, das er vorn im Bug ausgebreitet hatte, während er so tat, als hätte er zu tun. Allerdings ließ er sie keinen Moment aus den Augen, während sie sich dort ausstreckte.

Er schalt sich einen Narren. Er konnte sie nicht haben, und sie so zu sehen, quälte ihn. Was bildete er sich eigentlich ein? Es war ausgeschlossen, dass sie Teil seines Lebens werden konnte.

Jedenfalls nicht so, wie er es sich gewünscht hätte. Aber er konnte einfach nicht von ihr lassen, nicht aufhören, sich um sie zu sorgen und sich danach zu sehnen, dass dieses Lächeln niemals von ihren Lippen verschwand.

Aris fuhr sich mit der Hand durch die Haare und atmete die Salzluft kräftig ein. Nein, er wollte jetzt nicht an morgen denken. Dieser Tag allein mit ihr war eines der schönsten Geschenke, das das Leben ihm gemacht hatte.

Viola war in der Sonne eingeschlafen und das Geräusch, mit dem Aris den Anker auswarf, weckte sie.

»Was ist los?«

»Wir legen an und essen zu Mittag.«

Aris hatte sein T-Shirt ausgezogen und eine helle Hose angezogen, die ihm bis zur Hälfte der Wade reichten. Er war wesentlich gebräunter als sie. Die dunkle Sonnenbrille verbarg ihre Augen, sodass er nicht sehen konnte, wie sie ihn musterte, aber sie errötete trotzdem, so stark war ihr Verlangen nach ihm.

»Kann ich dir helfen?«, fragte sie.

»Es ist alles fertig, komm.«

Aris hatte die Segel eingeholt und am Heck ein Sonnensegel ausgeklappt. Darunter hatte er einen kleinen Tisch mit einer strahlend weißen Tischdecke aufgestellt und sogar daran gedacht, den Wein in einen Eiskübel zu legen.

Viola konnte nichts dagegen tun, sie musste einfach dauernd lächeln.

Während des Essens plauderten sie über das Boot, das Meer und Reisen allgemein. Der Wein löste ihre Zurückhaltung, sie lachten miteinander, und nach dem Essen streckten sich beide im Schatten des Sonnensegels aus.

»Das muss dir unglaublich fehlen«, sagte Viola.

»Was?«, fragte Aris und wandte sich ihr zu.

»Das Leben auf dem Meer.«

»Ich versuche, nicht daran zu denken.«

»Das würde ich wahrscheinlich nicht schaffen.«

»Manchmal bleibt einem keine Wahl.«

Viola verfluchte sich innerlich, ein Thema angeschnitten zu haben, das ihn traurig stimmen musste, und streckte ihre Hand nach seiner aus. Aris rollte sich auf die Seite und streifte dabei mit seiner nackten Brust ihren Arm.

»Eigentlich müsste es mir jetzt leidtun, dass ich dich hierhergebracht habe«, gestand er. »Ich kann dir nicht mehr bieten. Aber manchmal mache ich mir selbst vor, dass ich noch eine Wahl habe.«

»Ich bin glücklich, hier bei dir zu sein. Das ist im Moment alles, was zählt.«

»Später wirst du mich hassen«, brummte er und legte sich wieder auf den Rücken.

Diesmal machte Viola den ersten Schritt. Sie legte sich auf ihn und die Berührung ihrer nackten Haut ließ sie vor Lust erschauern.

»Niemals«, flüsterte sie und senkte ihren Mund auf seine Lippen. »Niemals.«

Aris ließ die Hände an ihrem Rücken heruntergleiten, während sein Mund von ihrem Besitz nahm, heiß, hungrig, leidenschaftlich.

Worte waren jetzt überflüssig, ihre Lippen, ihre Augen und jeder Zentimeter ihrer Haut suchten einander, entdeckten sich – und liebten sich.

Aris hielt eine leidenschaftliche und fordernde Frau in den Armen, aber auch sanft, gebend und aufmerksam.

Nicht einmal das weite Meer hätte seine Verletzungen lindern können, so wie sie es konnte, doch wieder musste er sich eingestehen, dass das, was er tat, nicht richtig war.

46

Der Nachmittag ging schnell und taub für ihre Wünsche in den Abend über. Als sie den Hafen erreichten, erfüllten dunkle Wolken den Himmel, die sich schon seit dem Mittag mehr und mehr vor die Sonne geschoben hatten.

Die Rückfahrt verlief schweigend, obwohl Viola gelegentlich versuchte, die Stimmung etwas aufzulockern.

Mit jedem weiteren Kilometer näherte sich ihre kleine Flucht dem Ende entgegen. Da zerriss das Klingeln von Violas Handy die Stille so brutal wie ein Schuss.

»Ciao Viola, ich bin's, Ezio«, sagte Aris' Freund, als sie sich meldete. »Entschuldige die Störung, Carmela hat mir deine Nummer gegeben. Ist Aris bei dir? Ich muss mit ihm reden.«

»Ja, warte, ich gebe ihn dir.«

»Wo zum Teufel treibst du dich denn rum?«, fragte Ezio aufgebracht, als er Aris am Handy hatte.

»Was ist denn los?«, fragte dieser beunruhigt.

»Wir suchen dich schon den ganzen Tag!«, schnaubte Ezio. »Sara geht es nicht gut, und wir wussten nicht, wie wir dich erreichen sollten.«

»Was heißt das, ihr geht es nicht gut?« Aris Stimme klang jetzt beinahe schrill, und Viola sah besorgt zu ihm hinüber.

»Nach deinem Anruf heute Morgen muss sie wohl eine Panikattacke erlitten haben. Man hat sie ins Krankenhaus gebracht.«

»Und wie geht es ihr jetzt?«

»Das weiß ich nicht. Gennaro ist gleich nach Hause und hat mich später angerufen, weil er wissen wollte, wo du steckst!«

Ezio wirkte sehr aufgebracht, und sein anklagender Ton verärgerte Aris, weil er sich dadurch nur noch schuldiger fühlte.

»Wo ist sie jetzt?«

»Zu Hause. Am besten fährst du sofort hin.«

»Ich bin gleich da. Kannst du Gennaro schon mal Bescheid sagen?«

»Na gut. Und … Aris …«

»Was?«

»Mach keinen Blödsinn«, sagte Ezio und beendete das Gespräch.

Aris gab Viola das Smartphone zurück und umklammerte das Steuer so fest mit beiden Händen, dass seine Knöchel weiß hervortraten.

»Was ist passiert?«, fragte Viola leise.

»Sara hat eine Panikattacke gehabt«, antwortete er. »Ich habe sie heute Morgen angerufen, um ihr zu sagen, dass ich nicht zu ihr komme. Dann habe ich mein Handy ausgeschaltet.«

Viola legte erschrocken eine Hand vor den Mund und hielt den Atem an.

»Wie geht es ihr jetzt?«

»Das weiß ich nicht, aber sie ist zu Hause.«

»Soll ich dich bei ihr absetzen? Ich kann dann allein zur Masseria weiterfahren.«

»Nein, ich komme besser mit und hole den Pritschenwagen ab.«

Viola hätte ihn am liebsten berührt, ihn beruhigt, aber sie ahnte, dass er das nicht gewollt hätte. Sein Gesicht wirkte wie versteinert, und sein Atem ging schnell.

»Es tut mir leid«, sagte sie leise.

»Du hast nichts damit zu tun«, antwortete er knapp.

»Das glaube ich nicht«, protestierte Viola, die nicht wollte, dass er die gesamte Schuld auf sich nahm. »Wir haben beide einen Fehler gemacht. Ich wusste von ihr, aber …«

»Sei still, Viola.« Aris sah sie an. »Das bringt doch nichts.«

Sie schwieg gekränkt, und ihre Augen brannten vor unterdrückten Tränen.

Jede Minute dieses Tages hatte sich ihr auf ewig eingeprägt, beinahe wie ein Tattoo auf ihrer Haut, und deshalb konnte sie sich nicht schuldig fühlen. Im Grunde war sie nicht besser als die Frauen, die sich an ihren Ex herangemacht hatten, obwohl sie wussten, dass er vergeben war, die sich aber nicht um sie und ihre Gefühle geschert hatten.

Zwischen Aris und ihr herrschte mehr als körperliche Anziehung. Reichte das, um das Geschehene zu rechtfertigen? Ganz sicher nicht, sagte ihr ihre Vernunft. Aber ihr Herz war anderer Meinung.

Der Fiat wirbelte eine riesige Staubwolke auf, als sie auf den Hof des Gutes fuhren. Aris parkte ihn unter dem neuen Schutzdach, und sie gingen zum Pritschenwagen, der neben der Remise stand.

»Willst du wirklich heute Nacht hier allein bleiben?«

»Wohin sollte ich sonst gehen?«

»Zu Carmela …«

»Nein, ich bleibe hier im Haus. Außerdem wird jetzt bestimmt ein paar Tage nichts passieren, meinst du nicht?«

»Unterschätz deine Gegner nicht«, warnte Aris sie.

»Nein. Aber wen soll ich eigentlich nicht unterschätzen? Wer sind diese Leute? Es macht mich so wütend, dass ich es nicht weiß!«

»Bitte verriegle alle Fenster und Türen. Wir sprechen morgen.« Ohne sich ihr noch einmal zu nähern, stieg er in den Wagen und fuhr weg.

Viola empfand ein so starkes Gefühl der Leere, und ihr graute vor der kommenden Nacht.

Sie ging zum Haus von Vito und Carmela, um Nico zu sehen und Carmela zu sagen, dass sie kein Abendessen benötigte.

Dann wollte sie sich ein langes Bad gönnen und einen Kräutertee machen, um schlafen zu können.

Jetzt hätte sie gern Adele bei sich gehabt. Sie hätte die richtigen Worte gefunden.

Stattdessen hatte die Großmutter sie hier allein mit einem Haufen Probleme zurückgelassen, und dazu war sie auch noch in einen Mann verliebt, der einer anderen gehörte.

»Vielen Dank, Nonna!«, rief sie und sah schmollend zum Himmel auf.

47

Die langen dunklen Haare lagen wie ein Fächer ausgebreitet auf dem Kissen, rahmten ihr attraktives Gesicht ein und betonten dessen Blässe. Sara hatte die Augen geschlossen, doch als Aris sich auf die Bettkante setzte, öffnete sie sie.

»Ciao«, sagte sie leise.

»Ciao«, begrüßte er sie. »Wie fühlst du dich?«

»Ich bin todmüde«, antwortete sie und streckte einen Arm aus, um seine Hand zu ergreifen.

»Dann gehe ich lieber, damit du dich ausruhen kannst.«

»Nein.« Sara hielt ihn zurück. »Lass mich nicht allein.«

»Ich bin gleich hier draußen bei deinen Eltern.«

»Bleib doch ein wenig«, flehte sie ihn an.

»Gut. Aber reg dich bitte nicht auf.«

»Dann werde ich dich besser nicht fragen, wo du heute gewesen bist. Und mit wem.«

Aris' Augen zogen sich zusammen.

»Darüber sprechen wir, wenn es dir besser geht.«

»Ich weiß nicht, ob ich Genaueres wissen will«, erklärte Sara, ohne den Blick von ihm abzuwenden.

»Sara, bitte …«

»Keine Sorge. Ich bin nicht so dumm, wie du glaubst.«

»Ich habe dich nie für dumm gehalten. Bitte lass uns nicht streiten.«

»Jetzt geht's mir gut, weil ich mit Beruhigungsmitteln vollgepumpt bin. Trotzdem hatte ich Zeit nachzudenken, und ich habe eine Entscheidung getroffen.«

Aris sah sie misstrauisch an, während sich in seinem Kopf

eine leise Hoffnung regte, sie hätte ihre verfahrene Beziehung satt.

»Was für eine Entscheidung?«, fragte er.

»Wir haben beide Fehler gemacht und unsere Beziehung aufs Spiel gesetzt«, begann Sara und setzte sich ein wenig auf. Aris half ihr, die Kissen aufzuschichten, dann setzte er sich wieder hin. »Ich sehe doch auch, dass wir unglücklich sind. Aber vor dem Unfall hatten wir eine schöne Zeit. Ich weiß, dass du nicht so gemein bist, mich wegen … wegen dem hier zur verlassen«, erklärte sie und legte ihre Hände auf ihre Beine, die reglos unter dem Laken lagen. »Vielleicht geschieht eines Tages ein Wunder. Erinnerst du dich? Die Ärzte haben mir Hoffnung gemacht …«

»Aber noch ist nichts passiert«, wandte Aris ein. »Ich denke nicht, dass es gut ist, auf ein Wunder zu warten.«

»Ich bin sicher, wenn du mich wieder liebst wie vorher, wird sich etwas ändern.«

»Sara, so läuft das nicht.«

»Lass das!«, fuhr sie auf. »Du solltest mir helfen, mich unterstützen …«

»Ich bitte dich. Wäre es dir lieber, wenn ich dich belüge?«

Sara warf ihm einen vernichtenden Blick zu. »Natürlich nicht«, antwortete sie dann und lächelte verführerisch.

»Es ging doch eben um deine Entscheidung.« Aris nahm sich vor, vorsichtiger mit dem zu sein, was er sagte.

»Ich habe beschlossen, dass ich, so viele Fehler du auch gemacht hast, weiter an unsere Beziehung glauben und für sie kämpfen werde«, erklärte Sara und schenkte ihm ein Lächeln. »Vielleicht habe ich dich ja sogar zum Teil in die Arme von … einer anderen getrieben«, sagte sie und machte eine wegwerfende Handbewegung, als sei Viola kaum mehr als eine lästige Fliege. »Deshalb akzeptiere ich meinen Teil der Schuld, und wir vergessen, was geschehen ist.«

Aris starrte sie entsetzt an. Konnte sie wirklich nicht begriffen haben, dass zwischen ihnen nichts mehr zu retten war? Doch ihre Botschaft war klar. Sie würde ihn nicht gehen lassen, und wenn er es auch nur versuchte, würde es ihr unweigerlich das Herz brechen. Wie an diesem Morgen.

Aris senkte den Kopf und rieb sich die Augen, während er verzweifelt versuchte, die Dinge nüchtern zu betrachten.

Er würde sie nicht verlassen. Seine Loyalität und das Bewusstsein seiner Schuld hatten das für ihn entschieden. Doch die Grausamkeit, mit der sie ihn, versteckt hinter einem freundlichen Lächeln, manipulierte, machte ihn einfach rasend.

»Du ruhst dich jetzt besser aus«, sagte er und stand auf.

»Einverstanden«, sagte Sara erschöpft und ließ sich seufzend in die Kissen sinken. »Komm nicht zu spät ins Bett.«

Aris nickte kaum merklich und öffnete die Zimmertür.

»Übrigens will ich nicht, dass du weiter für Adeles Enkelin arbeitest«, sagte Sara noch.

Aris versteifte sich und blieb stehen, ohne sich umzudrehen. Dann verließ er wortlos den Raum. Einen weiteren Streit hätte er nicht ertragen, und er war gerade zu wütend, um seine Meinung vernünftig vorzubringen. Doch Sara irrte sich gewaltig, wenn sie glaubte, sie könnte sein schlechtes Gewissen benutzen, um ihn in ein gehorsames Hündchen zu verwandeln, das sie an der kurzen Leine halten konnte. Es war eine Sache, auf Violas Küsse verzichten zu müssen, auf ihre samtweiche Haut unter seinen Lippen und ihre Hände, die neugierig jeden Zentimeter seines Körpers erforschten. Aber er würde die Arbeit bei ihr nicht aufgeben, selbst wenn das hieß, dass er sich ständig selbst Schmerz zufügte.

Er ging zu seinem Schwiegervater in spe ins Wohnzimmer und setzte sich neben ihn auf das Sofa. Gennaro betrachtete ihn verstohlen. Aris starrte auf den Bildschirm, ohne die Bilder wahrzunehmen, die vor seinen Augen abliefen. Er fühlte sich hilflos und ausgeliefert.

»Lass etwas Zeit vergehen«, brummte Gennaro.

Aris riss sich aus seiner Erstarrung und sah ihn an.

»Zeit wird daran auch nichts ändern«, erklärte er resigniert.

»Wer weiß.«

Aris wandte sich stumm wieder dem Bildschirm zu. Er war dem Mann dankbar für die Zuneigung, die er ihm entgegenbrachte. Doch Gennaro konnte sonst nichts weiter tun. Und die Zeit würde auch keine Lösung bringen, die alle zufriedenstellte.

Er lehnte den Kopf gegen die Lehne des Sofas und schloss die Augen.

48

Aris kam weder am nächsten Morgen noch in den folgenden Tagen zur Masseria.

Viola lief ziellos und niedergeschlagen auf ihrem Besitz umher und fragte sich ständig, was sie mit ihrer Erbschaft anfangen sollte. Vergeblich versuchte sie, die Lage mit klarem Verstand zu betrachten. Aris ging ihr nicht aus dem Kopf, und sie quälte sich mit der Frage, warum er sie nicht einmal angerufen hatte.

Es war ein herrlicher Tag, sonnig, aber windig. Viola verbrachte Stunden auf den Klippen und dachte an den Tag auf dem Segelboot, an dieses Gefühl von Freiheit, und wie lebendig und glücklich sie sich mit Aris gefühlt hatte.

Aris. Sie musste einfach an ihn denken, alles erinnerte sie an ihn. Warum sollte sie noch bleiben? Sie war hier nicht erwünscht. Wer wusste schon, was diese Leute, die sie bedrohten, noch vorhatten. Und ohne Aris, der sie beschützte, kam sie sich so verletzlich vor.

Andererseits hatte ihre Großmutter Vertrauen in sie gehabt und ihr die Verantwortung für Menschen und Besitz übertragen. Da war Nico. Ihn konnte sie nicht so einfach im Stich lassen.

»Ciao«, grüßte Ezio sie plötzlich und setzte sich auf einen Felsen neben sie. Viola fuhr erschrocken auf.

»Entschuldige, ich wollte dich nicht erschrecken.«

»Ich habe mich einfach noch nicht an eure Art gewöhnt, euch leise anzuschleichen«, sagte Viola lächelnd. »Was machst du hier?«

»Ich wollte sehen, wie es dir so geht.«

»Das ist nett von dir.« Viola sah wieder hinaus aufs Meer.

»Du hast hier in ein Wespennest gestochen, ich kann nur ahnen, wie du dich fühlst.«

»Wenn mir das vor drei Monaten jemand gesagt hätte, hätte ich ihn ausgelacht.«

»Das glaube ich dir gern«, stimmte Ezio ihr zu. »Was hast du jetzt vor?«

Da er ein Freund und Kollege von Aris war, glaubte Viola, dass er wusste, was geschehen war. Umso besser, denn sie hatte nicht mehr die Kraft, Stärke und Selbstbewusstsein vorzutäuschen.

»Ich weiß es nicht«, antwortete sie mutlos. »Doch alles hinzuwerfen ist auch keine Lösung.«

»Aber vielleicht die schmerzlosere Variante«, sagte Ezio.

»Meinst du? Wenn meine Großmutter nicht etwas von mir erwartet hätte, hätte sie mir wohl kaum diese Überraschung bereitet«, dabei wies sie mit dem Daumen hinter sich auf die in der Ferne liegende Masseria. »Wenn ich jetzt gehe, würde ich immer die Last des Versagens mit mir herumschleppen.«

»Du bist zu streng mit dir«, widersprach Ezio.

»Doch genauso würde ich es empfinden. Andererseits fällt es mir im Moment sehr schwer hierzubleiben. Nichts läuft so, wie es soll, außerdem …«, sie verstummte plötzlich, weil sie nicht laut sagen wollte, worunter sie wirklich litt.

Doch Ezio wusste es auch so und legte ihr sanft eine Hand auf die Schulter.

»Wie geht es ihm?«, fragte sie ihn kaum hörbar.

»Miserabel«, erklärte er. »Aber er lässt nicht mit sich reden. Wenn er sich einmal entschieden hat, kann ihn niemand mehr umstimmen.«

Viola wandte den Blick ab und biss sich auf die Lippen, um nicht in Tränen auszubrechen.

»Es wäre alles leichter für ihn, wenn ich ginge«, stellte sie fest.

»So ein Blödsinn!«, fuhr Ezio auf. »Er könnte dich nicht mal vergessen, wenn du dich am anderen Ende der Welt versteckst.«

Viola sah ihn verblüfft an.

»Jetzt erzähl mir nicht, du hast keine Ahnung, dass er sein Herz an dich verloren hat?«

»So hätte ich es nicht ausgedrückt ...«, sagte sie und musste lächeln. »Aber so wie es aussieht, zählt das nicht. Wenn ich nach Hause zurückkehre, erspare ich ihm wenigstens die Mühe, mir aus dem Weg zu gehen.«

»Tu das nicht.«

»Was?«

»Ich weiß, dass ich dich nicht darum bitten sollte. Und wenn Aris erfährt, was ich dir jetzt sage, bringt er mich um.«

»Was denn?«, fragte Viola nach, da Ezio schwieg.

»Bleib hier. Ich weiß von den Drohungen, aber wir werden der Sache irgendwie auf den Grund gehen. Doch bitte bleib noch eine Weile hier. Du kannst mich Tag und Nacht anrufen, wenn du mich brauchst. Ich habe kein hübsches Mädchen zu Hause, das eifersüchtig auf mich wartet.«

»Warum?«, fragte Viola vollkommen durcheinander.

»Was weiß ich? Vielleicht weil ich nicht unwiderstehlich genug bin!«

Viola musste lachen und versetzte ihm einen kräftigen Klaps auf die Schulter.

»Warum soll ich bleiben?«, erklärte sie, wieder ernst geworden.

»Aris macht einen Riesenfehler. Wenn Sara nicht in diesem Rollstuhl sitzen würde, wären sie schon längst kein Paar mehr. Doch sie will ihn unbedingt heiraten, und er will das Richtige tun, obwohl er sie nicht liebt.«

Viola wurde blass bei dem Gedanken, dass Aris bald mit einer anderen verheiratet sein würde. Sara war entschlossen genug, alles zu bekommen, was sie wollte, und sie glaubte nicht, dass sie in der Lage wäre, diese Frau aufzuhalten. Und vor allem nicht, dass es richtig wäre, es zu tun.

»Ich halte das für keine gute Idee«, sagte sie niedergeschlagen.

»Ich weiß, dass ich viel von dir verlange. Besonders, weil Aris sich wie ein störrisches Maultier verhält …«

Ezio stützte sich mit den Ellenbogen auf die Knie und schüttelte den Kopf.

»Andererseits kann es für mich nicht schlimmer kommen als jetzt«, stellte Viola fest. »Außerdem, was habe ich schon zu verlieren?«

Ezio betrachtete sie mit gerunzelter Stirn.

»Das will ich mir nicht einmal vorstellen!«, rief sie entschlossen aus, und verbot sich den Gedanken, dass die Leute, die sie bedrohten, ihr auch körperliches Leid zufügen könnten.

»Gut, dann denk darüber nach«, meinte Ezio, der plötzlich nicht mehr sicher war, ob er sie wirklich zum Bleiben überreden sollte. »Und wenn du beschließt, dass es mit den Arbeiten weitergeht, ruf uns an.«

Er stand auf, Viola folgte ihm.

»Glaubst du, dass Aris wieder herkommen wird?«

»Das wird er müssen«, erklärte Ezio entschieden. »Sonst fessle ich ihn, und schleppe ihn persönlich hierher.«

Viola lächelte, und dann machten sie sich gemeinsam auf den Weg zurück zum Gut.

»Danke, dass du vorbeigekommen bist«, verabschiedete Viola sich von ihm, als er in seinen Wagen stieg.

»Ruf mich jederzeit an, wenn du was brauchst.«

»Mach ich, danke!«

Viola sah dem Wagen nach, der sich über den staubigen Weg entfernte.

Ezio war ein anständiger Kerl, aber er verlangte viel von ihr. Im Augenblick fürchtete sie eher um ihr Herz als um ihr Leben.

Und wenn sie weiterhin einem aussichtslosen Traum hinterherjagte, tat ihr das bestimmt nicht gut.

Viola betrat das Haus. Ezios Besuch hatte sie gefreut. Nun fühlte sie sich nicht mehr so allein. Und von ihm zu hören, dass Aris genauso rettungslos verliebt in sie war wie sie in ihn, gab ihr etwas Trost.

Sie wollte noch ein wenig durchhalten, nicht so sehr, weil sie wirklich an ein Happy End für sich glaubte, sondern weil sie sich noch nicht bereit fühlte, diesen Ort zu verlassen.

49

Laura hatte grüne Katzenaugen und ein schönes, herzförmiges Gesicht, das von leuchtend roten Haaren eingerahmt wurde. Eigentlich waren ihre Haare kastanienbraun, doch Viola konnte sich nicht erinnern, seit Lauras achtzehntem Geburtstag jemals wieder ihre natürliche Farbe gesehen zu haben.

»Das meinst du jetzt nicht ernst«, sagte Laura ungläubig. Sie saß ihr gegenüber am Küchentisch, und Viola hatte ihr gerade in groben Zügen erzählt, was in den letzten Monaten passiert war.

»Doch. Ich hätte mir auch nicht träumen lassen, dass mir so etwas mal passiert.«

»Und du hast mich hierhergelockt, damit ich Leib und Leben riskiere? Na, du bist mir ja eine schöne Freundin!«

»Ich glaube nicht, dass du etwas zu befürchten hast«, beschwichtigte Viola ihre Freundin. »Und vielleicht hast du ja recht, und alles ist nur ein böser Traum.«

»Hoffen wir es. Aber reden wir mal von was Angenehmem«, fuhr Laura fort. »Wann bekomme ich dein Superschnuckelchen zu Gesicht?«

»Vielleicht nie«, brummelte Viola finster.

»Ich kann nicht glauben, dass es einfach so zu Ende sein soll«, erklärte Laura. »Wenn ihm so viel an dir liegt, meldet er sich wieder bei dir.«

»Ich weiß nicht. Er hat eine Entscheidung getroffen und wird dabei bleiben.«

»Eigentlich kenne ich das nicht von dir, dass du so schnell aufgibst.«

»Und eigentlich habe ich jemanden erwartet, der mich in meiner Meinung unterstützt!«

»Nicht bevor ich ihn gesehen habe, Schätzchen!«, rief Laura aus und stand auf. »Wie wäre es mit einer kleinen Führung, dann kannst du mir erzählen, was du hier alles vorhast und mich überzeugen, mit dir hierzubleiben.«

Viola lächelte. Genau das brauchte sie jetzt. Jemanden, der Sinn für das Schöne hatte, mit beiden Beinen im Leben stand und wenig übrig hatte für übertriebene Dramatik.

Laura ließ sich den gesamten Besitz zeigen. Die Remise, in der Viola die Gästezimmer einrichten wollte, den Mandelgarten mit den Stallungen, das Haupthaus und den Entwurf für die Küche, deren uneingeschränkte Herrscherin sie werden sollte.

Ihre Freundin ließ sich von Violas Plänen begeistern. Und das ermutigte Viola wieder ein wenig. Laura war ungeduldig und schimpfte gleich wegen der langen Wartezeiten für die Genehmigungen, doch Viola war sich sicher, dass die Antwort der Gemeinde nicht mehr lange auf sich warten lassen würde.

»Wenn alles gut geht, können wir im nächsten Frühling eröffnen.«

»Du weißt schon, dass ich nicht so lange bleiben kann«, gestand Laura. Es würde mindestens ein Jahr dauern, bis dieses Vorhaben auch nur einen Cent Gewinn abwerfen würde, und Viola begriff sehr gut, was ihre Freundin meinte.

»Ich weiß«, antwortete Laura. »Ich werde die Arbeiten überwachen. Und wenn alles so weit ist, kommst du zurück.«

»Das ist wirklich ein tolles Projekt!«, erklärte Laura nach der Besichtigungstour. »Damit wirst du bestimmt glücklich werden.«

»*Wir* werden damit glücklich werden«, sagte Viola und betonte das wir.

Laura umarmte ihre Freundin. Sie bewunderte ihren Mut und ihre Entschlossenheit. Es musste eine schwere Zeit für Viola gewesen sein, aber sie hielt an ihrem Plan fest.

»Du bist furchtbar dünn geworden«, sagte sie und hielt sie von sich weg. »Zum Glück bin ich jetzt da!«

»Hör mal, Carmela kocht auch sehr gut.« Viola wischte sich eine Träne aus dem Gesicht.

»Wirklich nicht übel«, gab Laura zu, nachdem sie beim Mittagessen alles buchstäblich verschlungen hatte. »Aber sie sollten darauf achten, dass du auch wirklich isst.«

»Ich denke mal, das wirst du jetzt übernehmen.«

»Darauf kannst du wetten. Jetzt gehe ich erst mal unter die Dusche, und dann lege ich mich ein Weilchen hin. Nichts gegen dein Auto, aber die sieben Stunden Fahrt waren wirklich ein Albtraum.«

Violas Vater hatte Laura überredet, die lange Reise in Violas Wagen zu machen, damit sie ihr eigenes Auto vor Ort hatte. Er traute dem alten Fiat nicht und wollte, dass sie ein zuverlässiges Fahrzeug hatte, mit dem sie jederzeit nach Hause fahren konnte, wenn sie sich dazu entschloss.

»Ich weiß.« Viola hakte sich bei Laura unter und brachte sie ins obere Stockwerk. »Ich habe dir ein Ohr abgekaut mit meinem Geschwätz, dabei musst du todmüde sein.«

»Nichts, was eine schöne Dusche und ein kleines Nickerchen nicht wieder in Ordnung bringen könnte«, erwiderte Laura. »Und heute Abend gehen wir schön essen!«

»Wo denn? Aber ich kenne hier überhaupt nichts!«

»Dann wird es Zeit. Wir wollen doch nicht die ganze Zeit hier rumhocken. Ich habe Urlaub! Außerdem kennst du bestimmt jemanden, der dir etwas empfehlen kann.«

»Eigentlich nicht«, musste Viola zugeben.

»Du bist wirklich eine Katastrophe«, beklagte Laura sich.

»Kein Wunder, dass du deprimiert bist. Du könntest deinen reichen Verehrer fragen.«

Viola hatte Laura von Rinaldi erzählt, und ihre Freundin hatte ihm sofort dieses Etikett verpasst.

»Das kommt überhaupt nicht infrage!«, weigerte Viola sich.

»Na dann musst du eben deinen Schatz anrufen«, fuhr Laura unbeeindruckt fort.

»Vielleicht könnte ich ja …«

»Na siehst du, da gibt es doch jemanden!« Laura grinste triumphierend.

»Er heißt Ezio und ist ein Freund von Aris. Sie haben hier zusammen gearbeitet.«

»Prima.«

50

Ezio war so freundlich und auskunftsfreudig gewesen, dass Viola ihn eingeladen hat, sie zu begleiten. Er hatte spontan zugesagt, und sie hatten sich zum Aperitif verabredet.

Viola konnte nicht glauben, dass sie ausgehen und sich amüsieren würde. Es war lange her, dass sie einfach nur Spaß gehabt hatte. Eigentlich war sie auch nicht in der richtigen Stimmung dafür, aber sie wusste, dass Laura schon für einen netten Abend sorgen würde.

Während ihre Freundin sich ausruhte, hatte sich Viola in den Mandelgarten zurückgezogen. Da es jetzt tagsüber wesentlich wärmer war, ließ es sich zwischen den Bäumen besser aushalten als in dem von der Sonne aufgeheizten Pavillon. Viola hatte die alte ausgefranste Hängematte des Großvaters durch eine neue ersetzt, und sie liebte es, darin zu liegen und den Blick durch die Blätter in den Himmel schweifen zu lassen.

Die Stille des Nachmittags wurde durch das Knattern eines Motorrads unterbrochen, das sich der Masseria näherte. Viola verließ ihren Lieblingsort, um dem Besucher entgegenzugehen. Da sie jetzt das Tor des Haupthofes rund um die Uhr geschlossen hielt, musste jeder, der sie besuchte, draußen auf einem kleinen Vorplatz im Schatten der Pinien parken. Sie überquerte den Hof auf dem Weg zum Tor, und als sie es beinahe erreicht hatte, öffnete es sich und Aris stand vor ihr. Unter dem Arm trug er seinen Motorradhelm.

Sie sahen sich still an. Viola stockte der Atem, als sie merkte, wie sehr er ihr gefehlt hatte.

»Ciao«, begrüßte Aris sie.

»Ciao«, erwiderte sie kaum hörbar.

»Ich wollte sehen, wie es dir geht.« Er bemerkte den Land Rover unter dem Schilfdach und sah sie verwirrt an. »Störe ich?«

Viola folgte seinem Blick und musste lächeln.

»Ich habe Besuch von einer Freundin«, erklärte sie. »Sie hat mir meinen Wagen gebracht.«

»Also kein gelber Fiat 500 mehr?«

»Mein Vater glaubt, dass er nicht sicher genug ist.«

»Da hat er wahrscheinlich recht.«

Sie waren unsicher im Umgang miteinander und hatten Mühe, ein normales Gespräch zu führen. Ihre Blicke suchten einander, und in Gedanken durchlebten sie jeden gemeinsamen Moment noch einmal.

»Möchtest du nicht reinkommen?«, fragte Viola und trat beiseite.

»Ich habe wenig Zeit«, erklärte Aris, aber dann kam er doch herein, schloss das schwere Holztor hinter sich und betrat den Hof.

»Möchtest du etwas trinken?«

»Nein danke. Wo ist deine Freundin?«

»Sie ruht sich aus«, erklärte Viola. »Gehen wir in den Garten.«

Aris folgte ihr, und sie setzten sich auf eine kleine Bank im Schatten eines Mandelbaums.

»Wie geht es Sara?«, fragte sie, um das Schweigen zu brechen.

»Gut.«

Aris war ihr keine große Hilfe, ein Gespräch zu beginnen, daher fuhr sie fort: »Und dir? Wie geht es dir?«

Er drehte den Helm in den Händen, stumm, weil er nicht einmal Worte für eine oberflächliche Konversation fand.

»Ich habe mich gefragt, wie du dich entschieden hast.«

»Ich glaube, ich werde bleiben«, antwortete Viola, ohne ihn anzusehen. »Zumindest für den Moment.«

»Also willst du, dass die Arbeiten weitergehen?«

»Ja. Kommst du wieder?«

»Willst du das?«

Viola wandte sich ihm zu und sah ihn verwirrt und etwas verärgert an.

»Was meinst du damit?«

»Wir haben nie Worte für unnötige Erklärungen vergeudet, Viola«, sagte er barsch, und das machte sie noch wütender.

»Dann tun wir das eben jetzt«, fuhr sie auf. »Denn ich verstehe das nicht. Was willst du mir sagen?«

Aris stöhnte, ließ die Schultern sinken und vermied ihren Blick.

»Ich komme gern wieder zum Arbeiten hierher«, antwortete er schließlich. »Aber nicht, wenn du darunter leidest. Was gewesen ist …« Aris verstummte, unfähig fortzufahren.

»… ist vorbei, das weiß ich.«

»Und das ist gerade das Problem«, widersprach er ihr. »Es ist nicht vorbei, aber es darf nicht weitergehen.«

»Wenn du das ertragen kannst, kann ich es auch.«

»Ich habe dir ja gesagt, irgendwann wirst du mich dafür hassen«, erinnerte er sie.

»Sei still!« Viola sprang auf. »Das wird nie geschehen!«

Aufgebracht lief sie auf dem schmalen Weg auf und ab, fuhr sich durch die Haare und versuchte, trotz allem vernünftige Worte zu finden.

»Ich möchte, dass du weiter für mich arbeitest, denn du kennst mich inzwischen, weißt, wie ich die Dinge haben will, was mir gefällt und was nicht. Es stimmt, wir verstehen uns auch ohne viel Worte, und genau das brauche ich.« Sie holte tief Luft, dann fuhr sie fort: »Aber du sollst auch keine Schwierigkeiten bekommen. Ich kann mir vorstellen, dass Sara damit nicht einverstanden sein wird.«

»Solange du bleibst, werde ich auch hier sein.« Aris stand ebenfalls auf und stellte sich ihr in den Weg.

»Du musst nicht meinen Bodyguard spielen«, wehrte sie ab. »Und vor allem will ich vermeiden, dass du noch mehr Probleme mit deiner Freundin bekommst. Das wäre sinnlos, und ich will nicht, dass sie meinetwegen leidet.«

»Kümmere dich nicht um Sara. Das regele ich schon.«

»Na dann machen wir es so«, entschied Viola. Ein ungewöhnlicher Abschied, der jedoch nicht weniger wehtat. Sie wollte, dass er ging, denn es schmerzte sie zu sehr, dass er hier in Fleisch und Blut vor ihr stand und sie ihn nicht berühren durfte. Vielleicht war es doch keine so gute Idee, dass sie weiter gemeinsam arbeiteten. Warum setzten sie sich solchen Qualen aus?

»Wir sehen uns dann Montag«, brummte Aris.

»Ja, wir könnten dann die Fensterläden abschleifen.«

»Das wird eine Heidenarbeit.« Aris versuchte zu lächeln. Dann wandte er sich um und ging auf das Gartentor zu.

Viola rührte sich nicht und blickte ihm nach, während sie bei jedem seiner Schritte fühlte, wie sich ihre Kehle zuschnürte.

Aris blieb stehen, seine Hand lag auf dem Türgriff, und Viola sah, wie seine Schultern sich im Rhythmus seines beschleunigten Atems heftig hoben und senkten. Dann wandte er sich um, und in ein paar langen Schritten war er wieder bei ihr. Seine freie Hand versenkte er in ihren Haaren im Nacken und zog sie an sich.

»Ich werde unausstehlich, reizbar und schweigsam sein«, flüsterte er. »Du kannst mich jederzeit wegschicken, aber ich schaffe es nicht, dich zu verlassen.«

Dann küsste er sie. Sein Kuss war sanft und gierig, zärtlich und verzweifelt. Schließlich ließ er sie abrupt los und rannte beinahe davon.

Viola fuhr sich mit der Hand über die Lippen, auf denen sie noch das Salz ihrer Tränen schmeckte, und hatte das Gefühl, dass ihr Herz in tausend Stücke zersprungen war.

51

Sie hatten sich auf dem Parkplatz verabredet, den Viola meist nutzte, wenn sie etwas im Ort zu erledigen hatte. Ezio kletterte gleich auf den Rücksitz des Land Rovers, und nachdem Viola ihn und Laura einander vorgestellt hatte, erklärte er Viola den Weg in die nahegelegene Stadt.

»Dort gibt es viele nette Lokale«, sagte er. »Hier im Ort ist leider tote Hose.«

Laura und Ezio verstanden sich auf Anhieb. Wie Laura später ihrer Freundin erzählte, hatte es zwischen ihnen nicht einfach nur gefunkt, da war ein ganzer Funkenregen über ihnen niedergegangen.

Viola musste gar keine Konversation machen, weil die beiden das für sie mit erledigten. Ezio war witzig, hatte unzählige Anekdoten auf Lager und erzählte sie so anschaulich, dass er damit sogar Viola oft genug ein Lächeln entlockte. Lauras Lockerheit und ihre ironischen Antworten bildeten den perfekten Gegensatz zu Ezios Witz, und so verging die Zeit schnell und unbeschwert.

Die Stadt kam ihr überraschend jung und lebendig vor. Es gab zahlreiche Kneipen mit Livemusik, und die Leute standen in Grüppchen auf der Straße. Überall sah man, welche Veränderungen der rasch aufblühende Tourismus gebracht hatte. Die Straßen und Gässchen waren sauber, und die frisch gekalkten Mauern der Gebäude reflektierten das Licht der Straßenlaternen und erhellten so auch noch den letzten Winkel der Stadt. Viele Restaurants waren modernisiert worden, doch mit traditionellen Elementen. Das galt auch für die Küche, die neue

Akzente setzte, aber sich trotzdem an den einfachen typischen Gerichten der Region orientierte. Eine Enothek reihte sich an die andere, und die Geschäfte waren bis spät in der Nacht geöffnet. Laura war begeistert, und am Ende des Abends musste sogar Viola zugeben, dass es ihr sehr gutgetan hatte, mal aus dem Haus zu kommen.

Sie hatte zwar immer wieder an Aris denken müssen, aber ein paar Gläser Wein hatten sie entspannt.

Auf der Rückfahrt saß Ezio am Steuer, während Viola auf dem Rücksitz vor sich hin döste. Sie war nicht mehr an Alkohol gewöhnt, und in ihrem Kopf drehte sich alles.

Am nächsten Morgen schlief Laura lange, während Viola versuchte, ihren Kater mit diversen Tassen Kaffee zu bekämpfen.

Nico kam zu ihr in den Pavillon, wo sie in ihrem Korbsessel saß, und bestürmte sie mit seinen zahllosen Fragen und seinem Geplapper, sodass sie sich mehrfach auf die Zunge beißen musste, um ihn nicht anzufahren. Als Carmela vorbeischaute, um sich zu erkundigen, ob sie zum Mittagessen zu Hause wären, bemerkte sie Violas dunkle Augenringe und ihre Blässe.

»Nico, geh ins Haus und mach deine Hausaufgaben«, forderte sie ihn auf.

»Aber ich rede gerade mit Viola«, erwiderte der Junge. »Und außerdem bin ich schon fertig.«

»Na, das glaube ich aber nicht«, beharrte seine Großmutter. »Jetzt geh schon.«

Nico verzog sich schmollend und murmelte unverständliches Zeug vor sich hin. Als er hinter der Mauer verschwunden war, die die beiden Höfe voneinander trennte, setzte sich Carmela der jungen Frau gegenüber.

»Du musst nicht um jeden Preis hierbleiben.« Sie klang besorgt. »Vito und ich können auch woanders leben, und wir werden uns immer um Nico kümmern.«

»Das weiß ich doch«, seufzte Viola, der schon wieder die Tränen in den Augen standen.

»Dann kehre nach Hause zurück«, fuhr Carmela fort. »Dieser Ort hat dir nichts als Ärger eingebracht. Und die Geschichte mit Aris wird nicht gut ausgehen.«

Viola starrte sie verblüfft an.

»Ich habe euch zusammen arbeiten gesehen. Das sieht ja ein Blinder, dass ihr aneinander hängt. Wenn ich bis jetzt geschwiegen habe, dann nur, weil du sowieso nicht auf mich gehört hättest.«

»Ja, da hast du wohl recht«, gab Viola zu.

»Er hätte sich auf jeden Fall von dir fernhalten müssen«, meinte Carmela ernst. »Schließlich ist er vergeben.«

»Bitte, sag doch so etwas nicht. Manche Dinge hat man einfach nicht in der Hand. Und ich bin genauso schuld.«

»Jetzt verteidigst du ihn auch noch.«

»Ich werde darüber hinwegkommen.«

»Fahr nach Hause, Viola«, beschwor Carmela sie. »Bevor dein Vater herkommt und dich mit Gewalt zurückholt. Wenn er dich so sieht, wird er die Masseria höchstpersönlich in die Luft jagen. Und Aris gleich mit.«

Carmela legte ihr eine Hand aufs Knie, sah sie noch einmal eindringlich an und stand auf.

»Ich kümmere mich mal um euer Mittagessen.«

»Danke, Carmela, für alles.«

»Ach was«, sagte Carmela knapp wie immer und ging.

Herz und Verstand hatten bei Viola noch nie so recht miteinander harmoniert, aber in dem Moment lag eine unüberbrückbare Distanz zwischen ihnen.

Es gab nichts, was sie an diesem Ort hielt, außer dem letzten Willen ihrer Großmutter. Aber war das Grund genug, um all das auf sich zu nehmen? Denn obwohl sie im Moment nur an Aris denken konnte, musste sie zugeben, dass die Drohungen ihr weiterhin Angst einjagten.

Dass sie ihren Eltern verschwieg, was hier vor sich ging, belastete sie zusätzlich. Aber wenn sie ihnen erzählen würde, welchen Gefahren sie ausgesetzt war, hätte ihr Vater sie sofort zurückgeholt. Doch Viola wollte ihre Wahl allein treffen.

Sie würde noch durchhalten. Zumindest bis zur Antwort der Gemeinde. Dann würde sie sich entscheiden, wie es weitergehen sollte.

52

Laura hatte sofort klargestellt, dass sie keine körperlichen Arbeiten übernehmen würde. Das war nicht ihr Ding. Doch am Montagmorgen hatte sie zugestimmt, in der Masseria zu helfen, weil sie so neugierig auf Aris war.

Viola brachte Nico zur Schule, der zum ersten Mal seit Längerem ihr gegenüber schweigsam und abweisend war. Zu viele neue Menschen waren aufgetaucht, und er konnte nicht damit umgehen, dass Viola ihm nicht ihre volle Aufmerksamkeit schenkte. Beim Aussteigen verabschiedete er sich ganz schnell von ihr, und sofort hatte Viola ein schlechtes Gewissen. Sie war so mit sich selbst beschäftigt gewesen, dass sie nicht darüber nachgedacht hatte, wie schwierig es für Nico war, sich emotionalen Problemen zu stellen. Der Verlust von Nero, den er sehr geliebt hatte, musste für den Jungen extrem schmerzhaft gewesen sein.

Auf dem Rückweg zum Gut überlegte sie besorgt, wie Aris auf Lauras überströmendes Temperament reagieren würde, aber offensichtlich hatte sie sich umsonst Sorgen gemacht. Viola fand die beiden gut gelaunt im Pavillon, wo sie alles zurechtgelegt hatten, um die Fensterläden neu zu streichen. Aris, in T-Shirt und Arbeitshose, entfernte mit Schmirgelpapier alte Lackschichten, während Laura mit Sonnenbrille und in einem Trägerkleid in einem Korbsessel saß und ungezwungen auf ihn einredete.

Plötzlich fühlte sie so etwas wie Eifersucht, während sie auf die beiden zuging

»Da bist du ja!«, rief Laura, als sie sie kommen sah.

Aris sah von der Arbeit hoch und richtete sich auf.

»Wie ich sehe, habt ihr euch schon angefreundet.«

»Du hast mir gar nicht gesagt, dass er so nett ist!«, raunte Laura ihr zu.

Nett? Sicher war er das, aber sie hatte Wochen gebraucht, bis sie ihm etwas nähergekommen war, während Laura ihm schon nach einer halben Stunde ein Lächeln entlockt hatte.

»Wie kann ich dir helfen?«, fragte sie Aris.

»Hast du gesehen, wie viele Fenster dieses Haus hat?« Lauras Redefluss war nicht zu stoppen.

»Wenn du willst, kannst du ja mithelfen«, zischte Viola. »Ich zieh mich kurz um.« Damit verschwand sie.

»Habe ich was Falsches gesagt?«, fragte Laura erstaunt.

Aris zog eine Augenbraue hoch und sah sie wortlos an.

»Okay, dann rede ich mal mit ihr.«

»Alles in Ordnung?«, fragte sie Viola, als sie sie in ihrem Zimmer fand.

»Ja.«

»Du bist doch nicht etwa eifersüchtig?«

»Lass es einfach gut sein, okay?«

»Kommt nicht infrage! Du glaubst doch nicht etwa, dass ich deinen Typen anmache, oder?!«

»Ich weiß nicht, was ich denken soll, Laura. Ich bin einfach nur müde.«

»Das sieht man dir an«, stellte ihre Freundin fest. »Vielleicht solltest du auch mal Urlaub machen. Lass Aris die Arbeit erledigen. Dafür bezahlst du ihn schließlich, oder?«

»Ich werde ihm sagen, er soll Ezio fragen, ob er ihm bei der Arbeit helfen kann«, stimmte Viola ihr zu. »Aber heute bleibe ich hier.«

»Und was soll ich dann den ganzen Tag machen?«, beklagte sich Laura.

»Du kannst auf den Klippen spazieren gehen, oder nimm meinen Wagen und fahr zum Strand, leg dich in die Sonne …«

»Okay, okay! Ich hab's kapiert!«

»Ich verspreche dir, morgen werde ich es so einrichten, dass ich mehr Zeit für dich habe.« Viola umarmte sie. »Ich werde mit Aris reden, in Ordnung?«

»Und ich werde euch noch ein wenig im Weg herumstehen, bis mir etwas Besseres einfällt, das ich tun könnte.«

Sie gingen zurück zu Aris in den Pavillon. Viola machte sich daran, die Fensterläden abzuschmirgeln, während Laura sich wieder in ihren Korbsessel setzte und die beiden unterhielt.

Wenig später hörten sie, wie ein Auto auf den Hof fuhr. Aris sah Viola fragend an, während sie sich die Handschuhe auszog.

»Ich erwarte niemanden«, erklärte sie und wandte sich um, um nachzusehen, wer gekommen war.

Als sie das große Holztor öffnete, stand dort Angelo Rinaldi vor ihr, der gerade nach der Klingel suchte.

»Es gibt keine!«, sagte sie.

»Wie bitte?«

»Klingel«, erklärte sie weiter. »Da ist keine.«

»Ach so, warum bin ich nicht selbst darauf gekommen. Ihr hört die Autos ja schon von Weitem, da hier sonst keine Menschenseele ist.«

»Nicht immer.« Viola dachte daran, dass jemand es unbemerkt bis vor ihre Haustür geschafft hatte, um Nero dort abzulegen.

»Ciao Viola«, begrüßte Rinaldi sie jetzt und nahm die Sonnenbrille ab. »Ich möchte mit dir reden.«

»Na dann los«, forderte sie ihn auf, ohne ihn hereinzubitten.

»Die Angelegenheit ist etwas heikel«, meinte Rinaldi. »Könnten wir nicht …«

Viola seufzte ergeben und bat ihn herein.

Da der Pavillon besetzt war, ging Viola mit ihm ins Haus, während sie sehr wohl den finsteren Blick von Aris und die Überraschung auf Lauras Gesicht bemerkte.

»Du hast Gäste?«, fragte er, als sie in der Küche Platz nahmen.

»Ja, eine Freundin ist zu Besuch gekommen.«

Rinaldi richtete seine unergründlichen grünen Augen auf sie und fuhr dann fort: »Wie geht es hier voran?«

Viola sah auf ihre Hände, die auf dem Tisch lagen, und schwieg.

»Du siehst erschöpft aus«, fuhr der Mann sanft fort. »Ist noch etwas passiert?«

Seit er die Mauer des Misstrauens durchbrochen hatte, die Viola zwischen ihnen errichtet hatte, gelang es ihr nicht mehr, ihn auf Abstand zu halten.

»Man hat unseren Hund getötet«, sagte sie. »Und ihn mir vor die Haustür gelegt.«

Rinaldis Überraschung war echt, aber Viola bemerkte nicht, dass kurz Zorn in seinen Augen aufblitzte.

»Das tut mir leid«, flüsterte er.

»Mir auch.«

»Vielleicht kann ich dir helfen.« Er nahm ihre Hände, woraufhin sie überrascht zu ihm aufsah.

»Und wie?«, fragte sie, etwas verlegen aufgrund dieser vertraulichen Berührung. Rinaldi hatte weiche, sorgfältig manikürte Hände, und seinen sonnengebräunten Arm zierte eine teure funkelnde Uhr mit Lederarmband.

»Ich kaufe dir die Masseria ab.«

Viola starrte ihn verblüfft an und zog sofort ihre Hände zurück.

»Sie steht nicht zum Verkauf.«

»Ich mache dir ein sehr gutes Angebot«, beharrte er. »Dann kannst du unbeschwert in dein altes Leben zurückkehren.«

»Ich sage dir noch einmal, die Masseria steht nicht zum Verkauf.« Viola stand auf und trat ans Fenster, das auf den Hof ging. Aris arbeitete konzentriert mit dem Rücken zu ihr, während Laura immer wieder nervös zum Haus hinübersah.

»Du hast mir doch selbst gesagt, dass du noch nicht weißt, ob du hierbleiben willst«, rief er ihr in Erinnerung. »Und nach allem, was passiert ist, glaube ich nicht, dass du das wirklich möchtest.«

»Warum interessiert dich die Masseria?«, fragte Viola, ohne sich umzudrehen.

»Ich kaufe und verkaufe Immobilien. Es ist doch ganz offensichtlich, dass du hier leidest, und ich kann dich von dieser Last befreien«, erklärte er.

»Hier leben Menschen, die ich nicht einfach so im Stich lassen kann.« Viola dachte an Nico. »Sie vertrauen mir.«

»Ich werde dir genug zahlen, damit du auch sie versorgen kannst.«

Rinaldi war hinter sie getreten, und Viola spürte die Wärme seines Körpers, ohne dass er sie berührte.

»Du willst mir doch nicht vormachen, dass du mir aus reiner Menschenliebe helfen willst«, provozierte sie ihn und stand immer noch wie erstarrt da.

»Ich würde mir nie erlauben, deine Intelligenz so zu beleidigen.« Sie konnte es zwar nicht sehen, aber sie spürte, wie seine Wange über ihre Haare strich, und es verwirrte sie, welche Gefühle seine Nähe in ihr auslösten.

Rinaldi legte ihr die Hände auf die Arme und drehte sie zu sich um. Er war groß und hob sanft ihr Kinn an, um ihr in die Augen sehen zu können.

»Ich brauche dieses Grundstück, und du musst zurück nach Hause. So einfach ist das.«

Sie las das Begehren in seinen grünen Augen, und für einen Moment fragte sie sich, ob er sie küssen würde. Doch dann schüttelte sie die Lähmung ab und wich zurück.

»Nein, so einfach ist das nicht«, erwiderte sie atemlos.

»Darf ich wenigstens hoffen, dass du darüber nachdenkst?« Die Gleichgültigkeit, die sie bei ihrer ersten Begegnung in seine Augen glaubte gesehen zu haben, war verschwunden, und Viola konnte sich nicht erklären, warum. Rinaldi kam ihr nun beinahe verletzlich vor, obwohl sie niemals gedacht hätte, dass sie ihn mit einem solchen Wort beschreiben würde.

Er holte eine Visitenkarte aus seiner Hosentasche und schrieb etwas auf die Rückseite.

»Bitte, denk darüber nach«, bat er sie und legte ihr das Kärtchen in die Hand. »Du wirst sehen, dass es die beste Lösung ist.«

Er schob ihr eine Locke aus der Stirn und fuhr zärtlich mit dem Handrücken über ihre Wange. Viola schloss die Augen und hielt den Atem an, als sie sie wieder öffnete, war er verschwunden.

Vielleicht hatte Rinaldi recht, überlegte sie und betrachtete den eleganten Schriftzug seines Namens auf der Karte. Vielleicht war die Lösung doch viel einfacher als gedacht.

Sie drehte das Kärtchen um, um zu sehen, was er auf die Rückseite geschrieben hatte, und wäre beinahe in Ohnmacht gefallen, als sie die Summe las, die er zu zahlen bereit war.

53

»Die Nonna sagt, dass du weggehst«, sagte Nico, als er mit dem Schachbrett unter dem Arm zu ihr in den Pavillon kam. Der Junge hatte sich in den Kopf gesetzt, Viola das Schachspielen beizubringen, aber sie hatte nicht die nötige Geduld, um es zu lernen.

»Wirklich?«, erwiderte sie. Sie wunderte sich, dass Carmela darüber mit dem Enkel gesprochen hatte.

»Na ja, sie hat gesagt, dass du es dir überlegst«, stellte er klar.

»Ja, das stimmt«, gab sie zu. Sie würde Nico nicht anlügen.

»Warum? Bist du nicht gern hier?«

»Doch, ich bin sehr gern hier«, widersprach Viola. »Aber manchmal genügt das leider nicht.«

»Gehst du wegen mir wieder weg?«

»Nein!«, rief Viola bestürzt. »So etwas darfst du nicht einmal denken! Du hast damit überhaupt nichts zu tun.«

»Die Nonna sagt immer, dass ich zu viel rede und dass die Leute manchmal lieber ihre Ruhe haben wollen.«

»Nico, sieh mich an.« Viola wandte sich dem Jungen zu, der, während er mit ihr sprach, schon angefangen hatte, das Schachbrett aufzubauen, damit er ihrem Blick ausweichen konnte. Sie wusste, dass er, wenn er nervös und ängstlich, aber auch, wenn er glücklich war, Schwierigkeiten hatte, jemanden anzusehen. Carmela hatte ihr erklärt, es hinge damit zusammen, dass er mit seinen Gefühlen nicht zurechtkam, zumindest hatte das seine behandelnde Ärztin gesagt.

Nicos Augen irrten hin und her, aber als Viola ihre Hände

sanft auf seine legte, beruhigte er sich und sah sie mit gesenktem Kopf an.

»Als ich erfahren habe, dass hier mein neues Zuhause sein soll, hat mich das einfach sehr überrascht«, erklärte sie ihm. »Ich musste von meiner Familie und meinen Freunden wegziehen, von dem einzigen Zuhause, das ich bisher hatte. Ich habe etwas Zeit gebraucht, um mich an diese neue Situation zu gewöhnen.«

»Aber du magst doch das Meer und die Spaziergänge auf den Klippen und die Sonnenblumen.«

»Sehr sogar«, sagte Viola lächelnd, und als sie seine Hände losließ, sah sie, wie seine Schultern sich entspannten.

»Vermisst du Nero auch so?«

»Ja«, gestand sie und spürte einen Kloß im Hals.

»Wir könnten uns doch einen Welpen anschaffen. Das sage ich der Nonna schon die ganze Zeit, aber sie meint dann immer, dass wir damit noch warten sollen.«

»Wenn du willst, dann suchen wir ihn gemeinsam aus.«

»Wirklich?«, rief Nico überglücklich. »Jetzt?«

»Nicht jetzt, gleich gibt es Abendessen. Aber bald, wenn Carmela damit einverstanden ist.«

»Wenn du das auch willst, ist sie bestimmt einverstanden.«

»Bestimmt. Wir werden deinen Großvater fragen, ob er weiß, wo man Welpen bekommen kann.«

Ganz egal, wie sie sich entschied, sie würde Nico einen Welpen besorgen. Es war egoistisch von ihr gewesen, nach Neros Tod nicht daran zu denken, wie der Junge sich fühlen musste, weil sie zu sehr auf sich selbst und ihren eigenen Schmerz konzentriert war. Dabei war er der Mensch, mit dem sie am meisten Zeit verbracht hatte. Nico hatte ihr an den langen Wochenenden Gesellschaft geleistet. Er hatte sie auf Spaziergängen begleitet, ihr Höhlen und Buchten gezeigt, die sie allein niemals gefunden hätte. Er hatte sie von ihren Ängsten und Problemen abgelenkt, indem er sie zwang, ihm bei den Hausaufgaben zu helfen oder ihn zur Schule zu bringen. Er hatte ihr seine ganze Zuneigung geschenkt.

»Wer wird denn hier wohnen, wenn du wegziehst?«, fragte Nico. »Können wir bleiben?«

»Das weiß ich nicht, Nico. Aber ich glaube, dass deine Großeltern dann mit dir woanders leben werden.«

»Mir gefällt es aber hier. Ich will nicht fort.«

»Darum brauchst du dir jetzt noch keine Gedanken zu machen«, versuchte sie ihn zu beruhigen. »Ich habe ja noch nicht gesagt, dass ich weggehe.«

»Bist du böse auf Aris?«, fragte Nico weiter. Wenn ihm etwas am Herzen lag, konnte er endlos darüber reden, aber über dieses Thema wollte Viola im Moment nicht reden, besonders nicht mit einem Kind.

»Nein. Warum glaubst du das?«

Nico legte nachdenklich den Kopf schief, wobei ihm die Locken über eine Wange fielen. Viola konnte sich nie daran sattsehen, wie hübsch dieses Kind war. »Bleibst du, wenn er dich darum bittet?« Es war schon beunruhigend, wie Kinder manchmal direkt auf den Punkt kamen, ohne lange um den heißen Brei herumzureden.

»Nico …«

»Er würde dich bestimmt bitten.«

»Das glaube ich nicht«, erwiderte Viola.

»Doch, ich schon«, protestierte der Junge. »Aris hat mir gesagt, dass er es tun würde, wenn er könnte.«

»Aber er kann es nicht.«

»Ihr Erwachsenen macht immer alles so kompliziert«, beklagte sich der Junge. »Du bist gern hier, aber du weißt nicht, ob du bleiben sollst. Aris will mit dir zusammen sein, aber er kann dich nicht darum bitten …«

Er stockte. Ganz offensichtlich gab es etwas, über das er nicht sprechen wollte. Etwas, das Aris ihm wahrscheinlich unter dem Siegel der Verschwiegenheit anvertraut hatte. Viola fragte nicht weiter, um ihn nicht in Verlegenheit zu bringen. Sie wusste, dass Aris tiefe Gefühle für sie hatte. Doch leider genügte das nicht.

»Spielen wir?«, fragte Nico.

»Okay, du beginnst.«

»Nein!«, sagte er ärgerlich. »Du hast doch die Weißen, also musst du zuerst ziehen.«

»Richtig«, sagte Viola lächelnd. »Das hatte ich ganz vergessen.«

Nico schüttelte verzweifelt den Kopf.

Laura war mit Ezio Essen gegangen, und wieder hatte sie nur dieses ganz besondere Kind als Gesellschaft. Wie konnte sie auch nur in Erwägung ziehen, ihn seinem Schicksal zu überlassen?

54

In der Abendluft war noch die drückende Schwüle des Tages zu spüren. Viola wiegte sich in der Hängematte im Mandelgarten sanft hin und her, lauschte den Zikaden und dem entfernten Klatschen der Wellen gegen die Klippen. Sie dachte über ihr Gespräch mit Nico vor dem Abendessen nach, wie sensibel der Junge war und wie weh sie ihm damit tun würde, wenn sie fortginge. Doch die anonymen Drohungen und Rinaldis verlockendes Angebot, dazu die Gewissheit, dass es für sie und Aris keine Zukunft geben konnte, sprachen dafür, alles aufzugeben. Neros Tod hatte Viola hart getroffen, und es war nur Lauras Anwesenheit zu verdanken, dass sie wieder lächeln konnte.

Sie hatte schon das Smartphone in der Hand, gab sich jedoch noch ein wenig Zeit, ehe sie ihre Mutter anrufen würde. Sie hatte ihr noch nichts über den Fund aus der Schublade erzählt, die Unterlagen, das Sparbuch für Nico und das Bargeld. Um sich ihre Sorgen nicht anmerken zu lassen, versuchte sie, die Gespräche mit ihren Eltern möglichst kurz zu halten und fröhlich zu klingen. Das fiel ihr allerdings immer schwerer. Aber wenn sie gar nichts mehr von sich hören ließ, würde Marianna wissen, dass etwas nicht stimmte.

Viola seufzte noch einmal tief, dann tippte sie auf die Nummer und hielt sich das Handy ans Ohr.

»Ciao Mama«.

»Ciao mein Schatz. Dein Vater und ich haben gerade über dich geredet.«

»Alles in Ordnung?«

»Ja, bei uns schon. Und bei dir?«

»Auch. Die Arbeiten kommen gut voran, und Laura ist da und genießt ihre Ferien.«

»Du solltest dir auch mal ein paar freie Tage gönnen.«

»Ich bin hier nicht im Urlaub.«

»Jetzt sei nicht albern. Es wird schon nicht so tragisch sein, wenn du dir mal etwas Zeit für dich gönnst.«

»Übrigens, Nonna hatte eine weitere Überraschung für mich parat«, erzählte Viola, um von sich selbst abzulenken. »Ich habe ein Sparbuch gefunden, das auf Nico ausgestellt ist, und noch Bargeld für die Instandsetzung.«

»Das sind doch mal angenehme Überraschungen.«

»Ja, schon. Aber ich verstehe nicht, warum sie so ein Getue um diese Dinge gemacht hat. Sie waren in einem Geheimfach versteckt …«

»An deiner Stelle würde ich nicht so lange darüber grübeln, warum deine Großmutter sich so verhalten hat, wie sie sich verhalten hat«, unterbrach Marianna sie. »Sie war stets unergründlich.«

Viola schwieg, schloss die Augen und atmete tief durch.

»Sollen wir zu dir kommen?«

»Nein!«, antwortete Viola schnell. Sie war noch nicht bereit, ihr von den Drohungen zu erzählen, und vor allem wollte sie nicht, dass ihre Mutter ihr in die Augen sah und merkte, wie sie litt.

»Macht euch mal keine Sorgen«, versicherte sie ihr. »Mir geht es gut, und ich habe nette Gesellschaft.« Sie dachte an ihre Freundin, die mit Ezio essen war und musste lächeln. Das Tempo, mit dem Laura sich an einem neuen Ort einleben und sofort Freundschaften schließen konnte, hatte sie schon immer mit amüsierter Bewunderung verfolgt.

»Aber bitte«, sagte Marianna gerade. »Melde dich, wenn du uns brauchst.«

»Mach ich, Mama. Jetzt muss ich aber los. Grüß Papa von mir.«

Viola beendete das Gespräch, ehe ihre Mutter noch etwas sagen konnte. Es war anstrengend, ihr die Sorglose vorzuspielen, und sie fühlte sich erschöpft und leer.

Sie glitt aus der Hängematte und ging ins Haus. Dort holte sie den Schlüssel für die Schreibtischschublade und ging ins obere Stockwerk. Als Marianna sie daran erinnert hatte, dass die Großmutter stets unergründlich war, hatte sie überlegt, ob sie wohl etwas übersehen hatte. Dass Adele dieses Geld versteckt und ihr durch eine rätselhafte Botschaft in ihrem Bild den Hinweis darauf gegeben hatte, wo es zu finden sei, hatte etwas zu bedeuten. Was genau wollte Viola nun herausfinden.

Sie betrat das Zimmer und ging zum Schreibtisch, schaltete die Lampe ein und steckte den Schlüssel ins Schloss. Diesmal fand ihre Hand die Lederlasche sofort, sie zog daran und hielt kurz darauf die Umschläge in den Händen. Sie überprüfte sie eingehend auf eventuelle geheime Botschaften, doch im ersten waren nur Geldscheine, der zweite enthielt nichts außer dem Sparbuch. Dieses blätterte sie aufmerksam durch, doch auch dort fand sie nichts, was sie nicht schon bei ersten Mal bemerkt hätte.

Viola steckte noch einmal die Hand in das Geheimfach und tastete es sorgfältig ab. Als sie sich über die Schublade beugte, um genauer nachzusehen, bemerkte sie einige Papiere, die auf die gleiche Größe wie der Boden gebracht waren. Mit den Fingernägeln hob sie vorsichtig eine Ecke an und holte sie heraus. Nach einem letzten prüfenden Blick ins Fach zog sie den Stuhl heran und setzte sich.

Das erste Dokument war Nicos Geburtsurkunde, aus dem nur der Name der Mutter hervorging, da sein Vater ihn laut Carmela nicht anerkannt hatte. Wie war sie in den Besitz von Adele gekommen?

Bei den anderen Papieren handelte es sich um Laborbefunde, besser gesagt DNA-Tests. Viola kannte sich mit wissenschaftlichen Begriffen nicht aus, aber man musste kein Experte sein, um zu erkennen, dass es ein Vaterschaftstest war. Viola kämpfte sich durch die in den Dokumenten verwendete Fachsprache und las sich alles genau durch. Als sie beim Namen des Vaters ankam, schrie sie überrascht auf und ließ die Papiere fallen, als hätte sie sich daran verbrannt.

In ihrem Kopf kreisten Fragen, auf die sie keine Antwort fand. Warum hatte ihre Großmutter diese Unterlagen versteckt? Was hatte Nico mit ihr zu tun? Warum all dieses Interesse an seinem Vater?

Viola blieb lange am Schreibtisch sitzen und starrte auf die ausgebreiteten Papiere und das Bargeld, unsicher, was sie tun sollte, was ihre Großmutter nun von ihr erwartete. Sie war plötzlich unsagbar müde und musste sich mit den Ellenbogen auf dem Schreibtisch abstützen. Sie würde diese verdammte Schublade mitsamt ihrem Inhalt wieder verschließen und früher oder später schon noch herausfinden, was dahintersteckte. Aber bestimmt nicht mehr heute Abend, wo Einsamkeit und Trauer sie fest im Griff hatten.

55

Aris hörte Sara zu, die ihm mit Begeisterung alle Umbaumaßnahmen beschrieb, die sie an der neuen Wohnung vornehmen lassen wollte, während sie dem Eigentümer von einem Zimmer ins andere folgten. Jedes Mal, wenn sie einen neuen Raum betraten, packte sie Aris bei der Hand und jubelte begeistert auf. Sie schien bereits sehr klare Vorstellungen zu haben, wie es in ihrem neuen Zuhause aussehen sollte.

Aris kam es vor, als würde er ersticken. Er war Sara gegenüber hart geblieben und hatte ihr mitgeteilt, dass er weiterhin auf der Masseria arbeiten würde. Aber letzten Endes hatte sie gesiegt, weil sie ihm das Versprechen abgerungen hatte, die Wohnung zu kaufen, von der sie ihm erzählte hatte. Es sollte ihr neues Zuhause werden.

Er hatte geglaubt, dass es für ihn eigentlich nicht mehr schlimmer werden würde als in den letzten Monaten, aber nun schien er in einen bodenlosen Abgrund gefallen zu sein. Als er sich entschieden hatte, Sara nicht zu verlassen, war ihm nie in den Sinn gekommen, dass er die Situation irgendwann nicht mehr ertragen würde.

Sara sprach inzwischen von Wohnung, Familie, Hochzeit und Kindern. Er war ihren wiederholten Versuchen, über ihre Zukunft zu sprechen, immer wieder ausgewichen. Deshalb hatte sie für sie beide entschieden und benutzte nun Viola als Druckmittel.

Er fühlte sich wie ein Narr. Er war so auf seine Unabhängigkeit bedacht gewesen, dass er einen fatalen Fehler gemacht hatte: Um weiter bei Viola sein zu können, hatte er sich von

Sara Hand- und Fußfesseln anlegen lassen. Wie hatte er nur so dumm sein können?

Während Sara den Wohnungseigentümer weiter mit Fragen bestürmte, entschuldigte Aris sich und ging in den kleinen Garten auf der Rückseite des Hauses. Der blaue Himmel verblasste bereits, und bald würde die Sonne in einem prächtigen Farbenschauspiel am Horizont versinken. Er vergrub die Fäuste in die Taschen und schloss die Augen. Fühlte es sich wirklich so an, verliebt zu sein? Ein dumpfes, stetiges Ziehen in der Brust und dass man allein bei dem Gedanken an sie lächeln musste? Doch er mochte dieses Gefühl von Verletzlichkeit und Unvorhersehbarkeit überhaupt nicht. Er kam sich so ohnmächtig vor wie in einem Boot auf stürmischer See.

Und dann die Eifersucht, die ihn rasend machte, wenn er diesen ekelhaften Kerl in ihrer Nähe sah. Rinaldis überraschender Besuch war jetzt vier Tage her, aber Aris war immer noch wütend, wenn er nur daran dachte. Viola war empfänglich für dessen Charme, und der Mann konnte Menschen geschickt manipulieren. Rinaldi würde sie überzeugen, doch zu verkaufen, und vielleicht würde er sie auch in sein Bett bekommen.

Er musste mit Viola reden. Nachdem Rinaldi verschwunden war, waren Aris und Laura ins Haus gegangen. Sie hatten sich Sorgen gemacht, als Viola nicht wieder zu ihnen herausgekommen war. Aris hatte die Visitenkarte auf dem Tisch gesehen und sofort verstanden, dass die hingekritzelte Zahl keine Telefonnummer war. Niemand, der nur einigermaßen bei Verstand war, hätte dieses Angebot abgelehnt, und als er Viola in die Augen sah, wusste er, dass sie dasselbe dachte.

Es war unklar, was nun passieren würde, ein Gefühl der Unsicherheit hatte sich breitgemacht. Nicht einmal die junge Liebe von Laura und Ezio hatten daran etwas ändern können.

Aris wusste natürlich nicht, was genau Rinaldi zu Viola gesagt hatte, aber er wollte sie auf jeden Fall vor diesem Mann warnen. Jeder hier wusste, wie brutal und skrupellos er vorging, wenn er etwas unbedingt wollte. Auch Viola sollte das wissen.

»Wir können gehen«, rief Sara ihm von der Tür aus zu. Aris ging zu ihr, sie verabschiedeten sich vom Eigentümer und verließen die Wohnung.

»Du hättest wenigstens so tun können, als würde dich das Ganze interessieren«, fauchte sie ihn an, während sie sich entfernten.

»Was hätte ich denn sagen sollen? Du scheinst ja schon recht klare Vorstellungen zu haben.«

»Ich hasse es, wenn du mich wie eine Idiotin dastehen lässt.«

»Ich weiß nicht, wovon du sprichst. Ich hatte dir schon gesagt, was dir gefällt, ist für mich in Ordnung.«

»Du bist mir keine Hilfe«, beklagte Sara sich.

Aris schwieg und schob den Rollstuhl bis zur Haustür von Saras Eltern.

»Musst du ausgerechnet heute Abend zu deiner Mutter?«

»Ja, ich habe sie seit Tagen nicht gesehen, das weißt du doch.«

»Aber es ist Samstagabend!«

»Sara, bitte. Ich bin die gesamte Woche bei dir. Heute will ich zu meiner Mutter, außerdem habe ich noch die Hälfte meiner Sachen bei ihr.«

»Sobald wir eine Wohnung ganz für uns allein haben, musst du deine Kleidung nicht mehr bei ihr lassen.«

»Aber ich werde trotzdem weiter zu ihr fahren!«

»Jaja, das ist mir klar«, meinte Sara missmutig. »Aber heute Abend wollte ich mit dir auf die neue Wohnung anstoßen …«

»Du kannst ja mitkommen.«

»Ich denk ja nicht daran. Diese Frau zieht mich runter.«

»Gut, dann sehen wir uns morgen«, meinte Aris abschließend. »Soll ich dich nach oben bringen?«

»Nein danke, das schaffe ich schon allein.« Sara drehte sich wütend von ihm weg und fuhr ihren Rollstuhl ins Haus.

»Bis morgen«, brummte er, aber da war sie schon verschwunden.

Manchmal ertappte Aris sich dabei, dass ihm die arrogante, anmaßende Sara, die kein Blatt vor den Mund nahm, besser gefiel als die sanfte, einschmeichelnde. Wenn sie ihn beschimpfte oder ihm die Meinung sagte, war es zumindest das, was sie dachte. Wenn sie ihn jedoch so umschmeichelte wie in der letzten Zeit, wusste er nicht, was sie ihm verheimlichte und was sie wirklich vorhatte.

Aber nun wollte er sich nicht länger mit ihr beschäftigen. Gleich würde er sich auf seine Maschine schwingen und sich ein wenig den Wind der Freiheit um die Ohren wehen lassen. Er hatte seiner Mutter Bescheid gesagt, dass er noch unterwegs sein würde, und hatte sie gebeten, das Telefon auszustöpseln, damit Sara ihn nicht erreichen konnte. Seine Mutter war seiner Bitte nachgekommen, ohne weitere Fragen zu stellen. Sie mochte die Freundin ihres Sohnes genauso wenig wie diese sie.

56

»Bist du sicher, dass du nicht mit uns ausgehen willst?«, fragte Laura sie nun zum tausendsten Mal.

»Ja, ich hab es dir doch schon gesagt. Außerdem bin nicht gern das fünfte Rad am Wagen. Warum genießt du nicht lieber die Zeit mit deiner neuen Liebe, solange du noch hier bist?«

»Du weißt doch, dass du nicht stören würdest. Ezio mag dich sehr, und ich bin deine beste Freundin.«

»Lass es gut sein, Laura. Ich schätze deine Sorge um mich, aber ich werde einen schönen Abend zu Hause haben.«

»Ohne jemanden, der dich zum Lachen bringt …«

»Oder mich dazu animiert, mich zu betrinken!«

Laura lachte und umarmte sie.

»Aber morgen reden wir«, fügte sie hinzu, während sie sich ein Tuch über die Schultern legte. »So kannst du nicht weitermachen. Und ich werde deine Eltern nicht anlügen, wenn sie mich fragen, wie es dir geht.«

»Ja gut, einverstanden. Wir reden morgen darüber. Jetzt verschwinde, bevor Ezio hier noch die Tür einrennt.«

Laura verließ von einer Parfümwolke gefolgt die Küche, und Viola ging hinauf in ihr Schlafzimmer. Dort öffnete sie das Fenster und ließ ihren Blick über das karge Land schweifen, das sich bis zum Meer erstreckte. Im Sommer war es hier nicht nur besonders trocken, sondern auch windig, und das Gras, das auf dem Boden und den Klippen wucherte, wurde langsam braun und verdorrte. Gerade ging die Sonne unter, und weit draußen, wo der Himmel ins Meer eintauchte, wurde das Blau des Ozeans immer dunkler. Jetzt ging nur ein leichter Wind, und so wurde die Stille nicht einmal vom Rauschen der Wellen gebrochen. Es schien der ideale Abend zu sein, um sich zu entspannen und in aller Ruhe zu durchdenken, wie es weitergehen sollte: Sollte sie gehen oder bleiben?

Für beide Möglichkeiten gab es ebenso viele Gründe, die dafür und dagegen sprachen. Wenn sie die Masseria für diese ungeheure Summe Geld verkaufte, bedeutete das für sie, sie könnte einfach nach Hause zurückkehren, außerdem wäre sie in der Lage, Nico eine finanziell abgesicherte Zukunft zu bieten. Wenn sie bliebe, wäre das sicher besser für Nico, sie würde den Wunsch ihrer Großmutter erfüllen und sich vielleicht eine aussichtsreiche berufliche Zukunft aufbauen. Sie hatte stundenlang gegrübelt und war trotzdem einer Lösung nicht einen Schritt nähergekommen.

Das Knattern eines Motors in der Ferne brachte sie in die Wirklichkeit zurück. Würde das Fahrzeug zur Masseria abbiegen oder fuhr es auf der Provinciale weiter? Als sie merkte, dass das Geräusch immer näher kam, rannte sie die Stufen hinunter und lief in den Hof. Jetzt herrschte wieder Stille. Viola blieb reglos stehen und wartete ab, wer hereinkommen würde, gleichzeitig hatte sie Angst herauszufinden, dass es nicht der sein würde, den sie sich erhoffte.

Aris war überrascht, dass sie dort im Hof stand, doch bei ihrem Anblick spürte er, wie sich auf einmal die einzelnen Teile seines Wesens harmonisch ineinanderfügten und nun alles so war, wie es sein sollte.

»Was machst du hier?«, fragte sie ihn kaum hörbar.

»Ich muss mit dir reden.«

»Ist etwas passiert?«, fragte sie besorgt.

»Nein. Ich …« Aris verstummte und senkte den Blick auf seinen Helm, den er in der Hand hielt.

»Komm rein«, forderte Viola ihn auf. Er folgte ihr in die

Küche, wo sie eine Flasche Weißwein aus dem Kühlschrank holte, die Laura gekauft hatte.

»Möchtest du?«, fragte sie und deutete auf die Flasche.

»Ja, gern«, antwortete Aris. Viola holte Gläser, er entkorkte die Flasche und goss ihnen Wein ein. Zwischen ihnen herrschte eine große Nähe und Vertrautheit.

»Ich würde gern mit dir in den Pavillon gehen«, gestand sie. »Aber Nico würde uns bestimmt die ganze Zeit belauschen.«

Aris lächelte bei dem Gedanken, dass das Fenster von Nicos Zimmer genau auf Violas Hof ging.

»Dann lass uns hierbleiben«, meinte er. »Ich habe diese Küche schon immer gemocht.«

Sie setzten sich nebeneinander an den Tisch, nippten am Wein und warteten darauf, dass einer von beiden das Wort ergriff.

»Worüber wolltest du mit mir reden?«, fragte Viola schließlich, als sie es nicht mehr aushielt.

»Über Rinaldi«, sagte er kurz angebunden.

»Ich weiß, dass du ihn nicht magst …«

»Du anscheinend schon«, unterbrach er sie, dann schaute er auf seine Hände, weil er sich für seine Bemerkung schämte.

»Was meinst du damit?« Viola sah ihn erstaunt an, doch Aris mied weiterhin ihren Blick.

»Du kennst ihn nicht, weil du erst so kurz hier lebst«, versuchte er, es ihr zu erklären. »Aber jeder hier weiß, dass er ein herzloser Immobilienhai ist. Für Geld würde der seine eigene Mutter verkaufen. Und seine Frau ist noch schlimmer als er.«

»Ja und?«

»Er hat dir ein ziemlich gutes Angebot für die Masseria gemacht«, fuhr Aris fort. »Aber ich warne dich. Wenn du schon beschließt, zu verkaufen, dann lass nicht zu, dass er noch mehr bekommt.«

»Was soll er denn noch mehr bekommen?«, fragte sie ohne nachzudenken, doch dann wurde ihr klar, was er gemeint hatte und starrte ihn verwirrt an.

»Glaubst du etwa, ich würde mit ihm ins Bett gehen?«, platzte sie heraus, doch sie klang eher überrascht als wütend.

»Ich will nicht, dass er dich um den Finger wickelt …«

»Halt den Mund«, unterbrach Viola ihn. »Ich will nichts mehr davon hören.« Sie legte ihm eine Hand auf den Unterarm und rückte näher an ihn heran.

»Bist du etwa eifersüchtig?«, fragte sie lächelnd, und ihre Augen funkelten amüsiert.

»Was hat das denn damit zu tun?«

»Ja oder nein?«, fragte sie nach. »Sieh mich an, Aris.«

Aris schnaubte und wandte ihr sein Gesicht zu, während er unter ihrem spöttischen Blick errötete.

»Na gut«, flüsterte Viola. »Dann werde ich auch nicht wegen deiner dummen Unterstellung beleidigt sein.«

»Hey!«, protestierte er und musste ebenfalls lächeln. »Die ist nicht …«

»Dumm?«, fragte sie. »Oder eine Unterstellung?«

»Okay, ich gebe auf.« Aris führte das Glas zum Mund und trank es auf einen Schluck aus.

»Na dann fangen wir noch einmal von vorn an«, schlug Viola vor und trank ebenfalls einen Schluck Wein. »Warum bist du heute Abend gekommen?«

Aris schob seinen Stuhl heftig nach hinten, dass er auf dem Boden quietschte, dann schob er Violas so hin, dass sie einander gegenüber saßen.

»Hör mir zu«, fing er an. »Ich glaubte, ich habe in meinem Leben schon ziemlich viel dummes Zeug gemacht, aber in letzter Zeit bin ich wirklich unschlagbar.« Aris hielt den Blick gesenkt. Schon die Nähe dieser Frau brachte ihn völlig aus dem Konzept. »Seit ich dich kennengelernt habe … ach verdammt!«, fluchte er und fuhr sich mit den Fingern durch die Haare.

Viola biss sich auf die Unterlippe, um nicht laut aufzulachen.

»Ja?«, hakte sie nach.

»Ich kann mich nicht von dir fernhalten, Viola«, gab Aris resigniert zu.

Sie nahm seine Hände, näherte sie ihrem Gesicht und küsste seine Fingerknöchel ganz leicht.

»Dann ist es wirklich schlimm«, flüsterte sie.

»Mach keine Witze darüber, Viola, bitte«, flehte er sie an und verfolgte gebannt, wie ihre Lippen über seine Haut glitten.

»Sag du mir, was ich tun soll«, fuhr sie fort. Inzwischen hatte sie seine Hand umgedreht und bedeckte die Innenflächen mit zarten Küssen.

»Verdammt …«, fluchte er unterdrückt und schloss die Augen, um sein Verlangen zu unterdrücken. »Willst du mich in den Wahnsinn treiben?«

Aris sprang auf, riss sie in seine Arme und presste sie gegen die Wand. Er suchte ihre Lippen, die sich in einem überraschten Lächeln kräuselten, und küsste sie leidenschaftlich. Viola erwiderte fordernd seinen Kuss, während sie nur noch Begehren empfand.

Als sie sich von seinem Mund löste, um zu Atem zu kommen, stützte Viola die Hände gegen seine Brust und schob ihn weg.

»Stopp«, flüsterte sie.

»Kommt gar nicht infrage«, erwiderte Aris, während seine Augen belustigt funkelten und seine Lippen wieder ihren Mund suchten.

»Eigentlich wollte ich vorschlagen, dass wir nach oben gehen«, erklärte sie zwischen seinen Küssen.

»Lass mich dich tragen«, sagte Aris. »Du bist bestimmt leicht wie eine Feder.«

Aris hörte nicht auf sie zu küssen und glitt mit seinem Mund an ihrem Gesicht entlang bis zum Hals. Ein heftiger Schauer lief ihr den Rücken hinab, und sie streckte sich ihm entgegen. Aris legte die Hände auf ihren Po und zog sie an sich.

Oben in ihrem Schlafzimmer stand das Fenster noch offen, und vom Himmel sah eine Mondsichel auf sie herab.

Aris legte Viola behutsam auf das Bett und war gleich über ihr. Während er sie weiter ununterbrochen küsste, glitt seine Hand unter ihr T-Shirt, streichelte ihren Bauch, wagte sich höher und streifte ihre Brüste. Viola half ihm dabei, ihr T-Shirt auszuziehen und machte sich dann an seinem zu schaffen. Die Kleidungsstücke landeten auf dem Boden, während sie seine Hosen aufknöpfte. Kurz darauf waren sie nackt. Nur ein Wunsch trieb sie an: wieder Erfüllung in den Armen des anderen zu finden.

»Du wirst noch bereuen, dass du mich so gequält hast«, hauchte Aris, ohne seine Lippen von ihr zu lösen. Nachdem er jeden Zentimeter ihres Gesichts mit seinen Küssen bedeckt hatte, hatte er sich ihrem Hals gewidmet, nun umspielten seine Lippen ihre Ohren.

»Gequält?«, fragte Viola lächelnd mit vor Lust heiserer Stimme. »Ich habe dich nur auf die Handfläche geküsst!«

»Dein Stöhnen ... dein Lächeln ...« Er hatte ihre Brüste erreicht und biss zärtlich in die hart gewordenen Brustwarzen. »Dich zu sehen – jeden verdammten Tag ...«

Wogen der Lust rollten über Viola hinweg, die ihr den Atem nahmen und dann, wenn sie abebbten, ein noch stärkeres Begehren in ihr hinterließen.

Aris Mund hatte sich inzwischen auf ihren Bauch gesenkt und zog mit der Zunge feuchte Spuren über die Haut, während seine rauen, entschlossenen Hände ihre Hüften gepackt hielten.

Viola wusste nicht, ob sie es noch länger aushalten würde. Sie hielt den Atem an, als Aris Wange die Innenseite ihrer Beine streifte. Statt ihr Begehren, das sie nicht mehr zurückhalten konnte, zu stillen, legte sich Aris nun wieder auf sie.

»Glaub ja nicht, dass du mir so schnell davonkommst«, flüsterte er ihr erstickt zu, während seine Lippen an ihren saugten.

»Aris …«

»Ja …«

Viola küsste ihn leidenschaftlich, während ihre Beine ihn umschlangen, um ihn näher an sich zu spüren.

Er nahm ihre Hände, die seinen Rücken zerkratzt hatten, und presste sie auf die Matratze. Ein herausforderndes Lächeln umspielte ihre Lippen. Sie schloss die Lider, legte den Kopf zurück, und Aris drang in sie ein mit dem überwältigenden Gefühl, dass endlich alles genauso war, wie es sein sollte.

Inzwischen hatte sich der Himmel in einen Mantel aus dunkelblauem Samt verwandelt, der mit kleinen Diamanten übersät war, und hüllte sie stumm und beruhigend ein.

Viola und Aris lagen nebeneinander auf dem Bett, ihre Köpfe ruhten auf den Kissen, und sie starrten verloren in die Dunkelheit.

»Du musst mich verhext haben«, flüsterte Aris.

»Ich habe nicht die Gaben meiner Großmutter.«

»Sei dir da nicht so sicher.« Aris nahm ihre Hand und verschränkte ihre Finger mit seinen.

»So sieht die Welt da draußen vollkommen aus«, sagte er leise, um den Zauber dieses Moments nicht zu zerstören. Er erwartete keine Antwort. Viola wusste, dass er dringend jemanden brauchte, mit dem er das teilen konnte, das er sonst so stur für sich behielt. Außerdem hatte sie keine Antworten. Und würde keine Fragen stellen.

»Ich würde so gern alles ändern«, fuhr er fort. »Selbst über mein Leben bestimmen können …«, seine Stimme brach, und er schluckte schwer.

Viola rollte sich zur Seite, stützte den Kopf mit einer Hand ab und legte die andere auf die Brust des Mannes neben sich.

»Lass es raus«, flüsterte sie.

»Und wozu? Tränen lösen keine Probleme.«

»Sie lösen den Knoten in deinem Inneren«, widersprach sie.

Aris seufzte, ein schmerzlicher Seufzer, der jedoch die Anspannung löste. Eine Träne rollte seine Schläfe hinunter, tropfte auf das zerwühlte Bett, und Viola senkte ihre Lippen auf diese zarte Haut, um die nächsten zu trocknen.

»Ich komme mir vor wie ein Verräter«, murmelte Aris.

»Das bist du nicht«, protestierte Viola und ließ ihren Blick über seinen vollkommenen Körper gleiten.

Aris lächelte, wischte sich die Tränen ab und atmete tief durch.

»Du könntest wütend sein, mich beschimpfen ... warum tust du das nicht?«

»Warum sollte ich?«

»Sei ehrlich, Viola.«

»Ich respektiere deine Entscheidung, selbst wenn es mich nicht freut. Was geschehen ist, ist geschehen, ich hätte es nicht aufhalten können. Ich weiß, dass du mich nicht benutzt hast und immer ehrlich zu mir gewesen bist. Warum sollte ich dich beschimpfen?«

»Du bist ein Engel«, erklärte Aris.

»Bist du dir da so sicher?«, sagte sie provozierend und küsste ihn zart auf die Brust.

Sie spürte, wie er lächelte, doch dann lag sie plötzlich auf dem Rücken, Aris war über ihr und sah sie durchdringend an.

»Dann wollen wir doch mal sehen.«

Viola blieb nicht einmal die Zeit, über seine Bemerkung zu lachen, da hatte Aris' Mund sich schon ihrer Lippen bemächtigt.

57

»Okay, Mama, sag mir schon, was du mir zu sagen hast, und hör auf, mich so anzustarren«, brummte Aris beim sonntäglichen Mittagessen.

»Da gibt es nichts, mein Lieber.«

»Natürlich.«

»Ich hoffe, du hattest gestern einen schönen Abend.«

»Ja, das hatte ich wirklich«, brachte er mit vollem Mund hervor.

»Dann besteht also noch Hoffnung«, fuhr seine Mutter fort und tat so, als würde sie ihn nicht die ganze Zeit beobachten.

Aris legte klirrend das Besteck auf seinem Teller ab und sah sie an.

»Ich kann Sara nicht verlassen.«

»Im Leben soll man nie …«

»… nie sagen, jaja. Mama. Können wir bitte über etwas anderes sprechen?«

»Da sehe ich dich schon so selten, und dann können wir nicht über das sprechen, was wirklich wichtig ist?«

»Du wirst mich nicht umstimmen, Mama. Aber wenn es dir so wichtig ist, gut, reden wir darüber.« Aris nahm die Gabel wieder auf und aß weiter.

»Du warst noch nie so verliebt«, erklärte Maria.

Aris sah sie verblüfft an und musste husten, weil er sich verschluckt hatte.

»Ich kenne dich. Du bist mein Sohn.«

War er in Viola verliebt? Wie konnte ein so einfaches Wort so intensive Gefühle beinhalten, Gefühle, die einen so aus der Bahn warfen? Zugegeben, er war verrückt nach ihr, mochte alles an ihr. War das Liebe? Wenn das stimmte, hatte seine Mutter recht. So etwas hatte er noch nie zuvor empfunden.

»Na gut, ich gebe es zu«, sagte er. »Aber ich bin bestimmt nicht der Erste, dem es nicht vergönnt ist, mit dem Menschen zu leben, den er liebt.«

»Aber ich hoffe, dass du wenigstens nicht zu denen gehörst, die es nicht einmal versuchen.«

»Mama, wenn ich Sara verlasse, werde ich mir auf ewig egoistisch und feige vorkommen.«

»Das ist doch lächerlich!«, fuhr seine Mutter auf. Aris hob eine Augenbraue, so überrascht war er über ihre heftige Reaktion. Doch seine Entscheidung war unumstößlich, da konnte sie noch so viel mit ihm streiten, es würde nichts ändern.

»Es war ein Unfall. Ein Wagen hat dir die Vorfahrt genommen. Das hätte jedem passieren können. Warum musst du diese Schuld auf dich nehmen?«

»Ich hatte nicht mal einen Kratzer«, antwortete Aris. »Und Sara …«

»Es ist nicht deine Schuld.«

»Sie liebt mich, und wenn sie sich nun mal wünscht, mit mir zu leben, ist das das Mindeste, was ich für sie tun kann.«

»Wenn sie dich wirklich liebt, hätte sie schon lange begriffen, dass du sie hasst.«

»Ich hasse sie doch nicht, Mama!«

»Du hasst das Leben, das du mit ihr führst, und irgendwann wirst du auch sie hassen.«

»Was ist denn mit dir los? Wieso bist du auf einmal so daran interessiert, dass ich Sara verlasse …«

Maria legte ihm eine Hand auf den Unterarm und sah ihn durchdringend an. »Ich möchte gern glauben, dass es noch nicht zu spät ist.«

Aris schüttelte verärgert den Kopf und sah wieder auf seinen Teller.

»Wer ist sie?«

»Du kennst sie nicht, sie ist nicht von hier.«

»Und woher kommt sie?«

»Aus dem Norden, vielleicht geht sie auch bald dahin zurück.«

Maria schwieg. Sie hatte noch nie ein solches Leuchten in den Augen ihres Sohnes gesehen, diesmal würde sie nicht aufgeben.

»Wie hast du sie kennengelernt?«

»Ich arbeite für sie. Auf der Masseria der Medranos.«

»Ist sie mit Adele Manieri verwandt?«

Aris schwieg und nickte nur.

»Und wie heißt sie?«, fragte seine Mutter unbeirrt weiter.

»Mama, können wir dieses Verhör beenden?«

»Also du kannst mir doch wenigstens ihren Namen sagen.«

Aris schnaubte und warf seiner Mutter einen gequälten Blick zu.

»Viola. Sie heißt Viola«, sagte er schließlich.

»Die Farbe des Geheimnisses«, erklärte Maria. »Sehr schön.«

»Mama?«, fragte Aris verblüfft.

»Was habe ich gesagt?«

»Ach nichts, lass gut sein.«

»Da ich so allein bin, habe ich viel Zeit zum Lesen.«

»Das ist doch schön«, meinte Aris.

»Ich möchte sie kennenlernen.«

»Jetzt reicht es aber!« Aris sprang auf und ließ die Gabel mit lautem Klirren auf den Teller fallen. »Du wirst sie nicht kennenlernen, weil sie nicht zu meinem Leben gehört und das auch nie der Fall sein wird. Also lass mich in Ruhe damit.«

Mit langen Schritten verließ er das Zimmer, lief den Flur entlang und stürmte auf die Straße. Es war ein heißer Tag. Kein

Lüftchen regte sich, und die Straßen der kleinen Ortschaft lagen verlassen da. Das Kalkweiß der Häuser blendete ihn, sodass er die Augen zukneifen musste.

Er war außer sich. Was war nur in seine Mutter gefahren? Warum stocherte sie in seiner Wunde herum? Die Gewissheit, dass es für ihn und Viola keine Zukunft geben würde, war doch schon schmerzhaft genug, da brauchte es nicht noch Worte, die sie mit ihrer grausamen Deutlichkeit betonten.

Wütend kickte Aris einen Kiesel weg, der gegen eine Tür sprang und zurückprallte.

Wäre Viola doch nie in sein Leben getreten. Dann hätte er nie den Himmel berührt, hätte sich nie gewünscht, so geliebt zu werden, wie nur sie es konnte. Viola, die nie etwas von ihm verlangt hatte, die ihn frei entscheiden ließ, die wusste, wie sie seine Tränen trocknen und ihn von all dem Schmerz befreien konnte.

Sie war leise wie der Flügelschlag eines Engels in sein Leben getreten und würde es auch wieder verlassen, wenn er das wollte.

Doch das wollte er keineswegs. Es wäre vollkommen verrückt, sie gehen zu lassen. Und selbst wenn Viola aus seinem Leben verschwände, wusste er doch, dass seine Beziehung zu Sara nicht ewig halten würde.

Als ihm das klar geworden war, ging er zurück ins Haus seiner Mutter.

»Verzeih mir, Mama«, sagte er beim Hereinkommen, sie hatte ihm den Rücken zugewandt und spülte das Geschirr. Maria zuckte zusammen, aber als sie sich umdrehte, lächelte sie.

»Aber natürlich, mein Sohn«, antwortete sie.

»Danke für das Mittagessen. Aber jetzt muss ich gehen.«

Er küsste sie auf die Stirn und bemerkte dabei traurig, wie sich die Falten in ihrem Gesicht vertieft hatten. Die Zerbrechlichkeit dieses Körpers, den er gerade umarmte, erschreckte ihn.

»Ich melde mich, okay?«

»Sag mir Bescheid, wenn ich wieder das Telefon ausstöpseln soll, ja?«, fragte sie ihn ganz ernst, doch ihre Augen funkelten belustigt.

»Das ist nicht nötig«, erwiderte er lächelnd.

Im Flur griff er sich Helm und Schlüssel und verließ entschiedenen Schrittes die Wohnung, während seine Mutter ihm lächelnd hinterhersah.

58

Montagmorgen kamen Aris und Ezio schon früh zur Masseria. Sie hatten bereits alle Fensterrahmen des Gutshauses lackiert und machten sich nun an die des Nachbargebäudes. Viola hatte für die Läden ein leuchtendes Rot gewählt, das einen schönen Farbakzent auf den weißen Wänden setzte, zumindest wenn die Wände neu gekalkt waren.

Viola hatte für alle in der Küche Kaffee gekocht. Während Ezio sich still neben Laura gesetzt hatte, war Aris in der Tür stehengeblieben, lehnte sich mit dem Rücken an die Wand und sah Viola über den Rand seiner Tasse an.

»Ich begreife gar nicht, dass euch die Vorstellung, den ganzen Tag draußen in der Sonne Fensterläden abschleifen zu müssen, nicht davon abhält, euch Ausreden einfallen zu lassen, um nicht hierherzukommen«, sagte Laura und sah die beiden Männer an.

»Wir sind unter dem Pavillon, Süße«, korrigierte Ezio sie.

»Da ist es genauso heiß«, erwiderte sie und streckte ihm die Zunge heraus.

»Na ja, immerhin werden wir dafür bezahlt«, meinte er belustigt. »Und hier lässt es sich wunderbar aushalten.«

Viola war sich sicher, dass Aris hinter seiner Tasse, die sein halbes Gesicht verdeckte, breit grinste.

»Das meinst du doch auch, oder, Partner?«

»Du schwingst besser mal deinen Hintern hoch und legst los, wenn du auch weiterhin bezahlt werden willst.«

Die beiden Frauen lachten laut.

»Du bist wie immer ein Spielverderber.« Ezio stand unwillig auf. »Und was ist mit dir, Süße, kommst du raus und sonnst dich? Dann habe ich wenigstens was Schönes anzugucken, mein Augenlicht!«

»Was für ein Romantiker«, verspottete sie ihn liebevoll. Ezio küsste sie und folgte Aris nach draußen.

»Ihr seid wirklich unterhaltsam«, stellte Viola fest, als sie allein waren.

»Der Typ ist echt total verrückt.« Laura blickte verträumt zur Tür. »Wie soll ich denn jetzt zurückfahren?«

»Bist du sicher, dass du nicht noch etwas bleiben kannst?«

»Schön wär's! Mein Chef hat mich schon zwei Mal angerufen, um sicherzugehen, dass ich keine weiteren Urlaubstage nehme. Zurzeit jagt eine Hochzeit die nächste.«

»Das glaube ich«, sagte Viola seufzend.

»Und ich kann es mir ehrlich gesagt nicht leisten, noch einen Job zu verlieren, da du ja noch nicht einmal entschieden hast, wie es nun weitergeht.«

»Ich weiß. Ich wünschte, ich wüsste, was ich tun soll.«

»Und Aris ist da wohl ausschlaggebender als die Summe, die man dir angeboten hat«, schloss Laura für sie.

»Um Aris geht es dabei nicht.«

»Na klar, mach dir ruhig selbst was vor. Aber mir kannst du das nicht erzählen.«

»Wenn ich bleibe, dann bestimmt nicht seinetwegen«, wandte Viola gereizt ein. »Ich werde doch nicht hier versauern, um die Geliebte eines vergebenen Mannes zu sein.«

»Er könnte sich von ihr trennen …«

»Du kennst ihn nicht. Er wird diese Frau nicht verlassen. Und ich werde ihn angesichts der Situation nicht darum bitten.« Viola stand auf, sammelte die Tassen ein und stellte sie ins Spülbecken.

»Außerdem ging es gerade um dich«, fuhr sie fort. »Ich möchte nicht, dass du deinen Job verlierst. Es ist nur schade, dass du so schnell wieder abreist.«

»Das ist es in der Tat«, rief Laura aus und stand ebenfalls auf.

Viola lächelte und sah Laura nach, die den Flur entlanglief, um einen Bikini aus ihrem Zimmer zu holen und sich in die Sonne zu legen. Sie ging zu den Männern.

»Womit fange ich an?«

»Damit, dass du dir die Klamotten vom Leib reißt?«, schlug Ezio vor und zwinkerte ihr zu.

»Hey!«, protestierte Aris und warf mit einem Röllchen Schmirgelpapier nach ihm. »Willst du das wohl lassen?«

»Ich wollte doch nur sagen, wer sich sonnen will, muss sich vorher ausziehen, oder?«, verteidigte Ezio sich.

»Sie sonnt sich aber nicht«, sagte Aris.

»Und sprechen kann sie auch nicht mehr?«

Viola lachte laut, Ezio ebenfalls. Dann musste auch Aris lächeln.

Der Vormittag verging wie im Flug. Laura lag faul in der Sonne und redete ohne Punkt und Komma. Doch nur ihr Freund antwortete.

Viola und Aris hörten schweigend zu, versunken in die Freude, beieinander zu sein. Sie warfen sich liebevolle Blicke zu und lächelten sich an, wenn sie glaubten, dass die anderen beiden es nicht bemerkten, aber man konnte einfach nicht übersehen, dass die Stimmung nicht mehr so trüb und traurig war wie in den letzten Tagen.

»Lasst uns Mittagspause machen«, sagte Viola, als sie sah, dass Carmela auf sie zukam.

»Ich kann heute nicht mit euch essen.« Aris zog sich die Handschuhe aus und steckte sie in die Gesäßtasche seiner Arbeitshose.

»Wohin willst du denn?«, fragte Ezio erstaunt.

»Ich muss etwas klären«, erwiderte Aris knapp, den Blick auf Viola gerichtet, die ihn enttäuscht ansah.

Er ging zu ihr, nahm ihr Gesicht in seine Hände und näherte sich, sodass ihre Nasenspitzen sich berührten.

»Ich bin bald zurück«, flüsterte er ihr zu und küsste sie.

Laura und Ezio klatschten begeistert Beifall, während Viola Aris verwirrt hinterhersah.

59

Aris parkte sein Motorrad am Bordstein vor Saras Wohnung. Er nahm den Helm ab, legte ihn vor sich auf den Tank und atmete tief durch. Er würde seine ganze Gelassenheit und Selbstbeherrschung benötigen, um das zu tun, wozu er sich entschlossen hatte. Sara würde mit allen Mitteln dagegen kämpfen. Sie war unglaublich gut darin, einen dort zu treffen, wo man am verletzlichsten war. Er durfte nicht zulassen, dass sie ihn reizte, bis er explodierte. Es fiel ihm schon schwer genug, sein schlechtes Gewissen zu ignorieren.

Als er gestern Nachmittag die Wohnung seiner Mutter verlassen hatte, war sein erster Gedanke gewesen, so schnell wie möglich zu Viola zu fahren. Doch unterwegs hatte die Vernunft gesiegt. Bevor er zu ihr ging und ihr etwas versprach, wollte er sicher sein, dass er es auch halten konnte. Seine Entscheidung beflügelte ihn, er war energisch und entschlossen. Doch es würde nicht einfach werden. Er musste mit Sara reden. Als er zu ihr nach Hause gefahren war, hatte sie gerade Freunde zu Besuch, die zum Abendessen geblieben waren, und als sie gingen, war sie zu müde gewesen.

Er hatte sie gestern mehrfach dabei ertappt, wie sie ihn musterte, aber wenn ihre Blicke sich trafen, hatte sie schnell weggesehen.

Aris sah zu den Fenstern von Saras Wohnung. Jetzt war es so weit. Er liebte sie nicht, und er wollte es nicht dazu kommen lassen, dass er sie eines Tages hasste, wie es ihm seine Mutter prophezeit hatte. Und wenn sie weiter hartnäckig an ihrer Beziehung festhielt, würde das unausweichlich geschehen.

Er stieg vom Motorrad und holte die Wohnungsschlüssel aus der Tasche. Er ging die drei Stockwerke hinauf, und als er vor ihrer Tür stand, hielt er inne. Wieder überkamen ihn Zweifel. Nachdem er Jahre mit seinem Entschluss, bei ihr zu bleiben, gelebt hatte, war es nicht so leicht, plötzlich alles anders zu machen.

Er sah auf die Schlüssel in seiner Hand, schloss kurz die Augen und atmete erneut tief ein. Dann öffnete er die Tür und trat ein. Er legte den Helm und die Schlüssel auf dem Küchentisch ab und ging den Flur entlang bis zum Wohnzimmer, aus dem er Geräusche hörte.

Aris blieb stehen. Er sah eine Gestalt von hinten, die einige Bilderrahmen im Bücherregal zurechtrückte. Rabenschwarze glatte Haare fielen ihr bis zur Hälfte des Rückens, und als sie sich umdrehte, starrte sie ihn beinahe auf Augenhöhe an.

Aris öffnete verblüfft den Mund, doch es kam kein Ton heraus. Sarah hatte sich erschrocken eine Hand vor die Brust gelegt.

»Ich habe dich gar nicht hereinkommen hören«, sagte sie leise mit gepresster Stimme.

»Du … du kannst gehen«, stammelte Aris.

Sara stützte sich mit einer Hand am Bücherregal ab und kam ein paar Schritte auf ihn zu.

»Ich wollte dich damit überraschen«, sagte sie und erholte sich langsam von dem Schock, dass er ihr Geheimnis entdeckt hatte. »Das sollte mein Hochzeitsgeschenk sein.«

»Eine … Überraschung?« Aris fuhr sich mit der Hand über das Gesicht. Je klarer er die Situation realisierte, desto wütender wurde er.

»Du hast mich die ganze Zeit belogen …«, brachte er tonlos hervor.

»Aris, hör zu. Ich …«

»Seit wann kannst du wieder gehen?«, fiel er ihr schneidend ins Wort.

»Aris …«

»Seit wann?«, schrie er wütend.

»Seit meiner Zeit in der Rehaklinik«, erklärte Sara und versteifte sich. »Ich wollte dich wirklich überraschen, es sollte mein Geschenk für dich sein. Aber du hast nie eine Entscheidung getroffen, warst nicht bereit, mit mir zusammenzuleben, so ist eben die Zeit vergangen und …«

»Lügnerin!«, schnitt er ihr das Wort ab. »Du hast mich die ganze Zeit belogen, um mich an dich zu binden, so ist es doch! Du hast Angst gehabt, dass ich dich verlasse, wenn ich weiß, dass du … wieder laufen kannst!«

»Das stimmt nicht, Aris«, verteidigte Sara sich. »Ich habe nur auf den richtigen Moment gewartet, um es dir zu sagen!«

Aris lehnte sich an den Türrahmen, er konnte es nicht fassen und war so erschüttert, dass ihm die Beine zu versagen drohten.

»Wer weiß es noch?«, fragte er, ohne sie anzusehen.

»Meine Mutter«, sagte Sara ganz leise.

»Was ist mit Gennaro?«

»Papa haben wir nichts erzählt.«

Aris starrte sie wortlos an. Sie wich zurück, als hätte er sie geohrfeigt. In seinem Blick war Verachtung zu lesen, und Sara ahnte, was nun geschehen würde.

»Gut«, fuhr Aris fort. »Eigentlich sollte ich dir dankbar sein, weil du es mir nun leichter machst.«

»Wovon redest du?«, fragte Sara und wurde blass.

»Ich bin gekommen, um dir zu sagen, dass es aus ist zwischen uns«, erklärte Aris.

»Aris, bitte …«, flehte Sara.

»Ich gehe«, erklärte Aris, drehte ihr den Rücken zu und verließ den Raum.

Sara folgte ihm auf unsicheren Beinen, entschlossen, ihn nicht einfach so ziehen zu lassen.

»Ohne diesen verdammten Rollstuhl könnte es zwischen uns doch werden wie früher«, schrie sie unter Tränen.

»Warum hast du dann so lange gewartet, es mir zu sagen?«, zischte er wütend. »Wenn dir unsere Beziehung so viel bedeutete, hättest du mit offenen Karten spielen können, bevor alles den Bach hinuntergegangen ist!«

Zornig griff er nach seinem Helm und wandte sich zu ihr um. »Aber das war nicht der Plan, richtig?«

»Du kannst jetzt nicht einfach verschwinden!« Sara packte ihn am Arm. »Lass mich dir alles erklären!«

»Erspare dir weitere Lügen!«, sagte Aris und riss sich brüsk von ihr los.

»Du bist ein Feigling!«, schrie Sara, das Gefühl der Ohnmacht in ihr schlug um in blinde Wut.

»Ach wirklich? Ich würde mir da lieber an die eigene Nase fassen.«

Während er die Tür öffnete, klingelte sein Handy. Aris sah den Namen auf dem Display, und sofort entspannten sich seine Züge, und er lächelte.

»Willst du nicht rangehen?«, fragte Sara hinter ihm und starrte ihn voller Verachtung an. »Dann kannst du ihr gleich die gute Nachricht mitteilen.«

Aris hätte den Anruf lieber nicht in Anwesenheit von Sara angenommen, aber das beharrliche Klingeln beunruhigte ihn. Viola rief ihn fast nie an.

Er ging ran. »Pronto?«

»Es hat einen Unfall gegeben!«, schrie Viola, die vollkommen aufgelöst war, dann fing sie an zu weinen.

»Was?«, fragte Aris und blieb wie erstarrt auf der ersten Stufe der Treppe im Treppenhaus stehen. »Wo?«

»Das weiß ich nicht«, schluchzte Viola. »Die Polizei hat mich angerufen. Sie bringen beide mit dem Rettungshubschrauber ins Krankenhaus!«

»Wen denn?«, fragte Aris verwirrt.

»Laura und Ezio!« Viola war vollkommen durcheinander. »Kannst du bitte kommen?«

»Bleib, wo du bist! Ich bin gleich bei dir.«

Er beendete das Gespräch und wollte schon die Treppe hinunterrennen, als Saras triumphierende Stimme ihn erstarren ließ.

»Was ist los?«, fragte sie. »Hat deine neue Flamme sich etwas getan?«

»Es gab einen Unfall«, flüsterte Aris erschüttert.

»Das passiert, wenn man so eine Schrottkarre fährt«, erklärte sie ungerührt.

Doch Aris hörte ihr schon nicht mehr richtig zu. Er rannte die Treppen hinunter, verließ das Haus, stieg auf sein Motorrad und fuhr mit quietschenden Reifen davon.

60

Als Aris auf der Masseria ankam, warteten Viola und Carmela schon unter dem uralten Olivenbaum in der Mitte des Hofes. Viola war blass und zitterte, aber sie weinte nicht mehr, Carmela betrachtete sie besorgt.

Während er sein Motorrad unter dem Schutzdach parkte, lief Viola ihm entgegen.

»Wir müssen sofort los!«

»Gib mir die Schlüssel.«

Widerspruchslos legte Viola ihm die Autoschlüssel in die Hand und stieg auf der Beifahrerseite ein.

»Das ist ein einziger Albtraum«, sagte sie tonlos, während sie zum Krankenhaus rasten.

»Wie ist es passiert?«

»Ich habe Ezio einen halben Tag frei gegeben. Sie wollten ans Meer und haben den Fiat genommen. Sie waren so glücklich …« Fassungslos schlug Viola die Hände vors Gesicht.

»Wie hast du davon erfahren?«

»Die Polizei hat angerufen, als sie festgestellt haben, dass das Auto auf meinen Großvater läuft.« Sie brach ab. »Es ist immer noch auf Nonno angemeldet«, flüsterte sie.

»Was hat man dir gesagt?«

»Nichts weiter. Das Auto ist völlig zerstört, und die beiden wurden mit dem Rettungshubschrauber ins Krankenhaus gebracht.«

Also lebten sie noch. Dass der Wagen einen Totalschaden hatte, ließ ihn allerdings das Schlimmste befürchten. Er griff nach Violas Hand und drückte sie stumm.

Im Krankenhaus verwies man sie an die chirurgische Abteilung, wo sie im Wartesaal Platz nehmen sollten.

Obwohl Aris mehrfach laut und wütend versuchte, Näheres über den Zustand von Ezio und Laura zu erfahren, mussten sie fast eine Stunde warten, ehe eine Krankenschwester zu ihnen kam.

»Sind Sie mit den Patienten verwandt?«, fragte sie ernst.

»Lauras Eltern leben im Norden«, erklärte Viola rasch. »Sie ist meine beste Freundin und macht hier bei mir Urlaub …«

»Wir müssen mit der Familie sprechen«, sagte die Krankenschwester.

»Ich werde Ezios Eltern anrufen«, sagte Aris. »Sagen Sie uns doch bitte, wie es den beiden geht.«

»Darüber darf ich eigentlich nur den Angehörigen Auskunft geben«, erwiderte die Krankenschwester, aber Violas verzweifelter Blick ließ sie eine Ausnahme machen.

»Der junge Mann ist im OP. Er hat einen Beckenfraktur, und beide Beine sind gebrochen.« Aris schloss bestürzt die Augen, fuhr sich mit der Hand durch die Haare und überlegte, wie er das den Eltern seines Freundes beibringen sollte.

»Und Laura?« Violas bebende Stimme rüttelte Aris auf, er legte ihr den Arm um die Taille und zog sie fest an sich.

»Sie liegt auf der Intensivstation.« Die Krankenschwester zögerte, und sie hatten das Gefühl, dass sie das nicht nur tat, weil es um vertrauliche Informationen ging.

»Sie hat ein schweres Schädeltrauma erlitten und mehrere Rippenbrüche. Ihr Zustand ist kritisch.«

»Wird sie es schaffen?«, fragte Aris leise.

»Tut mir leid, das kann ich Ihnen nicht sagen«, war alles, was die Schwester noch erklärte, ehe sie verschwand.

Aris spürte, wie Violas Beine nachgaben. Hätte er sie nicht festgehalten, wäre sie gefallen.

Er setzte sie in einen der unbequemen Sessel des Wartesaals und ging vor ihr in die Knie.

»Viola«, sagte er leise. Sie schaute auf und stammelte: »Das ist alles meine Schuld!«

»So etwas darfst du nicht einmal denken.« Aris legte ihr den Zeigefinger auf den Mund, aber sie ließ sich nicht aufhalten.

»Ich habe sie überredet, herzukommen, ich habe ihr das Gut als Paradies beschrieben, dabei lag schon die ganze Zeit ein Fluch auf ihm. Ich hätte in dem Wagen sitzen sollen!«

»Hör zu, wir werden ihr zur Seite stehen, sie wird wieder gesund. Laura ist eine starke Frau und liebt das Leben. Sie wird nicht aufgeben.«

»Und wenn es nicht von ihr abhängt? Ihr Zustand ist kritisch, sie könnte jederzeit sterben.«

»Schatz, hör sofort auf damit.«

Viola verstummte. Nicht nur, weil er so bestimmend klang, sondern auch wegen des Kosenamens, den er benutzt hat. Aris war wirklich nicht der Typ der zärtlichen Worte; vor Überraschung vergaß sie sogar kurz, wo sie waren und aus welchem traurigen Anlass.

Aris musste über ihr verblüfftes Gesicht lächeln und sah, wie in ihren großen braunen Augen zwar Tränen standen, aber er sah auch Liebe darin. Ihre Liebe zu ihm. Er konnte nicht fassen, dass sie ihn so sehr liebte. Er lehnte seine Stirn gegen ihre und fuhr ihr zärtlich durch die Locken.

»Wir müssen jetzt stark sein, für Ezio und Laura«, sagte er leise. »Schluss mit Tränen und Selbstvorwürfen. Ich bin sicher, dass sie es schaffen. Es wird seine Zeit dauern, aber wir werden sie jeden Tag aufs Neue erinnern, dass wir hier sind und auf sie warten. Einverstanden?«

»Ich weiß nicht, ob ich das kann …«

»Einverstanden?«, fragte Aris noch einmal.

»Einverstanden«, stimmte sie ihm wenig überzeugt zu.

»Und ich werde immer hier sein. Ich werde immer für dich da sein, wenn du mich brauchst. Einverstanden?«

»Aber du ....«

»Einverstanden?«, unterbrach er sie.

»Ich verstehe das nicht ...«, murmelte sie.

»Da gibt es nichts zu verstehen. Ich bin für dich da.«

Viola war durcheinander, und sie wusste, dass dafür nicht nur der Schock wegen des Unfalls verantwortlich war.

Aris' Mund berührte leicht ihre Lippen, und er ließ sie dabei keinen Moment aus den Augen.

»Ich will mit dir zusammen sein.«

Viola wich zurück, sie war sich nicht sicher, ob er sie wirklich geküsst hatte. Vielleicht war es nur sein Atem gewesen, der sie gestreift hatte, oder sie war wirklich noch so durcheinander, dass sie sich Dinge einbildete.

Aber als Aris den Kopf leicht schräg legte und seine Miene ihr sagte, dass sie sich nicht verhört hatte, breitete sich auf ihrem Gesicht ein strahlendes Lächeln aus.

»Ich rufe jetzt Ezios Eltern an«, sagte er und stand auf. »Wenn du willst, können wir danach gemeinsam mit Lauras Eltern telefonieren.«

»Danke, aber das mache ich lieber allein.«

»In Ordnung. Ich denke, du solltest auch deine Eltern anrufen.«

»Das werde ich. Aber nicht jetzt.«

»Gut. Ich bin gleich wieder bei dir.«

Nachdem er verschwunden war, starrte Viola weiter auf die Tür. Sie konnte nicht glauben, was er gesagt hatte. Dann nahm sie all ihren Mut zusammen und griff zum Handy. Auf sie warteten einige wichtige Anrufe, in Tagträume versinken konnte sie auch später noch.

61

Ein deprimierender Geruch nach Krankenhausessen machte sich in den Fluren und im Wartesaal breit, und erst da bemerkte Viola, dass der gesamte Nachmittag vergangen war, ohne dass ihnen jemand weitere Informationen über Ezio und Laura gegeben hatte.

Ezios Eltern, die sofort nach Aris' Anruf ins Krankenhaus gekommen waren, saßen ihnen stumm gegenüber. Nachdem sie sich vorgestellt hatten, hatten sie nicht mehr viel gesagt. Hin und wieder fuhr die Mutter sich mit einer Hand an die Kehle, als wollte sie ein Schluchzen unterdrücken, gleich darauf rannen wieder stille Tränen über ihr Gesicht. Dann nahm ihr Mann sie in den Arm und versuchte, das Ganze herunterzuspielen, ganz so, wie es Ezio getan hätte. Viola stellte fest, dass die beiden sich sehr ähnelten.

Sie konnte Ezios Eltern nicht in die Augen sehen, weil sie sich schuldig fühlte.

»Du solltest dir mal die Beine vertreten«, schlug Aris vor. »Du sitzt seit Stunden hier.«

»Ich bin okay«, erwiderte sie. »Und eigentlich sollte doch mal jemand vorbeikommen und uns Bescheid sagen, oder? Ezios Operation muss doch beendet sein. Er ist schon seit Stunden im OP.«

»Dann sind wir hier.«

»Ich bleibe noch etwas, ja?«

Als Aris etwas erwidern wollte, kam ein Arzt herein, er trug noch seine OP-Kleidung und sah sich mit müden Augen um.

»Die Eltern von Ezio Cataldi?«, fragte er.

»Das sind wir«, antworteten die beiden und standen auf. »Wie geht es ihm?«

»Die OP ist gut verlaufen. Wir haben den Beckenbruch gerichtet, glücklicherweise waren keine lebenswichtigen Organe verletzt. Er wird in den nächsten zwei Monaten nicht aufstehen dürfen, aber er kommt wieder auf die Beine.«

Ezios Mutter brach erleichtert in Tränen aus, ihr Mann stützte sie und bedankte sich bei dem Arzt.

»Dürfen wir zu ihm?«, fragte Aris.

»Ja, er ist jetzt wach. Aber bitte nur kurz.« Der Arzt wandte sich schon zum Gehen, als Viola ihn ansprach.

»Was ist mit Laura? Die Frau, die mit ihm im Wagen saß«, fragte sie.

»Das weiß ich nicht. Ich war bis eben im OP, da müssen Sie sich an die Kollegen von der Intensivstation wenden.«

Viola nickte enttäuscht, und er verließ den Wartesaal.

»Es kann doch nicht sein, dass sie uns nicht informieren!«, empörte sie sich und setzte sich wieder.

»Wahrscheinlich gibt es einfach nichts Neues.«

»Und selbst wenn, glaubst du, die sagen uns was? Wir sind keine Angehörigen, das haben sie jetzt oft genug betont.«

»Was soll ich tun?«

»Entschuldigung, ich bin doch nicht böse auf dich.« Viola legte den Kopf an seine Schulter und seufzte. »Aber ich halte das nicht mehr aus.« Sie sprang auf. »Ich mach mich jetzt auf die Suche nach jemandem, der mir was sagen kann.«

Aris folgte ihr zur Intensivstation, doch es dauerte lange, bis endlich eine Schwester aus der Stationstür kam.

»Ja?«, fragte sie.

»Können Sie mir sagen, wie es Laura Selleri geht?«, fragte Viola. »Ich bin ihre beste Freundin. Sie wohnt zurzeit bei mir. Die Eltern kommen erst morgen her.«

»Ich darf Ihnen leider keine Auskunft geben.«

»Bitte«, flehte Viola sie an. »Wir warten seit Stunden, und ich werde noch verrückt.«

Aris stellte sich hinter sie und legte ihr die Hände auf die Schultern.

»Es ist sehr wichtig für uns«, fügte er hinzu. »Bitte.«

Die Frau sah sich vorsichtig um, dann beugte sie sich vor und sagte mit gedämpfter Stimme: »Sie hat ein schweres Schädeltrauma. Sie hatte einige intrakranielle Blutungen, und die Hämatome drücken nun aufs Gehirn. Der Arzt wartet noch, dass sich ihr Kreislauf stabilisiert, erst dann wird er operieren.«

»Wird sie es schaffen?«, fragte Aris. Viola hatte es vor Schreck die Sprache verschlagen, sie sah die Krankenschwester entsetzt an, Tränen liefen ihr über die Wangen.

»Es ist noch zu früh, um das sagen zu können«, antwortete sie. »Sie sollten Ihre Freundin besser nach Hause bringen, damit sie sich ausruhen kann. Wenn alles gut geht, wird die Patientin noch vor morgen früh operiert.«

»Vielen Dank.« Aris nahm Viola in den Arm, während die Frau wieder hinter der Stationstür verschwand.

»Lass uns gehen.«

»Nein!«

»Viola, hast du gehört, was die Schwester gesagt hat? Wir können hier nichts tun.«

»Ich will hier sein, wenn … wenn …«

»Komm, wir legen uns ein paar Stunden hin, und dann kommen wir wieder her«, unterbrach er sie und küsste sie auf die Haare.

»Gehen wir erst zu Ezio.« Viola machte sich von ihm los und ging den langen Gang hinunter.

Leise betraten sie das Zimmer und betrachteten bestürzt ihren Freund und seine eingegipsten Beine.

»Ciao«, krächzte er, als er sie sah. »Kommt schon rein.«

Sie näherten sich dem Bett, Aris ergriff die Hand seines

Freundes und hielt sie fest. Ezio hatte einen tiefen Schnitt in der rechten Wange und überall blaue Flecke und Abschürfungen.

»Was zum Teufel ist passiert?«, fragte Aris mit gepresster Stimme, da er Tränen unterdrücken musste.

»Die Bremsen«, schimpfte Ezio und verzog das Gesicht vor Schmerzen. »Sie haben nicht mehr reagiert. Ich habe wie ein Verrückter aufs Bremspedal getreten, aber es ist nichts passiert.«

Ezio schwieg und fuhr sich mit der Zunge über die trockenen Lippen.

»Wir sind gegen eine kleine Mauer geprallt, dann hat der Fiat sich in einem Olivenhain überschlagen«, fuhr er fort. »Der hat gar nicht mehr aufgehört sich zu drehen. Wie ein beschissenes Karussell.«

Viola betupfte ihm die Lippen mit einem feuchten Tuch, das neben einem Glas auf dem Nachttisch lag, und er bedankte sich mit einem Lächeln.

»Laura?«, fragte er.

Sie schwiegen beide und wichen seinem Blick aus.

»Was ist? Und wehe, ihr lügt mich an!«

»Sie liegt auf der Intensivstation«, sagte Aris schließlich. »Schädeltrauma.«

»Und?«

»Nichts. Wir müssen abwarten.«

»Kommt sie durch?«, fragte Ezio besorgt.

Aris legte ihm die Hände auf die Schultern und beugte sich vor.

»Wir wissen es nicht, mein Freund. Aber sie ist doch eine starke Frau, oder? Sie ist bestimmt noch vor dir wieder auf den Beinen.«

»Oh mein Gott ...«, fluchte Ezio, schlug sich mit der Hand an die Stirn und stöhnte vor Schmerz auf. »Das kann alles nicht wahr sein. Sag mir, dass es nicht wahr ist.«

»Ezio …«

»Sie wird jetzt gleich durch diese verdammte Tür kommen, und ich werde dir eins in die Fresse hauen, weil du mir so einen beschissenen Streich gespielt hast, kapiert?«

»Beruhige dich«, sagte Aris, ohne seine Schultern loszulassen. »Der Arzt hat gesagt, dass du dich nicht aufregen darfst.«

»Ich mich aufregen? Du verarschst mich doch! Viola, sag ihm, dass er damit aufhören soll!«

»Ezio, es tut mir leid.«

Bei Violas Worten verstummte Ezio.

»Ihr müsst zu ihr gehen«, flehte er sie an. »Sagt ihr, dass sie mich nicht verlassen darf …«

»In Ordnung«, versprach Aris. »Jetzt versuch, ein wenig zu schlafen. Wir kommen so schnell wie möglich zurück.«

Ezio wandte sein Gesicht zur anderen Seite, von ihnen weg, damit sie nicht sahen, wie ihm die Tränen über die Wangen rollten. Viola und Aris verließen schweigend und erschöpft sein Zimmer.

62

Punkt Mitternacht kamen sie zurück zur Masseria. Während der Autofahrt war Viola eingeschlafen, und Aris weckte sie erst, als er unter dem neuen Schutzdach geparkt hatte.

Müde und ausgelaugt gingen sie zum Haupthaus.

Viola warf Schlüssel und Handtasche auf den Tisch und holte sich eine Flasche Wasser aus dem Kühlschrank. Als sie sich umdrehte, sah sie, dass Aris unschlüssig in der Tür stand.

»Willst du nicht reinkommen?«, fragte sie ihn verwundert.

»Vielleicht sollte ich dich besser allein lassen, damit du ein wenig Schlaf bekommst«, erwiderte er. »Ich hole dich morgen früh wieder ab.«

Viola war sprachlos. Hatte sie ihn heute Nachmittag falsch verstanden?

»Wohin gehst du?« Sie kam sich dumm vor, aber sie war zu erschöpft und wollte sich auch nicht mehr bemühen, ihn zu verstehen.

»Zu meiner Mutter.«

»Das kommt nicht infrage«, widersprach sie energisch. »Ich lass dich doch nicht eine so lange Strecke fahren, wenn hier das ganze Haus leer steht.«

»Ich habe noch die Arbeitsklamotten von heute Morgen an, und ich muss unbedingt duschen«, wehrte Aris sich wenig überzeugend.

»Ich habe eine Dusche und auch eine Waschmaschine«, beharrte Viola. »Und ich möchte, dass du bleibst«, ergänzte sie sanft.

Mehr brauchte es nicht, um Aris zu überzeugen.

Sie gingen hinauf ins Obergeschoss, wo Viola ihm saubere Handtücher hinlegte. Sie fand auch ein altes T-Shirt und eine Baumwollhose mit Gummizügen an der Taille und den Knöcheln. Die Sachen stammten noch von ihrem Großvater, der zwar größer gewesen war als Aris, aber ebenso schlank.

»Na?«, sagte sie, als sie ihn unentschlossen mitten im Raum stehen sah. »Du bist ja noch nicht ausgezogen.«

Aris hob eine Augenbraue und sah sie amüsiert an. Er konnte sich seine plötzliche Verlegenheit nicht erklären. Er war schon in ihrem Haus gewesen und sogar in ihrem Bett. Aber an diesem Abend fühlte sich alles irgendwie anders an.

»Das hole ich sofort nach!«, sagte er und zog seine Arbeitskluft aus, die Viola entgegennahm und nach unten zur Waschmaschine brachte.

Als sie zurückkam, stand Aris bereits unter der Dusche und stöhnte erleichtert auf, als das heiße Wasser ihm über den Körper lief.

»Willst du mir nicht Gesellschaft leisten?«, fragte er, und sein Kopf kam hinter der Schiebetür hervor. Viola lächelte, zog das Wenige aus, was sie noch am Körper hatte, und schlüpfte zu ihm in die Kabine. Das Wasser war heiß, etwas zu heiß für ihren Geschmack, aber Aris bestand darauf.

»Das wird deine Verspannungen lösen«, versicherte er ihr.

Er massierte ihren Nacken, die Schultern und den Rücken, und Viola konnte sich tatsächlich entspannen. Dann drehte er sie zu sich herum. Viola sah das Verlangen in seinen Augen und spürte, wie sehr er sie begehrte.

Sie schlang die Arme um seinen Hals und küsste ihn, während Aris sie hochhob und gegen die glatte Rückwand der Dusche presste.

Sie liebten sich mit wilder Leidenschaft und klammerten sich dabei mit der Macht der Verzweiflung aneinander. Was eigentlich ein Freudentag hätte werden sollen, hatte sich in einen schrecklichen Albtraum verwandelt, und sie versuchten, die Ängste zu vertreiben, indem sie sich in ihren ineinander verschlungenen Körpern verloren.

Später, als sie in Frotteehandtücher gewickelt auf dem Bett lagen, fanden Aris und Viola keinen Schlaf. Das Fenster stand offen. Diese Nacht kam der Wind vom Meer her und trug das Rollen der Wellen heran, das schräg hereinfallende Mondlicht milderte die harten Umrisse der Gegenstände.

»Gibt es etwas, das du mir sagen möchtest?« Viola hatte sich in die Armbeuge von Aris gekuschelt und streichelte zärtlich über seine Brust. Er antwortete nicht sofort, und sie bemerkte, dass er kurz zögerte.

»Ich habe Sara verlassen«, gestand er.

Viola richtete sich auf dem Ellenbogen auf und blickte ihn voller Überraschung an.

»Dann hatte ich es doch richtig verstanden«, stellte sie fest. »Ist es wegen mir?«

»Dank dir, würde ich sagen«, erwiderte er, während seine Augen zornig aufblitzten.

»Ich verstehe nicht ...« Viola war verblüfft, sie setzte sich auf und sah ihn ernst an. Sie fühlte sich nicht wohl in der Rolle der Geliebten, obwohl sie nicht wirklich versucht hatte, sich von ihm fernzuhalten. Noch weniger wollte sie diejenige sein, die ein Paar auseinanderbrachte. Ehe sie sich also darüber freuen konnte, dass Aris ein freier Mann war, wollte sie es verstehen. Und sicher sein, dass es auch wirklich vorbei war.

»Heute Mittag bin ich zu Sara gefahren, um ihr zu sagen, dass ich sie verlassen werde«, begann Aris, während er zur Decke starrte. »Als ich die Wohnung betrat, stand sie am Regal.«

»Wie ›sie stand am Regal‹?«

»Sie kann gehen«, rief er aufgebracht.

»Aber ich dachte ...«

»Das dachte ich auch. Glaub mir. Das dachte ich auch.«

»Na ja, das ist doch eine gute Neuigkeit, oder?«

Aris betrachtete sie ungläubig, seine Augen funkelten.

»Sie hat mich belogen!«, rief er. »Sie hat mich die ganze Zeit betrogen! Sie hat mich manipuliert wie einen erbärmlichen Idioten!«

»Okay, jetzt beruhige dich erst mal. Warum hätte sie denn so etwas tun sollen?«

»Um mich an sich zu binden. Sie hat mich mit meinem Schuldgefühl erpresst und hätte so lange eine Behinderung vorgetäuscht, bis ich sie endlich geheiratet hätte.«

»Das ist doch absurd«, meinte Viola kopfschüttelnd. »Früher oder später hättest du es doch herausgefunden. Wie wollte sie das denn dann erklären?«

»Sie hat gesagt, dass sie mich damit überraschen wollte. Dass es ihr Hochzeitsgeschenk für mich sein sollte.«

Viola schwieg. Sie konnte nicht glauben, dass jemand so hinterhältig war.

»Sie hatte mich bereits überredet, mit ihr gemeinsam eine Wohnung zu kaufen«, fuhr Aris fort. »Dieses Wochenende haben wir sie besichtigt.«

Violas Herz setzte einen Schlag aus: Sara wäre es beinahe gelungen, Aris in eine Ehe zu zwingen, die er gehasst hätte, noch bevor er einen Fuß in die Kirche gesetzt hatte.

»Wie fühlst du dich jetzt?«

»Wie der letzte Idiot!«

»Aber du musst zugeben, dass sie wirklich um dich gekämpft hat.«

Aris warf ihr einen vernichtenden Blick zu.

»Nimmst du sie etwa in Schutz?«

»Ich versuche nur, sie zu verstehen«, erklärte Viola geduldig. »Sie saß auf einmal im Rollstuhl, und das muss sie in Panik versetzt haben. Und sie hatte Angst, dich zu verlieren.«

»Ich sage es noch einmal: Sie kann gehen.«

»Ja, schon gut …«

»Das Thema ist durch, ich will nicht mehr über sie reden.«

Viola hob ergeben die Hände.

»Bleib so!!«, rief Aris und wickelte sie langsam aus ihrem Handtuch.

»Bist du nicht müde?« Viola lächelte ihn belustigt an.

»Ich bin wütend, verletzt, besorgt. Aber ich bin ganz bestimmt nicht müde. Ich habe nur wahnsinnig viel Lust auf dich.« Er legte sie auf den Rücken und streichelte zärtlich ihren Körper, der im Mondlicht schimmerte.

»Halt mich fest!«, flüsterte Viola und schlang ihre Arme um seinen Hals. »Ich habe solche Angst …«

»Ich weiß …«, murmelte er, das Gesicht in ihren Haaren vergraben. »Alles wird gut.«

Der Schrecken dieses Tages hatte sie wieder eingeholt und setzte der Auszeit, die sie sich gegönnt hatten, ein Ende.

Aris wiegte Viola in seinen Armen, bis sie aufhörte zu zittern, dann gewann der Schlaf die Oberhand.

63

»Ciao Aris!«, rief Nico, als er in die Küche stürmte. »Ich habe dein Motorrad gesehen.«

»Ciao Champion«, begrüßte Aris ihn. »Bist du bereit fürs Ferienlager?«

Das Schuljahr war zu Ende, und die Großeltern hatten Nico in einem Ferienlager angemeldet. Der Sommer konnte lang werden für ein Kind, das allein mit seinen Großeltern lebte. Außerdem war es selbst für Nico momentan nicht sicher auf dem Gut.

»Ja, bringst du mich mit dem Motorrad hin?«

»Nimm lieber das Auto«, mischte sich Viola ein.

»Der Boss hat gesprochen«, meinte Aris.

»Ihr seid so was von langweilig«, beklagte sich der Junge. »Na gut, wer fährt mich?«

»Wir beide«, antwortete Viola. »Wir fahren gleich los.«

Aris legte dem Jungen lässig eine Hand auf die Schulter, und dieser lächelte ihn respektvoll an. Nico gestattete Aris Berührungen, die sich sonst niemand erlauben durfte, und als Viola das sah, fragte sie sich wieder, wie sie sich entscheiden sollte, um alle Betroffenen so wenig wie möglich zu verletzen.

Bevor sie den beiden folgte, blieb sie noch einen Moment in der Küche stehen, zwang sich, langsamer zu atmen, um den Knoten zu lösen, der ihr den Magen zuschnürte, seit sie wach war. Sie wollte zurück ins Krankenhaus, aber gleichzeitig fürchtete sie sich vor dem, was dort auf sie wartete.

Sie schüttelte die negativen Gedanken ab, nahm Handtasche und Schlüssel vom Tisch und ging zum Wagen, wo Aris und Nico schon ungeduldig auf sie warteten.

Nachdem sie Nico beim Ferienlager abgeliefert hatten, fuhren sie weiter zum Krankenhaus.

Ezios Mutter hatte die Nacht an seinem Bett verbracht, und als sie eintrafen, sah sie ihnen mit dunklen Ringen unter den Augen entgegen.

»Er benimmt sich unmöglich«, beklagte sie sich in einem sanften Ton. »Ich hole mir mal einen Kaffee.«

Aris konnte sie schließlich überreden, nach Hause zu fahren und sich auszuruhen, denn sie waren ja nun da, um Ezio Gesellschaft zu leisten.

»Wart ihr schon bei Laura?«, fragte Ezio, sobald seine Mutter sich verabschiedet hatte.

»Noch nicht«, erwiderte Viola.

»Geht bitte zu ihr«, flehte er sie besorgt an. »Ich muss wissen, was Sache ist.«

Auf der Intensivstation begegnete sie der Schwester, mit der sie am Vortag gesprochen hatten.

»Ich habe gerade erst mit meinem Dienst begonnen«, erklärte sie. »Aber ich weiß, dass sie operiert wurde und dass alles gut verlaufen ist.«

»Gott sei Dank!«, rief Viola erleichtert.

»Es ist jedoch noch nicht überstanden«, warnte sie die Frau.

»Ist sie bei Bewusstsein?«, fragte Aris.

»Nein, wir lassen sie noch im künstlichen Koma, zumindest so lange, bis ihr Zustand sich stabilisiert hat.«

»Wir dürfen nicht zu ihr, oder?«

»Warten wir noch auf die Eltern, in Ordnung?«

Viola und Aris nickten stumm, und die Krankenschwester ging zurück auf ihre Station.

Sie liefen die langen Krankenhausflure entlang, um zu Ezio zurückzukehren, doch vor seinem Zimmer hielt Aris Viola auf.

»Macht es dir etwas aus, wenn ich dich kurz allein lasse? Ich habe noch etwas zu erledigen.«

Sie sah ihn verwirrt an.

»Klar, kein Problem«, antwortete sie schließlich. »Ist etwas nicht in Ordnung?«

»Mach dir keine Sorgen«, sagte er und küsste sie auf die Stirn. »Ich nehme deinen Wagen.« Dann ging er mit schnellen Schritten davon.

Viola sah ihm hinterher und fragte sich, warum er es plötzlich so eilig hatte. Doch dann hörte sie Ezio fluchen und betrat sein Zimmer.

Aris kannte den Schrotthändler, weil er ein Freund von Gennaro war. Er parkte vor einer Baracke mit einem Wellblechdach, und sofort kam ein Mann um die fünfzig heraus, der einen ziemlichen Bauch vor sich her trug.

»Buongiorno Giovanni«, begrüßte er ihn.

»Buongiorno Seemann!«, erwiderte der Mann fröhlich. »Welche steife Brise hat dich denn zu mir geweht?«

»Ich wollte mal fragen, ob man kürzlich einen Unfallwagen hergebracht hat, einen gelben Fiat 500.«

»Ach, das war ein 500?«, meinte der Mann und grinste breit. »Von dem Blechknäuel ist nicht einmal mehr das Markenschild übrig. Wer darin gesessen hat, den hat es übel erwischt.«

Aris schluckte schwer und wurde blass.

»Ja«, sagte er leise.

Der dicke Mann sah ihn besorgt an.

»War es etwa ein Freund von dir?«

»Ja, zwei Freunde sogar. Ein Mann und eine Frau.«

»Das tut mir leid«, entschuldigte sich Giovanni. »Was möchtest du wissen?«

»Mein Freund hat gesagt, dass die Bremsen nicht funktionierten«, erklärte er. »Kann ich mal einen Blick darauf werfen?«

»Ich bezweifle, dass du da noch was erkennen kannst. Das Auto ist ein Schrotthaufen.«

»Es wäre mir wichtig«, beharrte Aris.

»Wie du willst«, gab Giovanni nach.

Er führte ihn zwischen Bergen von Autowracks hindurch bis zu dem Fiat, und als Aris die Überreste sah, war er dankbar, dass seine Freunde überhaupt noch lebten.

»Wird schwierig werden«, knurrte Giovanni mit Blick auf das zusammengefaltete Metall. »Lass es uns aufbocken.«

Er kletterte auf einen Gabelstapler, der etwas abseits parkte, schob die Zinken unter das Auto und hob das Wrack hoch. Dann trat er neben Aris, der sich den Wagen von unten ansah.

»Verstehst du was von Autos?«, fragte Giovanni.

»Wenig«, meinte Aris.

»Du hast Glück«, Giovanni schlug ihm auf die Schulter. »Ich bin der beste Autoschrauber der ganzen Gegend!«

Aris' Gesicht hellte sich auf, während der Mann sich den Schrotthaufen von unten ansah.

»Und?«, fragte er ungeduldig nach ein paar Minuten.

»Eine hässliche Geschichte«, knurrte der Mann und wischte sich die Hände an einem Tuch ab, das ihm aus der Hosentasche hing.

»Wieso?«

»Die Bremsleitungen sind durchgeschnitten worden«, erklärte er. »Jemand hatte was gegen deinen Freund.«

Aris kniff die Augen zusammen, seine Miene war eisig, und er hatte die Hände zu Fäusten geballt. Die Gedanken in seinem Kopf wirbelten wild durcheinander.

Viola wäre beinahe ums Leben gekommen. Plötzlich kam ihm ein schrecklicher Verdacht.

»Was machen wir jetzt, Seemann?«

»Ruf die Carabinieri«, stieß Aris hervor.

»Wie du willst.«

»Ich warte hier.«

Giovanni ging zu seinem Büro. Aris blieb wie erstarrt in der Sonne stehen, er atmete heftig. So fanden ihn die Carabinieri, als sie kurze Zeit später auf dem Schrottplatz eintrafen. Er schilderte ihnen den Unfallhergang, erzählte von den durchgeschnittenen Bremsleitungen und dass Laura im Koma lag. Und von Viola, die das eigentliche Opfer dieses heimtückischen Anschlags sein sollte, aber davon nichts wusste. Die Beamten beschlagnahmten das Wrack und baten Aris, mit Viola zur Polizeidienststelle zu kommen, damit sie Anzeige erstattete.

Als Aris sich von Giovanni verabschiedete, war es beinahe Mittag. Er griff zum Handy, um Viola anzurufen, aber dann überlegte er es sich anders. Er wollte es ihr lieber persönlich sagen. Außerdem hatte er vorher noch etwas anderes zu erledigen. Er warf das Mobiltelefon auf den Beifahrersitz und trat wütend aufs Gaspedal.

»Ich muss mit ihr sprechen«, sagte Aris mit Nachdruck, als Pina ihm die Tür öffnete.

»Sie hat dir nichts zu sagen«, protestierte Saras Mutter und sah ihn verächtlich an.

»Das glaube ich nicht.« Aris schob sie einfach beiseite, betrat die Wohnung und sah Sara sofort. Sie stand neben dem Tisch, auf ihren zwei Beinen. Er war noch nicht an diesen Anblick gewöhnt, und so verschlug es ihm kurz die Sprache.

»Was willst du?«, fragte Sara eisig.

»Du hast versucht, sie umzubringen«, zischte er und kam drohend auf sie zu.

»Ich habe keine Ahnung, wovon du sprichst«, entgegnete sie.

»Du hast ihren Wagen manipulieren lassen«, fuhr er fort, und seine Stimme überschlug sich fast. »Ich kenne die Leute, mit denen du dich früher herumgetrieben hast, das ist genau euer Stil.«

»Ich wiederhole: Ich habe keine Ahnung, wovon du sprichst.«

»Du glaubst doch nicht etwa, dass du damit davonkommst!«, schrie er. »Wenn sie stirbt, dann sorge ich persönlich dafür, dass du ins Gefängnis gehst.«

»Wie kannst du es wagen«, mischte sich ihre Mutter ein und zerrte ihn weg.

»Fass mich nicht an«, fauchte er und schüttelte ihre Hand ab.

»Wenn sie stirbt, Pina, wirst du begreifen, wie es sich anfühlt, wenn man jemanden verliert. Und Sara, wenn Laura es nicht schafft, kannst du dich auf was gefasst machen.«

»Laura?«, fragte sie irritiert und wurde blass, was ein deutliches Anzeichen für ihre Schuld war.

»Gestern Morgen saß nicht Viola im Wagen«, erklärte er finster. »Sondern ihre Freundin. Und Ezio. Willst du mitkommen und sehen, was du angerichtet hast? Und es ihren Angehörigen erklären?«

Sara schlug sich eine Hand vor den Mund, sie war totenblass geworden.

»Aber du hast ja nichts damit zu tun, stimmt's?«, sagte Aris schneidend. »Ich komme wieder, verlass dich drauf. Das Ganze ist noch lange nicht vorbei.«

Aris lief aus der Wohnung, schlug die Tür hinter sich zu und ließ zwei Frauen zurück, die wie versteinert ins Leere starrten.

64

Aris kam erst am späten Nachmittag wieder ins Krankenhaus. Nach der Begegnung mit Sara war er ziellos durch die Gegend gefahren und hatte vergebens versucht, zu verarbeiten, was er erfahren hatte. Doch die Wut war nur der Sorge gewichen, dass er Viola nun die Wahrheit sagen musste.

Sie saß auf einem der Plastikstühle im Flur des Krankenhauses, neben ihr saßen ein Mann und eine Frau. Als Viola ihn bemerkte, sprang sie auf und lief ihm entgegen.

»Alles in Ordnung mit dir?«, fragte sie.

»Ja. Wie geht es ihr?«

»Unverändert«, antwortete Viola zerstreut. »Ihre Eltern sind jetzt hier.«

»Und Ezio?«

»Der ist nicht zum Aushalten. Heute Nachmittag hat ihn sein Vater besucht. Die beiden haben sich die ganze Zeit gezankt.«

»Wie immer«, stellte Aris fest. »Ich gehe zu ihm. Kommst du mit?«

Viola sah unentschlossen zu Lauras Eltern hinüber.

»Ich komme später nach.«

»In Ordnung.«

Sie sah ihm besorgt hinterher. Es war ihm sichtlich schwergefallen, ihr in die Augen zu sehen, und er schien erleichtert gewesen zu sein, als sie sagte, dass sie noch bliebe. Was konnte denn noch geschehen sein?

Sie sprach noch eine Weile mit Lauras Eltern, die am Boden zerstört vor der Intensivstation saßen, und machte sich dann auf die Suche nach Aris.

»Gehst du nicht rein?«, fragte sie, als sie ihn vor der Tür von Ezios Krankenzimmer sah.

»Er schläft.«

Viola nahm neben ihm Platz.

»Was ist los?«, fragte sie.

»Fahren wir nach Hause, okay?«, schlug er vor.

»Ja, aber …«

»Ich erzähle es dir gleich«, wehrte er ab, stand auf und nahm sie bei der Hand.

Sie war viel zu müde und erschöpft, um zu widersprechen. Dass Aris und sie nun ein Paar waren, ließ sie innerlich laut jubeln. Von einem Tag auf den anderen hatte sich alles verändert, und ihr Umgang miteinander war so natürlich, als wären sie schon lange ein Paar. »Fahren wir nach Hause?«, hatte er sie gefragt, als wäre es das Selbstverständlichste auf der Welt, und ihr Herz hatte vor Glück einen Sprung gemacht. Doch all diese Gefühle wurden von dem Schrecken über das, was geschehen war, und der Angst, was noch passieren könnte, überlagert.

Auf dem Gut angekommen, verschwand Aris gleich unter der Dusche, und Viola lief durch das Haus, um alle Fenster aufzureißen. Sie ertrug den Geruch von geschlossenen Räumen nicht und liebte es, wenn der Wind durch die Zimmer wehte, das Sonnenlicht sich auf den glänzenden Oberflächen spiegelte und sie das Blau des Meeres und das Grün der Olivenhaine sehen konnte, die hinter den Mauern hervorschauten.

Viola holte das Abendessen aus dem Kühlschrank, das Carmela vorbereitet hatte, aber als sie ins Bad ging, um nach Aris zu sehen, war er nicht mehr dort.

Sie fand ihn in ihrem Zimmer. Er lag auf dem Bett, hatte die Hände hinter dem Kopf verschränkt und war in den Anblick der leuchtenden Farben des Sonnenuntergangs versunken.

»Hey!«, rief sie und setzte sich auf die Bettkante.

Aris wandte sich ihr mit einem gequälten Lächeln zu. Seine Augen glänzten feucht.

»Was ist los?«, fragte sie ihn erneut.

Er atmete geräuschvoll aus, dann wandte er den Blick ab und starrte wieder aus dem Fenster.

»Ich habe mir den Wagen angesehen«, begann er.

»Den Fiat? Warum?«

»Jemand hat die Bremsleitungen durchgeschnitten.«

»Ich verstehe nicht ...«, meinte Viola ungläubig.

Aris drehte sich zu ihr um, und sie erkannte die Wahrheit in seinen Augen.

Sie schlug die Hände vors Gesicht und unterdrückte einen Schreckensschrei. Aris setzte sich auf und legte die Arme um sie.

»Jemand wollte mich töten ...«, flüsterte Viola.

Er drückte sie nur stumm an seine Brust.

»Laura ringt meinetwegen mit dem Tod!«, schrie sie und befreite sich aus seiner Umarmung.

»Beruhige dich, mein Schatz ...«

»Beruhigen?« Ihre Stimme wurde schrill. »Beruhigen? Jemand will mich umbringen, und du sagst, ich soll mich beruhigen?«

Aris fuhr ihr zärtlich mit der Hand durch die Haare. Er fühlte sich so machtlos. Er rutschte an den Bettrand, setzte die Füße auf die kühlen Fliesen und beobachtete Viola, während sie wütend wie ein Tiger im Käfig im Zimmer auf und ab lief.

»Na gut«, sagte sie barsch und blieb vor dem Fenster stehen. »Ich werde alles verkaufen. Dieser verfluchte Ort kann mir gestohlen bleiben!«

»Viola, warte ...«

»Worauf? Worauf soll ich deiner Meinung nach warten? Dass noch jemand anderem etwas passiert? Nico? Oder dir?«

»Ich glaube nicht, dass dieser letzte Vorfall etwas mit der Masseria zu tun hat.«

»Was willst du damit sagen?«, fuhr sie ihn an. »Der zerstörte Stromanschluss, die Explosion und Neros Tod waren Drohungen wegen der Masseria, aber das mit dem Auto war etwas anderes?«

»Ich fürchte ja«, gestand er.

»Weißt du etwa mehr als ich?«, fragte sie misstrauisch und verschränkte die Arme vor der Brust.

»Nein.« Aris zwang sich, ruhig zu bleiben. »Ich stelle nur Vermutungen an. Die ersten Male wollte man dich erschrecken, aber man hat nie versucht, dir körperlichen Schaden zuzufügen. Diesmal war es anders.«

»Dann gibt es also mehrere Personen, die etwas gegen mich haben? Ich bin erst drei Monate hier und habe schon so viele Leute gegen mich aufgebracht?«

»So scheint es.«

»Das ist doch absurd. Merkst du das nicht selbst? Ich habe niemandem etwas getan.«

Aris schwieg.

»Also gut«, fuhr Viola fort und lief wieder im Zimmer auf und ab. »Stellen wir weiter Vermutungen an. Wer möchte mich am liebsten tot sehen?«

»Ich glaube, dass Sara jemanden beauftragt hat, die Bremsleitungen durchzuschneiden«, sagte Aris kaum hörbar.

Viola blieb schlagartig stehen und sah ihn mit dem Ausdruck blanker Überraschung an.

»Sara?«

»Ich war bei ihr. Wir haben uns gestritten, und ich habe ihr auf den Kopf zugesagt, dass sie hinter der Sache mit dem Fiat steckt. Sie hat es nicht geleugnet.«

»Das darf doch nicht wahr sein …«, flüsterte Viola entsetzt.

»Ich habe natürlich keine Beweise, aber ich bin überzeugt, dass es so ist. Es tut mir leid«, sagte Aris mit gebrochener Stimme.

»Ich muss etwas tun«, beschloss Viola. »Ich habe es so satt, hier wie eine lebende Zielscheibe herumzusitzen. Wo ist der Wagen?«

»Der ist beschlagnahmt. Ich war bei den Carabinieri.«

»Noch eine Anzeige gegen Unbekannt, richtig?«

»Du sollst morgen zu ihnen kommen.«

»Das ist doch sowieso sinnlos«, murrte sie. »Ich werde mit Rinaldi reden und sein Angebot annehmen.«

»Bist du sicher?«

»Mir bleibt doch keine andere Wahl, oder?«

»Du solltest noch einmal darüber nachdenken, wenn du dich beruhigt hast«, erwiderte Aris. »Sara wird dir nichts mehr tun ...«

»Ach, wirklich?«

»... und für alles Übrige finden wir eine Lösung.«

»Du hast mir doch in den Kopf gesetzt, dass Rinaldi hinter den Drohungen steckt«, erinnerte sie ihn. »Weil er die Masseria haben will. Und dann hat er ja auch ein Angebot gemacht.«

»Aber wir wissen nicht genau ...«

»Aris«, fiel sie ihm ins Wort. »Es spielt keine Rolle, wer dahintersteckt. Solange ich hierbleibe, wird dieser jemand weiterhin versuchen, mich von hier zu vertreiben.«

Aris sah auf seine Hände. Sie hatte natürlich recht. Wie konnte er sie bitten zu bleiben und ihr Leben aufs Spiel zu setzen? Doch er war nicht bereit, auf sie zu verzichten.

»Das bedeutete nicht, dass ich dich verlassen will«, beruhigte sie ihn, weil sie ahnte, was ihm gerade durch den Kopf ging. »Aber so kann ich nicht leben. Dass du mit mir zusammen sein willst, habe ich im Wartesaal eines Krankenhauses erfahren. Das habe ich mir mehr als alles auf der Welt gewünscht, aber in dem Moment konnte ich mich nicht einmal darüber freuen. So habe ich mir mein Leben nicht vorgestellt.«

»Es lässt sich alles lösen.«

»Nein, das stimmt nicht. Wir wissen ja nicht einmal sicher, mit wem wir es zu tun haben.«

»Also verkaufst du und gehst nach Hause zurück?«

Sein harter Ton verletzte Viola, sodass sie laut wurde.

»Versuch nicht, mich als jemanden hinzustellen, der sofort aufgibt«, erwiderte sie wütend. »Das bin ich nicht! Hier geht es nicht nur um mich, verstehst du? Laura ringt mit dem Tod! Was passiert als Nächstes?«

Aris wandte ihr den Rücken zu, ging zum Fenster und stützte sich mit beiden Händen auf den Rahmen. Der Himmel war eine Palette aus Aquarellfarben, die von Rosa, Lila und Violett bis zum dunklen Blau der allmählich einsetzenden Dunkelheit reichte. Obwohl der Wind sich gelegt hatte, war das Meer aufgewühlt, man hörte, wie die Wellen wütend gegen die Klippen klatschten, und spürte, wie salzige Gischt schwer in der Luft hing.

Da merkte Aris, dass sich Violas Arme von hinten um ihn legten, seine Brust umschlangen und sie sich mit der Wange an seinen Rücken schmiegte. Sie hatte wieder Licht in sein Leben gebracht, aber wie es schien, war ihr Leben immer noch ein Albtraum. Sollte er sie verlieren, so kurz nachdem er sie gefunden hatte?

»Ich will nicht, dass wir uns streiten«, flüsterte sie.

Aris drehte sich zu ihr um, umfasste ihre Taille und lehnte seine Stirn gegen ihre.

»Außerdem«, fuhr sie fort, »könnten wir mit dem ganzen Geld ein Boot kaufen und in die Südsee segeln.«

»Ich lasse dich nicht gehen«, sagte Aris lächelnd, einmal mehr überrascht, wie es ihr gelang, sein Leben leichter zu machen.

»Das scheint mir schon mal ein guter Ausgangspunkt«, meinte sie und schlang ihm die Arme um den Hals.

65

Viola hatte sich nicht umstimmen lassen. Sie würde allein zu dem Gespräch mit Angelo Rinaldi gehen.

»Du kannst ihn nicht ausstehen«, hatte sie Aris erklärt. »Und höchstwahrscheinlich beruht das auf Gegenseitigkeit. Du würdest nur für unnötige Spannungen sorgen.«

Bevor sie den beeindruckenden Besitz der Rinaldis erreichte, war Viola bei den Carabinieri gewesen, um dort die Anzeige gegen Unbekannt zu unterschreiben.

Sie hatte Rinaldi ihren Besuch nicht angekündigt, weil sie nicht einmal in Erwägung gezogen hatte, er könnte nicht zu Hause sein.

Jetzt stand sie vor einem eleganten zweiflügeligen Tor aus Metall, das den Blick auf das, was dahinterlag, verwehrte. Viola näherte sich und spähte durch die Schlitze der eingelassenen Initialen. Ein Garten mit unnatürlich saftigem Gras und üppigen Blumen lag zwischen dem Tor und der Villa, einem modernen Bau mit riesigen Glasfenstern, in denen sich das Grün des Rasens spiegelte.

All dieser Reichtum machte Viola befangen, es war das gleiche Gefühl, dass auch Rinaldi selbst bei ihr ausgelöst hatte, als sie ihm zum ersten Mal begegnet war. Aber das würde sie nicht aufhalten. Sie hatte die ganze Nacht nicht geschlafen, hatte gegrübelt, Gründe gegeneinander abgewogen, sich das Hirn zermartert, ob jene Möglichkeiten vernünftiger waren als andere, und als es Morgen geworden war, standen trotzdem nur zwei Dinge fest: Sie war todmüde und richtig wütend.

Entschieden drückte sie auf die Klingel. Einige Augenblicke tat sich nichts, doch gerade als sie es noch einmal versuchen wollte, öffnete sich das Tor, langsam und leise, wie von Geisterhand. Unwillkürlich hielt sie den Atem an.

Viola betrat das Anwesen, der Kies knirschte unter ihren Schuhen, und ihr Blick erfreute sich an den lebhaften Farben der Vegetation. Während sie noch herauszufinden versuchte, wo der Eingang war, öffnete Rinaldi eine Glastür und trat aus dem Haus.

»Was für eine Überraschung«, erklärte er.

Viola blieb über drei Meter entfernt von ihm stehen. Er schien gealtert zu sein, seit sie ihn das letzte Mal gesehen hatte, unter den strahlenden grünen Augen lagen dunkle Schatten, sein Hemd war zerknittert, und er sah aus, als hätte er sich nicht rasiert.

»Was kann ich für dich tun?«, fragte er. Selbst seine Stimme klang müde, sodass Viola einen Moment vergaß, welche giftigen Worte sie ihm eigentlich an den Kopf werfen wollte.

»Ich wollte mit dir reden.«

»Komm rein.« Rinaldi trat beiseite und forderte sie mit einer Handbewegung auf näher zu kommen.

Viola betrat ein lichtdurchflutetes Arbeitszimmer mit einem hellen Holzboden und einem Schreibtisch von riesigen Ausmaßen in der Mitte des Raumes, von dem man einen weiten Blick auf den Pool und den parkartigen Garten auf der Rückseite des Hauses hatte.

Rinaldi bot ihr einen Platz auf dem Sofa an, er holte sich Aschenbecher und Zigaretten und setzte sich neben sie.

»Stört es dich, wenn ich rauche?«, fragte er und steckte sich eine Zigarette zwischen die Lippen.

»Nur zu.«

Er sog den Rauch ein und stieß ihn langsam durch die Nase wieder aus.

»Worüber wolltest du mit mir reden?«

»Ich nehme dein Angebot an«, verkündete Viola in einem Atemzug.

Rinaldi sah sie mit einer Mischung aus Überraschung und Misstrauen an. Dann lachte er plötzlich laut auf, doch es klang alles andere als heiter.

»Wirklich?«

»Aber nur unter einer Bedingung.«

»Lass hören.« Rinaldi wirkte belustigt, sodass Viola einen Moment lang jeden Mut verlor.

»Du musst deinen Sohn anerkennen.«

Rinaldi bekam einen Hustenanfall. Als er sich davon erholt hatte, drückte er seine Zigarette aus und stellte den Aschenbecher auf dem Boden ab. Dann sah er sie an, und seine grünen Augen funkelten ironisch.

»Wir haben uns noch nicht mal geküsst, meine Liebe. Und du verlangst schon von mir, ich soll einen Sohn anerkennen? Da fehlen einige Schritte dazwischen, weißt du?«

Viola errötete. »Du hast mich missverstanden«, widersprach sie. »Du hast einen Sohn, aber ich bin natürlich nicht die Mutter.«

»Und auch nicht die Einzige, die mir einen anhängen will.«

»Ich habe einen Vaterschaftstest«, beharrte Viola.

»Ich habe noch nie einen gemacht«, erwiderte Rinaldi entschieden.

»Sagt dir der Name Stella Notaro etwas?«

Rinaldi tat, als müsste er nachdenken. Er erinnerte sich an Stella, eine durchgeknallte Nymphomanin mit einer Schwäche für Kokain. Im Bett war sie hemmungslos gewesen, und eine Weile hatte er nicht ohne ihre Treffen leben können. Was hatte Viola mit ihr zu tun?

»Okay, du kennst sie also«, stellte Viola fest. »Stella hat einen Jungen bekommen. Von dir.«

»Ich verstehe nicht, welche Rolle du in dieser Geschichte spielst.«

»Nico lebt bei seinen Großeltern auf der Masseria.«

Diesmal hatte sie ihn aus der Fassung gebracht. Rinaldi sah sie mit gerunzelter Stirn an, versuchte konzentriert, die Puzzleteile aus seiner Vergangenheit zusammenzusetzen. Natürlich, er hatte den Jungen schon mal gesehen. Adele hatte ihm von Nico erzählt und gewisse Andeutungen gemacht, die er nicht begriffen hatte. Wenn er jetzt darüber nachdachte, wurde ihm einiges klar. Ja, es stimmte, Stella war plötzlich verschwunden, obwohl ihm das nicht viel bedeutet hatte. Dann hatte er Gerüchte gehört, sie sei gestorben, aber auch das hatte ihn nicht berührt.

»Ich wiederhole: Ich habe nie einen Vaterschaftstest gemacht.«

Viola holte die Papiere aus ihrer Handtasche und drückte sie ihm in die Hand.

»Jemand anderes hat das für dich erledigt.«

Rinaldi überflog sie kurz, dann gab er sie ihr zurück.

»Nimmst du es mir übel, wenn ich dir sage, dass ich das nicht glaube?«

»Nein, im Gegenteil. Ich verstehe dein Misstrauen. Aber ich hingegen glaube, dass hinter all dem«, sie wedelte mit den Papieren herum, »meine Großmutter steckt. Und ich sehe keinen Grund, warum sie hätte versuchen sollen, dich zu betrügen.«

Das verstand er auch nicht. Diese beiden Frauen hatten ihn schon zu diversen Fehlentscheidungen verleitet. Adele mit ihrer beunruhigenden Gabe, seine Gedanken zu lesen, und Viola mit diesen sanften Augen so dunkel wie bittere Schokolade, die sein eiskaltes Herz zum Schmelzen brachten.

»Ich hatte großen Respekt vor Adele«, erklärte er und stand auf. »Und ich finde es äußerst merkwürdig, dass sie nicht mit mir darüber gesprochen hat.«

»Das kann ich dir auch nicht erklären«, antwortete Viola, »aber wenn du dem hier nicht traust, kannst du ja einen neuen Test machen.«

»Warum sollte ich ein Kind anerkennen, das ich nie gewollt habe und das ich nicht einmal kenne?«

»Weil Nico ein besonderer Junge ist. Und wenn ich von hier weggehe, möchte ich, dass er ein gutes, sorgenfreies Leben hat.«

»Mit dem Geld aus meinem Angebot kannst du ihm das ermöglichen.«

»Aber ich werde nicht hier sein, um ihn auf seinem Weg zu begleiten. Nico hat ein unglaubliches Potenzial, und er soll es entsprechend entwickeln und nutzen können.«

»Diese Aufgabe solltest du besser nicht mir übertragen.« Rinaldi zündete sich noch eine Zigarette an und ging zu der Glastür, die nach hinten auf den Garten ging. »Ich mag keine Kinder, und selbst wenn der Junge meine Gene hat, heißt das nicht, dass ich mich um ihn kümmern will.«

»Du solltest ihn erst mal kennenlernen und ihm eine Chance geben.«

»Nein, Viola. Ich kann dir versichern, dass er viel besser bei seinen Großeltern aufgehoben ist. Es heißt immer, Kinder brauchen Liebe mehr als Geld.«

Nichts schien Rinaldi umstimmen zu können. Aber er wirkte auch erschöpft, Viola hatte seine müde Stimme und die gebeugte Haltung bemerkt. Dennoch wollte sie sich nicht geschlagen geben. Sie würde ihm die Masseria nur verkaufen, wenn er sich um Nico kümmerte.

»Wenn du nichts von deinem Sohn wissen willst, dann wirst du auch auf die Masseria verzichten müssen«, versuchte sie, ihn zu erpressen, in der Hoffnung, dass er ihr Land wirklich brauchte.

»Gut«, sagte er nur.

Viola sprang erstaunt auf.

»Aber du wolltest sie doch unbedingt haben …«, sagte sie leise.

»Ja, genau, ich wollte. Ich hätte sie dringend gebraucht, um die Insolvenz abzuwenden.«

»Was?«

»Ich habe keine Lust, darüber zu reden«, sagte er barsch und kam sich wie ein Idiot vor. Er hat sein Lebenswerk verpfuscht, weil er nicht mehr logisch gedacht hatte und eiskalt genug war.

Gestern hatte Arianna ihn unter wüsten Beschimpfungen verlassen, und jetzt wurde ihm klar, dass sie recht hatte.

»Es wird schon nicht alles verloren sein …«, beharrte Viola.

»Wer weiß«, erwiderte er müde. »Wenn ich meinen Geschäftssinn wiederfinde, vielleicht nicht.«

Viola schwieg und betrachtete die Papiere in ihrer Hand. Vielleicht hatte ihre Großmutter geglaubt, dass diese Informationen nützlich sein könnten, aber nun waren sie wertlos, nichts als Altpapier.

»Findest du das nicht komisch?«, fragte Rinaldi und wandte sich ihr zu. »Zuerst wollten wir beide die Masseria und jetzt interessiert sie keinen von uns mehr.«

Viola betrachtete ihn stumm und zwang sich, gleichmütig zu wirken, aber innerlich spürte sie nichts als tiefe Leere.

»Habe ich dir je gesagt, dass du wunderschön bist?«

Sie errötete.

»Ich muss gehen«, sagte sie und nahm ihre Handtasche vom Sofa.

»Keine Sorge, du findest schon einen Käufer«, beruhigte Rinaldi sie.

Viola öffnete die Glastür, durch die sie den Raum betreten hatte, doch statt hinauszugehen wandte sie sich noch einmal zu dem Mann um, der wie gelähmt stehengeblieben war und ihr hinterhersah.

»Bist du für das verantwortlich, was mir passiert ist?«

»Das ist eine Spezialität von Arianna«, erklärte er ihr. »Meiner Frau.«

»Also wusstest du davon?«

»Nichts Genaues. Und selbst wenn, ich hätte sie doch nicht aufhalten können.«

Viola sah ihn noch einen Augenblick an. In seinem Blick lag so viel, das er nie laut ausgesprochen hätte. Aber das ließ sie kalt.

Sie wandte sich entschlossen um und ging zurück zu ihrem Wagen.

66

»Wie konntest du uns diesen ganzen Albtraum verschweigen?«, brüllte Edoardo Cardelli, sprang auf und rannte aus dem Pavillon.

Viola stützte sich mit den Ellenbogen auf die Knie und vergrub das Gesicht in den Händen. Es war ein langer harter Tag für sie gewesen. Nachdem sie Rinaldis Villa verlassen hatte, hatte sie den Nachmittag mit Lauras Eltern im Krankenhaus verbracht. Lauras Zustand war noch immer unverändert, aber wenigstens hatte er sich nicht verschlechtert. Viola hatte nicht den Mut gehabt, ihnen die Wahrheit über den Unfall zu sagen, und das bedrückte sie. Doch sie hätte ihre anklagenden Blicke nicht ertragen. Lauras Eltern mochten sie sehr, sie kannten sie seit ihrer Kindheit, und Viola hatte viel Zeit bei ihnen verbracht. Aber bestimmt hätten sie, wenn auch unwillentlich, gedacht, dass sie schuldig war. Und Viola dachte genauso, denn es war die Wahrheit.

Als sie und Aris zur Masseria zurückgekommen waren, hatte Viola zu ihrer Überraschung ihre Eltern vorgefunden. Viola hatte sie immer noch nicht angerufen, das hatte Carmela für sie übernommen.

Als Viola ihren Vater sah, hatte sie sich in seine Arme geworfen und angefangen zu weinen. Dann hatte sie alles erzählen müssen: die Störung des Stromanschlusses, das Loch in der Mauer, Neros Tod und dass man die Bremskabel des Fiat durchgeschnitten hatte. Und schließlich, dass Rinaldi es erst angeboten und es dann abgelehnt hatte, die Masseria zu kaufen. Am Ende ihres Berichts war Edoardo aus der Haut gefahren und Viola, obwohl sie sich nun innerlich leer fühlte, einfach nur erleichtert gewesen.

»Wie geht es dir jetzt?«, fragte ihre Mutter und legte ihr einen Arm um die Schulter.

»Genau so, wie ich aussehe«, antwortete sie. »Schrecklich.«

»Dein Vater hat recht«, sagte Marianna. »Du hättest mit uns reden müssen.«

»Papa hätte mich gefesselt in den Kofferraum geworfen und von hier weggebracht«, brummte Viola.

»Das wäre ihm bestimmt als Erstes durch den Kopf gegangen«, gab ihre Mutter zu. »Aber er ist nicht immer so vorhersehbar. Wenn er gemerkt hätte, wie sehr du an diesem Vorhaben hängst, hätte er dich unterstützt.«

»Jetzt ist es zu spät.« Viola fuhr sich mit der Hand durch die Haare.

Aris saß ein wenig abseits, nah genug, um ihre Unterhaltung mitanzuhören, doch weit genug entfernt, um sie nicht zu stören. Er hatte in Edoardos Augen gesehen, wie sehr dieser sein kleines Mädchen liebte, und wie sehr es ihn schmerzte, dass er nicht da gewesen war, um sie zu beschützen. In diesem Moment hatte er einen leisen Neid auf diese wunderbare Familie verspürt.

»Was willst du jetzt machen?«, fragte Marianna nun.

»Erst mal duschen und dann lange schlafen.« Sie sah Aris an. Er lächelte, und sie erwiderte sein Lächeln. »In den nächsten Tagen, wenn ich wieder einen einigermaßen klaren Kopf habe, werde ich mich entscheiden, was ich tue.«

»Willst du etwa immer noch hierbleiben?«, rief ihre Mutter überrascht aus.

»Mama, bitte, gib mir etwas Zeit. Im Moment steht mir nicht der Sinn danach, aber ich möchte in Ruhe darüber nachdenken.«

Viola stand auf und streckte den Rücken durch.

»Ich richte das Gästezimmer für euch her.«

»Das hat Carmela schon getan«, erwiderte Marianna. »Jetzt geh du erst mal duschen, und danach essen wir zusammen.«

»Einverstanden.« Viola küsste ihre Mutter auf die Wange, dann wandte sie sich Aris zu, der aufgestanden war und sie verlegen ansah.

»Du bleibst natürlich auch«, erklärte Marianna.

»Vielen Dank, aber ihr möchtet sicher gern ein bisschen unter euch sein. Ich gehe …«

»Kommt überhaupt nicht infrage«, unterbrach Viola ihn und schnaubte empört. »Er lebt jetzt hier mit mir und bleibt selbstverständlich«, erklärte sie ihrer Mutter demonstrativ.

»Wurde ja auch Zeit, dass dieser Ort endlich wieder zum Leben erwacht«, Marianna seufzte. »Ich gehe zu deinem Vater«, sagte sie und verließ den Raum.

Viola lief auf Aris zu und schlang ihre Arme um seinen Hals.

»Ich möchte, dass du endlich aufhörst, dich hier wie ein Eindringling zu fühlen«, sagte sie lächelnd. »Außerdem brauche ich dringend eine Rückenmassage.«

Sie küsste ihn leidenschaftlich und überwand damit seine Zurückhaltung.

»Und wenn du auf die Idee kommen solltest, zu gehen, werde ich dich einfach ans Bett fesseln«, flüsterte sie ihm zu, ohne ihre Lippen von seinem Mund zu lösen.

»Ein interessanter Vorschlag«, erwiderte Aris, hob sie auf seine Arme und trug sie ins Haus.

67

»Die beiden da oben könnten sich ruhig mal etwas zurückhalten«, brummte Edoardo, als er zu seiner Frau in die Küche kam.

»Sie sind verliebt«, entgegnete Marianna lächelnd. »Und haben schwierige Zeiten hinter sich.«

»Gestern hat er sie sich über die Schulter gelegt und raufgetragen, während sie vor Freude laut gelacht hat …«

»Ich weiß, Liebling. Ich glaube, du solltest dich mit dem Gedanken anfreunden, dass deine Tochter eine erwachsene Frau ist.«

»Sie ist doch noch ein kleines Mädchen!«, protestierte Edoardo heftig.

»Sie ist achtundzwanzig«, widersprach Marianna. »Also kein kleines Mädchen mehr.«

»Du hast sie hier schalten und walten lassen«, protestierte er. »Und sieh mal, was dabei herausgekommen ist!«

»Dafür kann Viola nichts«, antwortete Marianna ernst. »Im Gegenteil, sie hat viel Mut bewiesen und für das gekämpft, woran sie glaubte.«

»Na gut, aber jetzt wird sie jawohl nach Hause zurückkehren.«

»Da wäre ich mir an deiner Stelle nicht so sicher.«

»Wie bitte? Sie kann doch nicht immer noch hierbleiben wollen?«

»Jetzt ist sie ja nicht mehr allein«, erinnerte Marianna ihn und begann, den Tisch zu decken.

»Sie hat ihn doch gerade erst kennengelernt«, gab Edoardo

zu Bedenken. »Außerdem, wer ist dieser Kerl überhaupt? Können wir dem vertrauen?«

»Früher oder später wirst du das müssen«, meinte Marianna. »Das ist ihr Leben. Lass sie ihre eigenen Erfahrungen machen.«

Edoardo zog geräuschvoll einen Stuhl heran und setzte sich.

»Also, ich halte ihn für einen anständigen Jungen«, fuhr Marianna fort.

»Ach ja? Und warum?«

»Weil er sie genauso ansieht wie du, mit diesem Blick, der mir sagt, dass er sie anbetet und beschützen will.«

»Erzähl keinen Unsinn!«

Marianna lachte laut und setzte sich auf die Knie ihres Mannes.

»Würde es dir nicht gefallen, wenn deine Tochter einen Mann fände, der ebenso wunderbar ist wie ihr Vater?«

»Der muss noch besser sein …«, brummte Edoardo.

»Vollkommenheit gibt es nicht. Und die wäre auch langweilig.«

Gegen seinen Willen musste Edoardo lächeln.

»Da sind wir!«, rief Viola und betrat die Küche.

»Gut, dann können wir ja essen.« Marianna erhob sich elegant.

Das Abendessen begann ziemlich schweigsam, die Stille wurde nur ab und zu von den beiden Frauen unterbrochen, die Carmelas Kochkünste lobten. Edoardo und Aris musterten einander verlegen, um dann wieder still auf ihre Teller zu schauen.

»Also, wann kommst du nach Hause?«

»Edoardo«, sagte seine Frau vorwurfsvoll und sah ihn enttäuscht an.

»Was habe ich denn gesagt?«, beschwerte er sich.

»Papa«, meldete sich Viola zu Wort. »Ich weiß nicht, wann ich zurückkomme. Oder ob ich überhaupt zurückkomme.

Auf keinen Fall, solange Laura hier im Krankenhaus liegt. Und ich fürchte, das wird noch dauern.«

»Das kann ich verstehen.« Edoardo versuchte versöhnlich zu klingen, obwohl er sie am liebsten angebrüllt hätte. »Aber dass du überhaupt noch nachdenken musst, nicht. Du hast doch am eigenen Leib erfahren, wie gefährlich es ist zu bleiben. Wie kannst du da annehmen, dass ich einfach so fahre und dich hier zurücklasse?«

»Anscheinend hat sich die Situation verändert«, erwiderte Viola.

»Das weißt du aber nicht genau.«

»Hatten wir uns nicht geeinigt, dass wir dieses Thema heute Abend vermeiden?«, fuhr Marianna nun gereizt dazwischen. »Viola ist sehr erschöpft, genau wie wir auch nach der langen Fahrt.«

»Ihr hattet euch geeinigt«, stellte Edoardo klar. »Ich dagegen will sicher sein, dass Viola die Situation begreift.«

»Was muss ich denn noch begreifen, Papa?«

»Na gut, lassen wir das. Aber ich verstehe nicht, wie ein Mädchen, das so gern mit vielen Leuten zusammen ist, das herumgekommen ist in der Welt und sich auf eine großartige Karriere vorbereitet hat, sich so verändert, dass sie jetzt hier ganz allein im Nirgendwo leben will.«

»Was sagt dir denn, dass ich mich verändert habe? Ich bin doch auch bei uns in letzter Zeit kaum aus dem Haus gegangen.« Aris hob neugierig eine Augenbraue, aber Viola ignorierte es und fuhr fort.

»Ich habe die Masseria immer geliebt, und nach dem anfänglichen Schock habe ich erkannt, was man daraus machen kann. Das ist auch Teil meines Jobs. Zu erkennen, welches Potenzial in einem Haus steckt und es zu neuem Leben zu erwecken.«

»Das stimmt«, gab ihr Vater zu.

»Und wenn alles so läuft, wie ich mir das vorstelle, wird die Masseria ein kleines Schmuckstück werden.«

»Und danach? Warum willst du dich mit einem Haus begnügen, wenn du stattdessen Hunderte einrichten könntest?«

»Papa, zu Hause habe ich keinen Job.«

»Im Moment nicht. Aber du hast doch einige Bewerbungen verschickt …«

»Das ist vier Monate her, und niemand hat sich darauf gemeldet.«

»Du weißt doch selbst, wie schwierig es im Moment ist.«

»Genau. Warum sollte ich dann nicht noch etwas hierbleiben, mich dem Haus widmen und mich erst entscheiden, wenn wirklich ein interessantes Angebot kommt?«

»Weil du hier in Gefahr bist!«, fuhr Edoardo wütend auf.

»Jetzt ist es aber genug«, ging Marianna ruhig, aber entschieden dazwischen.

»Ich glaube, dein Vater hat gar nicht so unrecht.« Drei Augenpaare wandten sich Aris zu und betrachteten ihn verblüfft.

»Also, ich meine …«, stammelte er. »Ihr habt beide gute Gründe für eure Positionen.«

Edoardo und seine Tochter sahen ihn misstrauisch an, während Marianna lächelte.

»Aber ich denke, jetzt seid ihr beide zu angespannt, zu müde und besorgt, um vernünftig darüber nachzudenken«, schloss er. »Und auch die Beweggründe des anderen zu verstehen.«

Marianna legte Aris eine Hand auf den Arm.

»Ich bin ganz seiner Meinung«, verkündete sie und sah Ehemann und Tochter an. »Also esst jetzt lieber. Morgen ist auch noch ein Tag.«

68

»Sie finden den Vorgang nicht.« Viola steckte ihr Smartphone zurück in die Handtasche und sah Aris an, der sie zum Krankenhaus fuhr.

»Was heißt das, sie finden ihn nicht?«

»Genau das hat man mir gerade gesagt.«

Viola hatte den Vermessungsingenieur der Gemeinde angerufen, um zu erfahren, ob es etwas Neues hinsichtlich ihres Projektplans gab. Und er war vollkommen überrascht gewesen und hatte geantwortet, dass er nichts davon wusste.

»Meinst du, das ist Absicht?«

»Kann sein«, überlegte Aris. »Aber vielleicht haben sie ihn auch einfach nur verschlampt.«

Viola warf ihm einen skeptischen Blick zu. Sie hatte zwar nicht die Absicht, mit den Arbeiten zu beginnen, aber untätig herumzusitzen und zu warten, dass sich Lauras Zustand besserte, war nicht einfach. Denn wenn sie nicht im Krankenhaus waren, taten sie genau das. Nico ließ sich selten blicken, er war misstrauisch ihren Eltern gegenüber, spürte die drückende Stimmung, die im Haus herrschte.

Violas Vater hatte sich derweil der liegen gebliebenen Fensterläden angenommen. Die Arbeit daran war durch den Unfall unterbrochen worden. Aber Edoardo konnte einfach nicht untätig herumsitzen. Aris hatte angeboten, ihm zu helfen, und so hatten sie das Wochenende damit verbracht, die wunderschönen Fensterläden zu säubern, rot zu lackieren und wieder aufzuhängen.

Viola hatte den Vermessungsingenieur mehr aus Langeweile

angerufen, da die Sache nicht eilte, aber die Antwort hatte sie aus dem Konzept gebracht.

»Manchmal fällt es schon schwer, nicht zu tun, was mein Vater sagt«, erklärte Viola.

»Ich wollte mit dir über etwas reden«, begann Aris unvermittelt.

»Was ist los?« Viola sah ihn so erschrocken an, dass er lächeln musste.

»Keine Sorge, es ist nur so ein Gedanke.«

»Sag schon.«

»Du und ich, wir haben oft davon gesprochen, was du tun wirst …«

»Weil es momentan nur wenig anderes gibt, worüber man reden könnte«, unterbrach sie ihn.

»Ganz genau. Ich will nicht noch mehr Chaos in deinem Leben anrichten. Schließlich merke ich, wie schwer es für dich ist …«

»Aris?«

»Okay. Ich will nicht, dass du nur meinetwegen hierbleibst.«

»Natürlich bleibe ich nicht nur deinetwegen«, erwiderte sie. »Aber selbst wenn, was wäre falsch daran? Sag schon, was meinst du wirklich?«

»Also, wenn du lieber zurück nach Hause möchtest, dir dort eine passende Arbeit suchen und die Masseria verkaufen willst, dann tu das. Und wenn du trotzdem weiter mit mir zusammen sein willst, dann kann ich auch mitkommen. Hier in dieser Gegend hält mich nicht viel.«

»Was ist mit deiner Mutter?«, stammelte sie atemlos vor Freude und konnte gar nicht glauben, was er ihr gerade angeboten hatte!

»Seit ich Sara verlassen habe, ist sie richtig aufgeblüht«, erklärte er. »Sie hat mir gesagt, dass sie gut alleine klarkommt und ich auf sie keine Rücksicht nehmen soll.«

Viola küsste ihn schwungvoll auf die Wange.

»Danke«, sagte sie leise, zu mehr war sie nicht fähig.

Trotz aller traurigen Gedanken um Laura gab es auch viel Positives. Viola war verliebt, und der Mann, nach dem sie sich gesehnt hatte, war jetzt an ihrer Seite. Es gab Momente, da hatte sie ein schlechtes Gewissen wegen ihres Glücks. Eigentlich durfte sie sich doch nicht freuen, wenn Laura immer noch im Koma lag. Aber wenn sie sich ihm hingab, spürte sie keine Angst mehr. Aris gab ihr die Kraft zu glauben, dass alles wieder gut werden würde.

Und diese Kraft hatte sie nötig, als sie im Krankenhaus ankamen.

An dem Tag hatte man die Medikamente absetzen wollen, die ihre Freundin im künstlichen Koma hielten, aber kurz darauf hatte Laura einen Herzstillstand erlitten.

Ihre Eltern saßen bleich und in Tränen aufgelöst vor der Intensivstation. Die Krankenschwester, die sie inzwischen gut kannten, hatte sie über den Vorfall informiert.

»Können wir zu ihr?«, fragte Viola verzweifelt.

Die Krankenschwester sah sie an, als könnte sie das nicht ernst meinen.

»Okay, das ist vielleicht nicht der passendste Moment«, räumte Viola ein. »Aber ich muss sie sehen. Wir müssen ihr sagen, dass wir für sie da sind, dass sie durchhalten soll …«

»Wir warten ab, bis sich ihr Zustand stabilisiert hat«, unterbrach die Frau sie.

»Aber …«

Aris legte Viola einen Arm um die Schulter und zog sie zu sich heran.

»Wir müssen abwarten.«

»Ich will aber etwas tun …«, beharrte Viola.

»Das kannst du aber nicht. Keiner von uns kann das.«

Viola ließ sich umarmen, vergrub ihr Gesicht in Aris' T-Shirt, presste sich an den starken, ihr Sicherheit schenkenden Mann, der sich vergeblich bemühte, ihren bebenden Körper zu beruhigen.

69

Einen Monat später

»Entschuldige die Verspätung!«, rief Viola, als sie völlig außer Atem ins Zimmer kam. »Ich habe noch einmal mit Aris gestritten ... Er ist ein solcher Sturkopf.«

Sie ging zum Sessel und ließ sich seufzend hineinfallen.

»Er macht so viel im Haus und will sich auf keinen Fall dafür bezahlen lassen«, erklärte sie weiter. »Er sagt, dass er bloß Kost und Logis braucht.«

Die Sonne durchflutete den Raum und ließ beinahe die Tristesse der deprimierenden Einrichtung vergessen. Viola nahm die Sonnenbrille ab und steckte sie sich zwischen die Locken, dann setzte sie sich bequem hin.

»Ezio ist heute Morgen entlassen worden. Der Gips an den Beinen wurde entfernt, aber er muss weiterhin das Bett hüten wegen seines Beckens. Er hat mit seinen wilden Flüchen schon alle Heiligen im Paradies bemüht.«

Viola lächelte, als sie an ihn dachte, an seine Energie, seine empörten Beschwerden, sein sympathisches Gesicht, das vom langen Krankenhausaufenthalt etwas eingefallen war. Dass er nun nach Hause kam, würde ihm guttun, und bald wäre er bestimmt wieder der Alte.

»Es war ganz schön hart, Mama und Papa wieder nach Hause zu schicken«, fuhr sie fort. »Aber jetzt ist das Zusammenleben mit Aris ... endlich sind wir allein ... ich hätte nicht gedacht, dass es so schön werden würde. Na ja, was heißt schon allein«, korrigierte sie sich. »Nico ist ganz verrückt nach Aris, er lässt ihn keine Minute in Ruhe. Ich hoffe, dass wir ihn nicht irgendwann bei uns im Schlafzimmer finden.«

Viola lächelte bei dem Gedanken an die beiden.

Es war ein extremer Sommer. Carmela sagte, dass es seit Jahren nicht mehr so heiß gewesen war. Die Sonne brannte unerbittlich vom Himmel, und die Natur ächzte unter der Hitze.

»Ach, du weißt ja noch nicht das Allerneueste«, fuhr Viola fort. »Dass der Vermessungsingenieur die Dokumente gefunden hat, hatte ich schon erzählt, oder? Nun habe ich auch die Genehmigung der Gemeinde. Aber die größte Neuigkeit ist, dass man mir einen Job angeboten hat«, sagte sie und seufzte. »Ein Konkurrenzunternehmen von der Firma, für die ich früher gearbeitet habe. Ich wäre Projektleiterin, bekäme ein traumhaftes Gehalt und allzu weit weg von zu Hause ist es auch nicht. Dreißig Kilometer. Papa sagt, jetzt, wo es die neue Verbindungsstraße gibt, ist man blitzschnell dort.«

Viola sah verträumt aus dem Fenster.

»Papa schwebt auf Wolke sieben, aber ich … ich hätte gedacht, dass ich mich mehr freuen würde. Aber weißt du was? Nico lernt jetzt schwimmen. Das Meer ist wunderbar, wir baden immer in der kleinen Bucht unten an der Klippe.«

Viola rutschte auf dem Sessel hin und her. Es war heiß, trotz der Klimaanlage, und ihre Beine klebten am Kunstleder des Sitzes fest.

»Ich habe eine Entscheidung getroffen«, fuhr sie fort. »Es war nicht leicht, und wenn ich daran denke, dass ich damit liebgewonnene Menschen enttäuschen werde, dann wird mir jetzt schon ganz schlecht.«

Viola schaute nach unten auf ihre im Schoß verschränkten Finger. Sie hatte noch mit niemandem darüber geredet, nicht einmal mit Aris. Und nun, als sie die schicksalshaften Worte laut aussprach, klangen sie falsch in ihren Ohren.

»Ich werde nach Hause zurückkehren«, sagte sie in einem Atemzug. Dann stand sie auf, weil es sie nicht mehr in ihrem Sessel hielt.

»So ist es am besten. Aris hat kein Geld, und wenn ich alles ausgegeben habe, was mir Nonna für die Instandsetzung der Masseria hinterlassen hat, sind wir pleite. Wie kann ich eine gut bezahlte Arbeit ausschlagen für ein so unsicheres Projekt?«

Sie lief im Zimmer herum, und es kam ihr vor, als würden die Wände bei jedem Schritt weiter auf sie zukommen. »Außerdem hatte ich hier nichts als Schwierigkeiten!«

Viola blieb neben dem Fenster stehen und sah, wie unten auf der Straße das Leben pulsierte, gleichgültig gegenüber ihren Gewissensbissen. Wie konnte eine Entscheidung richtig sein, die ihr so wehtat?

»Ich habe genau überlegt, was dafür und was dagegen spricht«, sagte sie schließlich und kehrte den Sonnenstrahlen den Rücken zu. »Jetzt ist Schluss mit der Grübelei.«

Viola näherte sich dem Bett und sah in das herzförmige Gesicht der Frau, die darin lag. Sie beugte sich hinunter, um ihr einen zarten Kuss auf die Stirn zu geben, und dabei rollte eine Träne auf das Kissen neben Lauras kurzen kastanienbraunen Haaren.

»Aber ohne dich gehe ich nirgendwohin«, flüsterte sie. »Daher sieh zu, dass du schnell aufwachst, damit wir nach Hause fahren können.«

Dann verließ sie Hals über Kopf Lauras Zimmer, sodass die Tür beinahe mit einem lauten Knall zugefallen wäre.

70

Ein Sonnenstrahl fiel schräg ins Schlafzimmer und erinnerte daran, dass es ein weiterer heißer Sommertag werden würde.

Viola drehte sich zum hundertsten Mal auf die andere Seite, sie konnte einfach nicht schlafen. Sie hatte gehört, wie der Hahn bei Sonnenaufgang gekräht hatte, und jetzt erfüllte Carmelas Stimme, die die Hühner fütterte, den Hof. Tröstliche Geräusche, weil sie so alltäglich waren und die Dinge ins rechte Licht rückten. Ein Schrei, auf den ein unverständlicher Fluch folgte, ließ Viola lächeln.

Irgendwann hatten Aris und sie für Nico einen Welpen gekauft. Einen Mischling, vier Monate alt, mit schwarz-weißem Fell, der wie alle Welpen gern auf allem herumkaute, was er zu fassen bekam. Manchmal biss er spielerisch in Carmelas Beine, und dann hörte man ihre Flüche auch noch außerhalb der Umfassungsmauer.

Viola drehte sich auf den Rücken, verschränkte die Hände hinter dem Kopf und starrte die Decke an.

Das Haus veränderte sich unter den fachmännischen und liebevollen Händen von Aris. Risse waren gekittet, Zimmer gestrichen, Türen geölt und repariert. Wenn sie nicht bei Laura im Krankenhaus war, half sie ihm, Möbel zu rücken oder die Räume luftiger und funktioneller zu gestalten. Dann kam plötzlich dieses Stellenangebot ins Haus geflattert, und ihr Enthusiasmus wurde gebremst. Was für einen Sinn hatte es, sich so sehr in einen Ort zu verlieben, wenn so viel dagegen sprach zu bleiben?

Aris sagte nichts weiter dazu, er fuhr unbeirrt mit seiner

Arbeit fort, und stellte ihr keine Fragen, selbst wenn sie oft abwesend war.

Er wusste, wie dieses Dilemma sie quälte. Außerdem war die Beziehung, die sie zu Nico aufgebaut hatte, enger geworden als beabsichtigt. Sie hatte Aris erzählt, wer Nicos Vater war, ihre Hoffnung gestanden, dass er sich irgendwann anders besinnen und sich um seinen Sohn kümmern würde. Aber Ranieri war abgetaucht, zur großen Erleichterung von Aris, der immer noch nicht begriff, wie Viola so viel Vertrauen in ihn hatte setzen können.

»Willst du mit mir darüber reden?«

Viola zuckte überrascht zusammen. Aris war wach und hatte sich ihr zugewandt, stützte sich mit dem Arm ab und sah sie besorgt an.

»Die ganze Nacht wälzt du dich schon hin und her«, sagte er.

»Tut mir leid, wenn ich dich geweckt habe.«

Er küsste sie auf den Mund und legte ihr eine Hand auf den Bauch.

»Du kannst jederzeit mit mir reden.«

»Ja, ich weiß.«

»Seit du gestern vom Krankenhaus zurückgekommen bist, hast du kaum etwas gesagt. Geht es um Laura? Ist es schlimmer geworden?«

»Nein. Ihr Zustand ist unverändert. Sie wirkt, als würde sie schlafen, aber die Ärzte können mir nicht sagen, wann sie aufwacht.«

Viola seufzte und verschränkte ihre Finger mit seinen.

»Ich habe ihr gesagt, dass ich eine Entscheidung getroffen habe«, gestand sie nun. »Sobald Laura aufwacht, kehren wir nach Hause zurück.«

Aris hielt die Luft an. Er hatte gewusst, dass dieser Moment kommen würde, aber jetzt traf es ihn doch unvorbereitet.

Viola begegnete seinem Blick und biss sich auf die Unterlippe.

»Das ist aber nicht das, was du eigentlich willst«, stellte Aris fest.

»Ich habe so oft darüber nachgedacht«, erwiderte sie, setzte sich ruckartig auf und stellte die Füße auf den kühlen Boden. »Das ist die vernünftigste Lösung. Kannst du das nicht verstehen?«

»Ja, schon.«

»Gut.«

Viola stand auf, zog sich ein T-Shirt über und verließ den Raum. Sie schüttelte resigniert den Kopf. Kurz darauf kam Aris zu ihr in die Küche. Sie öffnete gerade alle Fenster und Türen, auch die zum Hof, dann blieb sie ein wenig mit geschlossenen Augen stehen, und genoss die Sonnenstrahlen auf der Haut. Sie war schmaler geworden, das T-Shirt saß locker, ihre Haare dagegen waren gewachsen. Die weichen, von der Sonne ausgebleichten Locken fielen ihr bis zur Mitte des Rückens herab.

»Dein Handy klingelt«, sagte er, als ihm das blinkende Lämpchen auffiel.

Viola drehte sich zum Tisch um und nahm ihr Handy. Der Anrufer hatte bereits aufgelegt. Und sie sah, dass sie zahlreiche Anrufe verpasst hatte.

Aris sah, dass sie blass wurde.

»Wer war das?«, fragte er.

»Das Krankenhaus hat angerufen«, murmelte sie. »Und Lauras Mutter.«

»Hey.« Aris nahm ihr Gesicht in seine Hände und zwang sie, ihm in die Augen zu sehen. »Denk nicht gleich das Schlimmste, okay?«

Sie nickte und schluckte schwer.

»Soll ich anrufen?«

»Nein, das schaffe ich schon noch.«

Viola verließ die Küche und ging in den Hof, dort fuhr sie sich nervös durch die Haare und atmete die laue, salzige Brise ein.

Sie zögerte zurückzurufen. Aris kam schweigend hinter ihr her und blieb einen Schritt hinter ihr stehen. Viola tippte auf die Nummer und hielt sich den Hörer ans Ohr.

»Hier spricht Viola«, sagte sie einige Sekunden später.

»Viola, endlich!«, rief Carla, Lauras Mutter. »Sie hat schon die ganze Nacht nach dir gefragt!« Die Frau sprach schnell und so laut, sodass auch Aris mithören konnte.

»Sie ist aufgewacht!«, fuhr Carla fort. »Sie hat nach dir gefragt!«

Viola brachte kein Wort heraus. Sie wandte sich langsam zu Aris um, während ihre Tränen die Sonnenstrahlen einfingen und ihre Wangen zum Glitzern brachten.

»Viola, hörst du mich?«, fragte die Frau am anderen Ende der Leitung.

»Ja …«, flüsterte Viola, während sich ein Lächeln auf ihrem Gesicht ausbreitete. »Ich bin noch da.«

»Sie hat gesagt … sie sagt … vielleicht ist es besser, wenn du kommst«, stammelte Carla.

»Was hat sie gesagt? Geht es ihr gut?«

»Die Ärzte meinen, dass sie wieder gesund wird. Jetzt schläft sie. Aber sie will unbedingt mit dir sprechen, sie schien sehr aufgeregt. Sie hat gesagt …«

»Ja?«, fragte Viola ungeduldig.

»Du sollst keinen Unsinn machen«, sagte Carla bestürzt. »Vielleicht ist sie ja noch etwas verwirrt, aber komm doch bitte.«

»Ich bin gleich da.«

Viola beendete das Gespräch und sah Aris an.

»Sie ist aufgewacht«, flüsterte sie ungläubig. Dann schlang sie ihre Arme um seinen Hals und lachte vor Freude, während ihre Tränen die Wangen hinunterliefen.

»Ich wusste, dass sie es schaffen würde!«, sagte Aris, das Gesicht in ihren Haaren vergraben. Er blieb stehen und schob sie ein wenig von sich weg, damit er ihr in die Augen sehen konnte. Daraufhin nahm Viola sein Gesicht in ihre Hände, fuhr ihm mit den Daumen zärtlich über seine Bartstoppeln und verlor sich in seinen Augen, in den Freudentränen glitzerten.

Jetzt war alles ganz klar. Viola wusste plötzlich, was sie tun würde. Laura war zurückgekehrt und erinnerte sie daran, die Tür zur Vergangenheit zu schließen und endlich nach vorn zu schauen.

Sie küsste Aris, ließ ihre Hände über seine Schultern bis in seinen Nacken gleiten und vergrub ihre Finger in seinen kurzen Haaren.

»Die Ferien sind vorbei, mein Lieber.« Sie wollte ernst klingen, aber hatte Mühe, nicht vor Erleichterung loszulachen. »Ab morgen wird hier wieder richtig gearbeitet.«

Aris blieb stehen, ihm hatte es die Sprache verschlagen, und Viola freute sich an seinem Erstaunen. Und ehe ihre Lippen sich zu einem Lächeln öffnen konnten, verschloss Aris sie mit einem Kuss, indem sie sein Begehren und seine Dankbarkeit spürte.

Danksagung

Ich habe nie darüber nachgedacht, wie vielen Menschen ich Dank für die Verwirklichung meines Traums schulde. Hier an meinem Schreibtisch vor einem weißen Blatt merke ich, dass die Arbeit eines Autors keineswegs so einsam ist, wie man vielleicht denkt.

Das Schreiben ist nur ein Teil des umfangreichen Prozesses, der aus Diskussionen, Unterstützung, Anregungen, Kritik und ungeheuer viel Reden besteht.

Zunächst möchte ich meiner Agentin, Maria Paola Romeo, danken, die mich dazu ermutigt hat, diese Geschichte zu schreiben, und an sie geglaubt hat, sowie meiner Lektorin Valentina Rossi, die sich kostbare Zeit von ihren Hochzeitsvorbereitungen abgezwackt hat, um sich der Vervollkommnung dieses Romans zu widmen.

Ein unendlicher Dank geht an Veronica Messora, Freundin, Schwester, Beraterin, Schulter zum Ausweinen und Begleiterin bei vielen Essenspausen, mit der man immer lachen kann. Ich danke Paola Alberi, meiner offiziellen Mutmacherin, und Barbara Bellosi, die mir seit vier Jahren die Daumen drückt, dass sich ein anderer Traum verwirklichen möge.

Mein besonderer Dank geht auch an Jadel Andreetto, Autor, Journalist und Lehrer für kreatives Schreiben, dessen Leidenschaft, unglaubliche Bildung und Bereitschaft den Unterschied gemacht haben.

Ich danke auch den Frauen von Ewwa (European Writing Women Association), einem Verein von professionell Schreibenden, der ihren Mitgliederinnen die nötigen Fähigkeiten vermittelt und es mir so ermöglicht hat, zu lernen, mich zu erproben und mich zu entwickeln. Und durch den ich zwei wunderbare Frauen kennengelernt habe: Claudia Tonin und Cristiana Verazzo. Zwei Urgewalten mit einem großen reinen Herzen, die mich mit ihrer wertvollen Freundschaft beschenken.

Ewig dankbar werde ich Piera Rossotti sein, der Herausgeberin von *Edizioni Esordienti Ebook*, dem dynamischen E-Book-Verlag, der mir alle Türen geöffnet hat, indem er meinen ersten Roman veröffentlichte. Ohne ihr Vertrauen wäre ich jetzt wahrscheinlich nicht dort, wo ich bin. Und ohne die moralische und fachliche Unterstützung ihrer drei Musketiere hätte ich nie so viel gelernt: Danke Irma Panova Maino, Andrea Leonelli und Giancarlo Ibba, ihr seid als Freunde einfach unersetzlich.

Bei meiner Familie reicht das Wort Danke nicht aus, um das auszudrücken, was ich empfinde. Nur durch ihre Geduld, ihre Unterstützung, ihr Vertrauen, ihre Hilfsbereitschaft und ihr Verständnis war es mir möglich, Zeit fürs Schreiben zu finden, sie haben meine schlechte Laune ertragen und meine Freude geteilt. Ich liebe euch.

Schließlich bedanke ich mich noch bei allen Freunden und Bekannten, alten und neuen in Nah und Fern, die meinen Weg gekreuzt haben oder einen Teil davon gemeinsam mit mir zurückgelegt haben. Alle haben im Guten oder Schlechten einen Eindruck hinterlassen.